dtv

Harry von Duckwitz hat das ruhige Leben als suspendierter Diplomat ebenso satt wie den Standort Deutschland. Der Provokateur will es sich und den Frauen zeigen. Sein Plattenlabel »Blue Baron« in Singapur führt zu einem Achtungserfolg und einem finanziellen Debakel. Um so erfolgreicher handelt Duckwitz mit indonesischen Möbeln. Die erste Million ist rasch verdient. Die Geschäfte der Liebe sind nicht so einträglich. An ihnen aber hängt sein Herz. In diesem Roman, dem letzten der Duckwitz-Trilogie, wird beschrieben, wie man Geld und Liebe macht, wie man erwachsen wird, ohne abzustumpfen, und wie man damit fertig wird, wenn einen die Frauen zum Narren halten.

Joseph von Westphalen, geboren am 26. Juni 1945 in Schwandorf, studierte Germanistik und Kunstgeschichte und lebt heute als freier Schriftsteller und Journalist in München.

Joseph von Westphalen

Die bösen Frauen

Roman

Deutscher Taschenbuch Verlag

Ungekürzte Ausgabe
Juni 1998
Deutscher Taschenbuch Verlag GmbH & Co. KG,
München
© 1996 Hoffmann und Campe Verlag, Hamburg
Umschlagkonzept: Balk & Brumshagen
Umschlagbild: Ausschnitt des Gemäldes ›Die Poesie und die Malerei‹
(1626) von Francesco Furini
Satz: Utesch GmbH, Hamburg
Druck und Bindung: C. H. Beck'sche Buchdruckerei,
Nördlingen
Gedruckt auf säurefreiem, chlorfrei gebleichtem Papier
Printed in Germany · ISBN 3-423-12525-X

You call it madness, but I call it love.

1 *Harry von Duckwitz bricht nach Südostasien auf, ins gelobte Land der bezahlbaren HighTech- und Softwarespezialisten, um dort mit Hilfe eines Chinesen namens Li-Li ein geniales CD-Projekt in die Tat umzusetzen und seinen Liebeskummer mit digitalen Methoden zu sublimieren. Wie er den Wein und die Frauen vermißt und am Gesang klassischer Lieder einiges auszusetzen hat. Begegnung mit einem Herrn namens Robinson, und Harrys triumphaler Sieg beim Billardspiel.*

Schon wenige Stunden nach seinem Eintreffen in Singapur hatte Harry von Duckwitz das Gefühl, einen Fehler gemacht zu haben. Einen weiteren Fehler. Die südostasiatischen Spezialisten würden das Projekt nicht retten. Aber es gab keinen Weg zurück. Zu viel war investiert worden. Natürlich, es war immer noch möglich auszusteigen und sich mit Verlusten zurückzuziehen. Eine Frau hätte ihn dazu bewegen können: Laß es doch, Harry, laß den Unsinn einfach bleiben! Wenn er diese Stimme gehört hätte. Aber die Frauen schwiegen.
Es gab keinen Kontakt zu den Frauen. So war es ausgemacht. Ines und Helene würde er erst in einigen Monaten sehen, mit Rita hatte er keine Verabredung getroffen. Sie lebte in New York. Eine ausgerissene Ehefrau. Gemeinsame Zukunft war mittlerweile unwahrscheinlich geworden. Rita würde das Projekt besonders lachhaft finden, das ihn eine Menge Geld gekostet und nun nach Singapur geführt hatte. Rita mit ihren ewigen Liedern von Schubert hatte ihn übrigens erst auf diese Idee gebracht, die Harry heute wieder einmal idiotischer vorkam denn je.
Die Art wie Mister Li-Li »no problem« sagte, nahm Har-

ry die letzten Hoffnungen, daß aus der Sache noch etwas werden könnte. Mister Li-Li war Singapur-Chinese. Eigentlich hieß er Li-Tang, aber so weit kam er nicht, wenn er sich vorstellte, denn er stotterte. »Call me Li-Li«, sagte er. Irgendwann mußte er sich zu dieser Koseform entschlossen haben. Bei den Silben Li-Li blieb er nicht hängen, sie kamen seinem Sprachfehler entgegen. Mister Li-Li deutete mit der rechten Hand auf den unappetitlichen Drehstuhl neben sich, ohne seine Augen vom Bildschirm abzuwenden. Duckwitz sollte Platz nehmen und ihm zusehen. Mit der linken Hand bearbeitete er ohne Unterbrechung die Tastatur seines Computers, ungeduldig, weil ihm irgendeiner der elektronischen Vorgänge zu lange dauerte. Duckwitz fragte sich, ob Li-Li besonders eifrig war, weil sein Auftraggeber anwesend war, oder ob er immer so fieberhaft arbeitete. »No problem«. Li-Li lächelte süßlich. Es konnte nur ein falsches Lächeln sein. »Look!«
Auf dem Bildschirm erschien eine unregelmäßige Zickzacklinie. So ähnlich sahen klopfende Herzen auf den Monitoren in den Intensivstationen der Krankenhäuser aus, oder die politischen Stimmungsbarometer der Bevölkerung vor Wahlen. Hier handelte es sich um die grafische Darstellung einer Zeile aus einem alten Blues. Vor 50 Jahren hatte ein Typ mit dem eindrucksvollen Namen T-Bone Walker mit schwarzer, samtener Stimme gesungen: I love my Baby, she is so mean to me. Diese Vokalsequenz hatte Li-Li aus dem Song herausgelöst und digitalisiert. Die Begleitung von Gitarre, Trompete, Schlagzeug und Baß hatte er weggezaubert. Er würde versuchen, die Zeile in ein Lied von Schubert einzufügen. Tonhöhe, Toncharakter und Rhythmus waren jetzt, in digitalisiertem Zustand, veränderbar. Man brauchte nur

die Zickzackfrequenzlinie auf dem Bildschirm ein bißchen zu dehnen oder zu stutzen, schon wurden die Töne tiefer oder höher, kürzer oder länger.

Li-Li war klein und dünn. Vorn auf seinem T-Shirt stand in unmäßigen Lettern das Wort »Sex«, das aber von den noch unmäßigeren Zahnlücken nicht ablenken konnte. Er war barfuß. Die hellblauen Plastiksandalen unter dem Tisch. Sein großer Zeh sah aus wie ein Daumen. Laut der goldbeschrifteten Visitenkarte war dieser Raum hier ein »Studio«. Es war eher eine elektronische Rumpelkammer. Schmuddelig die ehemals weißen Gehäuse der Computergeräte. Eng und eiskalt der Raum. Nirgends fror man so wie in den Tropen mit ihren Klimaanlagen. Duckwitz sah aus dem Fenster. Nichts als Hochhäuser draußen. Aber wenigstens warm, dachte er.

»Look!« Li-Li deutete auf den Bildschirm und lachte. Er hatte eine zweite Linie unter die erste plaziert. Das dürfte Schuberts Klavierbegleitung sein. Irgend etwas funktionierte, und das wollte er Mr. Duckwitz mitteilen. Harry tat fachmännisch, um sich keine Blöße zu geben, aber auch ungeduldig. Beherrschte Ungeduld. Das konnte nicht schaden, wenn man Auftraggeber war. Wie lange würde es dauern, bis Li-Li ihm die Sequenz vorführen konnte?

In ungefähr drei Stunden wäre er soweit, sagte Li-Li. Duckwitz solle in drei Stunden wiederkommen, oder besser morgen vormittag, dann werde er ihm die Passage vorführen. Er solle sich den Hafen ansehen. Der größte Hafen Asiens, der zweitgrößte der Welt. Er lachte stolz über die Superlative. Und dann solle sich Mr. Duckwitz massieren lassen. Er kramte und fand eine Visitenkarte. Ein Massage-Salon. Singapur-Super-Salon. Nach Schajou solle er fragen. »She is the best!«

Harry verließ das kleine Studio im 23. Stock eines Hochhauses und ärgerte sich über Li-Li, weil der es als »günstig gelegen« bezeichnete, obwohl es am Rand des Zentrums lag. Richtung Flughafen. Absurde Gegend. Günstig gelegen allenfalls, um diese Stadt rasch wieder auf dem Luftweg zu verlassen. In einer Stadt, die von neuen Neubauten beherrscht wurde, hatte er keine Lust, sich in einem der neuesten Neubaukomplexe aufzuhalten. Das Hotel war in der Nähe. Morgen würde er ins Zentrum umziehen.

Alle Autos hier hatten Klimaanlagen, deswegen nahm Harry kein Taxi und ging zu Fuß ins Hotel. Wenn schon in einer Tropenstadt, dann wollte er die Wärme spüren. Drei Jahre hatte er als Diplomat in Afrika gelebt, drei Jahre in Lateinamerika, immer Äquatornähe. Lange her. Er war an die feuchte warme Luft nicht mehr gewöhnt. Kaum im eiskalten Hotel angekommen, sehnte er sich wieder nach der Wärme draußen.

Li-Li hatte ihm erzählt, daß man sich Massagen ins Zimmer bestellen konnte. Er gab die Karte des Singapur-Super-Salons an der Rezeption ab. Miss Schajou solle ihn benachrichtigen, wann sie kommen könne. Die Hotelleute tuschelten und schüttelten dann den Kopf. Eher energisch als höflich. Sorry. Keine Begründung. Neben Duckwitz verlangte ein Weißer in exzellentem Englisch seinen Zimmerschlüssel. Ein Deutscher. Er drehte seinen Oberkörper diskret zu Harry und sagte: »Junge hübsche Masseusen lassen sie nicht in die Hotels, nur alte Vetteln. Aber zum wirklichen Durchkneten sind die Alten besser.« Ein Kenner Singapurs.

Duckwitz bedankte sich für die hilfreiche Information. Zurückhaltend. Es war ein bißchen bitter, der Neue zu sein und nicht Bescheid zu wissen. Auch etwas, an das er

nicht mehr gewöhnt war. Der freundliche Informant trug einen tadellosen Anzug. Duckwitz tippte auf Bankgewerbe, aber Herr Robinson war Verleger. Er ließ hier in Singapur ein Kunstbuch drucken. Duckwitz gratulierte ihm zu dem Namen Robinson. Beneidenswert. Es war abzusehen, daß Herr Robinson den Vorschlag machen würde, zusammen essen zu gehen. Duckwitz war darauf eingestellt, den Abend allein zu verbringen, er hatte sich romantisch einsam in einer Hafenkneipe sitzen sehen. Er würde trotzdem annehmen. Nicht dankbar, aber freundlich, nach einer Sekunde des Überlegens. Allein war er oft genug.
»Gehen Sie mit essen?«
»Warten Sie«, sagte Duckwitz, »kommt drauf an.«
»Kommt drauf an?« Herr Robinson verstand nicht.
»Kommt drauf an, wohin.«
»Wohin wollen Sie denn *nicht*?« fragte Herr Robinson.
Duckwitz wollte nicht in ein geschlossenes Restaurant. Er wollte in eine dieser offenen Freßbuden, wo man laut Legende wunderbares Fischzeug futtern konnte. Herrn Robinson konnte er sich dort nicht vorstellen.
»Da sind wir uns einig«, sagte Herr Robinson, »da haben Sie in mir einen kundigen Führer.«

Das Essen war köstlich. Daß es nur Bier und keinen Wein dazu gab, war allerdings ärgerlich. An Bier konnte sich Harry nicht gewöhnen. Bier machte schwer. Bier hatte er genug getrunken, als er zwischen achtzehn und zwanzig war. Ein Fußballgesöff. Rechtsradikalenbrühe. Cola kam noch weniger in Frage. Der hochgelobte grüne Chinesentee schmeckte nach nichts. Harry vermißte den Wein so sehr, daß seine Verärgerung auf ganz Asien überging. Verdammter Erdteil. Vermutlich waren die Musel-

manen schuld. Sie hatten die Ausbreitung des Weins nach Osten verhindert, die gottgefälligen Heuchler. »Was haben Sie?« fragte Robinson. »Nichts«, sagte Harry. Er wollte kein nörgelnder Europäer sein.
Edmund Robinson ließ hier in Singapur einen Bildband drucken: »Das Leben der Lappen«. Als Duckwitz den Titel hörte, mußte er loslachen. Er lachte, wie er seit Monaten nicht mehr gelacht hatte. Das Leben der Lappen, 64 Farbfotos, printed in Singapore. Er konnte nicht aufhören zu lachen. »Das Leben der Lappen!« Nach einer halben Minute lachte Edmund Robinson mit, nach einer Minute kam der Koch, der auch das Essen servierte, von seiner offenen Feuerstelle und lachte mit, dann eine Alte, die das Geschirr abwusch, dann kamen die Köche der benachbarten Freßbuden und lachten.
Dann mußte Duckwitz Herrn Robinson erzählen, was ihn nach Singapur geführt hatte. »Es ist leider nicht so komisch«, sagte Harry, genoß aber doch, daß Robinson ihm sofort zuhörte. Die Singapurköche zogen sich enttäuscht zurück. Das europäische Gelächter war zu Ende. »Geniale Idee«, sagte Edmund Robinson, »das wird ein Knüller. Wie sind Sie darauf gekommen?«
Duckwitz erzählte von Rita. Sein Leben mit Rita. Ihre wunderbare Klavierbegleitung zu diesen wunderbaren romantischen Liedern. Schubert vor allem. Ja, Beethoven natürlich auch – und Schumann auch, ja. Nein, Brahms nicht so. Brahms ist Brei! Findet Herr Robinson nicht. Macht nichts, sagt Duckwitz und fährt fort: Rita begleitet Sängerinnen und Sänger. Und er, zu der Zeit oft zu Hause, muß sich das anhören: diese schöne Begleitung und diese entsetzlichen Stimmen. Nein, nicht weil sie falsch singen. Sie singen entsetzlich richtig. Grauenhaft fehlerfrei. Es sind angehende Stars, die da loslegen, sie

singen bereits viel zu gut. Je ausgebildeter die Stimmen sind, desto schlimmer klingt es, findet Duckwitz. Und so kommt ihm langsam diese Idee: Es müßte doch möglich sein, romantische Lieder von anderen Stimmen singen zu lassen. Von Leuten, die normal und natürlich singen können. Die nicht die Töne pathetisch aus den Kehlen quetschen. Denen man die Ausbildung nicht anhört. All den Stimmen der berühmten Sängerinnen und Sänger hörte man die Ausbildung an. Es klang immer zuerst nach Konservatorium. Sie hatten gelernt, wie man Töne anschwellen läßt. Sie konnten davon nicht lassen wie ein Motorradarschloch, das immer wieder seine Maschine aufdrehen und seine Kraft zeigen muß. Die Besten unter den Profis versuchten wenigstens, die Lieder so zu singen, als wären es keine Arien, als müßten sie nicht ein Opernhaus bis oben hin mit ihrem Schall füllen. Sie hielten künstlich ihre Klangkraft zurück, aber auch das störte. Ausbildung und Perfektion waren in jedem Fall ein Makel. Die klassische Gesangsausbildung ruinierte jede gute Stimme. Man legte eine Platte auf, und schon sah man sie vor sich, wie sie neben dem polierten Flügel standen, wie sie unauffällig nach Luft schnappten und ihr Brustkorb monströs schwoll und der Busen wogte, wenn es Frauen waren. Man sah, wie der Oberkörper seltsam wackelte und die Arme steif herunterhingen als seien sie nicht richtig an den Schultern befestigt. Selbst die besten Sänger wirkten wie mit Stroh ausgestopfte und aufgezogene Puppen.

Duckwitz geriet in Fahrt und Rage, und jetzt war es Edmund Robinson, der zu lachen begann. Leise und amüsiert lachte er in sich hinein. Vielleicht hatte er ein paar Vorbehalte gegen die musikalischen Verurteilungen, vor allem aber war er ganz offensichtlich entzückt, daß sich einer noch so erregen konnte. Duckwitz war nicht zu bremsen. Je mehr er redete, desto weniger sinnlos und riskant erschien ihm sein Abenteuer in Singapur, das er heute schon so bitter bereut hatte. Wenn er noch eine Weile weiterredete und dieser Herr Robinson ihm weiter so gebannt zuhörte, wäre die schwungvolle Überzeugung wiederhergestellt, mit der er das seltsame Projekt vor einigen Monaten begonnen hatte. Man mußte an die Sachen glauben, die man machte, sonst verlor man die Kraft.

Viele der romantischen Lieder handelten von Liebenden, die sich nicht sicher waren, und die durften nicht üppig quellend singen, fand Duckwitz. Es mußte ein bißchen rauh und nachlässig klingen, man mußte die soeben weggeschnippte Zigarette ahnen. Wer ein Lied sang, der wollte keine Premierengänse zum Schmelzen bringen. All die abendländischen Interpretationen waren gedunsen, gruselig, schmierig, beklemmend, triefend, sahnig – eine posthume Zumutung für den Komponisten, übelkeitsverursachende Produkte einer geschmacklosen Überzüchtung.

Edmund Robinson hörte noch immer zu. Er bestellte eine Flasche Bier. Duckwitz winkte ab. Kein Bier. Er vermißte jetzt den Wein nicht mehr. Nichts schlimmer als jemanden zuzuquatschen. Er prüfte sein Gegenüber. »Weiter«, sagte Robinson.

Übrigens sei auch die Pekingoper eine überzüchtete Horror-Kultursumpfblüte, sagte Duckwitz. Aber zurück zur abendländischen Romantik: Fahrende Gesellen waren doch eher Tramps, die nichts mehr zu verlieren hatten. Deshalb sollte man Schubert nicht stramm schallend singen oder verhalten in sich horchend wie ein Lackaffe, sondern unsentimental und staubig und ein bißchen be-

soffen, eher tonlos als tönend, eher flach als tief. Die Melodien waren tief genug. Kein Mensch wollte so viel Empfindung. Also nicht auch noch nachbohren, sondern lässig bleiben. Sich die Verletzungen nicht auch noch anmerken lassen. Auch nicht deutsch singen. Die deutschen Texte waren ja zum Teil ganz putzig, aber gesungen war das dann wie Sahnetorte. Kurz, ein schmachtendes Schubertlied mußte man furztrocken singen wie einen Blues. Duckwitz hatte sich Platten von ein paar Bluesstimmen ausgesucht. So sollte es klingen. Wie T-Bone Walker, wie Muddy Waters. Die Lieder für Frauenstimme vielleicht wie Billie Holiday oder Victoria Spivey. Auch der ganz frühe Louis Armstrong der zwanziger Jahre wäre nicht schlecht. Mußte man ausprobieren. Duckwitz hatte niemanden gefunden, der annähernd so singen konnte. So war die Idee entstanden, mit Hilfe der modernen Computertechnik die vorhandenen Stimmen zu nutzen, sie aus dem Originalzusammenhang herauszulösen und der romantischen Klavierbegleitung anzupassen.
»Irre«, sagte Herr Robinson, »völlig irre!« Er forderte Duckwitz auf, noch einen Drink zu nehmen. »Im ›Raffels‹«, sagte er verschwörerisch. Er bestand darauf zu zahlen. »Schließlich habe ich Sie hierhergeschleppt!« Das Essen kostete fast nichts.
Sie fuhren durch die Nacht, die jetzt heißer zu sein schien als der Tag, ins »Raffels«: das schönste, größte, teuerste, älteste, traditionsreichste, renommierteste und renovierteste, sauberste, am wenigsten eiskalte, geräumigste, vornehmste, eleganteste, den Kolonialstil am gelungensten kopierende und fast schon parodierende Hotel Singapurs. Ein Hotelkoloß. Im Flugzeug hatte es einen köstlich frischen australischen Weißwein gegeben, der auch hier in der Bar auf der Karte stand. Herr Ro-

binson aber riet dringend zu einer Singapur-Spezialität, einem Cocktail, den man getrunken haben müsse. Duckwitz protestierte, Cocktails trinke er nicht, er lechze nach trockenem Weißwein, Robinson beschwor ihn, das Nationalgetränk Singapurs nicht zu verschmähen, es habe mit einem normalen Cocktail nichts zu tun, im Gegenteil, sagte er, das Gesöff schmecke so wie es klingt, wenn John Lee Hooker die »Schöne Müllerin« singt. Das war überzeugend. Der Ober hatte die Überredung lächelnd abgewartet und verschwand nun, als hätte er persönlich gesiegt.

Der Cocktail schmeckte tatsächlich erlösend gut, säuerlich fruchtig, und Duckwitz bestellte sofort einen weiteren nach, etwas zu gierig vielleicht, er kam sich prompt teutonisch unmäßig vor und genierte sich, aber nur wenige Sekunden, dann entfaltete der Drink seine wohltuende, entsensibilisierende Wirkung.

Die Bar war so riesig wie die Bahnhofshalle in Leipzig, dem größten Bahnhof Deutschlands oder Europas oder der westlichen Welt oder des gesamten Globus. Es gab zwei Billardtische so groß wie Tennisplätze, zumindest doppelt so groß wie normale. Duckwitz und Robinson spielten eine Partie, das heißt sie versuchten es. Der Tisch war tatsächlich so überdimensional, daß sie kaum die weiße Kugel trafen, geschweige denn, eine der anderen Kugeln in die Löcher bugsierten. Zwei Malaien und ein Weißer spielten gepflegte Jazz-Standards. Als sie sich Duke Ellingtons berühmtes »Caravan« vornahmen, nickte ihnen Harry dankbar zu. Dieses gute alte Stück hatte Ines und Helene gleichermaßen gefallen. Gestärkt von der Musik oder der Erinnerung traf Harry plötzlich eine Kugel ins Loch, gewann sofort Selbstachtung und umkreiste den Tisch auf der Suche nach weiteren Treffermöglichkeiten. Dabei schlug er im Rhythmus der Musik mit der freien Hand eine imaginäre Trommel, was den braunen Mann am Schlagzeug zu einem Solo animierte, das Harry am Billardtisch wiederum zu einem übermütigen Stoß anstachelte, der tatsächlich wieder erfolgreich war. »Yeah!« rief Edmund Robinson. Er hatte nichts dagegen, besiegt zu werden. Hauptsache es ging voran. Duckwitz pfiff ein paar Takte der Melodie mit, versuchte, das nicht vorhandene Saxophon zu zitieren. Die Combo geriet daraufhin noch mehr in Fahrt, Duckwitz riskierte einen gewagten Stoß, traf wieder präzise ins Loch. Er genoß das satte Klacken, wenn die weiße Kugel hart die bunte traf, dann das Poltern, wenn die im Inneren des Tisches verschwand. Einige der Gäste waren aufgestanden und schauten zu, es irritierte Harry nicht, machte ihn eher verwegener. Er knallte noch drei Kugeln in ihre Löcher. Er räumte ab. Harry spielte selten und völlig dilettantisch Billard, wenige Male in den letzten Jahren. Mit sanften wohlüberlegten Stößen hatte er standgehalten oder Partien gewonnen. Jetzt war es zu seiner eigenen Verwunderung der leichtsinnige und harte Stoß, der ihn siegreich sein ließ. Es war ihm, als würde er mit jedem Treffer eine der Frauen zurückerobern. Als die Jazzer ihr feuriges »Caravan« beendet hatten, bat Harry Herrn Robinson, das Spiel abzubrechen. Er wußte genau, ohne diese Melodie würde er sofort zum hilflosen Stümper werden.

Die Zuschauer murrten, Robinson bestellte zwei neue »Singapore Slings«, und Duckwitz war jetzt so angenehm betrunken, daß er an Rita, Ines und Helene denken konnte, ohne wütend oder melancholisch zu werden. Daß Rita ihn verlassen hatte, daß sein komisches romantisches Blues-Projekt eine Antwort auf das Verschwinden von Rita, Ines und Helene war, hatte er Robinson nicht erzählt. Das ging ihn nichts an. Noch weniger ging ihn an, daß Harry nach fünfzehn völlig sinnlosen Jahren als Diplomat zwei noch sinnlosere Jahre als vorzeitig in den Ruhestand versetzter Diplomat verbracht hatte. Wegen einer kleinen Unverschämtheit war er 1990 für das Auswärtige Amt untragbar geworden. Oder war es 1989? Oder 1991? Egal. Nicht der Rede wert. Sein ganzes Leben war bisher nicht der Rede wert gewesen. Wenigstens war es voller Frauen und Liebe gewesen. Und dann hatte er sich von den Frauen sagen lassen müssen, daß er von Liebe keine Ahnung habe. Das Letzte. Seitdem haßte er Ines. Rita und Helene waren nicht so deutlich geworden. Sie mochten Ines nicht, aber es war anzunehmen, daß sie ihre Ansicht teilten. Das sah ihnen ähnlich.

Duckwitz bat den Ober um eine Zigarre, Robinson schloß sich an. Duckwitz zwang sich, »Herr Robinson« zu denken und zu sagen. Ein paarmal war ihm ein saloppes »Sagen Sie, Robinson«, »Hören Sie, Robinson«, »Trinken Sie auch noch ein Glas, Robinson?« herausgerutscht, und der hatte natürlich mit einem kollegialen »Jederzeit, mein lieber Duckwitz« reagiert. Das Angebot, sich zu Duzen, stand bedrohlich im Raum.

»Sagen Sie, Duckwitz«, fragte Herr Robinson nach dem dritten oder vierten Cocktail, »produzieren sie die CD-Collagen in eigener Regie?«

»Leider!« Duckwitz nickte. »Scheißteuer, dieses Computergefummel.«

Herr Robinson wußte Bescheid. Die Produktion eines Bildbands kostete in Singapur ein Viertel dessen, was man in Deutschland dafür bezahlen mußte. Reine Computerarbeit kostete hier sogar nur ein Fünftel.

»Schlimm genug«, sagte Duckwitz. Er wollte jetzt kein

Gespräch über Geld führen. Es ging ihm auf die Nerven, daß er als Geschäftsmann hier war.

»In Indien sind Programmierer noch billiger, dort zahlen Sie ein Zehntel. Top-Leute.« Herr Robinson wurde unter dem Einfluß des Alkohols immer geschäftlicher.

»Ich weiß«, sagte Duckwitz. Er hatte es nicht gewußt. Herrn Robinsons fragender Blick störte ihn. Er wartete offenbar auf eine Erklärung, warum Harry nicht in Bombay saß, wo das digitale Collagieren von T-Bone-Walker-Zeilen mit ein paar Schubertklavierakkorden nur ein Zehntel kostete. I love my Baby, she is so mean to me. »Ich habe ein gestörtes Verhältnis zu Indien«, sagte Harry, »der Vater meiner Frau ist Inder, und meine Frau hat mich verlassen.« Das war eine schöne konfuse Erklärung. Herr Robinson versuchte vergeblich zu folgen und beschloß dann, nicht weiter nachzufragen.

Die Zigarren kamen. Herr Robinson ließ nicht locker. Die Idee von Duckwitz sei absolut genial. Das werde ein Knüller. Louis Armstrong singt Franz Schubert. Auf so etwas warte man. Endlich mal was Neues. Er beneide Duckwitz. Unglaublich, wie geil die Medien auf solche Sachen seien. Nur könne Duckwitz die Produktion doch nie allein finanzieren. Dann den Vertrieb. Dann die Werbung. Ob er sich nicht überlegt habe, sein Ding an einen Konzern zu verkaufen. Es arbeite sich viel entspannter. Er selbst sei dafür ein Beispiel. Seitdem er seinen Verlag an einen Riesen verkauft habe, könne er viel freier kalkulieren. Ein Buch wie »Das Leben der Lappen« hätte er sich als kleiner, ungeschluckter Verlag nie leisten können. Er könne sich vorstellen, daß sein Konzern allergrößtes Interesse an der Sache hätte. Schubert sings the Blues. Das haue rein. Die seien ganz verrückt nach allem, was nach Neuen Medien riecht. Hauptsache digital. Wenn

Duckwitz wolle, werde er mit seinem Verlegerboß sprechen. Dufter Typ. Aufgeschlossen. »Hat Ihr Kind einen Namen, haben Sie ein Plattenlabel gegründet?« wollte der rasende Herr Robinson schließlich wissen.
»Wenn ich hieße wie Sie, würde ich das Label ›Robinson Records‹ nennen«, sagte Duckwitz.
»Klingt gut«, sagte Herr Robinson, »und wie haben Sie es genannt?«
Duckwitz hatte noch keine Sekunde darüber nachgedacht, daß eine Platte unter einem Label verlegt werden mußte. Natürlich. Wie sonst sollte es gehen. Reichlich naiv hatte er die Sache angepackt. Hundertfünfzigtausend harte Mark hatte der geniale Quatsch bereits bisher gekostet. Mit siebzigtausend mußte er hier in Singapur noch rechnen. Wenn er das mit Indien gewußt hätte, wären dreißigtausend gespart. Die könnte er für Werbung und Vertrieb tatsächlich gut brauchen. Was halfen die genialsten Platten beziehungsweise CDs, wenn kein Käufer von ihnen wußte. Er zog an der Zigarre. Dazu waren Rauchwaren gut: um die Unsicherheit zu verbergen. »›Blue Baron‹«, sagte er, »mein Label heißt ›Blue Baron‹.«
»Wahnsinn«, sagte Herr Robinson, »Sie sind ein gemachter Mann. CDs mit einem solchen Label bestellt sich jeder Plattenladen dutzendfach.« Morgen werde er seinem Verlegerboß faxen. Unverbindlich. Ob er interessiert sei, dieses Label zu kaufen. Er solle ein Angebot machen. Er, Robinson, stelle sich vor: 600 bis 800 Tausend Mark für die Übernahme des Labels, bei diesem Wahnsinnsnamen seien vielleicht sogar 900 drin. Dann eine Erfolgsbeteiligungsklausel und für Duckwitz ein Geschäftsführergehalt, zwölftausend im Monat. Etwas in der Richtung. »Wie kamen sie auf ›Blue Baron‹?«

Duckwitz enthüllte seinen kompletten Namen: Harry Freiherr von Duckwitz, Dr. jur. Freiherr sei identisch mit Baron. Früher habe er als der rote Baron gegolten, jetzt sei er blue: »Because bad women left me, you know, they are so mean to me.«

Herr Robinson war begeistert. Duckwitz konnte nicht einschätzen, ob er besoffene Sprüche machte, oder ob an seinen Phantasien etwas dran war. Er kannte die Branche noch nicht. Sollte ihm tatsächlich jemand das Label abkaufen wollen, das er nach seiner Rückkehr nach Deutschland schleunigst gründen mußte, würde er nicht verkaufen. Ein großer Fehler, aber unvermeidlich. Harry hatte keine Lust, ein Angestellter zu sein. Herr Robinson ließ ein Taxi rufen, und Harry zahlte die Drinks. Sie waren nicht billig.

2 *Harry von Duckwitz leidet unter den Kimaanlagen, sehnt sich nach europäischen Badeseen und zieht in ein besseres Hotel Singapurs, um seinen Tropenkoller zu drosseln. Einzelheiten über das Projekt ›Blue Baron‹, über die richtige Art, Schubertlieder zu singen, über die südostasiatische Mentalität und Arbeitsmoral und über die Schwierigkeiten beim Digitalisieren von Tönen nebst kurzen Zitaten von Hot Lips Page bis Billie Holiday, von T-Bone Walker bis Johann Wolfgang von Goethe, in denen Duckwitz seine Gemütsverfassung ausgedrückt sieht und hört, sowie einer Reflexion über das Wesen des Erfolgs.*

Die ungewohnten Singapur-Cocktails hatten nicht die Nachwirkungen, die Duckwitz befürchtet hatte. Kurz nach sechs wachte er frisch und ausgeruht auf, obwohl er erst um halb drei erheitert ins Bett gesunken war. Das Du-Sagen hatte er gestern tatsächlich vermeiden können. Auch ein Treffen mit Herrn Robinson zum Frühstück im Hotel war nicht ausgemacht worden. Herr Robinson redete ein bißchen viel. Das tat Duckwitz allerdings auch. Robinson hatte keinen Humor. Diese Humorlosigkeit hinter einem verschmitzten Dauerlächeln, das machte ihn etwas anstrengend. Doch Duckwitz wollte nicht nörgeln, er sollte Herrn Robinson dankbar sein. Der hatte ihn aufgebaut. Die Welt bestand aus Leuten wie Edmund Robinson. Wenn so einer sich für Harrys Projekt erwärmen, ja geradezu erhitzen konnte, dann konnten es auch andere. Dann würde die Sache doch noch ein Knüller werden.
Die Tropen jedenfalls waren kein Knüller. So etwas wie einen Sommermorgen kannten diese trostlosen Tropen nicht. Zu Harrys Stimmung hätte ein Erwachen in Ita-

lien gepaßt. Villa am See, die Luft noch frisch aber die Sonne schon warm. Dann auf den Steg und ins Wasser. Hinausschwimmen, bis einem die Dinge klarer werden und sich die Übersicht einstellt. Später ein Frühstück auf der Terrasse, Zeitunglesen mit Distanz. Aufs Zimmer dann, die großen Fenster stehen weit auf, und zwei, drei glückbringende Telefongespräche, ehe man das Taxi bestellt, um seinen Geschäften nachzugehen. Nichts davon hier in Singapur. In Singapur ist es wie überall in Äquatornähe um sechs Uhr düster wie in Deutschland an einem Wintermorgen. Im Zimmer eine Temperatur wie nach dem Zweiten Weltkrieg, als es nicht genug Kohlen gab. Und draußen schwül wie im Treibhaus. Trostlose Tropen.

Nach dem Frühstück beschloß Harry, das Hotel zu wechseln. An der Rezeption hinterließ er eine Nachricht für Mr. Robinson. »Bin ins Raffles Hotel gezogen – falls Sie Lust auf eine Billard-Revanche haben.« Den Billard-Nebensatz strich er durch. Er war zu einladend. Falls Robinson Lust hatte, Harry noch einmal zu treffen, würde er sich auch so melden. Harry bat um ein neues Papier und schrieb nur: »Wohne ab jetzt im Raffles, Gruß Blue Baron.« Das las sich ein bißchen großspurig, aber Edmund Robinson war nicht Helene und nicht Ines und nicht Rita. Den Frauen gegenüber durfte man solche angeberischen Töne nicht anschlagen. Sie waren empfindlich, und das war gut. Die meisten Männer nahmen derartige Feinheiten nicht wahr. Weitere Verbesserungen lohnten sich daher nicht. Für eine Frau hätte Harry zehn Zettel verbraucht und an der Botschaft gefeilt, bis sie makellos war.

Trotz des Morgens, der jetzt zwar hell war, aber unfrisch wie täglich seit hunderttausend Jahren in diesen Breiten, fühlte sich Harry in Hochstimmung. Der Erfinder einer völlig neuartigen Toncollage, einer musikalischen Sensation, lebt entweder verkannt in einer Absteige oder im Luxus. Aber nicht langweilig zwischen den Extremen, dort, wo preisbewußte Dutzendgeschäftsleute und Dutzendtouristen hausen.

Als er im Hotel Raffles ankam, erschrak er vor dem falschen Bombast, der ihm in der Nacht nicht aufgefallen war. Ein riesiger Schwarzer entwand ihm die leichte Reisetasche. Die Malaien und Chinesen und Indonesier waren den Betreibern des Hotels offenbar nicht farbig genug, es mußte ein echter schwarzer Mann aus Afrika am Eingang stehen, damit sich der Gast wie ein wahrhaftiger Kolonialherr fühlen kann. Vom Charme alter Zeiten war in diesem Imitationspalast vormittags um zehn nichts mehr zu spüren. »Zwei Tage vermutlich«, sagte Harry, als er die Anmeldung ausgefüllt hatte. Nach dem Preis erkundigte er sich nicht, vorsichtshalber.

Um elf Uhr war Harry bei Li-Li im Studio. Dasselbe T-Shirt, dieselben nackten Daumenzehen, auf dem Bildschirm dieselben Zickzack-Kurven. War Li-Li vorangekommen? Man wußte es nicht bei diesen undurchschaubaren Computerleuten. Ein Arbeitsplatz ohne Computer sah jeden Tag etwas anders aus, wenn daran wirklich etwas getan wurde – oder wenn Arbeit vorgetäuscht werden sollte. Andere Papiere, oder sie lagen wenigstens in einer anderen Unordnung herum. Unordnung wurde zuverlässig für ein Zeichen von Kreativität gehalten. Li-Li bot Harry mit der gleichen Geste wie gestern lautlos kichernd denselben zerschlissenen Drehstuhl an.

Li-Li war noch nicht so weit wie er sein wollte. Er hatte seinen Sohn zum Zahnarzt fahren müssen. Harry fiel der deutsche Vorgesetztensatz »Wo sind wir denn hier!« ein, fand keinen englischen Ausdruck dafür und hätte den auch niemals ausgesprochen. Das war nicht sein Stil. Statt dessen sagte er: »Ich bekomme Zahnschmerzen, wenn ich daran denke, daß unsere CD im Herbst auf dem Markt sein muß.«

»No problem«, sagte Li-Li. »No problem« war der Schlachtruf vieler Asiaten. Es war auch ein Schlachtruf im Westen. Weltweit beruhigten die Macher aller Länder einander mit diesen zwei Worten: No Problem! In dieser Beteuerung trafen sich Buddhismus und freie Marktwirtschaft. Wenn Europäer Asiaten nachmachen wollten, sagten sie »no ploblem«. Vor allem den Japanern sagte man diese Aussprache nach. Unglaublich, wie zäh sich solche Legenden hielten. Herr Robinson behauptete steif und fest, er werde hier in Singapur mit »Mistel Lobinson« angeredet. Das stimmte nicht. Er mochte es so hören, weil er es so hören wollte. Er wollte es so hören, um es als Witzchen zu erzählen. Li-Li und allen Taxifahrern, allen Hotel- und Freßbudenleuten Singapurs, die Duckwitz bisher gehört hatte, ging durchaus ein deutliches, kurz gerolltes, schön unamerikanisches »r« von der Zunge.

»One moment«, sagte Li-Li, schabte mit seinen nackten Füßen auf dem Boden herum und erkundigte sich, wie Mister Duckwitz die Massage bekommen sei. Harry sagte, er werde sich erst massieren lassen, wenn Li-Li ihm etwas vorgeführt habe. Er sei angespannt und habe im Augenblick keinerlei Lust auf Entspannung. Erst die Arbeit, dann das Vergnügen. Den schrecklichen deutschen Spruch dachte er heimlich, und Li-Li sagte: »O these Germans!«

Li-Li empfahl Harry, schwimmen zu gehen. Wunderbare Strände gebe es im Inselstaat Singapur, noch wunderbarere Strände auf dem malaiischen Festland, wenn er sich

ein paar Tage Zeit nehme. »Pantai Chinta Berahi, der Strand der leidenschaftlichen Liebe«, sagte er und schrieb den Namen gleich auf ein Papier. Duckwitz fragte ihn, ob er dort sein T-Shirt mit der Aufschrift SEX gekauft hätte. Li-Li wollte ihn offenbar eine Weile los sein. Er wollte ohne diesen mißtrauischen Schatten aus dem fernen Europa an seinen Computern herumtüfteln. Duckwitz aber wollte erst einen Beweis von Li-Lis sagenhaften Qualitäten haben. Er war ihm als der beste Mann für digitale Tonmanipulation empfohlen worden. Berühmte Plattenfirmen hatten ihn beschäftigt, um das Rauschen von alten Caruso-Aufnahmen dezent zu reduzieren oder im Orchesterbrei versinkende Passagen berühmter Solisten etwas deutlicher herauszuheben.
Li-Li war von dem Duckwitz-Projekt begeistert gewesen. Bluesstimmen in Schubertsche Klavierbegleitung einzumischen war endlich einmal etwas anderes. Das machte mehr Spaß als das primitive Beseitigen von Nebengeräuschen, diese digitale Putzfrauenarbeit. Vor allem war es interessanter, als Programme für Kaufhäuser und Fluggesellschaften zu schreiben. Davon lebte Li-Li. Das brachte das Geld und ging daher vor. Wenn es um die Logistik der Singapore Airlines ging, mußte die Duckwitz-Sache warten. Heute morgen hatte Li-Lis Sohn nicht zum Zahnarzt gehen müssen, es hatte einen Versorgungsengpaß mit weißen Frotteetüchern bei den Langstreckenflügen der Singapore Airlines gegeben. Das hatte er Harry nicht erzählt. Der erfuhr es später von einer Stewardeß. Nach jedem Start wurde jedem Passagier an Bord einer Maschine der Singapore Airlines ein blütenweißes, heißes, feuchtes Frotteetuch gereicht. Ein alter chinesischer Brauch vor dem Essen. Auch Duckwitz hatte beim Flug von Frankfurt nach Singapur erstaunt die

unnötige Wohltat genossen. Man wischte sich flüchtig über Gesicht und Finger, dann weg mit dem rasch erkalteten Lappen. In einem großen ausgebuchten Flugzeug wurden Hunderte solcher Tücher gebraucht, Tausende täglich in allen Maschinen der Linie. Eine wichtige Serviceleistung der Fluggesellschaft. Ohne heiße Tücher fehlt dem Gast das Entscheidende. Die Tücher müssen nicht nur liebenswürdig verteilt und eingesammelt, sie müssen auch irgendwo gewaschen werden, zum Beispiel in Melbourne, und in San Francisco kommen sechzehn Stunden später vierhundert frische Tücher an Bord. Jemand muß den Luxus steuern. Das macht ein Computerprogramm, und das Computerprogramm machte Mister Li-Li. Zu wenig heiße Tücher an Bord, das wäre eine Flugzeugkatastrophe. Nur ein Absturz ist schlimmer. Deshalb hatte Mister Li-Li heute morgen drei Stunden nach einem Fehler im Programm gesucht, damit nicht noch einmal in Kairo zweitausend Tücher an Bord gebracht werden und in Vancouver nur hundert. Deswegen war er nicht weiter gekommen mit »Schubert Meets The Blues«, so der Arbeitstitel des Duckwitz-Projekts.
Mißtrauisch beobachtete Harry, wie Li-Li die Inhalte von Disketten auf seine Festplatte lud. Computerleute konnten ihren Auftraggebern alles mögliche vormachen. Wer begriff schon, was sie taten. Ständig waren sie dabei, irgend etwas zu digitalisieren. Allein was das bedeutete – digitalisieren –, war nicht klar. Letztlich war es egal. Egal, scheißegal, digital. Man gewöhnt sich an das Unbegreifliche, wenn man damit zu tun hat. Man telefoniert ja auch, und wer versteht schon, wie das geht. Man fährt Auto, man erinnert sich vielleicht sogar an die Rolle, die die Zündkerze in der Zylinderkammer spielt, und weiß, daß ein Vergaser ein Gasgemisch erzeugt. Aber daß

dann tatsächlich ein paar tausend echte Explosionen in der Minute im Motor stattfinden, die schließlich die Räder antreiben, das ist nicht mehr nachvollziehbar. Man nimmt es hin, daß funktioniert, was sich Zahlenmenschen ausgedacht haben. Duckwitz hatte sich daran gewöhnt, daß es funktionierte. Wenn es funktionierte. Die meisten Computersachen funktionierten zunächst einmal nicht. Dann aber doch, einigermaßen.

Längst war es in den Redaktionen von Pinupzeitschriften üblich, Fotos auf einen Scanner zu legen und zu digitalisieren, um dann Po und Busen der Girls je nach Geschmack vergrößern oder verkleinern zu können. Aus enthemmten Brünetten konnte man noch enthemmtere Blondinen machen oder umgekehrt. Geile neue Computerwelt. Die in Erwartung des baldigen Orgasmus leicht geöffneten Lippen ließen sich noch einen Spalt weiter öffnen, die Augen noch lustvoller schließen. Und die Anzahl der Wimpern natürlich verdoppeln. War das Original erst einmal auf einen Haufen Daten zurechtgestutzt, konnte man sich ans beliebige Verändern machen. Mit der Musik war es ähnlich. Nur etwas komplizierter. Und damit leider teurer. Dafür war es neu. Duckwitz allein war auf die Idee gekommen, keiner sonst. Deswegen war Herr Robinson gestern so begeistert gewesen. Duckwitz war ein Pionier. Das ganze war ein Experiment. Gewagt. Kühn.

Die Leute am Computer brauchten Geduld und Geschick. Sie mußten schnell und bezahlbar sein. In Deutschland gab es diese Leute nicht. Sie hatten für viel Geld eine Vorarbeit geleistet, auf der Li-Li jetzt aufbauen konnte. Li-Li bezeichnete die Vorarbeit als ausgezeichnet. Harry konnte es nicht beurteilen. Die Vorarbeit war teuer gewesen, das wußte er. Sehr teuer.

Fast sechshundert Stellen, aus ungefähr vierhundertfünfzig verschiedenen Bluessongs waren von einem Hamburger Computerspezialisten von Harrys Platten- und CD-Sammlung penibel auf eine Festplatte kopiert und numeriert worden und harrten nun der weiteren Bearbeitung. Zuvor hatte Harry wochenlang nichts anderes getan, als seine musikalischen Schätze durchzuhören und neue zu kaufen. Das war eine gute Ablenkung. Vor lauter Musikhörenmüssen war er nicht dazu gekommen, sich seinem Kummer über die entschwundenen Frauen angemessen hinzugeben.

Als Jazzfan hatte er schon immer eine Menge Geld für Platten und CDs ausgegeben. Knapp fünftausend Mark betrug der Pensionsanteil, den er als abservierter Diplomat im Monat kassierte. Das war viel fürs Nichtstun, aber große Sprünge konnte sich ein Mann Mitte Vierzig damit nicht leisten. Falls man sich mit siebenundvierzig noch Mitte Vierzig nennen durfte. Jetzt gab es bei den Einkäufen im Musikgeschäft keine Zurückhaltung mehr. Endlich erzeugte er etwas. Etwas Bahnbrechendes womöglich. Ausgaben waren jetzt Betriebskosten. Ein privater Nebengewinn seiner Arbeit war, daß er seinen Liebeskummer gar nicht mehr formulieren mußte. Das taten die Bluessänger für ihn. Er hatte eine ideale Beschäftigung gefunden. Er brauchte nicht selbst zu klagen. Er ließ klagen.

Anfangs hatte Harry angenommen, mit den modernen Computerprogrammen könne man die Stimmen schwarzer Sänger in einzelne Elemente zerlegen und so zusammensetzen, daß der Bluesbarde, der in den zwanziger Jahren im Mississippi-Delta seiner davongelaufenen Flamme nachjammerte, tatsächlich mit seiner originalrauhen Stimme ein deutsches Lied singt: »Ich frage keine Blume, ich frage keinen Stern; sie können mir alle nicht sagen, was ich erführ so gern. Ich bin ja auch kein Gärtner, die Sterne stehn zu hoch; mein Bächlein will ich fragen, ob mich mein Herz belog.« Er hatte sich schon vorgestellt, wie schmissig diese Sätze, von einer urigen Stimme gesungen, klingen würden. Die Computerleute aber hatten gelacht und Harry klar gemacht, daß Computerlaien eine unbegrenzte Computer-Wundergläubigkeit besitzen. Sie waren angenehm nüchtern und brachten Harry bei, daß man mit Computern ein paar Kleinigkeiten machen kann, mehr aber nicht.

Daß die Stimmen nur mit Maßen verändert werden konnten, war kein Schaden für das Projekt. Im Gegenteil. Es war besser, wenn die Originalsätze kamen. Viel amüsanter, wenn deftige amerikanische Bluesfetzen in den Schubertliedern zu hören waren. Das Ergebnis mußte vor allem musikalisch befriedigen. Wenn eine einigermaßen passende Blues-Sequenz gefunden war, konnten Tonhöhe, Tonlänge und Rhythmus mit digitalem Hokuspokus verändert und der Melodie der Schubertschen Liedstimme angeglichen werden. Die Texte paßten sowieso. Sie waren sich alle ähnlich. Ob erst- oder drittklassige Dichter der deutschen Klassik oder Romantik, ob erst- oder drittklassige Texter von amerikanischen Bluessongs – es dreht sich doch immer um das eine. Sie alle klagen, weil der oder die Liebste gegangen ist, sie alle leben von der Hoffnung auf Rückkehr. Ihnen allen war zumute wie Harry.

Um nicht tatenlos hinter Mister Li-Li zu sitzen, zog Harry ein Papier hervor. Ein wichtiges Papier. Er trug es seit Wochen bei sich. In Zügen, Flugzeugen und Restaurants faltete er es immer wieder gern auseinander. Wenn andere Männer sich in den Wirtschaftsteil der Zeitung, in die Sportnachrichten oder die Speisekarten vertieften, studierte Harry mit Inbrunst sein Papier und notierte darin herum. Hier waren all die Blues-Passagen aufgezeichnet, die eventuell gegen Schubert-Passagen ausgetauscht werden konnten. Statt der Stelle »Ich wandre fremd von Land zu Land« könnte man zum Beispiel »My heart ist heavy like a stone, I'm travelin' all alone« probieren, obwohl das ein bißchen zu naheliegend und wehleidig wäre. Statt »Ach, der mich liebt und kennt ist in der Weite« bot sich an: »I hate to see the evenin' sun go down, because my baby left this town.« Statt »Die ganze Welt ist mir vergällt, mein armer Kopf ist mir verrückt«, mußte probiert werden: »My poor heart's bleedin' and my mind is all wrecked.«

»Ich kann nicht mehr singen, mein Herz ist zu voll, weiß nicht, wie ich's in Reime zwingen soll«, hieß es im Schubertlied. Doch wie er's zwingt, und wie er singt, der Schnösel. Kein Bluessänger hätte je gesungen, daß er nicht mehr singen kann. Solche koketten Selbstzweifel, solche artifizielle zentraleuropäische Unlogik waren dem Blues fremd. Vielleicht konnte man an dieser Stelle des so hübsch hüpfenden Liedes mit dem Titel »Pause« aus der »Schönen Müllerin« einfach eine ehrlichere Sequenz und Sentenz einfügen, zum Beispiel: »My pocket book is empty, my heart is full of pain.«

Man mußte immer wieder herumprobieren, welche Stellen am besten paßten. Harry hatte Li-Li gleich gestern zur Begrüßung eine Kopie der Liste gegeben. »Jajaja«, sagte Li-Li schmal und gelb, als Harry ihn daran erinnerte. Jajaja. Ein ziemlich unchinesisches »Jajaja«. Das Jajaja des germanischen Vaters, der dem Sohn nicht zuhört. Das Jajaja des weißen Mannes, dem die Anmerkungen einheimischer Verhandlungspartner beim Verkauf von

Ländereien lästig sind. So mochten die Kolonialherren früher Jajaja gesagt haben, wenn die Sultane und Prinzen versuchten, Klauseln in verheerende Verträge einzubringen. Bringt nur eure Wünsche vor, ich halte mich nicht daran. Und dieses flüchtige, desinteressierte Jajaja des belästigten Herrenmenschen, diese Erbschaft aus der holländischen Kolonialzeit und der Vereinigten Ostindischen Companie kam jetzt zurück und kehrte sich gegen Harry.

Er fuchtelte mit seiner Liste und fragte, ob Li-Li schon versucht habe, Nummer B 143 a mit Nummer L 15 zu verbinden. »Jajaja«, sagte Li-Li. Die Liste enthielt Verknüpfungsvorschläge. So war es ausgemacht. Li-Li würde die von Harry angegebenen Bluesstellen in bestimmte Lieder versuchsweise einfügen. Wenn sie sich als geeignet erwiesen, sollte er sie bearbeiten. Nummer B 143 a war eine Passage aus dem Blues »I cover the Waterfront«, Nummer L 15 war das Schubertlied »Abendrot«.

»Jajaja«, sagte Li-Li, »jajaja, no problem.«

»I cover the waterfront, I'm watching the sea, will the one I love be coming back to me?« Harry wollte diese Sequenz unbedingt vorkommen lassen. Sie entsprach seinem Gemütszustand. Vor allem das Finale war vielversprechend: »The one I love must soon come back to me.«

»Jajaja«, sagte Li-Li, »no problem.«

Auf »Leise flehen meine Lieder durch die Nacht zu dir« paßte »My girl is gone and cryin' won't bring her back«. Das war stolz und rassig gesungen. Doch Harry, der sonst nicht abergläubisch war, hatte plötzlich das Gefühl, seine Hoffnung auf die Rückkehr von Ines, Rita und Helene zu verraten, wenn er diese klare, aber niederschmetternde Erkenntnis des Endes seiner Musik-Collage einverleiben würde. »Cryin' won't bring her back« kam über-

haupt nicht in Frage. Er strich Nummer B 467 von der Liste. Die Aussage paßte ihm nicht in den Kram. Auf den Index damit. Wenn man von einer Frau verlassen wurde, durfte man sich damit nicht abfinden. Man schrie und wehklagte, und das Geschrei sollte sie zurückbringen. So hätte es lauten sollen: »Cryin' *should* bring her back.«
Zum erstenmal in seinem Leben produzierte Harry etwas. Er produzierte einen Tonträger, wie das in der Gewerbesprache hieß. Kommerzielle Angelegenheit. Er zahlte, und also bestimmte er. Und schon hatte er wie jeder Produzent das Bedürfnis, Einfluß zu nehmen und der Sache seinen Stempel aufzuprägen. Harry machte einen Vermerk in die Liste. Wenn Li-Li es fertigbringt, aus einer anderen Stelle des Songs ein »should« herauszulösen und gegen das depressive »won't« auszutauschen, dann kann die Passage benutzt werden. Mit ihrem flotten Tempo würde der Blues nicht schlecht zu dem rasanten Liedchen mit dem Titel »Mut« aus der »Winterreise« passen: »Fliegt der Schnee mir ins Gesicht, schüttl' ich ihn herunter, wenn mein Herz im Busen spricht, sing ich hell und munter. Höre nicht, was es mir sagt, habe keine Ohren, fühle nicht, was es mir klagt, klagen ist für Toren.« Ziemlich gute Worte. War fast schade, sie zu ersetzen.
Li-Li schabte jetzt geradezu ekstatisch mit den Füßen am Boden. Es war schon fast das Scharren eines Kampfhahns. »In a minute I can show you something«, sagte er zu Duckwitz, der die Hoffnung schon aufgegeben hatte und zwischen seinem Liebeskummer und dem Schubertschen und dem der Bluessänger nicht mehr unterscheiden konnte.
»Hörst du die Nachtigallen schlagen? Mit der Töne süßen Klagen flehen sie für mich.« Hörst du, Ines? Hört ihr, Rita und Helene? Männer sind doppelt und dreifach

so romantisch wie Frauen. Nur Männer hoffen wie die Geisteskranken: »But then one lucky night, she may come back again.« So lautet die Prognose aus der Welt weiser schwarzer Bluessänger. Was sagt ihr dazu, mean and evil Ladies? Harry wußte nicht, woran er war. War das eine Trennung für immer oder eine Trennung auf Zeit oder ein Test, den die Frauen mit ihm veranstalteten, eine Art Liebesprobe? Würde Helene zurückkommen? Oder Rita? Oder Helene und Rita? Oder Ines? Oder Ines und Rita? Oder Ines und Helene? Oder Rita, Ines und Helene? Oder würden sie nicht kommen, würde er sie holen müssen? Entführen? Zurücklocken? Gewaltanwendung? Frauen mochten keine Weichlinge. Die Zeiten waren Gott sei Dank vorbei. Alles völlig unklar. Vielleicht hatten sie sich alle drei längst für immer gegen ihn entschieden, und er wußte es nicht. Er machte sich verrückt. »I'm just foolin' myself« –, auch die Zeile gab es. Die Frauen machten ihn verrückt. Sie hielten ihn zum Narren. Harry wußte nicht mehr, was echt war. Der schreckliche Mister Li-Li war echt. Die Liebe war in letzter Zeit von Lug und Trug nicht mehr zu unterscheiden. »Ach! wer wie ich so elend ist, gibt sich gern hin der bunten List«, hieß es in einem der vielen Schubertlieder, die ihm im Kopf herumgingen. Nummer L 26. Das war es. Sich selbst mußte man überlisten. Sich etwas vormachen. Sich einbilden, daß man die Frauen durchaus nicht für immer verloren hatte. Das Lied endete erstaunlicherweise mit den Worten: »Nur Täuschung ist für mich Gewinn!« Völlig richtig, fand Harry, lieber trügerische Hoffnung als ein klares Ende. Er notierte das Zitat auf einen Zettel und steckte ihn in sein Portemonnaie. Irgendwann würde er diesen überzeugenden Reim auf irgendeine Ansichtskarte kritzeln und als Argument einsetzen.

Um zwölf Uhr mittags war es so weit. Drei Zickzacklinien untereinander erschienen auf dem Bildschirm: Die eine zeigte die Frequenzen der Bluesstimme, die zweite die der Schubertschen Liedstimme und die dritte die der Klavierbegleitung. Alles picobello digital. Li-Li änderte noch einige Winzigkeiten an den Kurven, dann sagte er plötzlich »Listen! Listen now!« Er kroch unter den Tisch und stöpselte hastig und verärgert widerspenstige Kabelbuchsen hin und her, tauchte wieder auf, hackte auf die Tastatur ein – und tatsächlich: Es erklangen die ersten einschmeichelnden Klavierakkorde des Schubertlieds »Pause«. Man wartete schon mit Schrecken auf die Botschaft des in seine Stube eingekehrten Wandersmanns, der gleich in der ersten Strophe mit schwellendem Bariton selbstgefällig verkünden würde: »Meine Laute hab ich gehängt an die Wand.« Statt dessen kam der völlig echt und plausibel klingende Einsatz von Billie Holiday: »My man he don't love me, he treats me awfull mean.« Dann wieder ein paar Takte Klavier, dann: »He is the lowest man, I have ever seen.«
Harry war kurz davor, Li-Li zu umarmen. Wunderbares Singapur. Geliebte Chinesen. Er konnte nicht vermeiden, daß ihm die Worte von den Lippen gingen, die man in dieser Leistungsmetropole unentwegt hörte: »You are the best!« Li-Li strahlte, er schabte und scharrte mit den nackten Füßen. Sein daumenartiger großer Zeh krümmte sich vor Entzücken. Vor lauter Übermut schlüpfte er in die hellblauen Plastiksandalen und wippte damit herum. »Noch einmal«, sagte Harry, »play it again, Li-Li!« Sie hörten es fünf-, sechs-, siebenmal ab. Die Sequenz war keine zwanzig Sekunden lang. Es war trotz Li-Lis geheimer Manipulationen Billie Holidays Stimme geblieben, genau in diesem eigenwilligen Sprechgesang hatte sie das

Schubertlied interpretiert. Die biedermeierliche Enge, das allzu Traute und Beseligende der Melodie hatte einen Kontrapunkt bekommen. Der Wind der Neuen Welt tat dem heimeligen Stückchen gut. Am Nachmittag würde Li-Li an dem Titel weiterarbeiten. Das musikalische Ergebnis interessierte ihn überhaupt nicht. Er hatte nur seine Frequenzlinien im Sinn.

Die Passage, die Li-Li gestern bearbeiten wollte, hatte sich als nicht geeignet erwiesen. Duckwitz nickte fachmännisch, verstand den Grund aber nicht. Schade. »I love my Baby, she is so mean to me« war ein wichtiger Satz gewesen. Dafür überraschte ihn Li-Li mit einer anderen Sequenz. Dem bewegten Klavierbeginn von »Gretchen am Spinnrade« folgte jetzt nicht das bekannte nochkeusche »Meine Ruh ist hin, mein Herz ist schwer«, sondern ein männliches, heiseres »Blow, wind, blow my baby back to me, since she's been gone nothin's like it used to be.«

Nothin's like it used to be – Harry war gerührt. Sein Thema. Die Klage des verlassenen Mannes. Nichts war mehr so wie es gewesen war, seitdem Ines, Rita und Helene das Weite gesucht hatten. Li-Lis Digitalisierungsarbeit brach hier leider ab. »Tomorow no problem!« Der Text ging weiter: »I've been drinkin' muddy water, sleepin' in a hollow log, because my baby treats me like a lowdown dog.«

Ja, wie einen Hund hatten ihn die Frauen behandelt. Vor allem Ines. Aber damit endete auch schon jäh die Identifikation. Das Raffles Hotel, in dem Harry heute schlafen würde, konnte man als alles mögliche bezeichnen, nur nicht als ein »hollow log«, was so viel wie stinkiges Loch hieß. Es paßte nicht zu Harrys Blues-Projekt, in einem Palast zu wohnen. Morgen würde er umziehen.

Morgen würde er die von Li-Li empfohlene Tour machen. Pantai Chinta Berahi, Strand der leidenschaftlichen Liebe. Nach Kota Bharu fliegen, und von dort aus ein paar Unternehmungen machen. Li-Li war gut eingearbeitet, Harry sollte ihn eine Woche mit seiner Anwesenheit verschonen.
Li-Li wirkte nicht einmal erleichtert, als Harry ihn informierte. Undurchschaubare Asiaten. Wo Harry doch nur Li-Li zuliebe die Reise unternahm. Er selbst hatte von sich aus kein Bedürfnis, weder nach Kulturdenkmälern noch nach Erholung. Er hatte nur einen Wunsch: dieses verrückte Musik-Projekt so rasch wie möglich zu einem guten Ende zu bringen. Er vermied das ordinäre Wort Erfolg. Er dachte es nicht einmal.
Ein Überbleibsel der Studentenbewegung. Es war Mai 1993, das Jahr 1968 war seit fünfundzwanzig Jahren vorbei. Aber nicht alle alten Ideale waren hinüber. Von den Erinnerungen halten oft die unwesentlichen am längsten. So ist es auch mit den Idealen oder Ideen. Das Streben nach Erfolg war für Harry von Duckwitz noch immer verdächtig. Eine verdächtige Ideologie. Verdächtig wie ein Schlips. Schlipse konnte man vermeiden. Als Diplomat war das oft nicht einfach gewesen. Mit dem Erfolg war es noch schwieriger. Man brauchte ihn, man liebte ihn, man lechzte nach ihm, und doch war er einem nicht geheuer. Er war auch oft widerlich. Erfolgsbesessenheit war etwas Abscheuliches. Wer aber keinen Erfolg hatte, der war leider eine langweilige Pflaume.
Harry hatte den Konflikt für sich folgendermaßen gelöst: Den gewöhnlichen Erfolg lehnte er ab. Er wollte mehr. Er wollte den Triumph. Wer sich als »erfolgsorientiert« ausgab, war für ihn ein Arschloch. Ein gemeiner Emporkömmling. Harry behauptete von sich, »triumphorien-

tiert« zu sein. Das war etwas anderes. Sein fertiges Musikprojekt sollte triumphal gefeiert werden. Großes Staunen sollte um sich greifen. Lauter offene Münder. Und dann abwinken: Ich bitte Sie, meine Damen und Herren, machen Sie kein Aufhebens. Was heißt hier innovativ. Würden Sie mich bitte mit diesem Kotzwort verschonen. Ich hatte etwas Liebeskummer, und ich hatte etwas Geld übrig. Das ist alles. Da ich selbst kein Sänger bin, habe ich andere den Blues für mich singen lassen, den ich in Herz und Hoden hatte. Da ich die Stimmen der Gestrigen besser finde als die der Heutigen, haben wir uns mit elektronischen Tricks aus dem Fundus der Vergangenheit bedient.
Harry war triumphbesessen und erfolgsverwöhnt. Mit den Frauen hatte er immer nur Glück gehabt. Nur schöne Liebesgeschichten, solange er zurückdenken konnte. Schmerz kannte er nur als Reiz. Nie das ganz große Leiden. Immer hat er das Wichtigste bekommen. Nie verloren im Spiel. Bis zum letzten Herbst. Er hat keinen besonderen Fehler gemacht. Plötzlich verabschiedeten sich die Hauptfrauen unsanft. Eine nach der anderen. Rita, Ines und Helene. Weg waren sie. Wie abgesprochen. Lassen ihn allein zurück. Wo er fest damit gerechnet hatte, daß sein Glück die letzten zwei Jahrzehnte auch noch anhalten würde. Manche Leute sind ihr Leben lang reich. Warum sollte er nicht ein Leben lang Glück bei den Frauen haben. So viel verlangt war das auch nicht. Und jetzt das. Verlassen. Und keine Übung darin. Er kann die Situation nicht einschätzen. Ist einfach etwas abgelaufen? Die Glückssträhne vorbei? Die Liebe verbraucht? Aber das gibt es nicht. Es kann nicht vorbei sein, was sich so hart und heiß anfühlt.
Sie würden Augen machen, die Frauen, wenn Harry im

Herbst die erste der CDs auf den Markt schmiß. Auch sein Bruder Fritz, der Dichter, würde Augen machen. Fritz der Musensohn. Hätte er nicht geglaubt, daß der Musenhasser Harry derart von sich reden macht. »Schubert Meets The Blues.« Die Pilotproduktion von Blue Baron. Im Prospekt werden weitere Musikcollagen von Blue Baron auf CD angekündigt: »Big Joe Turner shouts Schubert's Schwanengesang.« Untertitel: »Isn't he romantic!« Und: »Talking To The River: T-Bone Walker sings ›Die schöne Müllerin‹«. Konzeption und Produktion: Harry von Duckwitz. Digitally remastered by Li-Li Tang, Singapore. Wenn das Konzept ausgereifter war, könnte man sich auch an bekannte Größen wie Louis Armstrong und Billie Holiday machen. Harry hatte die Stimmen von Rita, Ines und Helene im Ohr. Rita: Ich sag nie wieder was gegen deinen Blues- und Jazzfimmel, die Collage ist einmalig, daran wird in Zukunft keine Liedersängerin und kein Liedersänger mehr vorbeikommen. – Helene: Es hört sich noch schlimmer an als ich dachte. Reines Prostatageächze alter Männer und monotones Gestöhn von Masochistinnen. Gratuliere trotzdem, du hast den bescheuerten Nerv der Zeit getroffen. – Und Ines: Diese Musik erreicht mich total. Du bist mir ganz nah, wenn ich das höre. Das ist die Sprache, die ich verstehe, besser als deine mopsigen Briefe. Jetzt weiß ich, daß ich dir – und daß ich zu dir gehöre.

Beschwingt, fast benommen von der Vision seiner künftigen Bedeutung, fuhr Harry in sein Protzhotel und buchte eine Rundreise durch die malaiische Halbinsel. Inklusive »Strand der leidenschaftlichen Liebe«. Er mußte sich zwingen, verordnete sich die Reise, weil er dazu neigte, Sehenswürdigkeiten aus dem Weg zu gehen. Helene hatte ihm oft vorgehalten, er verstünde das Leben nicht zu genießen. Tatsächlich machte er sich wenig aus gutem Essen, traumhaften Stränden und kultureller Zerstreuungen. Es war ein Versuch: Würden ihn die vielfältigen Angebote einer anspruchsvollen Ferienreise ergötzen oder anöden? Das mußte er in Erfahrung bringen. Was er wirklich wollte: mit Ines vögeln bis zur Besinnungslosigkeit. Das war nicht möglich.

Er ließ Li-Li eine Botschaft zukommen und drohte seine Rückkehr in fünf Tagen an. Er rechne fest damit, daß dann vier der zwölf geplanten Titel der CD fertig seien. Danach rief er in seinem alten Hotel an und verlangte Robinson. Mister Robinson war abgereist. Nein, keine Nachricht. Das gab Harry einen Stich.

3 *Harry macht eine Rundreise durch Westmalaysia und langweilt sich. Einige Bemerkungen über Land und Leute und die islamische Religion, vor allem aber über das Verzögern der Zeit und die Anpassungsfähigkeit westlicher Touristen, nebst einer Erinnerung an die vor drei Monaten in Harrys Leben getretene Barbara und die erste gemeinsame Nacht mit ihr.*

Den »Strand der leidenschaftlichen Liebe« an der Ostküste der malaiischen Halbinsel hatte sich Duckwitz anders vorgestellt. Nicht einmal die Postkarten entsprachen der verheißungsvollen Bezeichnung. Das Paradies gab es nur im Werbespot. Frisches Popcorn futternd in einem Kölner Kino zu sitzen und auf der Leinwand einer fröhlich tollenden Gruppe junger Idealkörper beim Trinken von weißem Rum zuzusehen, kam der Vision des irdischen Glücks näher als das, was Duckwitz heute zu sehen bekommen hatte. Nichts als feiner Sand und im Rücken ein paar Palmen. Strand der leidenschaftlichen Liebe? Viel zu endlos alles. Endlosigkeit hatte nichts mit Leidenschaft zu tun. Leider. Eine Bucht am Fuß einer Steilküste wäre der angemessenere Ort für die wildbewegte Bezeichnung. Obwohl er vor drei Monaten von Köln nach Hamburg umgezogen war und auch dort schon mehrere Filme gesehen hatte, sah er sich noch immer in Köln im Kino sitzen. Selten mit Ines. Weil die zwei Kinostunden von der kostbar knappen Liebeszeit abgingen. Häufig mit Helene und Rita. Nie selbstgefällig zwischen den beiden Frauen. Nur nicht paschahaft wirken! Schöne Zeiten.
Als er beim Abendessen im Hotel den gepriesenen Strand beschimpfte, protestierten die anderen am Tisch. Herr von Duckwitz hätte sich nicht mittags schon ausklinken dürfen. Die wirklich schönen Stellen habe man

erst am Nachmittag zu Gesicht bekommen. Harry bezweifelte das. Touristen waren genauso leichtgläubig und kritiklos wie Käufer moderner Kunst. Sie waren unsicher, aber wollten nicht, daß ihre Investition verloren war. Deswegen fanden sie alles gut und plapperten nach, was Katalogtexte und Prospekte verhießen. Wer die Schönheiten anderer Länder anzweifelte, galt als zentraleuropäischer Provinzspießer. Blind für die Freuden der Fremde. So wollte man nicht sein. Also wurde abends von den Sehenswürdigkeiten des Tages geschwärmt.
Harry hatte eine Fünf-Tage-Rundreise durch Westmalaysia gebucht. Es gab keine Veranlassung, die Halbinsel auf eigene Faust zu erkunden. Er war nicht auf Abenteuer aus. Daß fast nur Briten an der Tour teilnahmen, machte die Unternehmung nicht wesentlich erträglicher. Er saß am Tisch mit einem schottischen Fußballvereinsmanager und dessen Freundin und einem österreichischen Professor. Der schottische Fußballvereinsmanager war auf den Philippinen gewesen, um sich einen Wunderspieler anzusehen und mußte nun die Entscheidung treffen, ob sein Verein eine halbe Million Pfund für den sagenhaften Torschützen ausgeben sollte. Er wurde begleitet von einer sommersprossigen Freundin. Ein farbloses Pärchen, eine Bestätigung des Klischees von den blassen Briten. Die Blässe der beiden war eine solche Gemeinsamkeit, daß der Altersunterschied kaum noch auffiel. Der Fußballmann dürfte so alt wie Harry sein. Mitte, wenn nicht Ende Vierzig, sie Ende Zwanzig. So alt wie Barbara. Harry fragte sich, wieso er Barbara nicht aufgefordert hatte, ihn auf dieser Reise zu begleiten. Die süße Hamburgerin Barbara mit ihren Augen wie Moccatassen. Wenn Barbara und er an einem Tisch saßen, sah das

anders aus. Dann sprühte und funkelte es. Eine kleine Aufwallung stimmte Harry sofort versöhnlicher, es schwand sein Haß auf die betrügerischen Tropen und die kritiklosen Touristen, die wie Schwämme alles aufsaugten und sogar die Terrorherrschaft des impertinenten Islam ehrfürchtig respektierten. Die Europäer in Asien waren mindestens so anpassungsbesessen wie die Japaner in Würzburg, Heidelberg und Florenz.
Er würde Barbara nach dem Abendessen anrufen. Mitternacht hier war in Hamburg sechs Uhr abends. Barbara würde natürlich wieder nicht zu Hause sein. Trotzdem: Es leben die modernen Zeiten mit ihren über dem Globus kreisenden Telefonsatelliten, sie leben hoch. Er sollte seine albernen Bedenken fahren lassen, für einen alten Lustmolch gehalten zu werden. Barbara war erwachsen genug, um »Nein danke, du oller Sack!« zu sagen. Vielleicht hätte sie ja auch begeistert zugestimmt, und lange Vögelnächte würden ihn jetzt den Strand der leidenschaftlichen Liebe ganz anders sehen lassen. Auch das CD-Projekt würde vom Schwung frisch entfalteter Erotik profitieren.
Harry bestellte eine Gabel. Nicht einzusehen, warum er sich mit den Stäbchen abmühen sollte. Neben dem blassen Britenpaar nahm sich der österreichische Ingenieur am Tisch fast südländisch aus. Professor war er auch. Ingenieur und Professor. Da in Österreich »Herr Professor« und »Herr Ingenieur« die klassischen, unechten Phantasietitel sind, mit denen höfliche Ober ihre Gäste aufwerten, sah sich der Mann aus Innsbruck gezwungen, seinen Titeln ein gutgelauntes »aber wirklich« anzufügen. Er hätte natürlich seine Titel auch verschweigen können, anstatt sie selbstironisch zu bestätigen. Nach seinem zweiten Herzinfarkt hatte er begonnen nachzudenken.

Das Leben konnte nicht nur darin bestehen, Studenten nonstop in die Geheimnisse des Maschinenbaus einzuweihen und täglich bis Mitternacht Fachgutachten zu formulieren. Er hatte sich besonnen, und da man dem Übel nur organisiert entgegentreten kann, gründete er einen Verein und nannte ihn »Verein zur Verzögerung der Zeit«. So österreichisch wie er es aussprach, klang es nicht sektiererisch, sondern charmant: Verein zur Verzögerung der Zeit. Harrys Spott fing der Ingenieur gekonnt ab und mokierte sich seinerseits über die mit rasender Geschäftigkeit verdeckten Leerläufe des Wirtschaftslebens und über die Schweine, die man mit Rapidmast in wenigen Wochen zu schlachtreifen Homonmonstren emporfüttert. Er mochte Recht haben, aber er reizte Harry zum Widerspruch, denn nach Ruhe und Beschaulichkeit war ihm nicht zumute. Er säße lieber im Studio von Mister Li-Li in Singapur und triebe hastig die Produktion der verdammten Schubert-Blues-CD voran. Wenn er rasch damit fertig werden würde, nähme er auch mit einem Schweinefleischimbiß aus der Hochgeschwindigkeitsmast vorlieb.

Der Ingenieurprofessor hatte Duckwitz schon tags zuvor angesprochen: »Sie sehen aus, als würden Sie sich langweilen.«

»Allerdings«, sagte Duckwitz.

»Seien Sie froh!« Der Professor machte eine Kunstpause. »Viele Leute können das nicht mehr. Während man sich langweilt, verrinnt die Zeit langsamer, das muß man genießen.«

In Harry erwachte sofort der Altlinke: »Fragen Sie mal einen Bauarbeiter, dem beim Schaufeln von Erdlöchern die Zeit nicht vergeht, ob er es genießt, wenn der Feierabend sich so richtig schön langsam nähert.«

Der Professor kannte den Einwand: »Das ändert nichts daran, daß sich Personen, die das Glück haben, eine unentfremdete Arbeit zu leisten, nach einer langsamer vergehenden Zeit sehnen.« Ob er fragen dürfe, was Herr von Duckwitz mache.
Duckwitz dachte an Ines und Helene. Noch Monate hin bis zum Treffen in Palermo und Paris. Das einzige, sagte er, was ihn beim Umgang mit der Zeit interessiere, sei: Wie kann man die Zeit beschleunigen, wenn man auf ein Liebestreffen wartet.
Diese Überlegung fand der Professor nett. Aber er nahm sie nicht ernst. Wenn man die Liebe an erste Stelle rückte, wurde man nicht ernst genommen. Auch die Frauen nahmen einen nicht ernst. Sie hörten gern zu, wenn man von der Bedeutung der Liebe sprach, aber sie glaubten einem nicht. Kaum hatte man ausgeschwärmt, wandten sie sich den runden Geburtstagen ihrer Freundinnen und der Planung des nächsten Urlaubs zu. Man mußte sich umbringen, damit sie an die Macht der Liebe glaubten. Und auch dann würden sie einen nicht verstehen, sondern mit den Oberzähnen bestürzt auf die Unterlippe beißen und etwas von »schrecklicher Verwirrung« tuscheln.
Immerhin, Harry hatte mit dem österreichischen Zeitverzögerungsprofessor jemanden, mit dem er philosophieren konnte, und der schottische Fußballvereinsmanager gab ihm Gelegenheit, seinen Abscheu vor dem Fußballsport auszubreiten. Fußball war eine Religion, die Spieler waren die Helden und die Funktionäre wurden wie Götter verehrt. An Ehrfurchtsbeteuerungen gewöhnt, empfand es der Schotte als erfrischende Abwechslung, mit einem Menschen am Tisch zu sitzen, der noch nie in seinem Leben ein Fußballspiel gesehen hatte

und der Teamgeist und Mannschaftsport als Keimzellen des Nationalismus verachtete. Besonders gefielen dem Schotten Duckwitz' Auslassungen über fußballbegeisterte Intellektuelle: Die seien mit ihrem kitschigen Hineinkriechen in den vulgären Geschmack der Massen, mit ihrer ewigen Suche nach dem verlorenen Proletariat noch nervtötender als randalierende Fanatiker.
Über die Schubert-Blues-CD konnte sich Harry weder mit dem Österreicher noch mit dem Schotten unterhalten. Sie entglitt ihm von Tag zu Tag mehr. Er vermißte Herrn Robinson mit seiner flüchtigen und doch beflügelnden Begeisterung. Er vermißte das Fernsehen zu Hause und die Zeitungen beziehungsweise den befriedigenden Ärger, wenn nichts geboten wurde. Er vermißte seine Musik. Sich das reinziehen können, wozu man Lust hat. Noch heute ärgerte er sich, mit welchem Eifer er sich gewehrt hatte, als das Wort »reinziehen« Mode wurde. Wie ein Sprachhüter hatte er vor Kollegen im Auswärtigen Amt gegen das neue Wort polemisiert, das doch treffend die Gier beschrieb, mit der man den lebenswichtigen Stoff in sich aufnahm. Er vermißte das Blättern in Kunstbüchern, das europäische Straßenleben und die Waldseen außerhalb der Städte. Er vermißte Buden mit Currywürsten. Er vermißte die Frauen. Das Vermissen von Rita fühlte sich mulmig an, das Vermissen von Helene dumpf und bitter, das Vermissen von Ines schneidend. Jetzt, wo er an Barbara gedacht hatte, vermißte er auch sie. Ihr Fehlen zwickte ihn.
Um elf gingen die meisten gähnend zu Bett. In Hamburg war es fünf Uhr nachmittags. Auf Barbaras Anrufbeantworter war ihr übliches Zwitschern zu hören. Zwei Stunden später dasselbe. Dazwischen hatte Harry drei asiatische Schlägerfilme gleichzeitig gesehen. Unentwegt

sprangen Leute in die Luft und schlugen einander die Füße in Gesicht, ohne daß irgendwelche Lippen oder Augenbrauen in Mitleidenschaft gezogen wurden. Zwei andere Sender zeigten Tausende von Muselmanen beim hysterischen Beten in einer Riesenmoschee.

Mit Barbara hatte es verheißungsvoll begonnen. Anfang des Jahres war eine Podiumsdiskussionsmode ausgebrochen. »Brauchen wir noch ein Nationalgefühl?« – »Ist der Rechtsradikalismus eine Gefahr für die Demokratie?« – »Das wiedervereinigte Deutschland und seine Rolle in Europa.« – »Wer hat Angst vor dem deutschen Mann?« Harry war in den Diskussionsrunden die Rolle des Nationalgefühlverächters zugedacht. Die Analzote, die ihm 1990 den Diplomatenjob gekostet und ihn in den vorzeitigen Ruhestand befördert hatte, war infolge eines lächerlichen Gerichtsverfahrens zwei Jahre später an die Öffentlichkeit gedrungen und hatte ihn zumindest bei den Organisatoren von Podiumsdiskussionen bekannt gemacht. »Mit einem schwarz-rot-gelben Lumpen würde ich mir nicht einmal der Arsch ausputzen.« So drastisch sagt das nicht jeder. Solche Stimmen sind gefragt. Duckwitz war haltlos genug gewesen, bei einigen Podiumsdiskussionen zuzusagen. Den Schmeicheleien der Organisatoren gegenüber war er wehrlos. Nach zwei Jahren unseligen Daseins als Frühpensionär waren diese albernen Auftritte besser als nichts. Auch nach seiner Singapurreise waren noch einige Termine angesagt. Er sollte sie absagen, aber er würde es nicht tun. Denn der albernste Diskussionsquatsch war besser, als ohne Job und ohne Frauen zu Hause zu sitzen und sich zu fragen, ob man den Jazz nach 1950 oder nach 1960 nicht mehr gelten lassen sollte.

In Hamburg war Harry gequält von der Diskussion vom

Podium gestiegen. Der Saal war schon leer. Teilnehmer, Veranstalter und besonders interessierte Besucher würden sich in einem Restaurant treffen. Und da war sie. Sie lehnte an einer Säule. Ihre großen Moccatassenaugen ruhten auf ihm, als er an ihr vorbeigehen wollte. Nachsichtig, fand Harry.
»Entschuldigung«, sagte er.
»Warum?«
»Weil ich so viel dummes Zeug geredet habe.«
»Ich war nicht dabei«, sagte sie. Sie war Studentin und jobbte hier. Wenn Harry ihr beim Zusammenstellen der Stühle hilft, begleitet sie ihn in das Restaurant.
Übermannt von der Erinnerung, wählte Harry ein drittes Mal Barbaras Nummer. Es ist halb vier, das heißt halb zehn in Hamburg. Nichts.
Sie waren dann zusammen in das Restaurant gegangen. Die Podiumsleute und ihr Anhang hatten schon das erste Glas geleert und machten sich vor, daß die Veranstaltung gelungen war. Dieser Trieb, sich zu betrügen! Wie bei den Urlaubsreisenden. Wie bei den Kunstkäufern. Wie bei den Liebenden. Harry, der nicht in Form gewesen war, wurde mit Hallo begrüßt und gelobt. Er nahm Platz und unterhielt sich ausschließlich mit Barbara. Er habe das Gefühl, sagte er, der Nationalismus sei schon so gut wie verschwunden, aber mit solchen Veranstaltungen hole man ihn immer wieder hervor. Man male ihn an die Wand, man erhalte ihn geradezu mit solchen idiotischen Diskussionen. Logo, sagte Barbara, das habe alles mit Kant und dem Ding an sich zu tun, das Ding an sich gäbe es auch nicht, sondern nur unsere Ansichten dazu. Harry wollte protestieren. Ganz so unexistent sei der Nationalismus auch wieder nicht! Barbara aber, die erotische Barbara, die eine Doktorarbeit über den nicht sehr eroti-

schen Immanuel Kant schrieb, ergriff Harrys Unterarm, drückte ihn zart und sagte frohlockend: »Du hast doch Liebeskummer! Erzähl mir von den bösen Frauen!« Von da an hielt Harry Barbara nicht mehr für intelligent, sondern für weise und erleuchtet. Während er von Ines, Rita und Helene und der Trennung erzählte, ließ sie ihre beiden Hände auf seinem Arm, die zartesten Hände, die Harry je gesehen und gefühlt hatte.
»So schlimm geht es dir ja gar nicht«, sagte sie, als er nach anderthalb Stunden durch war.
Harry pochte auf seinen echten Liebesschmerz, mußte sich aber eingestehen, daß die Spannung viel von diesem Schmerz wegnahm. Die Aussichten auf die Treffen in Palermo und Paris waren durchaus beflügelnd. Helene hatte die Trennung vielleicht als echte Bedenk- und Erholungspause gemeint, Ines aber, das durchtriebene Luder, hatte damit wahrscheinlich nur für eine Steigerung der Reize sorgen wollen. Sie wollte noch ein paar Affären haben, ehe sie sich für immer und ewig allein Harrys Lust auslieferte.
Je mehr Harry von seinem schönen Leben mit Rita, Ines und Helene erzählte und von den Torturen der Trennung schwärmte, desto näher rückte Barbara. Sie wollte alles genau wissen. Um ein Uhr gingen die Podiumsleute. An der Art, wie sie Harry und Barbara nicht aufforderten, mitzugehen, wie sie sich lächelnd entfernten, merkte Harry, daß sein Wohlgefühl längst Liebe war. Nur Frischverliebte haben die Kraft, ihre Umgebung so zu entzücken. Auch daß die Kellner, die das Lokal schließen wollten, nicht drängten, sondern ihr Bleiben freundlich duldeten, fast als gehörten Harry und Barbara zum Personal, war ein eindeutiges Zeichen.
Barbara führte Harry in eine Bar am Hafen. Die Hai-

fischbar. Schöne fremde Welt. Zuhälter, Nutten, echte und falsche Blinde. Alles Alkoholiker. Und alle nett. Kaum saßen sie dort, legte Barbara wieder ihre Hand auf Harrys Arm. Er dachte an die Handschuhe der Tante: weiches, weißes, dünnes Leder, Glacé sagte man wohl, lang bis zu den Achseln hoch. Er hatte bisher keine Frau getroffen, der diese Handschuhe paßten. Rita, Helene und Ines hatte schlanke Hände und Arme, aber sie hatten sich vergeblich abgemüht, in die eleganten Schläuche zu schlüpfen. Barbara müßten sie passen. Sie soll die Handschuhe bekommen. Nachts um vier brachte der Wirt einen Teller mit zwei kalten Buletten. Eine Spende des blinden Akkordeonspielers. Sie sind im Paradies. Alle Gäste handeln mit käuflicher Liebe, und doch freuen sie sich an der unbezahlbaren, die in ihrer Mitte zwischen dem fremden Paar entsteht. In fast regelmäßigen Abständen drückten Harry und Barbara Schultern, Beine, Wangen aneinander.
Um sechs Uhr früh brachen sie auf. Das Taxi hielt vor Barbaras Wohnung. Langes Hin und Her im Auto. Sie wollte ihn nicht mit hinaufnehmen. Die Mißstimmung verwandelte sich in Glück, weil Barbara statt dessen mit Harry zum Hotel fuhr. Wieder langes Hin und Her. Geduldiger Taxifahrer. Schwarzer Mann aus Nigeria. Harry sagte, daß er drei Jahre im benachbarten Kamerun gelebt habe. Ah ja? »Beeindruckt ihn nicht«, sagte Harry zu Barbara. »Aber mich«, sagte sie. Sie kam nicht mit ins Hotel. Dafür fuhr Harry wieder mit zu ihr. Es war bereits halb acht. Sachlicher Berufsverkehr entzaubert die Erinnerung an die Nacht. Um zehn ging sein Zug nach Bonn. Keine Zeit mehr für weitere Bemühungen. Jetzt fiel ihm der Abschied nicht mehr schwer. Prompt fragte sie: »Ist was?«

Um acht war er dann im Hotel und rief sie an. Sie lag im Bett und war ganz nah. Sie gluckste, gurrte, flötete. Bis halb zehn telefonierten sie. »Wenn du von einer Wohnung hörst, sag es mir«, bat Harry. Es machte ihn nervös, in der Nähe von Ines zu leben. Er wollte nicht beim Jazzplattenkaufen in Köln ständig hoffen müssen, ihr zu begegnen. Um zwanzig vor zehn verließ er hastig das Hotel, ungefrühstückt und ohne das Bett benutzt zu haben.
Drei Wochen später das Unfaßliche: Barbara hatte eine Wohnung für ihn. Groß, hell, alt, erschwinglich. Ein Verlagsmensch ging für drei Jahre nach New York. Weiter als drei Jahre dachte kein normaler Mensch voraus. Das Eifelhaus und die Bonner Wohnung würde er aus Bequemlichkeit vorläufig behalten. Wohin mit den Sachen. Er genoß seine sofortige Zusage. Kein Wägen, kein Zaudern. »Du gefällst mir«, sagte Barbara, und das simple Lob tat Harry gut. Er gefiel sich auch selbst, wie er zielsicher die drei besten Hosen, die vier besten Unterhosen, die fünf besten Hemden, die zwei besten Jacketts in einen Koffern warf. Dann die Musik. Auch hier war natürliche Selektion geboten. Auf dreißig Platten wollte er sich beschränken, aber es wurden fünfzig. Und ungefähr dreihundertfünfzig CDs erschienen ihm lebenswichtig, um immer das richtige Stück zum Steigern oder Vertreiben von Stimmungen verfügbar zu haben. Jetzt beim Packen hatte er »Stomping At The Savoy« aufgelegt. Juni 1945. Townhall Concert, New York. Ein Trio, das Tote aufweckt. Ideal für den schwungvollen Aufbruch in ein neues Leben. Gene Krupa drischt hingebungsvoll auf das Schlagzeug ein, Charlie Ventura spielt butterweich die Melodie, er schmiegt sich mit dem Tenorsaxophon wie eine Katze an den harten Rhythmus,

dazu vermittelt ein Klavier routiniert zwischen dem Dialog der beiden Hauptstimmen. Die ideale Musik, um Bonn zu verlassen. Harry packte noch ein gutes Dutzend unverzichtbare Jazz-Nachschlagewerke zusammen und montierte die Abspielanlage ab. Im Bücherregal nichts, wozu er jetzt Lust hatte. Einzig ein literaturwissenschaftliches Sachbuch steckte er ein, das er vor Monaten wegen des Titels gekauft hatte und in dem er gelegentlich schmökerte: »Liebesverrat. Die Treulosen in der Literatur.« Als er starten wollte, fielen ihm die Glacéhandschuhe von Tante Katharina ein, die er als Geschenk für Barbara vorgesehen hatte. Eine gute Stunde mußte er auf dem Speicher danach suchen.
Ein Umzug wie von einem Studenten. Die fast fünftausend Mark Suspendierungspension im Monat waren allerdings weniger studentisch. Damit konnte sich Harry bequem die Bonner Wohnung leisten. Hinzu kamen die idiotischen Podiumsdiskussionen, die zwei- oder dreitausend pro Auftritt brachten.
Kein Abbruch der Brücken und trotzdem ein Aufbruch. Seitdem wohnte Harry in Hamburg. Heimlich stellte er sich ein neues Leben mit Barbara vor. Mit ihr über Ines, Rita und Helene zu reden würde besser sein, als wirklich wieder etwas mit den entlaufenen Frauen anzufangen. Aber der Kontakt mit Barbara war dürftig. Von Bonn aus hatte er sie öfter erreicht. Einmal trafen sie sich zur Übergabe der Handschuhe. Sie paßten tatsächlich, aber Barbara wußte das nicht zu schätzen, fand Harry. Sie sah aus wie Audrey Hepburn, die erfolgreich einen Millionär becircen wird. Harry versuchte, sich die Enttäuschung über Barbaras mangelnde Resonanz anmerken zu lassen. Er wollte eine sanfte Bemerkung hören: Ich bin dir nicht begeistert genug, stimmt's? Ines hätte das gesagt. Helene

sowieso. Und Harry dann natürlich: Ach was! Wie kommst du auf die Idee! Barbara spürte sein Signal nicht, und Harry zweifelte an ihr. Sie war nicht die Frau für sein Leben. Sie war süß und flüchtig. Für eine Intellektuelle war sie erstaunlich sinnlich. Aber ihre ungewöhnliche gemeinsame Nacht hatte keine Verbindung geschaffen. Die Liebe zu ihr und die Hoffnung, sie zu erobern, entglitt ihm, und auch das bemerkte sie nicht, weil sie das Vorhandensein seiner Liebe nicht bemerkt hatte oder nicht bemerken wollte. In Hamburg fing Harry an, sein Schubert-Blues-Projekt zu entwickeln, das interessierte Barbara nicht. Sie wollte nach wie vor Geschichten von Rita, Ines und Helene hören, aber Harry fing an, ihrer Anteilnahme zu mißtrauen. Kein Wunder, daß er nicht auf die Idee gekommen war, sie auf die Reise nach Singapur einzuladen.

Nur am Telefon war sie die alte. Wenn Harry sie erreichte, sagte Barbara immer: »Du hast Glück gehabt, ich wollte gerade aus dem Haus gehen.« Er hielt ihre Bemerkung für eine Lüge. Sie wollte damit die Möglichkeit haben, das Gespräch jederzeit zu beenden. Gleichzeitig sollte man denken, sie nähme sich Zeit für einen. Nach einer dreiviertel Stunde sagte sie dann, sie könne den Sowieso nicht länger warten lassen. Es waren ausnahmslos Museumsdirektoren, Chefredakteure, Theaterintendanten, Lehrstuhlinhaber, Nobelpreisträger, Verlagsleiter. Sie gab nicht damit an. Sie sagte es beiläufig, aber sie sagte es. Auch das hielt Harry für eine Lüge. Eine niedliche Neurose. »Es ehrt dich, daß du dich mit einem gesellschaftlichen Nichts, einer kulturellen Null wie mir abgibst«, sagte er. Als er einmal wegen seines CD-Projekts mit einem Plattenproduzenten zu tun hatte, waren sie auf Barbara zu sprechen gekommen. »Verabreden Sie sich nie mit der zum Essen«, sagte der Produzent, »die kommt glatt eine Stunde später und sagt, sie habe ihre große Liebe an der Strippe gehabt.« Harry forschte nach und bekam heraus, daß sie sich tatsächlich seinetwegen so unmäßig verspätet hatte. Ein andermal ließ Barbara einen nobelpreisverdächtigen amerikanischen Dichter wegen Harry in einem Lokal an der Alster warten. Nach dem verzögerten Essen hatten sie einen Kahn gemietet, und der Dichter hatte ihr zwei frisch inspirierte Elegien vorgetragen: »Waiting For Barbara« und »The Man Who Is Wild Barbara's Real Love How Happy He Must Be«. All die hochwichtigen Kulturträger hielt sie sich offenbar vom Leib, indem sie ihnen von ihrem Liebhaber erzählte. Der Haken war nur, daß Harry ihr wirklicher Liebhaber nicht war. Sie hörte deshalb so gern und unermüdlich seine rasenden und komplizierten Liebesgeschichten, weil sie einige Elemente für ihre erfundene Liebesgeschichte verwenden konnte. Sie zapfte von Harry wirkliches, frisches Liebesleid ab und gewann daraus ein künstliches für ihren Gebrauch. Sie war ein Spezialvampir. Deswegen hatte sie Harry darauf aufmerksam gemacht, daß er immer, wenn er von Ines erzählte, das Wort »wild« benutzte. Fast eine kleine Rüge. Vermutlich brauchte sie für ihre Phantasiegeschichten abwechslungsreichere Adjektive und wollte auch die von Harry gratis geliefert bekommen.

Erst jetzt, ein paar tausend Kilometer entfernt in einem malaiischen Hotelzimmer in einer Stadt, deren Namen sich Harry nicht merken konnte und wollte, am Ende einer unsinnigen Fernsehnacht, glaubte er plötzlich, Barbara zu durchschauen. Ihr seltsames, zutraulich-zurückweichendes Verhalten war nur so zu erklären. Daß er endlich hinter diese Taktik gekommen war, die Barbara

selbst nicht ganz klar sein dürfte, war eine Entschädigung. Trau keinem Intellektuellen und vor allem keiner Intellektuellen, sagte er laut zu sich. Trau keinem Philosophen und vor allem keiner Philosophin.
Harry hielt sich selbst nicht für sonderlich intellektuell. Er konnte mithalten, das ja. Es fiel ihm nicht schwer zu bluffen und aberwitzige Theorien aus dem Ärmel zu schütteln. Es machte ihm auch Spaß. Aber es blieb Geplänkel. Es war immer unverbindlich. Man kam sich nicht nah. Man machte Witze, und die standen zwischen einem. Darum war es mit Elizabeth Peach nie weitergegangen. Man wollte seine Zuneigung ausdrücken, aber möglichst indirekt. Plötzlich war man bei Lukas Cranach und seinem Bild vom Urteil des Paris, interpretierte hemmungslos drauflos und hatte vergessen zu sagen, daß man sich mag. Mit Helene war es anders. Das halbgebildete Herumgerede war nicht das Wesen ihres Verhältnisses, sondern eine Zutat. Rita und Ines waren beide auf unterschiedliche Art unintellektuell. Sie nahmen ihr Leben ernst. Intellektuelle nehmen nichts ernst, das macht den Umgang mit ihnen so anstrengend und so unergiebig. Harry hatte plötzlich das Gefühl, seine Liebe zu Ines verraten zu haben, an Barbara, die ihm wie ein intellektuelles Flittchen vorkam. Die Liebe war wirklich wild gewesen. Trivial vielleicht, aber echt. Er kam sich ausgenützt vor und beschloß, sich zu rächen.
Es war sieben Uhr, und Harry ging frühstücken. Wie immer nach einer Nacht mit wenig Schlaf fühlte er sich frisch. Noch würde keiner aus der Reisegruppe aufsein. So gern er mittags und abends bei Tisch plauderte, so wenig mochte er Gesellschaft am Morgen. Er war der erste Gast im Frühstücksraum, acht braune Frauen in roten Kostümen lächelten ihm zu, und er malte sich ver-

schiedene Liebesnachtvariationen aus. Nach dem Frühstück war es acht. Zwei Uhr nachts in Hamburg. Barbara ging ans Telefon. Sie klang nicht so, als hätte sie geschlafen. »Du wolltest sicher gerade aus dem Haus gehen«, sagte Harry. Sie lachte, und Harry verzieh ihr sofort alles. Daß er in Malaysia war, glaubte sie nicht. Er diktierte seine Durchwahlnummer und legte auf. Gleich klingelte es. »Tatsächlich«, sagte Barbara, »ich bin beeindruckt!« Dann mußte er sie zurückrufen. Er sollte erzählen, was er hier machte. »Das interessiert dich nicht, die CD«, sagte er. »Das interessiert mich brennend«, sagte sie. »Heuchlerin!« sagte er, und sie schwieg reumütig. Tatsächlich: Der Nachrichtensatellit empfing Barbaras reumütige Schweigesekunde, reflektierte sie und brachte sie Harry ans Ohr. Er sei in zehn Tagen wieder zurück, sagte Harry, er möchte fünf Termine bei Barbara buchen. Jeden Montag nachmittag eine Doppelstunde. Er will gut vorbereitet sein, wenn er im Herbst Ines und Helene trifft. Er will sie zurückgewinnen. Beide. Sein Polygamiemodell muß bis dahin ausgereift sein. Überzeugend und plausibel. Hieb und stichfest. Er erwarte von Barbaras logischem Verstand Argumentationshilfe. »Verstehe«, sagte Barbara, »abgemacht.«

4 *Harry von Duckwitz kauft in Malaysia dreiundzwanzig Ansichtspostkarten, beschreibt zehn davon zum Teil mit Gedichten und beendet so seine unfreiwillige Rundreise, nicht ohne einige Vorschläge zur Abschaffung des Fußballspiels gemacht zu haben. Was Duckwitz im besten Massage-Salon Singapurs erlebt, wie er von Herrn Robinson enttäuscht wird und fast mit einem jungen Konzernherrn ins Geschäft kommt. Begegnung mit einem australischen Top-Toningenieur namens Parker und einem US-Journalisten namens Kowalski, rührender Abschied von Li-Li, dem Projekt ›Blue Baron‹ und der digitalen Phase, schwindende Liebe zu einer Büffelin und erwachende zu einer Mandelaugenverkündigungsfee.*

Die Sinnlichkeit intellektueller Frauen war Harry suspekt geworden. Doch dies war nicht die einzige Erweiterung des Horizonts, die durch die kleine Malaysia-Rundreise ausgelöst wurde. Ein weiterer unangenehmer Verdacht hatte sich in ihm eingenistet. So abscheulich der Tourismus mit seinen genießerisch, beflissen und bildungshungrig herumkurvenden Fremden war, man konnte ihn leider nicht vollends verfluchen. Er brachte Geld und korrumpierte die Leute. Aus alten Bräuchen wurden billige Attraktionen, und das war sehr gut. Denn Brauchtum war nie mehr als künstlicher Firlefanz. Religiöse Rituale waren immer repressiv und verlogen, es war heilsam, wenn sie als Touristenspektakel endeten und ihren einschüchternden Charakter verloren. Der österreichische Ingenieurprofessor und der schottische Fußballmanager fanden das nicht. Aber Duckwitz bestand darauf. »Das christliche Abendland ist erst dann wirklich erwachsen«, sagte er, »wenn die europäischen Kirchen nur noch von Touristen aus Asien und Afrika besucht werden. Die müssen Eintritt zahlen, ein paar arbeitslose Schauspieler hängen sich Priestergewänder über und zelebrieren das Brimborium.«

Daneben schien der Tourismus hier in Asien auch politisch so etwas wie eine kritische Instanz zu sein. Denn bei aller Anpassungsbesessenheit stellten die reisenden Fremden aus den Industrienationen mit ihrem ökologischen Bewußtsein beim Spaziergang durch ein Stückchen präparierten Urwalds doch neugierige Fragen: nach der Abholzung des Regenwalds, nach dem Schicksal heimatlos gewordener Waldvölker und ihrer in Gefängnissen sitzenden oder verschollenen Fürsprecher. Alte Damen aus London oder auch Melbourne fuchtelten aufmüpfig mit Reisemagazinen herum, in denen riesige Fotos überdeutlich zeigten, wie der schönste Dschungel nach der Rodung im Handumdrehen zur Wüste wird. Reiseleiter und finster herumlungernde Regierungsbeamte wurden bei dem Thema aggressiv oder verlegen, und das hieß, daß der Raubbau immerhin schon mit schlechtem Gewissen betrieben wurde. Die Regierung mochte aus brutalen Profiteuren bestehen, aber sie würde möglicherweise dafür sorgen, daß dem notwendigen Tourismus zuliebe ein präsentables Urwaldgebiet stehen bleibt.

Der österreichische Ingenieurprofessor war skeptisch. »Des Menschen Gier«, wie er in völlig überdrehtem Genitiv sagte, um seinen Pessimismus zu betonen, »wird nicht ruhen, bis alles Leben vernichtet ist.« Er war vierzehn Tage in Borneo gewesen, hatte aber selbst keine Verwüstungen gesehen. »Obwohl dort doch täglich Flächen so groß wie Brasilien und Sibirien zusammen gerodet werden«, sagte der schottische Fußballmanager. Sein erster Witz in den Tagen. Der Professor hatte sich zusammen mit einem Dutzend anderer herzinfarktge-

fährdeter Gestalten zehn Tage lang in den malaiischen Provinzen Sarawak und Sabah auf einem alten Dampfer einen Fluß hinuntertreiben lassen. »Zeitverzögerungsurlaub«, wie er ungeniert sagte. Keine Sehenswürdigkeiten, kein survival, keine Bücher, keine Vollpension, keine Abenteuer, keine Aufregung, keine Planung – nichts. »Keine Frauen«, sagte er zu Duckwitz. Er habe das Gefühl, diese zehn Tage auf dem Fluß hätten so viel Erholung gebracht wie sonst sechs Wochen. »Das wäre was für Sie, Herr von Duckwitz!« Endlich einmal habe er über sich nachdenken können. Duckwitz nickte bösartig: Der Sinn des Lebens bestehe für ihn darin, möglichst nicht über sich nachzudenken. Wer sich ordentlich abhetze, komme wenigstens nicht dazu, sich große Fragen zu stellen. »Das ist nicht ihr Ernst«, sagte der Professor.
An den letzten beiden Tagen saßen der schottische Fußballmanager und seine Begleiterin an einem anderen Tisch. Harrys Ausfälle waren ihnen zu wüst geworden. Harry hatte eine Doping-Pflicht für Fußballspieler gefordert. Dadurch könnte man erstens höhere Leistungen erwarten, und zweitens seien die Leute, die vor lauter Muskeln nicht mehr laufen können, lustig anzusehen. Dann müßte es ein Verbot geben, Fußballspiele im Fernsehen zu übertragen. Wegen Verdachts auf Volksverhetzung werde sich das juristisch durchsetzen lassen. Schließlich müßten die Zuschauer in den Stadien während des Spiels geknebelt und angekettet werden. Reine Sicherheitsmaßnahmen mit dem angenehmen Nebeneffekt, daß nicht so widerlich gebrüllt und gesungen werde und dieses faschistoide Fahnenschwenken unterbleibe. Gruppen, die auf dem Weg zu oder von Fußballspielen johlend, blökend, röhrend, trötend, skandierend oder

auch nur bei dem Versuch, ein Lied anzustimmen, ertappt werden, müssen mit Gefängnis bis zu fünf Jahren rechnen.

Der Fußballmann war sein Publikum gewesen, er saß nun vier Tische weiter, war deutlich auf Distanz gegangen, und Harry vermißte ihn, denn die Streitereien über das schnelle und langsame Vergehen der Zeit mit dem österreichischen Ingenieurprofessor waren ohne Reiz, wenn man sie nicht den britischen Tischnachbarn zuliebe ins Englische übertragen mußte.

Die Reisegruppe hatte sich ein paar langweilige islamische Heiligtümer und ein paar etwas weniger langweilige buddhistische angesehen, die Harry schneller vergessen würde als einen Fernsehkrimi. Ein weiterer Traumstrand war besichtigt worden, was insofern ein Gewinn fürs Leben war, als es dort Postkarten von eben diesem todlangweiligen Feinstsandstrand gab, auf deren Rückseite in allen erdenklichen asiatischen und europäischen Sprachen die wunderbare Bezeichnung der fotografischen Ansicht zu lesen war: »Ein Strand, der die Sehnsucht weckt.« Karte und Titel waren absurder als jedes Stück von Beckett. Nie mehr würde Harry den Fehler machen, von solchen Schätzen zu wenig zu erwerben. Bis an sein Lebensende wollte er die Verrücktheit vorrätig haben und kaufte alle dreiundzwanzig Karten.

Die restlichen Mittage und Abende hatte Harry zu tun. Ines hatte darum gebeten, nicht mit Post beschickt zu werden. Sie wollte bei der Selbstfindung nicht gestört werden. Harry hielt sich daran. An Rita schrieb er: »Nur wer den Strand von Kuala Kurau kennt, weiß wie ich leide. Es schwindelt mir, es brennt mein Eingeweide.« Als die Hotelmusiker abends gegangen waren, schlich er zum Klavier, suchte Schuberts Melodie von Goethes

»Lied der Mignon« zusammen und malte die Noten dazu. Gestern waren sie in den Cameron Highlands gewesen. Oben in den Bergen war das Klima sehr angenehm. An Helene schrieb er: »Sehnsucht braucht Niveau. Am Strand ist sie feucht, schwül und klebrig. Ich will hoch hinaus, das ist mein Plan. 1600 Meter über dem Meeresspiegel fängt die Vielweiberei an, erträglich zu werden.« Das war vielleicht ein bißchen sehr gleichnishaft geraten, aber noch vertretbar. Außerdem konnte ein Hinweis darauf nicht schaden, daß er der Polygamie nicht abgeschworen hatte. An Barbara schrieb er: »An Südostasiens Gestaden, da ging Immanuel Kant nicht baden. Drum ist die Sehnsucht ihm so fremd, sein Denken folglich stark gehemmt. Nach Liebe packt' ihn nie die Gier, die Urteilskraft ist nur Papier.« An seine alte postfeministische BBC-Freundin Elizabeth Peach schrieb er nach London, er sei in die Jahre gekommen, in denen Männer für Studentinnen schwärmten, bevorzugt Philosophie – wie alt ihre Töchter mittlerweile seien. Er schrieb an seinen ehemaligen Diplomatenkollegen Willfort, den er den Colonel nannte, und der ihm geraten hatte, seinen Liebeskummer in Kuba zu ersäufen, weil neben dem Rum die Mischung aus Sozialismus im Verfallstadium und blühender käuflicher Schönheit selbst dem ausgeschmiertesten Mann wieder den Glauben an das Leben zurückgeben würde. Harry schrieb: »Fern sind Kubas Zuckerröhren, südchinesisch ist das Meer, auch Asiatinnen betören – Duckwitz' Herz ist nicht mehr schwer.« Stimmte zwar nicht, aber Reim und Wahrheit konnte man nicht immer zusammen haben. Harry schrieb an seinen Bruder Fritz, an den exlinken Ex-Kollegen Knesebeck, an den kinnlosen Ex-Kollegen Waldburg und eine Extra-Karte an dessen Frau, die schöne

Gräfin. Er schrieb an Julia Freudenhofer, dachte an Vögelorgien mit ihr und die Kindergeheimsprache, die sie im Bett miteinander gesprochen hatten, die Wörter immer schön verkehrt herum. Er wurde lüstern, war überrascht, wieviel Zärtlichkeit in seiner Lust war und schrieb: »Neim Sinep nellow Eneid Esöm, nellow nekkif. Tsullow tug!« (Mein Penis wollen Deine Möse, wollen ficken. Wollust gut!) Die übriggebliebenen Karten verstaute er wie Heiligtümer in seinem Koffer.
Heute Abend ging es von der Insel Penang im Nordwesten Malaysias mit dem Flugzeug zurück nach Singapur, nicht ohne daß den Reisenden zuvor noch ein »Schnorchel- und Tauchparadies« gezeigt worden war, sowie ein vermutlich auch paradiesischer Buddha in irgendeinem Tempel, der größte liegende Buddha der Welt, wie es hieß. Dann noch ein Abschlußessen in einem Restaurant, das sich als »kulinarisches Paradies« ausgab – und die Tour war überstanden.

Am Vormittag um zehn würde Li-Li mit Duckwitz rechnen. Wenn alles mit rechten Dingen zuging, mußte das angeblich größte Programmiergenie Südostasiens in den fünf Tagen von Harrys Abwesenheit acht Titel der CD fertig gemacht haben. Das war die Hälfte. Sechzehn sollten es sein. Harry würde ihm einen Scheck über zwanzigtausend Singapur-Dollar oder vierzehntausend US-Dollar ausstellen, nach Hamburg zurückfliegen, und drei Wochen später wäre die CD endlich fertig. Harry würde das restliche Honorar anweisen, seine letzten Zehntausender zusammenkratzen, die Rechte abgelten und sich um die Vermarktung des Bastards kümmern. »Blue Bastard« wäre auch kein schlechter Titel.
Der Gedanke an die Vermarktung der CD machte Harry

plötzlich nervös. Wenn er pro verkauftes Stück zwanzig Mark kassierte, war es viel. Zehntausend Stück zu verkaufen war eine ziemlich irrsinnige Hoffnung. In diesem unwahrscheinlichen Fall würden zweihunderttausend Mark zurückfließen. Dreihundertfünfzigtausend würde der Bastard ihn kosten. Machte hundertfünfzigtausend Verlust – wenn alles gut ging. Die berühmten »schwarzen Zahlen« würde er erst mit der achten oder neunten oder zehnten Produktion schreiben.
Er konnte im Augenblick nicht mehr feststellen, ob er an das Projekt glaubte oder glauben wollte oder nicht mehr glauben wollte, ob es ein teurer Spaß war oder eine ernsthafte Unternehmung. Finanziell war die Sache völlig unsinnig. Entweder man verdiente woanders zu viel und wollte mit den hohen Produktionskosten Steuern sparen oder man war ein Idealist. Beides war nicht der Fall. Harry fragte sich, ob er damit am Ende nur den Frauen imponieren wollte, weil es ihm peinlich geworden war, vor ihnen als untätiger Frührentner dazustehen. Oder brauchte er für sich eine Beschäftigung, um die frauenlose Zeit zu überbrücken? Weil ihm die Passivität seines manischen Jazzhörens langsam unheimlich wurde, wollte er vielleicht seiner Obsession nur einen Scheinsinn verpassen? Oder wünschte er sich insgeheim den Ruin, einen kleinen Selbstmordersatz, damit Rita, Ines und Helene einen guten Grund hatten, zum Bankrotteur zurückzukehren und ihn zu trösten? Alles völlig unklar und etwas bedrohlich. Einfacher wäre es gewesen, sich noch ein paar Monate als Podiumsdiskussionsteilnehmer wichtig zu tun, und sich dann wieder für den Auswärtigen Ausschuß einen Beratervertrag zu sichern.
Doch wenn man schon etwas Idiotisches tat, dann sollte es wenigstens nicht langweilig sein, sagte sich Harry.

Dieses flotte Motto hatte eine beruhigende Wirkung. Er sah auf die Uhr. Halb neun. Die Zeit verging nicht. Der österreichische Ingenieurprofessor war wahnsinnig. Man brauchte keinen Verein zur Verzögerung der Zeit, sondern einen zur Beschleunigung. Harry wartete noch eine Weile, nahm dann eine der träge dahinrollenden Fahrradrikschas und versuchte, sich nicht wie ein Sklavenhalter vorzukommen. »There is no hurry«, sagte er. Der zierliche Rikschamann verstand nur »hurry« und trat los, als ginge es um Leben und Tod.

Harry konnte sich nicht erinnern, jemals in seinem Leben so angespannt gewesen zu sein wie jetzt auf dieser albernen Rikscha in diesem noch viel alberneren Singapur. Vor keiner Prüfung, vor keinem Rendezvous und erst recht nicht, als er zu dem folgenreichen Gespräch mit dem Staatssekretär über seine Versetzung in den vorzeitigen Ruhestand unterwegs gewesen war, hatte er ein so mulmig unentschiedenes Gefühl im Bauch gehabt wie jetzt, vor dem Treffen mit Li-Li. Einzig Ines mit ihren ewigen Zweifeln, ob sie ihr verwerfliches heimliches Verhältnis nicht lieber mit vereinten Kräften beenden sollten, solange es noch ging, hatte ihn in einen ähnlich nervösen Zustand versetzt. Die Umarmung, die dann vor lauter Schreck über das angekündigte Ende fällig war, hatte ihn allerdings immer für die Panikmache entschädigt.

Als Harry das Studio betrat, stellte ihm ein strahlender Li-Li zwei Herren vor. Mr. Parker aus Australien und Mr. Kowalski aus den USA. Auf dem Tisch standen eine Flasche Sekt und vier Gläser. Mr. Parker war weltweit der Spezialist für sogenanntes denoising. Wenn man heute Caruso und den frühen Louis Armstrong einigermaßen rauschfrei hören konnte, war das Mr. Parker zu verdan-

ken. Er konnte auch die richtigen Abspielgeschwindigkeiten der alten Aufnahmen ausrechnen, und neuerdings hatte er eine Methode entwickelt, aus uralten Monoaufnahmen HiFi-Stereoversionen zu machen. Harry starrte den rothaarigen Klischeeaustralier mißtrauisch an. Stereo interessierte ihn nicht. Das hatte er von Anfang an klargemacht. Stereo war aufwendig, teuer, überflüssig. Mr. Parker stand da wie ein Fels. Als weltweit anerkannter Topspezialist war er unerschütterlich, seine Anwesenheit ein Akt unbegreiflicher Gnade.
Ermutigt von der Gegenwart des großen Kollegen sagte Li-Li, es sei Wahnsinn, bei diesem Projekt auf Stereo zu verzichten. Der Witz sei doch, daß man T-Bone Walker oder Billie Holiday oder wen immer förmlich neben dem Konzertflügel stehen sehe.
Mr. Kowalski war Journalist, Mitarbeiter einer amerikanischen Fachzeitschrift für Neue Medien und Audiophilie, Auflage vierhunderttausend, kein Plattenfreak in den Staaten, der das Blatt nicht las. Kowalski hatte offenbar durch einen Wink von Li-Li Wind von der Sache bekommen und behauptete, er werde einen drei-, eventuell vierseitigen Bericht über das Projekt schreiben. Li-Li nickte begeistert. »Damit ist der amerikanische Markt erobert.« Es war anzunehmen, daß auch sein eigener Marktwert damit stieg.
»Zeigen Sie, was Sie haben«, sagte Duckwitz streng. Li-Li drehte sich gehorsam zum Computer, scharrte mit den Füßen, tippte, verharrte, tippte wieder und lehnte sich dann in seinem Drehstuhl zurück: »Listen now!«
Es kam das Stück, das er neulich schon vorgeführt hatte. Li-Li machte Harry ein Zeichen: Nicht ungeduldig werden, die anderen kennen es noch nicht. Billie Holiday sang auf die Klavierbegleitung von Schuberts »Pause«

krächzend: »My man he don't love me, he treats me awfull mean.« Mr. Parker hatte an der Sequenz herumgefummelt, es klang nicht mehr so gut, glatter, zu echt. Eine Collage ist etwas anderes als eine Fälschung. Bei einer Collage muß man die Schnitt- und Rißstellen erkennen. Harry war wütend. Die verfluchten Profis versauten alles mit ihren idiotischen Vorstellungen von Perfektion. Zur Hölle mit allen Experten und Spezialisten dieser Erde. Wo sie hinfaßten entstand Scheiße. Das würde dieses hinterrücks eingeschleuste Arschloch von Mr. Parker rückgängig machen!
Aber Harry war allein mit seinem Grimm. Kowalski tobte vor Begeisterung. »Man, that's great! That's fantastic!«, schrie er. Er war einer dieser langhaarigen, blonden, schwammigen, schlampigen Amis Ende Zwanzig, mit kurzen Hosen und unkonturierten Waden, bei denen man nie weiß, ob sie friedliche Späthippies sind oder brutale Serienkiller, die heute mit einem Limonade trinken und einen morgen wegen ein paar Dollar über den Haufen schießen. »It's absolutely fantastic!« Das werde ein Aufmacherbericht und fünf Seiten lang.
»Ist das Stück fertig?« fragte Duckwitz
»Nicht ganz«, sagte Li-Li ohne Reue.
»But it's no problem I guess«, sagte Duckwitz bitter seufzend und bat, etwas Neues zu hören. Li-Li startete sein Programm. Er verstand nicht, daß Duckwitz ihn parodiert hatte. »You are right, it's no problem.« Dann rollten die Anfangsakkorde von »Suleika« heran, Schubert wieder, wunderbar, ein Jammer geradezu, daß jetzt nicht ein gepflegter Mezzosopran kam. Li-Li hatte den dicken Count-Basie-Sänger Jimmy Rushing gewählt und sein »Evenin'« von 1936. Es paßte verblüffend gut. Duckwitz mußte sich beherrschen, um nicht so loszujubeln wie

Kowalski und Parker. »Evenin', can't you see I'm deep in your power, every minute seems like an hour, since my girl is gone.« Ein hübscher Beitrag zur Theorie von der Verzögerung der Zeit. Die Sequenz dauerte elf Sekunden. Die anderen Sequenzen kannte Duckwitz schon. »Breathtaking!« rief Kowalski.
Duckwitz machte mit Kowalski einen Interviewtermin aus und bat die beiden Überraschungsgäste, ihn jetzt mit Li-Li zu einem Gespräch unter vier Augen allein zu lassen. Li-Li wollte das verhindern. Er nestelte am Korken der Sektflasche herum. Duckwitz entwand ihm die Flache. »Later«, sagte er. »Dienst ist Dienst in Deutschland«, sagte Mr. Parker auf Deutsch. Das war hart. Duckwitz schluckte und sagte: »So sind wir nun mal.«
Als der Toningenieur und der Journalist gegangen waren, ließ Harry seiner Wut freien Lauf. Keins der Stücke hatte Li-Li fertiggemacht. Jedesmal, wenn es kompliziert würde, suchte er sich ein neues aus. Immer nur Schnipsel, nette Beispiele, keinen wirklichen Teil des Ganzen. 40 Sekunden! Mehr hatte Li-Li nicht zustande gebracht. In zehn Tagen! Die CD sollte 40 Minuten Spielzeit haben, also sechzig Mal so viel. Es würde 600 Tage dauern! Sprich zwei Jahre! Absurd das alles, aus, Ende, Schluß damit.
Das Studio war so winzig, daß man darin nicht wütend auf und abgehen konnte. Harry sagte, er werde Li-Li wie versprochen für die zehn Tage Arbeit bezahlen, vierzehntausend, basta. Das Unternehmen »Blue Baron« sei abgeblasen. Um sich für Li-Lis Hinhaltemethode zu rächen, drohte er ihm, obwohl er nie wieder in seinem Leben etwas mit Schubert, Blues und digitalen Vorgängen zu tun haben wollte, das Projekt eventuell in Indien zu beenden, wo die Programmierer zehnmal billiger und sechzigmal schneller seien.

Das konnte sich Li-Li nicht bieten lassen. Er lachte hart und völlig unchinesisch auf. Die Inder brächten das nie und nimmer fertig, Mr. Duckwitz werde in Bombay sein blaues Wunder erleben, ohne Topspezialisten gehe in diesem außergewöhnlichen Fall nichts weiter. Er, Li-Li, sei auch nicht ohne die Hilfe von Mr. Parker ausgekommen, sagte er und zog ein Papier aus der Schreibtischschublade. Eine Rechnung von Mr. Parker. Für sein unnötiges Entrauschen und seine noch unnötigeren Stereoeffekte erlaubte er sich, 6000 US-Dollar in Rechnung zu stellen. Auf einem anderen Blatt die Spesen. Australien war nicht weit, aber der Mann war dreist gewesen. Er war nicht etwa Business Class geflogen, nein, der Topspezialist hatte im sogenannten Megatop des Jumbo Jets reisen müssen, in den oberen Gemächern im Kopf des Vogels, wo die erste Klasse untergebracht ist, wo die Neffen und Nichten der Sultane und anderer Diktatoren sich verwöhnen lassen. In Singapur war er auch im Raffles Hotel abgestiegen, aber nicht wie Duckwitz für sündhafte 400 Singapur Dollars die Nacht, was ungefähr 400 Mark entsprach, sondern in einer Suite für 950. Gesamtbetrag der Spesen über 14 000 US-Dollar.

Das war mehr ein Witz als ein Grund zur Aufregung, fand Harry. »He is the best«, sagte Li-Li zur Erklärung. Als er merkte, daß Duckwitz die Forderung nicht ernst nahm, zog er ein speckig gewordenes Vertragspapier hervor, das die Unterschrift Harry von Duckwitz trug. Darin stand tatsächlich der Passus. »Spezialarbeiten werden vom Produzenten gesondert vergütet.« Allerdings stand nichts davon da, wer über die Notwendigkeit dieser Arbeiten befindet. Keinen Dollar würde Harry dem australischen Toparsch zahlen. Er habe nichts dagegen, wenn Li-Li dem Australier von seinen 14 000 Dollar

20 000 abgebe, sagte er höhnisch. Das Projekt sei hiermit beendet.
Als Li-Li die Entschlossenheit von Duckwitz spürte, beschwor er ihn so eindringlich, so jammernd, wimmernd, kreischend, flehend, daß Harry schon wieder an das Projekt zu glauben begann. Es mußte für Li-Li und den sagenhaften Mr. Parker tatsächlich ein wichtiges Renommier-Projekt sein, und der geplante Bericht von diesem hippiehaften Serienkiller Kowalski schien in der Branche einige Bedeutung zu haben. Li-Li, Parker und vielleicht auch Duckwitz würden darin als experimentierfreudige Pioniere gefeiert werden. Aber Harry wollte kein Pionier mehr sein. Er packte Li-Li an den Schultern. Der Mann war schmächtig wie ein Kind. »Es hilft alles nichts, wir kriegen es nicht fertig«, sagte er, »not enough money, not enough time« – nicht einmal genug Sinn hat das Ganze – »even not enough use.« Da zerriß Li-Li vor Harrys Augen seinen Vertrag und die Rechnung von Mr. Parker. Dann werden sie eben honorarfrei daran weiterarbeiten, das werde Mr. Duckwitz ja wohl nicht verhindern. Harry sagte, Vorsicht, mit der CD sei kein Geld zu verdienen, er werde sich um einen Käufer bemühen und verließ den Ort der Leidenschaft.

Im Hotel suchte Harry Edmund Robinsons Visitenkarte und schickte ein Fax nach München. »Bin bereit, ›Blue Baron‹ zu verkaufen. Bitte um Rückruf. Eilt.« Jetzt war es früh um sieben in Deutschland. Vor halb elf taucht kein Mensch in diesen Verlagen auf. In vier Stunden frühestens würde sich Robinson melden. Harry fiel der Massagesalon ein, den Li-Li ihm empfohlen hatte. Wie hieß die Masseurin? Oder sagt man Masseuse? Er fand die Karte nicht mehr. Aber der Name des Salons war unvergeßlich: Singapore-Super-Salon. Der Taxifahrer wußte Bescheid. Der Salon war eine Wellblechbude am Stadtrand. Sah mehr nach afrikanischem Elendsquartier aus als nach säuberlichem Singapur. Vier mit Vorhängen abgetrennte Kabinen waren alle leer. Hinten Stimmen. In einer Küche saßen fünf Frauen und sahen fern. Einen dieser indischen Schmachtliebesfilme. Harry sagte, er komme von Li-Li. Die Frauen verstanden nicht. Natürlich, Li-Li wurde hier nicht unter seinem Stottererspitznamen geführt. Harry nannte den korrekten Namen: Li-Tang. Aufhellung in den Gesichtern der Frauen. Sie machten den Fernseher leiser. Von wem wollte er massiert werden? Das ist der letzte Laden hier. An diesem Ort genierte sich Harry nicht, das Dümmste zu sagen. »Who is the best?« Alle deuteten auf die Älteste. Eine fette Kugel, Anfang Zwanzig, mit einem gemeinen, verschwollenen Gesicht. »I'm Schajou«, sagte sie siegessicher. Richtig, Schajou, das war Li-Lis Empfehlung. Sie war furchtbar. Ihre Selbstgefälligkeit stieß Harry ab. Neben ihr saß eine sehr dunkle Kleine, die ihn unverwandt anstarrte. Der Blick gefiel ihm. Er wählte sie, alle lachten, und er wußte nicht warum.

Die Kleine spricht kein Wort Englisch. Er kann nicht einmal fragen, wie sie heißt. Sie kann vierzehn sein oder auch vierundzwanzig. Sie lächelt nicht, sondern starrt ihn nur an als sei er eine Mißgeburt. Die Minderwertigkeitsgefühle, die den Weißen angesichts der schönen braunen Menschen manchmal beschleichen, kommen nicht auf. Die Kleine ist nicht hübsch, ein kleiner krummer Büffel. Aber wahnsinnige Augen. Harry lacht verlegen unter ihrem Blick, sie lacht nicht zurück. Langsam beginnt er den Blick lasziv zu finden. Sein Schwanz wird dick und träge, aber nicht steif. Es ist seine erste Massage

in Asien. Wie verhält man sich? Er hat keine Ahnung. Es gibt nur Legenden, keine zuverlässigen Berichte.
Die Büffelin beginnt mit dem Kneten. Sie kann es gut. Immer wenn Harry denkt, jetzt ist sie fertig, geht es erst los. Er fängt an zu stöhnen. Wie reagiert sie auf sein Stöhnen? Sie reagiert nicht. Sie kommt ganz nahe an seinen Schwanz heran, vermeidet aber, ihn zu berühren. Ist das nicht üblich? Oder muß Harry in diesem Augenblick etwas sagen? Eine Summe nennen? Five Dollars? Das heißt dann vielleicht: Greif ihn dir und knete ihn so wie meine Schenkel. Die Vorstellung läßt den Schwanz sofort hart aufsteigen. Mittlerweile aber massiert sie an den Füßen unten und zieht an den Zehen, daß es knackt. Dieser Schmerz ist nicht geil und läßt den stolzen Schwanz zusammenfallen. War das als Strafe für die Erektion gedacht? Man versteht ohnehin schon so wenig auf der Welt, nun bürdet man sich noch mehr Rätsel auf.
An der niedrigen Decke ist ein Gestänge. Nun stellt sich die Büffelin aufs Bett, streckt die Arme hoch und hält sich an den Stangen fest. Sie sieht jetzt sehr malerisch aus. Majestätisch. Eine Amazonenfürstin. Der Blick nach unten verändert ihren Gesichtsausdruck. Ins Verächtliche? Jetzt tunkt sie erst den einen, dann den anderen Fuß in einen blechernen Cremetopf und stellt sich mit den glitschigen Fußsohlen seitlich auf sein linkes Bein. Die Hohlpartien ihrer Sohlen drücken wie ein Paar passende Rohrschellen auf seinen Schenkel. Dann gleitet sie mit winzigen Schritten, balancierend wie auf Glatteis, das Bein hinunter. An der Wade tut es weh, aber gut. Zum erstenmal in seinem Leben kann Harry Masochisten verstehen. Lust am Schmerz. Lust an der Ohnmacht. Lust an der Ratlosigkeit. Wird sie mit ihren Füßen auch auf seinen Kopf steigen? Nein, den Kopf quetscht sie mit

ihren kleinen, harten Händen. Er hört ihren Atem über sich. Jetzt kann er nicht anders. Er greift nach ihr, er möchte sie an sich ziehen. Sie aber legt seinen Arm wieder zurück aufs Bett, milde, aber bestimmt, als hätte sich der Arm verirrt. Das ist ziemlich eindeutig und heißt wohl: Laß das! Trotzdem, jetzt begehrt er sie. Sie hat den schönsten Körper der Welt. Harry, der schlank stolzierende Frauen mit geraden Schultern, handlichen Hintern und kleinen Busen liebt, hat seine Traumfrau gefunden. Schmale Hängeschultern, Schlauchbusen, soviel man sieht, und einen Riesenarsch. Seine Ästhetik, seine Attraktivitätsvisionen haben sich in wenigen Sekunden verändert. Schon kann er sich vorstellen, mit dieser Frau wortlos den Rest des Lebens zu verdämmern. Es kann nichts Besseres geben, als sich an dieses krumme, junge Wunderweib zu drücken, sich ab und zu in die Möse der herrlichen Büffelin hineinzubohren, wenigstens mit dem Schwanz das zu tun, was sie ständig mit ihrem harten, dunklen Blick macht. Er liebt die wunderbare Unförmigkeit dieses Körpers. Keine eleganten Beine und Arme, die man zwischendurch bewundert. Er hat plötzlich den Verdacht, daß das Ficken ohne ästhetische Ablenkungen vielleicht das Allertollste und Absoluteste ist. Jedes Ficken war das Paradies, aber das wortlose, pressende, drückende, grob quetschende Ficken kannte er nicht. So eine Art Tiefseefick, stellt er sich vor, würde das mit der Büffelin werden. Man wäre Tintenfisch und würde sich walkend umarmen und auf bisher ungeahnte Art verströmen. Völlig neues und monströses Ejakulationsgefühl. Nach der Massage mußte sich ein halber Liter Sperma angesammelt haben. »Come on let me fuck you, please«, stöhnt er leise und ohne Aussicht. Sie hört nicht auf sein Flehen. Nichts, was ihm jetzt gleichgültiger

wäre als Aids. Im Gegenteil, sich mit der Tintenfischbüffelin Aids zuzuziehen, würde das Leben vereinfachen. Warum nicht in Singapur bleiben und sich irgendwann in absehbarer Zeit hier das Leben nehmen. Früher starben die Helden, ehe sie dreißig waren. Harry würde, wie es aussah, selbst mit Aids noch den Fünfzigsten schaffen. Aber zuvor wollte er noch tausendundeinmal an diesem Wunderweib schmelzen und vergehen.
Nach fast zwei Stunden beendete die göttliche Krake abrupt die süße Tortur. Plötzlich stand sie auf, ging und kam nicht wieder. Harry zog sich an. In der Küche saßen wieder alle Frauen und sahen fern. Die Büffelkrake würdigte ihn keines Blicks. Als wäre nichts gewesen. Die schreckliche Chefin streckte ihm lachend ihre Speckfaust mit dem erhobenen Anerkennungsdaumen entgegen. »You are the best«, sagte sie. Das war dieser sinnentleerte Singapur-Superlativ, den man hier täglich mehrmals hörte. Jeder in diesem ehrgeizigen Stadtstaat war der Beste oder wollte es sein. Harry fiel nichts anderes als eine Retourkutsche ein. »She is the best«, sagte er und deutete auf sein auf dem Sofa kauerndes Büffelweib. Mit großem Gelächter wurde er für die Anwendung des idiotischen Singapur-Schlachtrufs belohnt, als habe der gelehrige Fremde in einer schwierigen Sprache einen richtigen Satz gesagt. Harry merkte zu spät, daß sich seine ärgste Geilheit bereits verflüchtigt hatte, nämlich erst, als er die dicke Chefin fragte. »What about making love?« – »You mean fuck? You can fuck with me tonight«, sagte sie. Harry setzte ein verlegenes Lächeln auf, sagte entschuldigend: »Sorry, I'm in love with her« und deutete auf die Büffelin, die bereits erheblich an Reiz verloren hatte. Die Chefin war robust. Sie nahm Harry seine Vorliebe nicht übel. Sie fragte die Büffelin, und auch die

schien sein Begehren nicht übelzunehmen. Die beiden Frauen redeten kurz miteinander, Harry vermißte einen prüfenden Blick der Büffelin, dann dolmetschte die Chefin: »Next week she can fuck with you, this week her friend from Kuala Lumpur is with her.«
Nachdem Harry der Nötigung, einen widerwärtigen Zuckertrunk zu schlucken, nicht ausweichen konnte, zahlte er der Chefin die geforderte, lächerlich geringe Summe von zehn Dollar, drehte einen Fünfzig-Dollar-Schein zu einem Röhrchen und stubste damit die Büffelin an, die das üppige Trinkgeld ohne irgendeine Gemütsbewegung an sich nahm, als wolle sie damit ihr Mißfallen ausdrücken. Vor großzügigen Zahlungen wurde einem von Touristen und seltsamerweise auch von den Einheimischen selbst unisono abgeraten, weil man damit nur die himmlisch niedrigen Preise Südostasiens verderbe.

Im Hotel keine Nachricht von Robinson. Harry wartete bis abends um sechs. High Noon in Deutschland. Es war nicht gut, wenn man seine Rückrufe selbst einholen mußte. Drängende Verkäufer hatten schlechte Karten.
»Was macht das Billardspielen?« fragte Robinson genüßlich. Harry war nicht nach Smalltalk zumute. Stundenlange Überseegespräche mit Frauen jederzeit, aber nicht mit Geschäftsleuten.
»Ich habe Ihnen ein Fax geschickt«, erinnerte ihn Harry. Robinson hatte von dem Fax gehört. Er sei nicht zum Lesen gekommen, sagte er, als handle es sich um einen Roman. Harry stöhnte. Robinson dachte, Harry stöhne wegen der Hitze. »Sie wissen doch, daß es in den Hotels eisig ist«, sagte Harry und fuhr fort: »Ich habe Ihnen gefaxt, was ich Ihnen jetzt also noch einmal sagen muß: Ich verkaufe ›Blue Baron‹. Wenn Sie Ihrem Konzern-

herrn das Ding schmackhaft machen wollen, wie Sie mir versprachen, bin ich Ihnen dankbar. Ich hätte gern bis morgen früh Bescheid, ob generell ein Interesse besteht.«
»Bis morgen früh!« So ehrlich entsetzt, wie Robinson aufschrie, war klar, daß er nie seinen Hintern hochbekäme, um zu vermitteln. »Warum so eilig«, sagte er, »so schnell kriege ich keinen Termin beim Big Boss.« – »Wieso denn«, sagte Harry, »interessante Angebote können ein paar Stunden später schon weg sein.« Robinson wollte wissen, wie die Finanzierung des Projekts aussah und wer sich noch dafür interessierte, aber Harry sagte nur: »Vergessen Sie es, grüßen Sie ihre Lappen und treten sie dem Verein zur Verzögerung der Zeit bei, wenn es Ihnen zu schnell geht, ich kann Ihnen die Adresse geben.«
Dann wählte er die Nummer der Zentrale des Konzerns und verlangte das Sekretariat des Chefs. Erstaunlicherweise gab die Sekretärin zu erkennen, daß der Chef im Haus sei. Harry brauchte etwa eine Minute, um ihr klarzumachen, wie heiß und wichtig seine Information für den Chef sei. Daß er aus Singapur anrief, gab nicht den Ausschlag, eher schien sie das Stichwort »Neue Medien« zu überzeugen.
Harry hatte das Bild eines älteren Herrn vor sich und war irritiert von der jungen Stimme des Chefs, bis ihm einfiel, daß vermutlich der Junior die dynastische Nachfolge angetreten hatte. Der war tatsächlich an neuen Medien aller Art interessiert und sehr schnell von Begriff. Nein, Robinson hatte ihm davon nicht erzählt. Und weil er wahrscheinlich eben noch ein knappgehaltener Student war, sagte er sofort: »Mensch, Singapur, geben Sie Ihre Nummer, wir rufen zurück.«
Er ließ sich das Konzept von »Blue Baron« erklären, und Harry sprach darüber, als handle es sich um ein ausgereif-

tes Projekt, einen weltweit geläufigen Markenartikel. Es gäbe einen Interessenten, aber zwei seien ihm lieber. Der junge Konzernherr lachte. Harry verschwieg die Schwierigkeiten nicht, was das Interesse des jungen Konzernherrn natürlich nicht bremste, sondern förderte. Der war vermutlich Harvard-Absolvent mit allen möglichen Auszeichnungen und hatte uferloses Zutrauen zu dem digitalen Computerkram. Ganz klar, die Technik eilte mit solchen Riesenschritten voraus, daß schon in drei Monaten spielend machbar sei, was heute noch Mühe verursache. Man brauche kein Wort darüber zu verlieren.
Zwei Männer an der Strippe, die sich einig sind. Auch das Eintreiben der Rechte sei mühsam, sagt Harry. »Klar«, sagt der junge Chef, »jeder wittert Kohle, jeder hält die Hand auf. Logisch, daß man das Problem nur mit einem Apparat in den Griff kriegt.« Er meinte seinen Apparat, seinen mächtigen Konzern. Als Harry ihm von der amerikanischen Audiophilie-Zeitschrift und dem fünfseitigen Aufmacherbericht erzählte, schnappte seine Stimme über. Die Zeitung hatte er als Student in Amerika abonniert. Er sei Jazzfreak. »Herr von Duckwitz«, sagte er, »mir läuft das Wasser im Mund zusammen, wenn ich Sie von Ihrem Projekt reden höre.« Am liebsten würde er ihn bitten, sofort mit diesem Wunderprogrammierer aus Singapur nach München zu kommen und ihm die Sache vorzustellen. Lieber heute als morgen, oder, realistischer, lieber morgen als übermorgen, haha. Duckwitz solle sich einen Jumbo schnappen, und nichts wie her. First Class sind immer noch Plätze frei, und eine Reise im Megatop hat man auch nicht alle Tage. Und den Australier auch gleich mitbringen. Weltklasseleute kann man immer brauchen. Seine Sekretärin kann sich um die Tickets kümmern. Harry schwieg ein paar Sekunden,

und der junge Chef sagte: »Klar, Ihr Terminkalender, das Problem kennen wir.« Und er muß sich ja auch noch bereden und beraten und die Sache von seinen Finanzleuten prüfen lassen. »Was soll der Spaß kosten?« fragte er.

»Mein Gott«, sagte Duckwitz, »für mich ist das eher ein psychologisches Problem. Es fällt mir schwer, mich von meinen Geisteskindern zu trennen. Vielleicht 500 bis 600 Tausend plus einen Beratervertrag, der mir Einfluß auf Gestaltung und Programm der CDs sichert. Wenn Sie das ›Blue Baron‹-Label ohne mich durchziehen wollen, würde ich mich nicht unter 800 von meinem Bastard trennen.«

»Bastard ist gut«, sagte der Junior und pfiff durch die Zähne. Wahrscheinlich lernte man das in Harvard im Betriebswirtschaftsstudium: Pfeife durch die Zähne, wenn dein Verhandlungspartner eine Summe nennt. Er wird nie wissen, was dieser Pfiff bedeutet. Auch Harry wußte es nicht und war gespannt. Dann kam die Nachricht: »Das ist realistisch!« Er läßt es heute noch prüfen. »500 bis 600 tausend Dollar«, murmelte Big Boss, offenbar beim Notieren der Zahlen, vor sich hin. Duckwitz hatte an Mark gedacht – und schwieg fröhlich. Der junge Konzernherr kommt an keinem Abend vor elf aus dem Laden. Das ist in circa zehn Stunden. Er wird bis dahin eine Aufstellung haben. Warum soll es seinen Finanzhaien besser gehen. Sie sollen jetzt rechnen. Er bittet Herrn von Duckwitz, für seinen Konzern bis dahin eine Option offen zu halten. »Machen Sie einen Weckruf«, sagte Harry. Das gefiel dem Junior. Sicher hatte er die Uhren von allen möglichen Geschäftsorten der Welt an der Wand seines Konzernchefbüros und rechnete nach: »Dann ist es bei Ihnen fünf Uhr früh«, sagte er, »Respekt.« Am Schluß wollte er noch wissen: »Wer ist mein Konkurrent?« – »Hongkong«, sagte Harry. Hongkong biete die Summen, die er genannt habe. Aber er hätte die Sache lieber in Europa. »Ich bin altmodisch.« – »In Asien ist der Tag vorbei«, sagte der junge Konzernherr. Ein ziemlich poetischer Satz, der ihm da beim Blick auf seine Weltzeituhren eingefallen war. »Mit Hongkong werden Sie ja heute Nacht nicht mehr verhandeln«, sagte er dann, »da bin ich gut im Rennen, Tschüß!«

Harry zweifelte keinen Augenblick daran, daß um 5 Uhr früh das Telefon klingeln würde. Die Massage der Krakenbüffelin war in den Hintergrund getreten. Weg war der Rest der Geilheit, der ihn sonst in der Nacht geplagt hätte. Bis morgens um halb drei saß er in der großen Bar des Hotels, trank australischen Weißwein, rauchte gegen seine Gewohnheit mehrere Zigaretten und war kurz davor, Mr. Parker anzurufen, ihn auf einen nächtlichen Drink einzuladen und sich für sein Ungehaltensein, seine pauschale Stereoverdammung, sein deutsches Pflichterfüllungsdenken, seine Spesenknauserei und seine Einladung zu dieser ungewöhnlichen Zeit zu entschuldigen und ihm eine First-Class-Reise nach München über Frankfurt in Aussicht zu stellen. »Ich war einfach nervös, verstehen Sie!«

»Hier ist der Weckruf!« rief der junge Konzernherr Punkt 23 Uhr in München in die Sprechmuschel, als Harry um 5 Uhr früh in Singapur den Hörer abhob. »Diese Finanzfiguren sind so vernünftig«, sagte die Betriebswirtschaftsstimme munter, »es ist zum Kotzen.« Sie hatten dem innovationsfreudigen Chef dringend abgeraten. »Diese Pflaumen!« Er hätte das »Blue Baron«-Label so gern gekauft. Es wäre eine Zierde des Konzerns gewesen. Eben weil er auch verstärkt in CDs, CD-ROMs und so weiter investieren will. Wer liest denn in zehn Jahren noch! Aber für 1996 ist ein Knick im Boom der neuen Medien zu erwarten, und die Kapitaldecke wird auch nicht länger. »Wem sage ich das«, sagte der junge Konzernherr, als Duckwitz schwieg. Es habe keinen Sinn, sich gegen den Willen der Finanzberater durchzusetzen. Damit wäre dem Projekt nicht gedient. Dann werde es konzernintern boykottiert. Wäre doch schade drum. Wenn Herr von Duckwitz nur drei, vier Tage früher angerufen hätte! Vor drei Tagen habe der Vorstand nämlich grünes Licht für die Entwicklung eines anderen Labels gegeben. Und zwei doch recht riskante Projekte könne der Konzern nicht gleichzeitig auf dem Markt plazieren. Dieses andere Projekt interessiere ihn ehrlich gesagt herzlich wenig. Es sei nicht sehr originell. Herr von Duckwitz kenne ja Herrn Robinson, der habe das vorgeschlagen, und die etwas verknöcherte Konzernspitze sei auf das Ding abgefahren. »Robinson Records« heiße es – den Titel des Labels finde man gut, er persönlich finde »Blue Baron« vielversprechender. »Robinson Records« sei nichts anderes als die Platte zum Buch, ziemlich hausbackenes Konzept. Den Büchern des Robinson Verlags werden irgendwann CD-ROMs mit billigen interaktiven Mätzchen beiliegen. Völliger Quatsch. Zu einem bescheuerten Band über das Leben der Lappen zum Beispiel könne man sich dann audiovisuell die Gesänge der Lappen und ihre Hüpftänze in miserabler Qualität reinziehen. Ziemlich schauerlich. »Also, lieber Herr von Duckwitz, bleiben Sie uns gewogen, vielleicht ein andermal, und daß Sie mir bei dem Hongkonger Konkurrenten den Preis hübsch nach oben treiben. Viel Erfolg. Man sieht sich mal.«

Harry versuchte an die Massage der Büffelin zu denken, um sich über das unsanfte Platzen dieser erst vor elf Stunden entstandenen Hoffnung hinwegzutrösten, aber es gelang ihm nicht. Er versuchte an Julia Freudenhofers scharfen Nasenring zu denken, an Ines tiefes Schnaufen bei der Jagd nach dem Orgasmus, an ihren obergeilen kirschroten Lederrock, an Ritas Zitterorgasmus, an Helenes Überraschungsekstasen, an Barbaras Moccatassenaugen –, es half alles nichts.

Die Morgenstunden wollten nicht vergehen. Zwei Singapur-Zeitungen berichteten ausführlich und im gleichen zustimmenden Tonfall von einem Gerichtsurteil vom Vortag. Ein Mann hatte in einem Supermarkt eine Dose Coca Cola mitgehen lassen. Er war zu drei Jahren Gefängnis verurteilt worden, und der Richter hatte bei seiner Urteilsbegründung den Gesetzgeber gerügt: Wenn bei Ladendiebstählen dieser Art drei Jahre die Höchststrafe seien, werde es nie Recht und Ordnung in Singapur geben. Um halb neun war Harrys Erbarmen mit dem Schlaf anderer Leute vorbei, er griff zum Telefon und klingelte nacheinander Li-Li, Mr. Parker und Mr. Kowalksi wach und lud sie ins Hotel ein: zum Mittagessen und Klarheit schaffen. Dann ließ er im Reisebüro des Hotels anfragen, ob er seinen Rückflug nach Frankfurt nächste Woche auf heute abend umbuchen könne. Economy Class, ja. Die Maschine sei sehr voll, aber man werde sich bemühen, hieß es.

Beim Mittagessen war die Stimmung gut. Alle spielten mit offenen Karten. Duckwitz erzählte von dem Interesse des Konzerns: um Haaresbreite hätte der das Projekt übernommen, und sie wären jetzt allesamt saniert. Kowalski sagte, er fände es nicht unbedingt erstrebenswert, von einem Konzern geschluckt zu werden. Es sei ehrenwerter, eine geniale Bauruine in den Sand zu setzen als zum Bestandteil einer marktorientierten Produktpalette geglättet zu werden. Harry hörte den feurigen Worten nicht ohne Wehmut zu: So hätte er früher auch gedacht und gesprochen. Kowalski sagte, das mögliche Nichtzustandekommen des »Blue Baron«- oder »Blue Bastard«-Projekts werde ihn nicht daran hindern, das Projekt in seiner Zeitschrift ausgiebig vorzustellen, je unkommerzieller, um so lieber sei es ihm. Er freue sich schon darauf, die liebenswerte und produktive Uneinigkeit der Herren Duckwitz, Li-Tang und Parker als Pfeffer in der Suppe zu beschreiben. Mr. Parker versuchte, eine ölige Krabbe mit den Stäbchen zu greifen und sagte, er habe in den drei Tagen seiner Mitarbeit eine Menge Spaß gehabt und einiges dazugelernt.

Ein Projekt war gestorben und zu Grabe getragen. Dies war der Leichenschmaus, und es fielen nur lobende und versöhnliche Worte. Als Duckwitz vorsichtig Mr. Parkers horrende und nach wie vor unbeglichene Spesenrechnung ansprechen wollte, um auch diesen Punkt zu bereinigen, nahm der endlich seine störrische Krabbe mit der Hand, lachte verlegen in seinen Teller hinein und sagte, ohne Duckwitz anzusehen, man müsse immer versuchen, Geld herauszuschlagen. »Producers have to pay, normaly.« Damit war das Thema Spesen vom Tisch.

Harry schrieb Li-Li einen Scheck über zwanzigtausend Singapur Dollars aus. Li-Li wollte ihn nicht annehmen, Parker hielt Li-Li fest und Kowalski steckte ihn ihm in die Tasche der Jeans. Duckwitz klatschte und sagte: »You are the best!« Die vierzig fertigen Sekunden hätten es wirklich in sich. Kowalski, dem der australische Wein so gut schmeckte wie Harry, sagte, er werde schreiben, das Projekt sei auf allerhöchstem Niveau gescheitert und

zwar deswegen, weil für die wirklich guten Sachen kein Geld da sei. Das Nichtzustandekommen des »Blue Baron«-Projekts werde legendärer werden als es die Platten des Labels je hätten werden können.
Li-Li hatte Harry eine CD mit einer Demonstrationsversion mitgebracht, er habe die ganze Nacht gearbeitet, hier seien nicht vierzig, sondern vierundvierzig fertige Sekunden eingebrannt, und daneben noch weitere angefangene Sequenzen. Interessiere Mr. Duckwitz vielleicht. Ein Souvenir. Er glaube nach wie vor an das Projekt, und immer, wenn er Zeit habe, werde er weiter daran arbeiten und eines Tages Mr. Duckwitz vierzig fertige Minuten zukommen lassen. »No problem!«, sagte Harry gerührt.
Eine wohlgestaltete Mandelaugenschönheit aus dem Reisebüro des Hotels trat an den Tisch und erkundigte sich nach Mr. Duckwitz. Eine so gelungene Mischung aus indisch, chinesisch, malaiisch, indonesisch hatte Harry noch nie zu Gesicht bekommen. Ein Leben mit leuchtenden und schreitenden Frauen war auf Dauer wahrscheinlich doch einem tierischen Dasein mit stumm starrenden Büffelinnen und Kraken vorzuziehen. Wer so aussah wie diese Reisebürofrau, konnte nur Glück bringen. Jede Todesnachricht, von dieser Frau überreicht, wäre sofort zu einer guten Botschaft geworden. Sie beugte sich graziös zu ihm herunter, stützte ihren gewinkelten Oberkörper pro forma ab, indem sie die braunen Hände auf ihren blauen Rock legte, und sagte im sanftesten Mandelaugenenglisch, die Umbuchung habe geklappt. Harry fragte sich, ob er von Rita je so hingerissen war, wie von dieser Frau. Rita war doch auch schön, braun und exotisch, wenn sie auch keine Mandelaugen hatte. Allerdings sei in der Economy und in der Business

Class nichts mehr frei gewesen, sagte die Mandelaugenverkündigungsfee jetzt. Mr. Duckwitz habe eine Reservierung in der First Class. Er brauche aber keinen Aufpreis zu zahlen, denn die First Class der Singapore Airlines heiße Raffles Class, und es gebe mit dem Raffles Hotel eine Vereinbarung. Für Gäste des Hotels stehe ein Kontingent zur Verfügung.
»Wow,« sagte Mr. Parker, »Megatop in der Raffles Class! Sie wissen, da fließt der Champagner in Strömen!« Harry wollte kein Spielverderber sein und lächelte. Champagnertrinkerei hielt er für Getue. Wenn die Mandelfrau ein bißchen weniger förmlich gesprochen hätte! Harry war kurz davor gewesen, ihre Hand zu küssen. Aber nicht wegen der Nachricht. Sie stand noch immer da und lächelte ihm zu, als wolle sie an dem Glück, das sie gebracht hatte, noch etwas teilnehmen. Harry stand auf und stellte sich neben sie. »Was soll ich ohne Sie zu Hause tun«, sagte er, »ich sollte lieber hier bleiben, wo Sie sind.«

5 *Harry ist wieder in Hamburg, erinnert sich an zwei unlängst verstorbene Tanten und widmet sich dem Polygamietraining mit Barbara. Auf einer Podiumsdiskussion in Karlsruhe über die Besorgnisfrage, ob Deutschland nach rechts driftet, benimmt sich Harry daneben, was ihm die Sympathie von Rahel einbringt. Ein Auftritt von Julia Freudenhofer zerstört seine frischen Hoffnungen.*

An längere Reisen war Harry nicht mehr gewöhnt. Da er immer wenig und unregelmäßig schlief, hatte er nicht etwa mit der simplen Zeitumstellung zu kämpfen wie die Geschäftsmenschen, die unentwegt den Globus umkreisen und für persönliche Unzulänglichkeiten um Verständnis bitten, indem sie das Wort »Jetlag« vor sich hinseufzen, eine der wenigen Blößen, die der Menschenaffe von heute seinem Verhandlungspartner zeigen darf, um ihn milde zu stimmen.

Harry kam in Hamburg mit einem anderen Zeitproblem an: Er wurde das kindische Gefühl nicht los, es müßten sich in seiner Abwesenheit große Ereignisse zugetragen haben. Die vierzehn Tage erschienen ihm, weil er weit weg gewesen war, wie ein halbes Jahr. Aber nichts hatte sich ereignet.

Natürlich hatte er auf Post gehofft. Oberste Hoffnung eine Nachricht von Ines: War eine Närrin zu glauben, es bis November ohne Dich aushalten zu können. Ähnliche Zeilen der Reue von Helene aus Paris und Rita aus New York hätten ihm auch gutgetan. Nichts.

Gestorben war niemand. Es würde so schnell auch niemand sterben. Die letzten beiden Toten hatte es im Winter gegeben. Erst Tante Frieda. Schlaganfall. Harry war tatsächlich der letzte greifbare nahe Verwandte. Er konnte nicht kneifen. Als er im Altersheim in Bad Homburg

eintraf, lag sie in ihrem Bett und sah aus wie der alte Fritz. Es mußte ihr einiges durch den Kopf gehen, denn alle paar Minuten sagt sie »komisch!« – so als sähe sie fern und verstünde die Bilder nicht. »Wie alt bist du?« fragte Harry, um zu sehen, ob sie reagierte. »Sechsundneunzig – lächerlich!« sagte die alte Frieda sofort, drehte den Kopf zu Harry und schaute durch ihn hindurch. »Sechsundneunzig – lächerlich!« waren ihre Worte in den nächsten Stunden. Dazwischen immer wieder: »Komisch!« Am anderen Tag sah sich Harry im Zimmer um. Eine Mischung aus Schrott und schönen Sachen. Wohin mit denen? War mehr als in ein Auto paßt. »Kannste alles haben«, rief die Tante roh. Dann winkte sie Harry dicht zu sich heran und krallte ihre Hand in seinen Unterarm. Er fürchtete letzte Worte, aber sie wollte nur ihre Lieblingszigarettenmarke. »Haben die Idioten hier nicht!« Harry mußte bis nach Frankfurt fahren, um Pall Mall zu bekommen. Bevor sie rauchte, kriegte er das ausgelegte Geld wieder. Die Tante bestand darauf. Er mußte die Markstücke aus ihrem Portemonnaie nehmen. Argwöhnisch beobachtete sie seine Finger. Nachdem die Tante am nächsten Tag gestorben war, entdeckte er, daß die unterste Schublade der großen Louis Sowieso Kommode voller Pall-Mall-Zigarettenstangen steckte. Er rief die letzte der lebenden Tanten an, Friedas neunundneunzigjährige Cousine Katharina. Die kleine Katharina. »Stell dir vor«, schrie er der Tauben ins Telefon, »Frieda ist gestorben, ganz friedlich.« Katharinas Kommentar war die schönste Beileidskundgebung, die Harry je gehört hatte: »Das 's ja 'n Ding!«
Sechs Wochen später war sie selbst dran. Sie brauchte länger. Harry fand, Bruder Fritz, wenn auch nur Halbbruder, wenn auch Dichter mit Grundrecht auf Welt-

fremdheit, könnte sich etwas kümmern. War schließlich auch ein Verwandter. Seitdem Ines untergetaucht war, hatte er Fritz nicht mehr gesehen. Sie hatten einmal beide etwas mit ihr, das hatte sie aber nicht entzweit, sondern diskret verbunden. Harry hätte gern gewußt, was Fritz von Ines hielt, aber das inzestuöse Thema war absolut tabu. Möglicherweise wußte Fritz bis heute nichts von Harrys Rolle als heimlicher Zweitliebhaber.
Tante Katharina brauchte leider Pflege. Teuer. Was, wenn sie hundertzwei wird? Harry hatte in seiner Not Kontakt mit Julia Freudenhofer aufgenommen. Die ganz besondere Krankenschwester. An Julias Bett in Oberbayern konnte er sich erinnern, an seine Lust auf sie nicht mehr. Julia war Vorreiterin in Sachen Nasenring. Heute waren Nasenringe keine Seltenheit mehr. Sie lebte in unklaren Verhältnissen in Karlsruhe und war einverstanden, die Tante für 1500 Mark im Monat zu betreuen. Bei Glatteis kam sie mit einem uralten Volkswagenkäfer nach Hannover, wo die kleine Katharina lebte, und übernahm die Versorgung. Von den Nächten mit Julia konnte Harry Fritz ungeniert berichten. Zweifelhaft, ob der Respekt von Fritz echt war: »Scharfe Biene«, sagte er, »ich hätte das nicht gemacht.«
»Was nicht gemacht?«
»Julia jetzt als Pflegerin mißbraucht«, sagte Fritz. »Du hast Eros an Caritas verraten.«
Das klang pfiffig und plausibel, aber Harry glaubte es nicht. Doch Fritz behielt recht. Als Harry die sterbende Tante mit der scharfen Pflegerin besuchte, knisterte es nicht mehr. Dafür war die Szene auf andere Weise unvergeßlich. Die große, völlig ungebildete Julia aus dem oberbayerischen Traunstein las der kleinen Katharina, die in den Salons von St. Petersburg aufgewachsen war, Balla-

den von Schiller vor. Nach jeder Zeile machte Julia eine Pause. So war das Spiel. Die Tante interessierte sich in den letzten Wochen ihres Lebens nur noch dafür, ob sie die nächste Zeile mit dem richtigen Reim noch wußte.
»Muntre Rosse wiehern nach dem Forste?« Julia betonte die Zeile wie eine Frage.
»Wart' mal, wart' mal, wart' mal Kindchen, sag's noch nicht«, rief die Tante, »Forste, Forste – wart' mal«, sie preßte die Finger der winzigen Gichthand an die Schläfen, dann hatte sie die erlösende Folgezeile gefunden: »Blutig wälzt der Eber seine Stachelborste.« Zufrieden ließ sie sich ins Kissen zurückfallen. Danach verlangte die Tante nach einem Gedicht mit dem Titel »Die schlimmen Monarchen«, in dem die Späße des Todes als »garstig« und »unverschämt«, als »des Unholds ekelhafte Zoten« bezeichnet wurden. Diese Wendung schrieb Harry auf, die könnte er einmal als Postkartengruß verwenden: Des Unholds ekelhafte Zoten.
Bei dem Gedicht vom Fräulein, das ihren Handschuh in den Löwenzwinger wirft und sich »spottenderweis'« zum ritterlichen Verehrer wendet, konnte Harry mithalten: »Herr Ritter, ist Eure Lieb so heiß, wie Ihr mir schwört zu jeder Stund, ei, so hebt mir den Handschuh auf.« Die Tante staunte. Andere Kinder wachsen mit Muttergottesgebeten und Weihnachtsliedern auf, Harry war mit dieser Ballade groß geworden. Sie hatte ihn geprägt. Der Ritter war sein Ideal gewesen. Noch immer unerreicht. Harry würde für alle möglichen Frauen den neckisch hingeworfenen Handschuh aufheben. Aber: Er hätte den Stolz nicht, auf die Belohnung zu verzichten. Im Gegenteil: Er gierte nach Belohnung. Er war noch immer nicht so weit wie der Schillersche Ritter, der auf den zärtlichen Liebesblick nicht hereinfällt, mit dem ihn das böse Fräu-

lein nach seiner Heldentat empfängt: »Und er wirft ihr den Handschuh ins Gesicht: ›Den Dank, Dame, begehr ich nicht!‹ Und verläßt sie zur selben Stunde.«
Anfang März war dann die Tante Katharina gestorben. Fast wäre sie Hundert geworden. Das letzte Gedicht, das sie mit Julia rekapituliert hatte, war »Der Taucher« gewesen. Als Harry es nachlas, bekam er feuchte Augen.
Seit dem Tod der Tanten war Harry Besitzer allerlei alten Krams. Eines elfenbeinernen Brieföffners zum Beispiel und einer zaristischen Schreibtischlampe mit damastumwickeltem Originalkabel, die sofort Funken spie, als Harry sie zu Hause anschloß. Das Haus hätte abbrennen können. Rache der Tante für Harrys mangelnde Zuwendung in ihren letzten Lebensjahren. Er war bereits mit der Produktion der CD befaßt und konnte Geld gebrauchen, um die ersten sündhaft teuren Digitalisierungsversuche von EDV-Stümpern zu bezahlen. Er verkaufte Teppiche und Kristallkaraffen aus dem Tantennachlaß, hob aus Pietätsgründen Tafelsilber, die Pall-Mall-Kommode und viel zu viel andere Dinge auf und deponierte sie in Ritas Zimmer in der Bonner Wohnung. Ritas ehemaliges Zimmer sollte er sagen. Rita war weg. Schmuck mochte Harry nicht, war was für alte Hollywoodweiber, fand er. Mit Schmuck versuchten Kitschdeppen ihre Frauen zu binden, und die wußten aus Filmen, wie sie exaltiert »o nein!« rufen mußten, wenn sie das scheußliche Goldkettchen mit dem albernen Diamanten aus der Schatulle fischten. Obszöner Vorgang. Diese Männer wußten nicht, daß man mit einer richtigen Zeile von Schiller und einem halben Pfund frischer Himbeeren einen besseren Eindruck machen kann.
Harry zeigte den Schmuck, von dem er nichts verstand, einem Juwelier. Die Stücke, die der unbedingt haben

wollte, gefielen Harry dann plötzlich selbst. Ein Platinring mit einem schwarzglänzenden Stein würde nicht schlecht zu Helenes geiler Lederhose passen. Dann war da noch ein Ring mit einem Rubin, der aber nicht rubinrot, sondern kirschrot war. Dieselbe Farbe wie der superscharfe Rock von Ines. So einen Ring kann man nicht verkaufen. Einen grünen Smaragd reservierte er für Rita. Und da das Leben noch lang gehen und einiges geschehen konnte, behielt er ein halbes Dutzend anderer Schmuckstücke. Für alle Fälle. Wenn Himbeeren nicht mehr halfen. Der Juwelier schrieb enttäuscht einen Scheck für das aus, was Harry ihm überlassen hatte. Dreißigtausend Mark. Damit hatte Harry nie gerechnet. Dafür konnte man ein neues Auto kaufen.
Seitdem verwahrte er den Schmuck in einem Porzellandöschen mit der Inschrift: »Though We're Apart You Have My Heart.« Hatte Tante Frieda wahrscheinlich als sechzehnjähriges Mädchen von einem Leutnant geschenkt bekommen. Harry seufzte. Die Männer von heute konnten so schmachten wie vor neunzig Jahren die Mädchen zu Beginn des Jahrhunderts. Das war der Fortschritt. Julia hatte von dem alten Schmuck nichts haben wollen. Sie nahm nickend das Geld, doppelt so viel wie ausgemacht, und Harry bat sie, ihm gelegentlich ein Foto von ihrem Auto zu schicken. Auf der Beifahrerseite des zitronengelben Käfers stand in groben, schwarzen Pinselstrichen eine nachdenkenswerte Erkenntnis: »Kein Schwanz ist so hart wie das Leben.« Auf das Foto wartete er noch immer.

Nach einigen Tagen stellte Harry fest, daß das Platzen des CD-Projekts schmerzhafte Nachteile hatte. Erstens machte das Jazzplattenhören nicht mehr so viel Spaß, wenn die Frage wegfiel, wie man welche Stelle verwenden könnte. Zweitens fehlte die Illusion, einer wichtigen Tätigkeit nachzugehen. Drittens würde dem Treffen mit Ines und Helene im Herbst ohne das beiläufig vorgezeigte Produkt seiner frauenlosen Phase das triumphale Element fehlen und den Anschein erwecken, er habe die Zeit nur faul abwartend und nicht zu seiner Entwicklung genutzt. Viertens war nun die Zurückeroberung der Frauen das einzig übriggebliebene Ziel, das er wie ein Besessener verfolgte, weil nichts anderes mehr von ihm ablenkte.

Der rote und der schwarze Ring harrten in ihrem Döschen auf Ines und Helene. Einträchtig sah es aus, wie sie da zusammenlagen. Tante Katharinas elegante Glacéhandschuhe war Harry an Barbara losgeworden. Am Abend des Tages, an dem die erste Stunde des Polygamietrainings ausgemacht worden war, rief Harry sie an, erreichte sie wie immer beim Verlassen der Wohnung und fragte: »Mit welchem Nobelpreisträger gehst du heute aus?« Sie bedankte sich lachend für seine Karte aus Malaysia vom Strand der Sehnsucht. Die Bitte um Polygamielektionen hatte sie nicht ernst genommen. Harry sagte finster: »Das ganze Elend der Welt rührt daher, daß man Witze nicht ernst nimmt.«

»Was zahlst du übrigens pro Stunde«, fragte Barbara, und als Harry erstaunt schwieg, fuhr sie fort: »Das ist zum Beispiel ein Witz, den du ernst nehmen solltest.«

»Zweihundert«, sagte Harry.

»Und wo soll die Sache stattfinden?«

»Bei mir.« Woanders konnte es sich Harry nicht vorstellen.

»Bei Hausbesuchen mußt du einen Hunderter drauflegen«, sagte Barbara und lachte vergnügt.

Am Montag darauf begannen die Nachhilfestunden. Barbaras Augen waren nicht so moccatassenhaft wie sonst. »Wo ist dein Arbeitszimmer?« fragte sie. Arbeitszimmer gab es nicht. Barbara schrie auf. »Kein Arbeitszimmer!« Harry sagte, solche Trainings mache man auf Matratzen und nicht an Schreibtischen, also auf dem Bett. »Gut«, sagte Barbara nach einer kurzen Überlegung, »das gibt Gefahrenzulage. Für vierhundert geht es klar.«
Harry nickte.
»Und wenn du mich anfaßt, kostet das fünfzig Mark Strafe extra! Jedesmal!«
»Ist gut«, sagte Harry, »solltest du mich anfassen wollen, ist das umsonst. Fangen wir an.«
Sie legten sich auf Harrys Bett. »Deine Geldgier gefällt mir«, sagte er und streichelte ihre Schulter. »Vierhundertfünfzig«, schnurrte Barbara. »Darf ich dich daran erinnern, daß von Theoriestunden die Rede war. Also: Du triffst Ines in Palermo. Es gibt da zwei Möglichkeiten. Entweder sie sagt: Ich komme ohne dich besser zurecht oder: Ich komme zurück, wenn du versprichst, mir treu zu sein.«
»Oder sie sagt: Laß uns weitermachen wie bisher«, warf Harry ein.
»Das wird sie nicht sagen.« Barbara schüttelte den Kopf. »Sie ist eine Frau und kein Mann. Und wenn sie ohne dich leben will, kannst du nichts mehr machen.«
Harry protestierte: »Dann werde ich kämpfen!«
»Es wird nichts helfen«, sagte Barbara.
Harry beschwerte sich: »Du hast keine Ahnung! Ich nehme eine andere Nachhilfelehrerin! Du entmutigst mich!« Er legte seine Hände auf ihre Schultern. »Fünfhundert«, sagte sie fröhlich.

Bei der ersten Stunde kam nicht viel heraus. Als Barbara ging, bestand sie auf Bezahlung. Sechshundertfünfzig Mark hatten sich angesammelt. »Ich wollte mich schon immer mal wie eine Nutte fühlen«, sagte sie und maulte, weil Harry ihr einen Scheck gab. »Das nächste Mal bar bitte!« Harry sagte, er werde sich in Zukunft zurückhalten und wollte ihr von seiner CD-Pleite erzählen. »Tja«, sagte sie nur, »ich muß jetzt gehen!«

Die zweite Lektion war ergiebiger. »Was würdest du sagen, wenn Ines dich mit Haut und Haar ganz für sich haben will?« fragte Barbara. Harry dachte laut vor sich hin: »Beglückende Vorstellung eigentlich.«

Barbara richtete sich im Bett auf: »Ich dachte, wir machen hier ein Polygamietraining! Und du fällst schon um!«

»Na gut.« Harry holte Luft: »Dann sage ich nichts, sondern singe, und zwar näselnd wie ein Bonvivant der zwanziger Jahre: ›Ich bin zu schade für eine alleine ...‹«

Barbara riet dringend ab. Mit dieser Hoppla-jetzt-komm-ich-Komödiantentour werde er nicht durchkommen.

Harry wurde ernst: Die Mühen der Vielweiberei ließen einen natürlich immer wieder davon träumen, mit nur einer Frau sein Glück und seine Ruhe zu finden, was aber – leider! – bis in alle Ewigkeit ein schöner Traum sei. Es wäre maßlos bequem, mit Ines oder mit Helene allein sein Glück zu machen. Sich von einer Frau auffressen lassen – warum nicht! Nur eben: unrealistisch. Kaum stelle sich die Illusion der Monogamie ein, laufe einem zum Beispiel Barbara über den Weg, die man leider auch lieben müsse. Und von der man geliebt werden wolle.

»Dreihundertfünfzig«, sagte Barbara zufrieden, weil Harry bei seinen letzten Worten unwillkürlich eine Hand auf ihre Hüften gelegt hatte. Den Gedankenansatz fand sie ausbaufähig: Nicht wie der Normalehemann heimlich von anderen Frauen zu träumen, sondern mit anderen Frauen von den Wonnen der Monogamie – das sei zumindest origineller. Barbara wird fast ernst. Also weiter: Ines will ihn allein für sich, und er fängt an, von einem Leben nur mit ihr allein zu schwärmen. Nach zehn Minuten wird sie sagen: Harry, das schaffst du nicht! Was dann?

»Dann greife ich mir an den Kopf wie ein Erwachender«, sagte Harry, »und gestehe: Du hast recht, es ist nicht zu schaffen. Es ist aber ein schöner Traum. Laß uns diesen Traum immer wieder träumen.«

»Das ist purer Kitsch, das sagst du nicht!« Barbara biß Harry zurechtweisend ins Ohr.

»Dreihundert«, sagte er, »jeder Biß von dir kostet dich ab jetzt eine deiner verdammten Sonderzulagen.«

»Wenn ihr verliebt seid, werdet ihr Männer süßlich und begriffsstutzig«, sagte Barbara.

»Und ihr wißt nicht, was Liebe ist, ihr kalten Weiber«, sagte Harry. »Weißt du übrigens, daß Cole Porters flotter Song ›What Is This Thing Called Love‹ aus einem Musical stammt mit dem irren Titel ›Wake Up And Dream‹? Keine Ahnung, worum es da geht. Aber der Titel hat es in sich! Aufwachen und träumen. Das wird ab sofort in meinem Sinn interpretiert: Mit jeder Frau bei vollen Sinnen ehrlich und wahrhaftig und am hellichten Tag den Traum vom Leben zu zweit träumen. Das ist die Lösung!« Harry atmete zufrieden durch, als hätte er schon jetzt die Prüfungen von Palermo und Paris bestanden.

In der dritten Nachhilfestunde wurden noch einmal die Basisargumente für ein polygames Lebensmodell geklärt: Die Liebe zu mehr als einer Person ist nötig, a, um nicht in öder Gemütlichkeit zu versinken, b, um fremde Fähigkeiten in und andere Seiten an sich kennenzulernen und zu entwickeln, c, um den bürgerlichen Seitensprung zu vermeiden, der eine zwangsläufige Folge des monogamen Lebensmodells ist und dessen unkontrollierter Ausbruch zu überflüssigen Katastrophen führt.

Klang gut, aber Harry hatte Bedenken: Wenn Ines in Form ist, wird sie sagen: Die unkontrollierten Ausbrüche sind doch die schönsten. Die Liebe ist nur dann echt, wenn sie blind alles andere zerstört. Da war was dran. Wenn man sagt, man sei gegen Zerstörungen, macht man sich zu jenem ängstlichen Spießer, der man doch nach Punkt a und b nicht sein will. Was tun? »Ganz einfach«, sagte Barbara, »du sprichst Punkt c eben nur bei Helene an, die auf Katastrophen nicht scharf ist, und verschweigst ihn bei Ines, um ihr die komischen Träume vom leidenschaftlichen Verbrennen nicht zu nehmen.«

In der vierten Stunde entwickelte Harry die Basisargumente weiter: Liebe zu mehreren Personen ist entlastend. Jazz, den Helene nicht mehr hören kann, wird mit Ines ausgekostet. Stundenlanges Schimpfen auf moderne Kunst und schlechte neue Filme dafür ausschließlich mit Helene. Dann die Analogie-Argumente: Monogamie ist monochrom, aber die Liebe hat viele Farben und Temperaturströmungen: dunkelbraun und heiß ist es mit Ines, blau und trotzdem warm mit Helene, grün und windig mit Rita. Einpersonenliebe wäre der Tod dieser Vielfalt. Eventuell mit Artenschutzargument kommen. Dann die Musik-Analogie: Monogamie ist monoton wie ein Gregorianischer Gesang: drei Minuten klingen ganz nett, aber länger wird es zum Kotzen keusch und klösterlich. Ohne die Erfindung der Polyphonie würden uns heute noch Choräle und Blocksgeflöte martern. Spricht übrigens für den Jazz: Liebe sollte improvisiert und nicht nach festgeschriebenen Noten gespielt werden. Jede Nummer anders. Spricht speziell für die Combo-Formation. Big Band ist überflüssig, ist scheppernder Blechbrei. Drei, vier, fünf, sechs Instrumente reichen, wenn es einem unter die Haut gehen soll. »Gut«, sagte Barbara, »was bin ich?« – »Du bist die Gitarre«, sagte Harry ohne zu zögern und fuhr mit dem Finger an ihrem Busen entlang. Barbara vergaß, den Bußgeldzuschlag zu fordern. »Falsch, falsch, falsch!« Sie trommelte auf seine Brust: »Du darfst Frauen nie mit Instrumenten vergleichen!« Sie biß Harry so fest in den Nacken, daß ihm vor lauter Lust der Musikvergleich verging.

Die fünfte Nachhilfestunde mußte verschoben werden. Harry nahm an einer Podiumsdiskussion in Karlsruhe teil. Thema wieder einmal der Rechtsradikalismus: Wie kann die Gesellschaft der Ausländerfeindlichkeit wirkungsvoller entgegentreten? Versagt der Rechtsstaat? Etwas in der Art. Die Nasenring-Julia rief in ungewohnter Anhänglichkeit an. Harry hatte nicht daran gedacht, daß sie in Karlsruhe lebte, und redete sich heraus. Sie hatte seinen Namen auf dem Veranstaltungsplakat entdeckt. Sie komme vielleicht, sagte sie.

Normalerweise verlangte Harry drei- bis viertausend Mark Honorar pro Auftritt und bekam sie auch. Er ärgerte sich, weil er sich diesmal von der weinerlichen badischen Stimme des Veranstalters auf lächerliche fünfhundert Mark hatte herunterhandeln lassen. Er hatte gebeten, nicht als der Mann aus dem Auswärtigen Amt vorgestellt zu werden, der suspendiert worden war, nachdem er öffentlich verkündet hatte, mit einem schwarzrot-gelben Lumpen würde er sich den Arsch nicht ausputzen. Das stimmte zwar, aber er konnte es nicht mehr hören. Es war drei Jahre her, eine Ewigkeit. Wie ein Jugendstreich kam es ihm vor. Der Veranstalter ließ es sich nicht nehmen und stellte Harry genau so vor. Sofort donnernder Beifall für Dr. Harry von Duckwitz. Falscher Beifall war das. In der ersten Reihe saß eine Frau, die nicht klatschte. Typ nicaraguanische Freiheitskämpferin, aber nicht fanatisch, sondern jederzeit bereit, die Maschinenpistole, mit der sie während der Arbeit wirklich nur echte Schweine umnietete, aus der Hand zu legen und sich der Liebe hinzugeben. Sie war dunkel, zäh und zierlich. Harrys Idealtyp. Wenn er ins Publikum sprach, sprach er nur zu ihr.

Mit auf dem Podium saßen ein Soziologieprofessor, der Chefredakteur der örtlichen Zeitung, ein Landtagsabgeordneter und ein schicker Türke. Eine Alibifrau hatte abgesagt. Neben Harry stierte ein leibhaftiger rechtsradikaler Glatzkopf blödsinnig vor sich hin und brachte keinen verständlichen Satz heraus, obwohl er aus Göttingen kam, wo man doch hochdeutsch sprach. Man hätte ein weniger debiles Exemplar aus Dresden bekommen können, aber man wollte nicht die Vorurteile der ausländerfeindlichen Westdeutschen gegen die noch ausländerfeindlicheren Ostdeutschen bestätigen, indem man einen sächsisch sprechenden Neonazi vorführte.

Harry war wütend. Er hatte erfahren, daß der Glatzkopf siebentausend Mark für seinen Auftritt bekommen sollte. »Für drunter laß ich mich von so rotgrünen Arschlöchern nicht anglotzen«, soll er gesagt haben. Da es auch um Integration und Ausgrenzung solcher Gestalten ging und man eine authentische Person präsentieren wollte, hatte der Veranstalter schweren Herzens die Summe zugesagt und bei den anderen das Honorar gekürzt.

Als Feuerspeier war Harry angekündigt worden, und er

tat sein Bestes, um dem Etikett gerecht zu werden. Die Freiheitskämpferin in der ersten Reihe beflügelte seine Rede. Der Kahlkopf war zu besoffen oder zu dumm, um Harrys Provokationen zu verstehen. Die anderen am Tisch verkörperten die Stimme der Vernunft und schränkten seine Tiraden gegen alle nationalen Regungen ein.
Es wäre richtiger, fand Harry, die Erwartungen zu unterlaufen als sie zu erfüllen, die Schwarzweißmalerei von den furchtbaren Deutschen und den liebreizenden Asylsuchenden nicht mitzumachen. Für diesen Fall hatte er eine Geschichte auf Lager, mit der man ein extrem ausländerfreundliches Publikum irritieren konnte. Er gab sie diesmal nicht zum Besten. Der Kahlkopf könnte sie mißverstehen und die Freiheitskämpferin womöglich auch.
Eigentlich schade, denn es war die witzige und wahre Geschichte von einem Mann, der die Ausländer über die Maßen liebte, einem lärmempfindlichen Architekten, der in eine ruhige Gegend gezogen war. Er freute sich, daß fahrendes Sintivolk in seinem stillen Sträßchen Station machte und wirkte auf seine vollakademischen Nachbarn ein, das halblegale Dauerparken der Sinti-Wohnwagen zu dulden und nicht die Polizei zu holen. Leider lärmte das lustige Volk bis spät in die Nacht. Sechs Wochen lang konnte der Architekt kein Auge zutun. Schließlich zog er eines Nachts verzweifelt den Morgenmantel über, ging vors Haus und fragte höflich einen hübschen, dunklen, jungen Mann, ob er und seine Leute nach Mitternacht nicht eine Spur leiser sein könnten. Schon hatte er die Faust im Gesicht. Nasenbeinbruch. Im Krankenhaus bat die Polizei um eine Schilderung des Hergangs. Der Architekt sah eine Welle neuer Ausländer-

feindlichkeit über das Land gehen und sagte mannhaft, er kenne die Leute nicht, die ihn zusammengeschlagen hatten. Ausländer seien es jedenfalls nicht gewesen.
Nun begann der Kahlkopf Worte zu mümmeln, verkündete aus heiterem Himmel, daß die Asylanten zu viel Geld vom Staat bekämen und die reinrassigen Deutschen zu wenig. Da sprang Harry auf, packte den Tisch an der Kante und warf ihn um. Obwohl er das noch nie gemacht hatte, klappte es eindrucksvoll. Die Mikrophone fielen zu Boden und übertrugen das Poltern über die Lautsprecher. Flaschen und Gläser zerbrachen. Im Saal ratlose Stille. Harry bückte sich nach einem Mikrophon und pustete hinein. Es funktionierte noch. Er deutete auf den Kahlkopf und sagte ins Mikrophon: »Wissen Sie, was dieser Haufen deutscher Scheiße für seinen Auftritt bekommt? Siebentausend Mark!« Er schlug mit dem Fuß wütend gegen ein Bein des Stuhls, auf dem der Leibhaftige saß. Auch das hatte er noch nie gemacht, auch das funktionierte: Das Bein krachte ab, der Kahlkopf brach mit dem Stuhl zusammen. Es schien ihm nichts auszumachen, er war wohl an solche Umgangsformen gewöhnt. Harry brüllte ihn an: »Hau ab, Jungnazischwein und laß dich nie wieder blicken!« Tatsächlich schlich das geschorene Gespenst gehorsam vom Podium.
Der Wutanfall war echt gewesen. Außer sich vor Zorn hatte Harry die Freiheitskämpferin ganz vergessen. Jetzt kam aus der ersten Reihe ein einsames kurzes Klatschen. Zum Glück fiel das Publikum in das Klatschen nicht ein. Schließlich war das kein Theater gewesen. Harry bat bei seinen Mitstreitern auf dem Podium und beim Publikum um Verständnis. Politisch korrekt sei sein Anfall nicht gewesen, aber für political correctness sei er auch nicht zuständig. Er schlug dem Veranstalter vor, das un-

mögliche Siebentausendmarkhonorar einer Hilfsorganisation zu spenden. Er stelle sich als Anwalt zur Verfügung, falls der Kahlkopf seine Forderungen gerichtlich durchsetzen wolle. Jetzt kam unsicherer Beifall, der rasch fest und heftig wurde. Der aschfahl gewordene Veranstalter verkündete eine Pause, in der beraten wurde, ob und wie es weitergehen sollte. Es ging weiter, ohne den Kahlkopf. Doch nach dem drastischen Höhepunkt hatte die Diskussion an Spannung verloren, sie verlief brav und bieder.
Nach der Veranstaltung wurde Harry unablässig geknipst, mußte hundert Hände schütteln und Fragen beantworten. Aus den Augenwinkeln beobachtete er die Freiheitskämpferin. Sie machte plötzlich Anstalten zu gehen. Harry haßte sich dafür, daß er sich den öden Fragen eines aufgeregten Lokalreporters nicht entzog und ihr nacheilte. Es gab genug, was er ihr hätte sagen können: Ohne Sie hätte ich das nicht so hingekriegt! Ihr einsames Klatschen war wie ein Kuß! Sie haben von dem Augenblick an, als Sie Platz nahmen, auch in meinem Herzen Platz genommen, und wenn Sie mit mir einen Wein trinken, erzähle ich Ihnen, wie es in meinem Herzen aussieht.
Warum lief Harry ihr nicht hinterher? Weil er nicht jeder Frau hinterherrennen konnte. Aber so eine hatte er noch nie gesehen! Der Wunsch, mit ihr zu leben, war völlig echt. Nur drei-, viermal in seinem Leben war er Frauen begegnet, die sofort diesen Wunsch in ihm ausgelöst hatten, aber nie war der Wunsch so dringend gewesen wie diesmal. Das ganze Polygamiegetue war ein Zeitvertreib für den traurigen Normalfall, daß man die Frau fürs Leben nicht gefunden hatte. Angesichts der Freiheitskämpferin zerfielen seine mit Barbara ausgedachten Versuchsanordnungen wie aufgetürmte Kinderbauklötze.

Während Harry dem Reporter gegenüber das radikale Verscheuchen des Rechtsradikalismus empfahl, versuchte er sich mit dem Gedanken zu trösten, daß die Freiheitskämpferin zu Hause jede Menge Kinder hätte und einen noch blöderen Mann als Ines, an dem sie noch mehr hing. Da sah er sie zurückkommen und alles war wieder gut. Sie kam nicht nur zurück, sie kam auf Harry zu. Sie hatte ein kleines Glas mit einem dunklen Getränk in der Hand, das sie Harry überreichte: »Voilà un digestiv«, sagte sie. Harry ließ den Reporter stehen. Und dann kam der schmeichelhafteste Satz, den ihm je eine Frau gesagt hatte: »In diesem Scheißland ist es nur auszuhalten, weil es Leute wie Sie gibt!« Harry faßte ihr Hand. Auch ihr hätten die Glacéhandschuhe der toten Tante gepaßt, die er der undankbaren Barbara geschenkt hatte. Aber Freiheitskämpferinnen brauchen keine Glacéhandschuhe. Sie hieß Rahel und kam aus Frankreich. Französische Jüdin, hoffte Harry. Als deutscher Depp von einer Jüdin gelobt zu werden, wog immer noch doppelt. Rahels Stimme war rauh. Wüstensand.

Fügung alles, fand Harry. Das gnädige Schicksal hatte es so arrangiert, daß Rita, Ines und Helene gegangen waren, als ihre Zeit abgelaufen war, um den Weg für sein Leben mit Rahel frei zu machen, in dem politische und erotische Leidenschaft endlich vereint sein würden. Rahel wollte ihn nicht mit Beschlag belegen. Ein angenehmer Zug. Sie machte ihn auf ein Dutzend Menschen aufmerksam, die um sie herumstanden, und Harry ging kurz händeschüttelnd den Pflichten des Heldseins nach. Als er gar ein Autogramm geben mußte, schrieb er bei der Gelegenheit auf einen anderen Zettel: »Gehen Sie mir nicht verloren!« und reichte ihn Rahel, die den Wunsch mit einem feierlichen Nicken bestätigte.

Die Anerkennung der anderen riß nicht ab. Harry war von grober Zustimmung umringt, umzingelt, eingekesselt und wollte doch nichts anderes, als mit Rahel allein in einem ruhigen Lokal sitzen, seine Stirn an ihre Schläfe legen und sich den neuen Lebensweg ausmalen. Er stellte sich auf die Zehen, fing Rahels Blick, um seine Botschaft zu bekräftigen. Sie nickte zuverlässig und erfahren: Eine Freiheitskämpferin weiß, daß das Abschütteln der Heldenverehrung seine Zeit braucht.
Zu seinem Entsetzen sah Harry nun auch noch Julia im Kreis seiner Bewunderer stehen. An sie hatte er trotz ihrer Ankündigung nicht mehr gedacht. Sie winkte ihm zu. Er fand, daß sie breitbeinig dastand, wie eine dreiste Germanin, die sich ihres ritterlichen Helden völlig sicher ist.
»Hey, du bist super gewesen«, sagte sie, als der Kreis kleiner geworden war. Fritz hatte nicht recht behalten. Die dummen Dichter. Sie war nicht mehr Caritas, die unerotisch gewordene Pflegerin der Tante. Der Pflegedienst hatte sie keineswegs entsexualisiert. Harry fühlte sich bedrängt. Er dachte nur an Rahel.
»In welchem Hotel bist du?« fragte Julia.
»›Maritim‹. Oder so ähnlich. Glaube ich.«
»Geil«, sagte Julia. Sie schien seine Reserviertheit nicht zu bemerken. Er mußte deutlicher werden.
»Kann sein, daß die anderen noch beim Wein auf mich warten«, sagte er.
Julia legte ihren Arm um seine Schultern. »Nur keinen Streß«, sagte sie, fast beschwichtigend. Sie hatte das gewünschte Foto mitgebracht und zog es aus der Innentasche ihrer martialischen Lederjacke. Ihr gelbes Auto mit dem aufgemalten Wahnsinnsspruch: »Kein Schwanz ist so hart wie das Leben.« Sie boxte Harry in die Seite. »Ausgenommen deiner!«

Es halfen keine suchende Blicke und kein Warten. Rahel war und blieb verschwunden. »Komm«, sagte Julia, »gehen wir«.
Tatenlos saß Harry mit Julia in seinem Hotelzimmer. Rahel war ein schönes Hirngespinst. Er sollte sich konzentrieren. Julia berichtete, was sie so machte. Nicht viel. Sie legte sich quer aufs Bett. »Ganz schön heiß hier«, sagte sie und zog ihr T-Shirt aus. Sie hatte sich am Ansatz des linken Busens eine kleine Nixe tätowieren lassen. Sah gut aus, aber Harry empfand absolut nichts. Er saß noch immer in seinem scheußlichen Sessel. »Erzähl, was machst du«, sagte Julia.
Als sie Tante Katharina zu Beginn des Jahres zu Tode gepflegt hatte, war kaum Gelegenheit gewesen, sich zu unterhalten. Harry erzählte vom Verschwinden von Rita, Ines und Helene, von der Abmachung, sich nach einem Jahr zu treffen, von seiner Hoffnung, die Vielweiberei dann besser in den Griff zu bekommen, von Barbara, mit der er sich auf die Rückeroberung vorbereitete. »Klingt doch alles ganz gut«, sagte Julia, drehte sich auf den Bauch und fuhr mit beiden Händen durch ihre blonde Löwenmähne. Beim Erzählen kam ihm sein Leben plötzlich reich und glücklich vor und sein Leiden unter der Abwesenheit der Frauen als pure Angeberei. Die Abmachung mit Ines und Helene, sich ein Jahr nicht zu sehen, war das einzig Wahre! Sie brachte Spannung und Klarheit. Was wollte man mehr! Spannung und Klarheit! Eine schmerzlos verschwundene Ehefrau – und schon in wenigen Monaten das Wiedersehen mit den beiden liebsten Frauen. Dann würde nach einem tauglicheren Polygamiemodell das Liebesleben auf einem höheren Niveau fortgesetzt werden. Revolutionsreisen mit Rahel nach Nicaragua wären auch jederzeit drin. Vielleicht sogar mal

eine Nacht mit Julia und ihrer tätowierten Nixe. Aber nicht jetzt. Harry wurde im Sessel müde und schlief ein. Um halb fünf richtete sich Julia plötzlich auf. »Ich glaub', ich spinn'«, sagte sie. Sie habe sich so auf die Nacht gefreut. Und jetzt das! Harry, der ihr seine langweiligen Weibergeschichten erzählt.
»Du hast mich danach gefragt«, sagte er erschrocken.
»Aber nicht, damit du stundenlang davon sprichst – und nichts weiter!« Sie zog sich ihr T-Shirt über. Ob er sich nicht vorstellen könne, wie einer Frau zumute sei, die sich unentwegt die Geschichten von anderen Frauen anhören müsse. Und das Schlimmste: Sie wisse genau, daß er dabei die ganze Zeit nur an diese kleine Ausländerin gedacht habe.
»Was heißt Ausländerin!« sagte Harry streng.
»Ist sie doch wohl, oder?« sagte Julia. Sie habe genau gesehen, wie er ihr einen Zettel zugeschoben habe. »Tut mir leid, daß ich dir die Tour vermasselt habe«, sagte sie, schüttelte ihre Haarpracht und schlüpfte in ihre gewaltige Jacke. »Scheiße, wir hätten gevögelt wie die Weltmeister, wenn diese verdammte kleine schwarze Hexe nicht aufgetaucht wäre.«
Harry schwieg. Er konnte nichts zu seiner Verteidigung vorbringen. Julia hatte vollkommen recht.

6 Die Liberalen interessieren sich plötzlich lebhaft für Harrys gescheitertes CD-Projekt und eine Augenärztin namens Susanne für seine Augen. Bei einer Klausurtagung in Straßburg äußert sich Harry fachmännisch zum Thema Neue Medien, trifft alte Bekannte aus dem Auswärtigen Amt wieder und erlebt eine qualvolle Filmvorführung. In Leipzig hat Harry Berührung mit der Dichtkunst und muß sich zu später Stunde ein unsittliches Angebot anhören. Daneben einige Gedanken über die Unterschiede von Ost- und Westdeutschen und über Einsparmöglichkeiten bei Klausurtagungen.

Mr. Django Kowalski, der in Singapur so große Töne gespuckt hatte, er werde das CD-Projekt von Mr. Duckwitz in seiner amerikanischen Zeitschrift gebührend würdigen, war *kein* Sprüchemacher gewesen, wie Harry vermutet hatte. In einem sieben Seiten langen Bericht wurde Harrys nicht zustande gekommenes Projekt »Blue Baron« abgefeiert und erregte nun auch die Aufmerksamkeit deutscher Medien. Es erschienen Nachdrucke in europäischen Zeitschriften hier und da, es meldeten sich Radiosender und baten um Interviews. Sogar Fritz der Dichterbruder rief an und fragte mit unverstellter Neugier nach: »Was hört man da von dir? Erzähl doch mal!«. Harry sagte, Fritz habe nicht recht gehabt, was Julia beträfe. Der karitative Tantenpflegedienst habe Julias Erotik keineswegs vertrieben. »Gratuliere«, sagte Fritz.
Das CD-Projekt war ein alter Hut. Harry wollte nichts mehr damit zu tun haben. Doch je abfälliger und skeptischer er sich äußerte, desto fachmännischer wirkte er. Es gab genügend Leute, die von der Zukunft der Neuen Medien schwärmten, und ebenso viele unkten und prophezeiten bei diesem Stichwort den Untergang der Kul-

tur. Harry war nun endlich einer, der sachlich und realistisch über technische und juristische Hindernisse berichten konnte, der sich klar ausdrückte, weil er von den verwirrenden Details keine Ahnung hatte.

»Ich bin nicht kompetent, ich habe keinen Schimmer von dem Quatsch!« Je mehr er den Journalisten solche Worte zuwarf, umso vertrauenswürdiger wirkte er. Sie waren blind vor Berichterstattungsgier, wenn sich nur irgendwo die heiligen digitalen Silberhostien in irgendwelchen Laufwerken drehten und das Wort »virtuell« unterzubringen war. Harrys simple Idee der Toncollage wurde gar im Feuilleton einer großen Zeitung als positives Beispiel erwähnt: Dies sei einer der wenigen ernstzunehmenden und intelligenten Versuche, mit elektronischer Montage ein neues Kunstwerk zu schaffen. Die depressive Welt Schuberts und der europäischen Romantik werde hier eindrucksvoll mit der nicht weniger depressiven Welt des afroamerikanischen Blues zu einer neuen virtuellen Klangwelt vereint. Ein kühnes Experiment, wie es nur im Abseits des Kommerzdenkens entstehen könnte.

Eines schönen Vormittags rief ein Mann von der Partei der Liberalen in Hamburg an. Er hatte sein Anliegen noch nicht vorgebracht, da mußte er sich schon Harrys Grundsatzurteil anhören. Mit Parteien habe er partout nichts im Sinn und mit den Liberalen so ziemlich am allerwenigsten. Schroffer konnte Harry nicht werden, weil der Mann einen Sprachfehler hatte. Wannemann hieß er, soweit Harry verstand. Er reagierte auf Harrys Unmutserklärung nicht und machte sie damit ungeschehen wie einen Furz. Er organisiere für die Fraktion eine Klausurtagung zum Thema Neue Medien, sagte er. Die anderen Parteien ignorierten die Probleme, die mit den

Neuen Medien auf uns zukommen völlig, jetzt hätten sich eben die Liberalen das Thema unter den Nagel gerisssen. Und wenn es um Neue Medien gehe, dann dürfe Herr von Duckwitz mit seiner CD, die ja in aller Munde sei, seiner Ansicht nach nicht fehlen. Er nannte ein paar Leute aus dem Kulturleben, die dem Zeitungsleser Harry zum Teil ein Begriff waren, und ließ die Namen nachklingen. Die alle machten mit. »Dazu noch zwei, drei Dutzend Leute von der Fraktion, lieber Herr von Duckwitz, um die kommen Sie allerdings leider nicht herum.« Witzige Bemerkung für einen Parteischranzen, fand Harry. »Die Tagung beginnt in Straßburg und geht dann über Mainz nach Leipzig, bewußt brückenschlagend über Europa, von West nach Ost. Das Thema der Neue-Medien-Klausurtagung soll dann auch entsprechend lauten: ›Brücken für Europa‹.«

Harry lachte: »Klingt wie ›Krücken für Europa‹! Das wäre für eine Partei, die am Stock geht, auch kein übles Motto.«

»Wir haben noch ›Bedrohte Kultur‹ als Thema zur Auswahl«, sagte Herr Wannemann. Sein Sprachfehler ließ ihn langsam und stockend reden. »Finden Sie das besser?«

Für einen Bericht von maximal fünfzehn Minuten in Straßburg kann Wannemann als Organisator viertausend zahlen. Harry schwieg. Wenn Herr von Duckwitz bis Leipzig mit dabei bleiben will, ist er herzlich eingeladen. Dann hätte er Gelegenheit, bei der Abschlußdiskussion mitzumachen, dafür könnten weitere zweitausend draufgelegt werden. Harry schwieg. »Na schön, wären Sie mit insgesamt achttausend zufrieden?« – »Gut«, sagte Harry, »als Schmerzensgeld für das Ertragen von Parteinähe ist das in Ordnung.«

Ausschlaggebend für seine Zusage war die Hoffnung, Rahel wiederzusehen. Nach seinem Heldenauftritt in Karlsruhe war sie ihm nicht aus dem Kopf gegangen, und es wurde ihm klar, daß er sich nicht ausschließlich auf die Rückeroberung von Ines und Helene vorbereiten sollte. Es war absurd, wie treu er den Weibern war, die ihn im Stich gelassen hatten. Eine neue Eroberung würde ihn mit neuem Schwung erfüllen. Und wenn es die Frau des Lebens sein sollte, umso besser, Ines und Helene mit dieser Nachricht zu bestrafen.
So hatte sich Harry hinreißen lassen, in allen Karlsruher Zeitungen eine Anzeige aufzugeben: »Gehen Sie mir nicht verloren! Rahel bitte melden!« Nach einer knappen Woche kam ein Umschlag mit einer anbetungswürdigen Handschrift und einem Karlsruher Poststempel. Nicht über Chiffren-Nummern der Zeitungen, sondern direkt. Typisch Rahel. Sie ging gar nicht auf die Anzeige ein, sondern schrieb: »Brauche das Veranstaltungsplakat. Danke. S.«
Unerklärliche Sachlichkeit der Freiheitskämpferinnen. Besonders rätselhaft die Adresse: »S. Hoffmeister, Heidelberg«. Aha, von dort war sie nach Karlsruhe zur Veranstaltung gekommen. Gute Stunde Fahrt. Zeigte ihr Engagement. Harry schrieb zurück, angesteckt von Rahels knappem Revolutionston: »Daß Sie sich melden, ehrt mich. Wieso S und nicht R, und wieso die Abkürzung?« Die Antwort war zwei Tage später da: »Weil ein Frauenvorname Sie keinesfalls in Verlegenheit bringen sollte. S, weil ich eigentlich Susanne heiße. Kriege ich jetzt das Plakat?« Harry schrieb: »Noch nicht. Will erst wissen, wozu.« Rahels alias Susannes Antwort: »Will es in mein Zimmer hängen. Wegen Ihrer Augen! PS: Bin Augenärztin.« Auf dem Plakat waren einige Diskussionsteilneh-

mer abgebildet. »Befremdlich«, schrieb Harry zurück, mehr geschmeichelt als befremdet allerdings.
Nach vierzehn Tagen fast täglichen Hin- und Herschreibens war klargeworden, daß Rahel alias Susanne keine nicaraguanische Freiheitskämpferin war, sondern in Heidelberg lebte und in einer Klinik in Karlsruhe arbeitete. Eine Woche später stellte sich heraus, daß sie gar nicht Rahel war. Sie war nicht einmal bei Harrys Heldenauftritt dabeigewesen. Sie hatte in ihrer Klinik das Veranstaltungsplakat hängen sehen, und nach den Zeitungsberichten über den stürmischen Verlauf der Podiumsdiskussion wollte sie es haben, aber da war es schon entfernt worden. Das war alles. Harry war enttäuscht. Die Korrespondenz geriet in eine Krise. Was fiel dieser fremden Frau ein! Teenagerart war das, um ein Plakat zu bitten. Sicher eine alte dicke Ärztin, die nach der Pensionierung noch etwas aushilft und für junge Männer schwärmt. Zwar war Harry kein junger Mann mehr, aber das Foto auf dem Plakat war gut zehn Jahre alt und zeigte einen Mann Mitte Dreißig mit kühnem Blick. Das will die im Ernst zu Hause hängen haben? Peinlich. Harry schrieb: »Sie sind 66, stimmt's?« Antwort: »Fast getroffen – 33.« Harry, erleichtert: »Plakat nur gegen Foto von Ihnen.« Es kam ein Foto. Ferienstrand. Pfeil auf eine Bikinifrau weit im Hintergrund: »Das bin ich.« Dummerweise konnte man von der bezeichneten Gestalt nur wenig erkennen. Schönes Braun, schöne äthiopische Langstreckenläuferinnenfigur. Schon fand Harry den Plakatwunsch nicht mehr blöd unreif, sondern großartig unreif. Vom Gesicht war nur ein breiter, lachender Mund mit einer leuchtenden Zahnreihe zu sehen. Susannes Anmerkung: »An diesem waagerechten weißen Strich im Gesicht bin ich identifizierbar. Auch für Halbblinde.«

Obwohl ihre Botschaften kurz blieben, hatten sie sich in drei Wochen ihr Leben erzählt. Harry nannte Susanne manchmal Sweet Su oder SuSu. »Sweet Substitute« war ein Bluestitel, und Susanne war ein süßer Ersatz für Rahel. Sweet Substitute Susanne. Sweet SuSu. Sie hatte nichts dagegen, Ersatz zu sein. Sie war geschieden, hatte einen Liebhaber in Mannheim und einen in Ludwigshafen. Harrys Geschichte kannte sie bald und verglich sie mit der ihren. »Ludwigshafen ist meine Helene«, schrieb sie, »Mannheim meine Ines – und Du bist meine Rita. Wir können beide nicht genug kriegen. Das verbindet uns, das habe ich Deinem Foto auf dem Plakat angesehen.« Wenn ihr Harry drei Tage nicht schrieb, kam ihre Notbotschaft: »Brauche Post von Dir!«
Susanne machte die Polygamienachhilfestunden überflüssig. Ihre Erfahrung war mehr wert als Barbaras Logik. Es war interessant, wie sie das mit Ludwigshafen und Mannheim auf die Reihe kriegte. Schwierig manchmal, aber es lief. Harry liebte ihre Briefe. Sweet Su nahm seine Lage ernst, und das half ihm. »Wer so liebt, muß belohnt werden«, schrieb sie, »Du wirst Ines und Helene zurückbekommen.« Sie versprach, in Karlsruhe Ausschau nach Rahel zu halten. Die sollte Harry auch haben. Jeder sollte so viele Liebste haben wie möglich. Er sollte nach Amerika fahren und auch Rita wieder zurückholen.

Die Teilnahme an der Klausurtagung der Wichtigtuer-Liberalen könnte Harry die Möglichkeit geben, zwanglos Susanne zu treffen. Er machte einen Plan. Er würde das idiotische Auto nehmen und über Heidelberg fahren. Wenn sie sich nicht furchtbar fänden, sollte ihn Susanne nach Straßburg begleiten. Er hatte den Eindruck, daß sie in Erwartung seines Auftauchens nervös wurde. Nachtdienste mußten verlegt werden. »Ich arbeite an Straßburg«, schrieb sie, Harry glaubte es nicht, liebte sie aber für diese Formulierung: Ich arbeite an Straßburg! Da spricht die Geheimdiplomatin. Mit allen Wassern gewaschen. Leiterin einer Sonderdelegation. Liebe als Feldzug. Die Eroberung und Übergabe von Straßburg verlangt strategische Planung. 24. August 1993. Wichtiges Datum in der neueren Geschichte. Das will gut vorbereitet sein. Dann, drei Tage vorher, der bisher kürzeste Brief: »Grünes Licht.«

Susannes Mund war tatsächlich riesig, und wenn sie lachte, bildeten ihre Zähne einen weißen Strich. Sie war groß, ihre schlacksigen Bewegungen wirkten wie die einer Sportlerin vor dem Wettkampf. Harry mochte sofort ihre sanfte Heidelberger Sprachfärbung. Es war ein heißer Sommertag, Susanne trug eine weite, weiße, kurze Hose und ein Hemd ohne Ärmel. Ihre blauschwarzen Haare waren zu einer Pagenfrisur geschnitten. Manchmal sah sie aus wie eine schnippische Tennisspielerin aus den zwanziger Jahren. Noch nie hatte Harry eine so braune Weiße gesehen. »Du bist dunkler als meine indische Rita«, sagte er, »du hast etwas von einer Kalmückin!« Die kleinen Verlegenheiten, die sich ab und zu einstellten, waren durchaus reizvoll. Susanne wies auf zwei Fotos in den Regalen: Ludwigshafen und Mannheim. Beides Augenärzte. Sie lockte Harry zum Schreibtisch: »Und da ist Hamburg!« Tatsächlich, da hing Harry an der Wand, ausgeschnitten aus dem Veranstaltungsplakat. »Du spinnst!« sagte er, und sie nickte.

Sie gingen essen, es wurde Nacht, und sie sprangen ins Bett. Harry war nicht rasend vor Lust, es war mehr eine diebische Freude in ihm auf diesen durch und durch äthiopischen Körper. Er war sich ganz sicher und merkte erst spät, daß seine Annäherungsversuche nichts fruchteten. Susanne mußte deutlich werden. Sie richtete sich auf, zog die Beine an und verkündete sanft und arglos: »Du, s'geht net!« Harry wollte nicht gleich aufgeben, aber es war Susanne ernst, und sie schlief ein. Lange lag er wach neben dieser im Dunkeln schwarz wirkenden, wohlriechenden, angenehm anzufassenden Marathonfigur und wußte nicht, ob er bitter werden sollte oder vielleicht sogar einfach verschwinden. Was hatte er hier noch verloren? Andererseits kam es nicht nur aufs Vögeln an. Aber es fehlte ihm doch sehr. Die Briefe hatten ihn mit Susanne verbunden, aber jetzt gab es keine Briefe. Er hätte dringend etwas Verbindendes gebraucht. Das Vögeln hätte sie verbunden. Der fröhliche Austausch ihrer polygamen Erfahrungen war offenbar nicht anregend genug gewesen.

Am nächsten Morgen lobte Susanne Harrys Körper. Auch in Hamburg war der Himmel blau, auch Harry hatte einen Balkon, auf dem er sich manchmal nackt sonnte, laut Jazz hörte und Hautkrebs für ein Märchen hielt. Seitdem er allein lebte, aß er wenig. Er war immer schlank gewesen, nun war er fast dürr. Susannes Augen ruhten wohlgefällig auf ihm. »Wie ein Jüngling!« sagte sie. Das Lob beleidigte Harry: »Scheiß auf den Jüngling! Wer will mit einem Jüngling vögeln.«

Mit ihren Männern mag Susanne nicht frühstücken. Mit Mannheim nicht, mit Ludwigshafen nicht und auch nicht mit Harry aus Hamburg. Das ist ihr zu ehelich. Harry hat Verständnis. Obwohl die Frühstücke mit Ines alles andere als ehelich gewesen waren. Bei Helene wäre Susanne mit diesem Verdikt an die Richtige geraten. Sie hätte Susanne für frühpubertär gehalten. Will nicht erwachsen werden.

Susanne fuhr mit nach Straßburg, als wäre nichts geschehen. Es war ja auch nichts geschehen. Im Auto Apfelessen und die Analyse der enttäuschenden Nacht. Susannes Erklärung: Harry hätte sie angezogen, ehrlich, sie war nur total übermüdet. Harry hält das für Schönfärberei. Seine Deutung nach Lage seiner Kenntnis: Susanne war zu offen. Sie hatte Mannheim und Ludwigshafen informiert. Mannheim hatte sogar ihren Dienst im Krankenhaus übernommen, um ihr die Nacht mit dem Mann aus Hamburg zu ermöglichen, dem Helden von Karlsruhe, mit dem kühnen Blick. Ludwigshafen, mit dem sie offenbar viel telefonierte, wußte auch Bescheid und hatte versprochen, die heilige Nacht nicht mit einem Anruf zu stören. »Wahnsinnige!« sagte Harry, »Anfängerin! Ist doch klar, daß einem bei so viel Genehmigung die Lust vergeht.«

In Straßburg bewegten sich beide so durch die Gassen, daß sie von einem Liebespaarfotografen angesprochen und fotografiert wurden. Eine Stunde später studierten sie in einem Café die fertigen Bilder. Harry fand sie nicht animierend. Man sah ihnen an, daß sie das Glück nur spielten. Er verschwieg seinen Eindruck.

In dem scheußlichen modernen Luxushotel war, wie abgemacht, ein Zimmer für Herrn Dr. von Duckwitz reserviert. Nein, von den anderen fünfzig Klausurtagungsteilnehmern war noch keiner da, die übrigen würden erst morgen kommen. Susanne blieb über Nacht. Sie setzte Harrys schüchternem Zweitannäherungsversuch diesmal nichts entgegen, aber er wurde den Verdacht nicht los, daß sie ihm nur einen Gefallen tun, ihn bei Laune halten wollte. Der Verdacht lenkte ihn ab, ohne allerdings seine Kräfte negativ zu beeinflussen. Er war ein ausdauernder aber abwesender Liebhaber mit dem

Gefühl, ein Soll zu erfüllen. Sie absolvierten, ohne sich zu verausgaben, einen gemeinsamen Trainingslauf, und wenn sie sich gegenseitig anfeuerten, dann mit der Leidenschaftslosigkeit von Joggern, die routiniert ein tägliches Fitnessprogramm ableisten. Noch während des ebenso überflüssigen wie konditionsstarken Vögelns ärgerte sich Harry über sein gestriges Beleidigtsein, das Susanne wohl diesmal hatte vermeiden wollen und das wahrscheinlich verantwortlich war für diese entseelte Langstreckennummer, die absolut nichts Zwingendes an sich hatte und mit einem mageren Orgasmus endete, der dann, immerhin, für angenehme Entspannung und eine friedliche, sogar zärtlichvertraute Schlafnacht sorgte, so daß die Strapaze im Nachhinein doch ihr Gutes hatte. Vielleicht hatte Susanne auch nur beweisen wollen, daß sie drei Liebhaber verkraftete, vielleicht auch, und das war am wahrscheinlichsten, liebte und daß sie Harrys Briefe im Gegensatz zu ihrem Verfasser wirklich brauchte und glaubte, die Fortführung des Briefwechsels nur sichern zu können, wenn sie seinem Drängen nachgab. Susanne fuhr mit dem Zug zurück, und Harry vermißte am Bahnhof seinen und ihren Abschiedsschmerz. Er schrieb ihr sofort einen langen Brief, der nichts mehr von der Frische ihrer bisherigen Korrespondenz hatte, und in der düsteren Erkenntnis gipfelte, daß Liebe ohne Schmerz und Reibung und möglicherweise auch ohne Heimlichkeiten und Lügen nicht zu haben sei. Er dachte an Ines und daran, daß die ständige Einsturzgefahr die Liebe so abenteuerlich gemacht hatte. Er dachte an Helene und daran, daß die Gefahr des Verschwindens und die Angst davor die Liebe immer wieder belebt und in letzter Sekunde zurückgeholt hatte. Dann sah er Susanne als Sonnenanbeterin, er sah ihre saubere, aufgeräumte

Wohnung mit den hellen Holzbrettern vor sich und, verleitet von diesen Bildern, unterstellte er ihr in seinen emsig hingekritzelten Zeilen, sie könne keinen Schatten ertragen, sie wolle glatt funktionierende Liebschaften, wahre Liebe aber sei dunkel und staubig und unberechenbar. Hätte er den belehrenden Brief einen Tag später durchgelesen, würde er ihn erschrocken weggeworfen haben. So aber schickte er den Sermon, der überflüssiger war als die Vögelei der letzten Nacht, eilig hinter Susanne her, die in den nächsten Tagen mit Ludwigshafen und Mannheim mehr Schatten, Schmerz und Reibung haben würde als Harry sich je vorstellen konnte. Und nur ihrer wahrhaft sonnigen Anhänglichkeit würde es zu verdanken sein, daß sie seine kitschige Sticheleien rasch vergaß.

Mittags stieß Harry zu den tagenden beziehungsweise speisenden Liberalen. Zufrieden saßen sie in einem ehrwürdigen Straßburger Restaurant. Harry erkundigte sich nach dem Organisator. Herr Wannemann. »Ich bin hier, um etwas für das Schmerzensgeld zu tun, das ich dafür bekomme, daß ich die Gegenwart Ihrer Partei ertragen muß«, sagte Harry. Der Organisator blinzelte ihn sekundenlang an, dann erinnerte er sich an das Telefongespräch. Er lachte, legte seinen linken Arm freundlich und unaufdringlich um Harrys Schultern und schüttelte ihm geradezu herzlich die Hand: »Herr von Duckwitz! Welche Freude!« Er hatte gar keinen Sprachfehler. Er war nur schwerer Alkoholiker.

Die Teilnehmer der Tagung hatten schon einen anstrengenden Vormittag hinter sich und waren mit den Tagesordnungspunkten im Verzug, weil der Besuch beim Bürgermeister sie aufgehalten hatte. Harry würde seinen um 16 Uhr angesetzten Werkstattbericht kaum vor 18 oder

19 Uhr vortragen können. Er möge sich bitte kurz fassen. Vielleicht sieben oder acht statt der geplanten fünfzehn Minuten.
Harry begrüßte ein paar Bekannte aus der Bonner Zeit. Der Staatssekretär, mit dem er vor rund drei Jahren wegen seiner Suspendierung herumgefeilscht hatte, war auch dabei. »Hallihallo, so sieht man seine schwarzen Schafe wieder«, sagte er und umarmte Harry satt und selig. Zwei Autoren, deren Namen Harry nichts sagten, wußten, daß er der Bruder von Fritz dem Dichter war und fragten ihn, warum er keine Gedichte schreibe. »Keine Zeit«, sagte Harry.
Um 14 Uhr sollte das Tagungsprogramm mit Vorträgen und Diskussionen fortgeführt werden, aber da war man noch nicht einmal beim Nachtisch. Die Referenten wollten wissen, wie es weiterginge, aber der nette Organisator Herr Wannemann war verschwunden. Plötzlich tauchte ein anderer auf, der so ähnlich aussah und sprach, der auch nett war und nun versuchte, Struktur in den Ablauf des sich bereits auflösenden Nachmittags zu bringen. Es war der ältere Bruder Wannemanns. Wannemann Zwei. Beide Brüder waren Alkoholiker und tranken bis zum Lallen und Umfallen. Sie wechselten sich ab. Wenn Wannemann Eins vollgetrunken war, holte er Wannemann Zwei aus dem Bett, der seinen Rausch langsam ausgeschlafen haben müßte, und schlief statt seiner weiter. In dieser halben Stunde der Staffettenübergabe war die Tagung organisationslos. Einer der beiden Brüder, so war zu hören, war in besseren Tagen einmal die rechte Hand eines Fraktions- oder Parteivorsitzenden oder Parteisekretärs gewesen. Harry war gerührt von der Menschlichkeit dieser Parteifamilie, die einen einstmals treuen Mann so schnell nicht fallen, sondern hier zusam-

men mit seinem Bruder sein Gnadenbrot verzehren ließ. Dem Alkoholismus waren so gut wie alle Politiker verfallen. Für die durch die Saufsucht entstehenden Schwächen hatten sie Verständnis.

Um 16 Uhr war der Vortrag an der Reihe, der um 10 Uhr vormittags gehalten werden sollte. Ein smarter Österreicher aus Amerika machte aalglatt Reklame für eine neue Laptopgeneration, schamlos – und erfolglos, denn zwei Drittel der Tagungsteilnehmer schliefen tief. Der Elsässer Riesling war mittags in Strömen geflossen und zeigte jetzt seine Wirkung.

Vor der ersten Kaffeepause erklomm ein moderner Dichter das Rednerpult. Er hatte diesmal kein Buch, sondern eine CD-Rom produziert und schwärmte kokett von der interaktiven Rezeption, die intelligenter sei als das bisherige passive Lesen. Wer wach war, schüttelte besorgt und zweifelnd den Kopf und machte sich Notizen für die anschließende Diskussion. Keiner konnte sich unter der selbstangepriesenen CD-Rom etwas vorstellen, die der Dichter nicht vorführen konnte, weil hier irgendeine Software oder ein Verbindungskabel nicht paßten, dort eine Festplatte nicht genügend Gigabytes hatte, um die Datenmassen der Wunderscheibe auf dem Mega-Bildschirm auferstehen zu lassen.

Der digitale Dichter war hilflos. Er konnte nicht mehr tun als seine sagenhafte CD-Rom in den Schlitz des Laufwerks zu stecken und auf »enter« zu drücken. Doch es tat sich nichts. Der Verleger dieses neuen störrischen Mediums war auch anwesend. Er wußte mit der Technik besser Bescheid. Unwirsch kam er nach vorn, ging auf die aufgetürmten Computergeräte zu, fing an, die Kabel umzustöpseln und auf der Computertastatur herumzutippen. Nichts.

Im Sitzungssaal erwachten langsam die Mittagsschläfer und erkundigten sich bei ihren Nachbarn gähnend nach dem Stand der Dinge. Das Nichtfunktionieren der Technik hatte Vorteile. Erstens versäumte man nichts, wenn man ein Nickerchen machte, zweitens war das ein weiterer Beweis dafür, daß man neuen Medien nicht trauen konnte, drittens aber auch ein Beweis dafür, daß diese neuen Medien keine Gefahr darstellten, denn es klappte ja nie mit ihnen. Viertens schließlich war es eine Bestätigung dessen, was man schon immer gesagt hatte: daß der ganze digitale Zirkus nichts als heiße Luft war. Eine Art Erlösung breitete sich im wegen der geplanten Vorführung leicht verdunkelten Saal aus. Die Klausurtagung schien sich schon jetzt gelohnt zu haben. Leise Einzelgespräche über wichtigere Dinge des Lebens entwickelten sich, denn nichts ist entspannender als Staus und Pannen, wenn man nicht ans Ziel will.
Keiner beachtete den digitalen Dichter, der immer noch ratlos vor seinem Rednerpult wartete. An den Computertürmen hatten sich mittlerweile vier, fünf Spezialisten versammelt, die zusammen mit dem Verleger am Boden herumkrochen und Kabel umstöpselten und schalteten und tippten und den Kopf schüttelten. Der Verleger spürte, wie die stille Schadenfreude der Tagungsteilnehmer über das Mißlingen der Vorführung sich auf die ganze Branche ausdehnte, auf die er doch gesetzt hatte. Er wurde nervös und wütend. Er war zum Ernten von Ruhm auf diese Tagung mitgekommen und nicht, um Handlangerdienste zu verrichten.
Plötzlich stellte sich die Schuldfrage. Wannemann Zwei, der Bruder des Organisators Wannemann Eins, noch keine zwei Stunden im Einsatz und schon wieder halb zugetrunken, sagte souverän, er habe verabredungsgemäß

eine örtliche Computerverleihfirma beauftragt, sämtliche EDV-Geräte, deren Bereitstellung von den Referenten gewünscht worden war, zu liefern und anzuschließen. Dies sei geschehen. Er habe es kontrollieren lassen. Mehr könne er nicht tun. Wenn das Zeug nicht funktioniere, sei das nicht seine Sache. Die Verleihfirmen langten übrigens gut zu. Die Kleinigkeit von zwölftausend Mark habe das Zurverfügungstellen der Geräte für den heutigen Tag gekostet, morgen in Mainz und übermorgen in Leipzig sei mit ähnlichen Summen zu rechnen – bloß falls diese Zahlen jemanden von der Fraktion interessierten.
Endlich hatte der Medienverleger im Verbund mit den Spezialisten den Grund für das Versagen der Maschinen gefunden. Er kam mit rotem Kopf aus seiner Hockhaltung hoch und beschuldigte die Computerverleihfirma. Man könne ja wohl davon ausgehen, daß Leihgeräte heutzutage mindestens mit einem Pentium Prozessor 486 ausgerüstet seien und nicht mit einem lahmen 286er, auf dem natürlich seine CD-Rom niemals laufen könne. Wie sollte sie! Leider könne man den 286er nicht aufrüsten, damit sei die Vorführung nicht möglich.
Keiner hörte genau hin, denn keiner verstand die nähere Bedeutung der Klage. Die Fachleute erwogen und verwarfen tuschelnd das Zuspielen von Tuning-Software aus dem Netz oder eine Nachfrage an der Universität bei den Informatikern.
Harry fühlte sich an die Hindernisse in Li-Lis Studio in Singapur erinnert und war froh, mit all dem Gestöpsel nichts mehr zu tun zu haben. Wannemann Zwei mußte jetzt dringend organisieren und Entscheidungen fällen. Die Tagung war Stunden im Rückstand. Jetzt wäre eigentlich Herr von Duckwitz mit seinem Werkstattbe-

richt an der Reihe. Wannemann Zwei sah auf die Uhr. Vor dem Kaffeetrinken hatte es wenig Sinn, und danach war die Diskussion fällig, an der sich ein EG-Kommissar beteiligen würde, die konnte man nicht absagen. Hm. Wannemann schaute Duckwitz treuherzig ins Gesicht. Ganz klar: Er erwartete Duckwitz' freiwilligen Rücktritt. Keine Sorge, die achttausend Mark fließen trotzdem, sagte Wannemanns glasiger Blick. »Nach dem Abendessen?« fragte Harry. Unmöglich, da ist eine Filmvorführung angesetzt, Truffauts »Fahrenheit 451«. Unverzichtbarer Bestandteil einer Medientagung, deren Untertitel »Bedrohte Kultur« lautet.

Harry blieb stur. Er hatte keine Lust zu verzichten. Er ist hierher gekommen, um über seinen CD-Bastard zu sprechen und er wird das tun. Er wird diesen Pennern seinen Vortrag nicht ersparen. Er wird ihn beim Abendessen halten. Er wird den Werkstattbericht zur Tischrede umfunktionieren. Kein Problem. Nicht länger als sechs Minuten dauert das, davon vierundvierzig Sekunden Musik. Alles, was er braucht, ist ein normales Kofferradio mit einer CD-Abspielvorrichtung, das hat er im Auto dabei.

Während des Abendessens machte Harry seine Androhung wahr. Er legte die Demonstrations-CD von Li-Li ein, schulterte wie ein Halbwüchsiger das Kofferradio, ging in die Mitte der hufeisenförmigen Tafel und drückte auf Start. Erst Billie Holiday, dann T-Bone Walker, jeweils mit Schubert. Die bewährte Mischung, die ihn und Kowalsksi einst so begeistert hatte, verfehlte auch jetzt ihre Wirkung nicht. Der Haufen angetrunkener liberaler Politiker war beeindruckt. Ein Ästhetikprofessor, der eben erst eingetroffen war und morgen eine Diskussion leiten sollte, rief nach einer Zugabe, die Harry nicht bieten konnte. Er erklärte das Konzept der CD und warum es hatte scheitern müssen und genoß es, die Aufmerksamkeit der Essenden und vor allem Trinkenden ein paar Minuten von den Tellern und Gläsern weg auf sich zu lenken.

Er erklärte, was technisch alles machbar, aber nicht bezahlbar sei, welcher Aufwand betrieben werden müsse, der nicht dafür stünde. Speziell bei seinem Projekt, das ja bereits vorhandene Musik collagiere, kämen unüberwindliche Urheberrechtsprobleme auf den Produzenten zu, das heißt, wenn die CD in einem kaufmännisch unsinnigen Selbstausbeutungsmarathon nach zwei Jahren fertiggestellt werden würde, müßte sie spätestens dann an den Besitzansprüchen der Eigentümer der Urheber- und Leistungsschutzrechte scheitern. Denn jeder habe das Gefühl, an den berühmten Neuen Medien könne man massenhaft verdienen und halte die Hand unsinnig weit auf. »Es macht mir Spaß, darauf hinzuweisen«, sagte Harry, »vor allem hier vor Mitgliedern einer Partei, die auf die Wahrung des Kapitals größten Wert legt, daß diese Wahrung auf der anderen Seite, wie mein Beispiel zeigt, die Entfaltung neuer Ideen blockiert.«

Das war nicht sehr grob gesagt, nicht strenger, als wenn der Pfarrer seiner Christenschar wegen ihres Pharisäertums ins Gewissen redet. Seine CD werde es also nie geben, und er bedaure das keine Sekunde, sagte Harry, der es gerade jetzt wieder heftig bedauerte, daß ihm dieser schöne aufmerksamkeitserregende Zeitvertreib genommen war. Das Nichtzustandekommen seines Projekts halte er für exemplarisch, wenn ihm dieser Ausblick in die Zukunft erlaubt sei, sagte er, in den Neuen Medien werde vieles nicht zustande kommen, das meiste sei und bleibe Geschwätz, heiß gekocht und lau gegessen.

Die Skeptiker der Neuen Medien waren in der Mehrzahl, sie johlten so zustimmend, daß Harry seine Worte sofort bereute. Auch die konservativen Referenten nickten knöchern, während der Ästhetikprofessor, der anfangs Hoffnungen auf Harry, den vermeintlichen Neuerer und kühnen Digital-Collagisten, gesetzt hatte, seiner Enttäuschung über Herrn von Duckwitz Ausdruck gab, indem er laut nach seinem erlesenen Lieblingswein rief und, in Richtung des Redners, nach Innovationen.
»Es fehlt nicht an Innovationen, sondern an Innovationskritik«, gab Harry zurück. Eine verdammt gute Erwiderung, fand er, die keiner von diesen Arschlöchern hier kapierte. Vielleicht sollte er es noch einmal sagen: Es fehlt nicht an Innovationen, sondern an Innovationskritik! Politiker sagen auch alles doppelt, was ihnen wichtig ist. Meine Damen und Herren! Aber Harry war kein Politiker. Auch Susanne hätte übrigens mit dieser Bemerkung nicht viel anfangen können. Ines und Rita auch nicht. Barbara hätte sie nicht ernst genommen, sondern artifiziell gekontert und die Richtigkeit der Worte damit verwischt. Helene war die einzige, die ihm voll zugestimmt hätte. Nieder mit dem Innovationsgequatsche! Der Innovationsterror ist lästiger als der Konsumterror! Zur Hölle mit dem Gefasel von den Neuen Medien!
Harry kam zum Ende. Sein Projekt habe nur deswegen dieses planlose Interesse auf sich gezogen, weil da ein bißchen modisch-digital und pseudovirtuell herumgestümpert worden sei. Es hätte eine sehr einfache und achtzig- bis hundertzwanzigmal billigere Methode gegeben, sein Konzept zu realisieren, nämlich ohne digitale Mätzchen. »Ich hätte mir einen schwarzen Straßensänger mit einer guten Bluesstimme holen sollen«, sagte er, »und

eine gute schwarze Bluessängerin. Die hätten mir in drei Tagen die romantischen Liedchen genau so ruppig runtergesungen, wie es mir vorschwebte, und wie es mit einem Riesenaufwand an elektronischen Tricks nur ansatzweise möglich ist.« Nach dieser wirklich interessanten CD aber hätte natürlich kein Hahn gekräht, fuhr er fort, während er, perverserweise, mit seiner in jeder Beziehung unwirklichen Produktionsruine von den auf die berühmten Neue Medien geilen Medien zum Medien-Macker gemacht worden sei, und als solcher sogar auf Klausurtagungen auftrete. »Nieder mit der elektronischen Datenübermittlung«, schloß Harry, »ein Hoch dem Postkartengruß! Er wird überleben. Er ist langsamer, aber viel effektiver!«

Diese erklärende Rede war Harry sich und seiner absurden CD schuldig gewesen. Organisator Wannemann Eins, der vor dem Abendessen schon ausgeruht aufgetaucht war, kam schwankend auf Harry zu und lobte sich, daß er ihn eingeladen hatte. Zweifellos ein Höhepunkt der Tagung, dieser Bericht eben. Trifft den Nagel auf den Kopf.

Der Staatssekretär war anderer Meinung und mokierte sich. Er habe vom ehemaligen Haus-und-Hof-Provokateur des Auswärtigen Amtes etwas anderes erwartet als konservative Medienschelte. »Lassen Sie mich mit ihren Erwartungen in Ruhe!« sagte Harry und erschrak, weil er an Ines dachte, von der er einiges erwartete. Der Ästhetikprofessor, obwohl ein Freund der Neuen Medien, war jetzt wieder gut auf Harry zu sprechen, weil er eine subversive Kunstform darin sah, wie Harry sich und sein Produkt ad absurdum geführt hatte. Alle waren blau und heiter. Harry, der für seine Rede einen klaren Kopf hatte bewahren müssen, wollte jetzt nicht länger der einzige

Nüchterne sein und fing an, trockenen Weißen in sich hineinzugießen.

Um elf erhob sich der organisierende Herr Wannemann und erinnerte daran, daß man ab zehn eigentlich schon den Truffaut-Film »Fahrenheit 451« sehen sollte. Unwilliges Murren der Teilnehmer. »Ich entnehme den Geräuschen, daß wir uns diesen Film nicht mehr zur Gemüte führen müssen«, sagte Wannemann. Allgemeine Erleichterung.

Aber sie hatten die Rechnung ohne einen ernsten Dichter gemacht, den sie selbst eingeladen hatten. Der stand auf und wurde deutlich. Er bestand darauf, daß dieser erschütternde Film gezeigt werde, der wie kein anderer die Bedrohung der Kultur durch staatliche Gewalt zeige. Das Mahnwort ließ alle leiser werden. Dann ein Zwischenruf: »Jeder kennt doch den Film!« Das bezweifelte der ernste Dichter: »Wer hat ihn denn schon gesehen?« Jetzt zeigte sich, wie Alkoholgenuß die Reflexe beeinträchtigt und dumm und ehrlich macht. Anstatt massenhaft den Arm zu heben und falsch zu schwören, um so dem Unheil der Filmvorführung zu entrinnen, gaben die liberalen Tagungsteilnehmer ihre Unkenntnis zu, indem sie auf die Frage betreten schwiegen.

»Voilà!«, sagte der Dichter. Man war in Frankreich. Einer rief frech dazwischen, es genüge, wenn der Dichter den Inhalt des Films erzähle. Beifall. Der Dichter blieb hart. Er werde an der Diskussionsrunde in Leipzig nicht teilnehmen, wenn dieser wichtige Film nicht gezeigt werde. »Na und, dann nimmt er eben nicht teil« sagte der Mann, der neben Harry saß, ziemlich laut. Er war vor einem halben Jahr noch Wissenschafts- oder Erziehungsminister gewesen und hatte seinen Job so unauffällig ausgeübt, daß ihn schon zu Amtszeiten kaum einer wahrnahm und sich heute folglich niemand mehr an sein Gesicht und seinen Namen erinnerte. Sein ständiges Dazwischenreden hatte etwas Asoziales, er wollte damit wohl einerseits seine Mißachtung ausdrücken und andrerseits die Aufmerksamkeit auf sich lenken, die er als Minister nicht hatte wecken können.

Schließlich erinnerten sich die Liberalen, daß sie Demokraten waren, und daß man in einer Demokratie abstimmt, um Entscheidungen herbeizuführen. Der Dichter protestierte, der Stalinist. Farce, rief er, sei doch klar, wie die Abstimmung ausgehe. Er machte einen letzten teuflischen Versuch, die lose liberale Bande moralisch in die Enge zu treiben und senkte die ohnehin schon sehr sonore Stimme um eine Terz tiefer: »Sie können doch eine solche Tagung nicht ausschließlich zum Anlaß für ein fröhliches Beisammensein nehmen, das kann man doch auch billiger haben.« Stille. Das saß.

Den Organisator Wannemann machte der Suff weise. Er entschied: Wenn sich sieben Interessenten finden, wird der Film gezeigt. Dann kann ihn sehen, wer ihn sehen will. Weniger als sieben Zuschauer sind dem Filmvorführer nicht zuzumuten. Der Mann muß ja auch mal nach Hause.

»Arm hoch! Bitte!« zischte der Dichter zu Harry, als erst fünf Meldungen gezählt wurden. »Ich hasse den Film«, zischte Harry zurück, »es ist ein weinerlich verlogener Science-fiction-Kitsch, ein Mißgriff.« Dem kämpferischen Dichter zuliebe und um zu sehen, wie es weiterging, hob er dann doch die Hand.

Es kamen dann um ein Uhr Nachts immerhin ein gutes Dutzend Personen in dem kleinen, privaten Filmvorführraum im Tiefgeschoß des Hotels zusammen. Weil ruchbar wurde, daß einer der Referenten Journalist war,

der möglicherweise über die Klausurtagung berichten könnte, gab man sich plötzlich Mühe, einen interessierten Eindruck zu machen. Auch einige prominente, aus dem Fernsehen hinlänglich bekannte liberale Gesichter waren sich nicht zu fein für diese vom eisernen Dichter durchgesetzte Bildungsnachilfe zu später Stunde.
Man saß in bequemen Sesseln, rauchte und rätselte, warum sich der Start des Films so lange verzögerte. Irgend etwas schien noch zu fehlen. Man dachte an die Getränke, die man oben im Restaurant hatte stehen lassen. Als hätten diese Gedanken Zauberkraft, hörte man schließlich vom Flur her ein wunderbares leises Klirren näherkommen. Dann erschienen die beiden Brüder Wannemann. Sie schoben einen Teewagen, auf dem reichlich Gläser und eiskalte Weinflaschen standen. Ein seliges Seufzen ging durch den kleinen behaglichen Raum. Das war es, was so gefehlt hatte. Die Wannemann-Brüder verteilten ihre genialen Gaben, und Harry war entzückt, mit welcher Hingabe sie jede einzelne Flasche mit dem geliebten Stoff anfaßten und den Dürstenden überreichten.
Der Film war noch viel gräßlicher als ihn Harry in Erinnerung hatte, und der Wein war sein einziger Trost. »Eindrucksvoll«, war das Wort, daß man nach der Vorführung um mittlerweile drei Uhr beim Verlassen des Raums mehrmals hörte. »Der Schrott kann doch diese Säcke nicht im Ernst so beeindruckt haben«, sagte Harry zum gutgelaunten Dichter. »Natürlich nicht«, sagte der. Einer der Wannemanns fixierte ungläubig die letzte voll gebliebene Weinflasche und ließ sie mit geübtem Griff unter seinem Jackett verschwinden. »One for the road«, sagte er zu Duckwitz, der ihn beobachtet hatte.
In der Bar des Hotels ging es noch eine Weile weiter. Als

Harry der Militärexperte der Fraktion sympathisch zu werden begann und er eine der liberalen Kostümfrauen mit der klassischen Föhnfrisur plötzlich scharf fand und am liebsten mit ihr ins Bett gegangen wäre, wußte er, daß es Zeit war, schnell und allein in sein Zimmer zu verschwinden.

Zwei Tage später in Leipzig tranken die Tagungsteilnehmer Wein von der Saale, dem ein sandiger Geschmackscharakter nachgerühmt wurde. Harry, der sich zum ersten Mal seit der Wiedervereinigung in einem der sogenannten neuen Bundesländer aufhielt, hatte sich vorgenommen, das Anderssein des Ostens für eine dumme Legende zu halten, doch die Begrüßung des Klausurvölkchens durch die örtlichen liberalen Chargen fiel so viel provinzieller aus als die vergleichbare Zeremonie im Westen, daß sich die Vorurteile nicht beseitigen ließen.

Je mehr Harry die Unterschiede zwischen Ost und West wahrnahm, desto mehr leugnete er sie. Er wollte nicht mitmachen beim westlichen Kopfschütteln über die Rückständigkeit des Ostens. Als Deutschland noch säuberlich geteilt und er ein Angehöriger des Auswärtigen Amts gewesen war, hatte er, der unseriös Linke, sich bei seinen seriös linken Kollegen mit der Bemerkung unbeliebt gemacht, einen DDR-Schleimer und eine Zonen-Tussi würde er auf fünfhundert Metern Entfernung schon an der verdrucktsten Art erkennen, wie sie eine Straße überqueren. Wenn man das sagte, wurde man angestarrt, als habe man die Verbrechen der Nazizeit verharmlost.

Dieselben Typen, die vor der Wiedervereinigung »Ich bitte Sie, Herr von Duckwitz, das sind Deutsche wie wir!« gesagt hatten, waren heute Harrys Ansicht von damals, weswegen Harry jetzt jeden Ost-West-Unterschied stur leugnete. Damit machte er sich bei den Leipziger Stadt- und Landespolitikern beliebter als ihm recht sein konnte. Als er bei einer aus der Klausur des Hotels flugs ins Rathaus verlegten Diskussion über die Zukunft des Buches in bewährter Manier die Neuen Medien mit ihren Bildschirmen lächerlich machte und verkündete, wenn überhaupt, sei nur den Botschaften auf Papier zu trauen, konnte er sich der Sympathie der Vertreter Leipzigs, das sich als traditionelle Verlagsstadt fühlte, kaum noch erwehren.

Zu den vertrauten Tagungsteilnehmern war ein Berliner Dichter hinzugestoßen, der das Programm mit einer zehnminütigen Lesung bereicherte: kurze, witzige und beneidenswert informierte Berichte über berühmte und unberühmte Ostdeutsche und Westdeutsche, die in Ostdeutschland ihr Unwesen trieben. Nach dem Abendessen lobte Harry den Dichter, und der sagte, er sei gar keiner, sondern Journalist. Aber Harry war auch hier stur. Der Mann, der so ähnlich wie Osahl hieß, hatte aus der Warte eines Zeitungsschreibers geschrieben: »Es gab Abende, an denen man die Redaktionen nicht verlassen wollte. An denen einem die Kollegen näher waren als die Familien, weil man ihnen nichts erklären mußte.«

»Wer so einen Satz schreibt, ist ein Dichter«, sagte Harry. Er hatte nie eine richtige Familie gehabt, aber hier war ein Detail des Daseins erkannt worden, das ihm bekannt vorkam. Er erinnerte sich an die Diplomatenkollegen, die bis abends um zehn in ihren trostlosen Bonner Büros hockten und so taten, als täten sie etwas. Sie wollten das verhaßte Amt nicht verlassen, weil sie zu Hause nichts erklären wollten. Sie wollten ihren Kindern nicht Latein und Physik erklären und ihren Frauen nicht, daß sie eine

Geliebte hatten, und schon gar nicht, daß sie von der im Stich gelassen worden waren und sich doch immer noch nach ihr sehnten. Harry hatte es mit seinem kinderlosen Zweifrauenhaushalt besser gehabt. Rita wollte keine Erklärungen haben, und Helene respektierte, wenn auch höhnisch, daß Harry ungern welche abgab. Manchmal, wenn Harry keine Lust gehabt hatte, seine Liebe zu Ines vor Rita und Helene zu verschweigen, war er auch länger im Amt geblieben.

Osahl, der Berliner Dichter, fragte Harry, ob er es ernst gemeint habe, daß man Ost- und Westdeutsche nicht mehr unterscheiden könne, und Harry sagte: »Halbernst.« Natürlich gäbe es eine bestimmte DDR-Dauerwelle bei Frauen, und bei Männern eine Art, sich die Haare in den Nacken herunterwachsen zu lassen, die alle westdeutschen Geschmacksverirrungen überträfe, aber von Haartracht und Jeansmode abgesehen, werde die Unterscheidung für ihn schwierig. Natürlich gäbe es den Typus des fiesen, dunkel drohenden, quasistasihaften Ostdeutschen, den erpreßten Erpressertypus, doch der könne ebensogut auch ein Westdeutscher sein, wie umgekehrt der angeberisch herumtrompetende Westdeutsche sehr gut ein Ostdeutscher sein könne, der sich das Sächsisch abtrainiert habe. Es gäbe den Ostarsch und den Westarsch auf beiden Seiten. Ost und West seien zwar immer noch brauchbare Unterscheidungen für zwei bestimmte Arten von deutschem Arschlochtum, aber mit der alten Bundesrepublik und der alten DDR habe das seiner Ansicht nach nicht mehr viel zu tun.

Der Dichter bezweifelte das und sagte, der ostdeutsche Originaltypus sei unnachahmlich, der Westen habe diese spezielle Art von Underdogs nicht hervorbringen können, wie auch die den Westärschen nacheifernden Ostär-

sche trotz Mercedes- und BMW-Limousinen für den Kenner sofort als Imitat erkennbar seien.
Dann stellte sich heraus, daß der muntere Berliner Osahl-Dichter aus Ostberlin kam. »Nicht möglich«, sagte Harry, »ich habe Sie für einen hundertfünfzigprozentigen Westberliner Intellektuellen gehalten.« Das glaubte Osahl nicht. Harry schwor: »Sehen Sie, mein Irrtum ist doch der Beweis dafür, daß uns tatsächlich nichts beziehungsweise nur die Einbildung trennt.« Er verstünde, obwohl er einen dichtenden Halbbruder habe, nichts von Literatur, sagte Harry, aber doch genug, um zu merken, daß Osahls lässige Art zu beobachten absolut westlich sei, und zwar bester Westen!
Manche seiner ostdeutschen Freunde würden bei einem solchen Kompliment vor Freude tot umfallen, sagte Osahl. Er hingegen werde ab sofort ein Chamäleontrauma entwickeln, für das allein Herr von Duckwitz verantwortlich sei.
Wenn es sein Trauma verhindere oder lindere, tröstete Harry, könne er ihm die Mitteilung machen, daß die Art, wie er soeben »Herr von Duckwitz« gesagt habe, durchaus noch DDR-haft gewesen sei. Da habe er noch etwas von der alten billigen Anmaßung der Möchtegernkommunisten dem Klassenfeind gegenüber herausgehört.
»In dem Fall schlage ich vor, wir duzen uns«, sagte Osahl, »ich sage einfach ›Harry‹, damit der Altkommunist nicht mehr durchkommt. ›Harry‹ ist ein schöner Proleten- und Arbeitername. Und du sagst ›Alex‹ zu mir und nicht mehr ›Osahl‹, so heiße ich nämlich gar nicht.«
Je später der Abend, desto grotesker wurden die Geschichten, die Alex zum Besten gab. Er schrieb für eine Berliner Zeitung, war herumgekommen, hatte gut hingesehen und hingehört. Hinter den Kulissen mieser

Fernsehlieblinge aus Ost und West hatte er sein aberwitziges Belastungsmaterial ebenso zusammengetragen wie in den Wohnzimmern einsichtiger oder verstockter DDR-Existenzen und in den Chefetagen großer Zeitungsverlage. Das alles erzählte er bescheiden, im Stil des Trenchcoat-Detektivs, der im Gegensatz zu den Gestalten, die er beobachtet, immer weiß, worauf es ankommt. Alex besaß bestes Herrschaftswissen, erinnerte sich zum Beispiel an den Vorstandsvorsitzenden eines Medienkonzerns, der den West-Herausgeber einer Ost-Zeitung nach dessen Regierungszeit mit den Worten verabschiedet habe: Einer seiner größten Verdienste war es, dem Chefredakteur des Blattes beigebracht zu haben, welchen Wein man zur Gänseleber trinkt. »Der spinnt doch!« sagte Alex kichernd.

»Du bist ein vorsichtiger Ostarsch geblieben«, rügte ihn Harry, »oder du bist bereits ein dekadenter, erregungsunfähiger Westarsch geworden.« Er selbst, der Mann aus dem Westen, sei hingegen der letzte wahre Urkommunist. Er fände solche Vorstandsvorsitzenden-Bemerkungen nämlich nicht zum Kichern, sondern zum Kotzen. Wenn einer solche Gänseleberscheiße quatsche, dann sei das keine Spinnerei mehr, dann müsse der Kerl nach Sibirien geschickt oder gleich in Gänseleber erstickt werden.

Nach Mitternacht versuchte Alex zu erklären, was er und alle Ostdeutschen in den Jahren nach der Wiedervereinigung erlebt hatten. »Wir hatten Geschichte erlebt«, sagte er plötzlich ganz nüchtern, ehrlich und etwas gestanzt, »wir haben gemeinsam eine Gesellschaftsordnung gewechselt. Wir haben gesehen, wie wir funktionierten. Wir haben uns beobachtet, wie wir uns veränderten. Unsere Hemden, unsere Autos, unsere Meinungen.« Nach

der Unterhaltung mit Alex dem Ostdichter hatte Harry das Gefühl, ein bißchen besser Bescheid zu wissen.
Nachts um halb drei fragte Harry einen jungen Mann, der von Anfang an stumm bei der brückenschlagenden liberalen Medientagung dabei gewesen war: »Was machen Sie hier eigentlich?« Er nannte sich Verlagsdesigner und hatte das Tagungsprogramm graphisch gestaltet. Jedem Tagungsteilnehmer und Referenten war anfangs ein sperriger, schwerer, mit häßlichem erlesenem Papier bezogener Schuber überreicht worden. Das handgefertigte Gebilde enthielt eine Art Album, das wie das protzige Gästebuch einer Kleinstadt aussah. Darin war auf Büttenpapier das Programm der Tagung gedruckt und, um das Werk dicker zu machen als eine Speisekarte, waren seitenlang Klassikerzitate und nostalgische Ansichten der Tagungsstädte Straßburg, Mainz und Leipzig reproduziert. Es sollte wohl die Teilnehmer für alle Ewigkeit an die Tagung erinnern. Die übrigen Exemplare dürften in den Büros der Partei- und Fraktionsvorsitzenden Ehrenplätze bekommen, um darauf aufmerksam zu machen, daß die kleine wackere Partei hochkarätige Referenten versammelte und sich frühzeitig mit den brennenden Problemen der neuen Medien beschäftigte.
Jeder hatte das unbrauchbare, geschmacklose und nicht transportable Buch in seiner gräßlichen Kartonmappe sofort in den Hotel- oder Sitzungszimmern liegen lassen. Zwanzig- bis dreißigtausend Mark hatte die Bastelarbeit gekostet. Aber darüber konnte sich zu so später Stunde niemand mehr aufregen.
Plötzlich fiel Harry ein, daß er wegen Susanne vorgestern mit dem Auto nach Straßburg gefahren war. Das hatte man davon, wenn man der Liebe den Vorrang gab. Morgen würde er nach Hamburg zurückfliegen. Wie

sollte er zu seinem Wagen kommen? Wannemann, der als professioneller Trinker nüchterner wirkte als die dilettierenden Tagungsteilnehmer, erwies sich als Retter. »Machen Sie sich keine Gedanken, das wird von der Fraktion erledigt«, sagte er.
Die Fraktion war die allmächtige Gottheit. Sie sorgte für Wannemann, und Wannemann sorgte dafür, daß sie auch anderen half. Die Fraktion war das Herz der Partei. Vielleicht war das ein Grund, warum Männer Karriere machen wollten. Sie suchten nicht vorrangig Macht, sondern Komfort. Eine funktionierende Versorgungsbasis. Zu Hause näht die Ehefrau die Knöpfe an, in der Fraktion sorgt Wannemann für den Ablauf. Das Fußvolk der Partei bedient die Herrschaften der Fraktion. Hier lümmelten Abgeordnete in den Sesseln, die nicht willens waren, auch nur ein Taxi selbst zu bestellen. Wannemann sollte das tun und dafür sorgen, daß sie nichts zu bezahlen hatten. Schließlich waren sie im Dienst. Sie trugen ihre Koffer keinen Meter weit und bekamen Wutanfälle, wenn sie eine Minute auf den Kofferträger warten mußten.
Der Vorteil der perfekten Bedienung war, daß Harrys Wagen morgen sofort von Straßburg nach Hamburg überführt werden würde. »Überhaupt kein Problem, Herr von Duckwitz, das übernimmt die Fraktion.«
Um drei Uhr prostete der Staatssekretär Duckwitz zu: »Ich muß manchmal daran denken, wie Sie noch im Amt waren und so schöne Worte für den Kanzler fanden. Wie sagten Sie so richtig: ›Hormongespenst‹? Wunderbar, auf Ihr Wohl, lieber Duckwitz. Und den Präsidenten nannten sie ›eine arrogante Ziege‹ – weiß Gott, das ist er!«
Um halb vier erklärte der Militärexperte der Fraktion, die Offiziersbeleidigungen, die Duckwitz in seiner Amtszeit vorgebracht und die das Verteidigungsministerium so

wütend gemacht hätten, seien völlig in Ordnung, das Militär sei nichts als ein überempfindlicher Scheißhaufen.
»Pfui!« Der Staatssekretär schüttelte fast ernsthaft den Kopf: »Das sagt man nicht.«
Um halb fünf setzte sich ein Mann, der erst in Leipzig zu der Tagung gestoßen war, neben Duckwitz und sagte auf sächsisch: »Übrigens, was ich Sie fragen wollte.«
»Schießen Sie los«, sagte Harry. Morgen früh beziehungsweise in fünf Stunden schon, würde er im Flugzeug nach Hamburg sitzen und die Gespenstertagung hinter sich lassen. Alle neuen Medien und alle Parteien der Welt würden so schnell winzig werden wie die Straßen und Häuser beim Starten des Flugzeugs. Er mußte einen Fensterplatz haben.
»Also erstmal mein Kompliment«, sagte der Sachse, »ich war neugierig auf Sie, ich habe mir einiges erwartet, aber Sie haben die Erwartungen übertroffen. Prost!«
»Was?« Harry verstand nicht. »Prost!« sagte er mechanisch. Er sehnte sich plötzlich nach Julia. Er würde ihr schreiben. Noch im Flugzeug. Wie gern würde er jetzt wortlos an diesem Nasenring knabbern und all den Unsinn der letzten drei Tage vergessen. Julias Nase war hunderttausendmal mehr wert als alle Klausurtagungen der letzten hundert Jahre, von ihrem Schoß ganz zu schweigen. Julia war die letzte, die Erklärungen von einem haben wollte. Er würde ihr schreiben, daß er ein Vollidiot war, im Hotelzimmer in Karlsruhe.
»Ist Ihnen nicht wohl?« fragte der Sachse besorgt.
»Sehr wohl! Mir ist sehr wohl«, sagte Harry fröhlich. Der Gedanke an Julia hatte etwas Rettendes. Mit ihr im Bett pausenlos die Zeit überbrücken bis zur Rückeroberung von Ines und Helene! »Brücken für die Liebe«, sagte Harry vor sich hin.

»Sie haben recht, die Liebe ist wichtiger als Europa«, sagte der Sachse.
Jetzt sah Harry ihn zum ersten Mal kurz an, hob lobend den Zeigefinger und sagte »Hey!« Warum nicht mit Julia zusammen Ines zurückerobern. Ines hatte solche Neigungen. »Wer sind Sie eigentlich?« fragte er den Sachsen.
Der Sachse war kein Sachse. Er kam aus Thüringen nebenan. Die Westdeutschen können das Thüringische vom Sächsischen nicht unterscheiden. Das ist das geringste Übel. Das macht ihm nichts aus. Er ist Justizminister von Thüringen.
»Das ist nicht wahr!« sagte Harry und lachte.
Der thüringische Justizminister lachte auch. Etwas bitter, aber er lachte. Er war daran gewöhnt, daß ihn keiner kennt.
»Trösten Sie sich«, sagte Harry und deutete auf eine zusammengerutschte Gestalt ein paar Hotelhallensessel weiter. »Kennen Sie den? Nein? Den kennt und kannte keiner, obwohl er bis vor einem halben Jahr Bundeswissenschaftsminister war.«
»Zur Sache«, sagte der thüringische Justizminister, und es klang wieder unglaublich sächsisch. Er redete so heftig auf Duckwitz ein, daß der zwischendurch schon wieder an Julia und auch an Rahel denken mußte. Was, wenn er mit Julia verludert, und plötzlich taucht stolz und edel die verschwundene Freiheitskämpferin Rahel auf? Was, wenn Susanne schreibt: Zur Hölle mit allen Augenärzten und vor allem mit den Mackern aus Mannheim und Ludwigshafen, her mit Harry aus Hamburg, dem einzig wahren Liebhaber. Was, wenn Barbara, bei einer der noch fälligen Polygamienachhilfestunden plötzlich sagt: Nieder mit der Theorie und der reinen Vernunft, jetzt will ich praktisch Liebe machen. Was, wenn er in einer

rasanten Glückssträhne Ines, Helene und auch noch Rita zurückgewinnt? Dann hätte er Julia, Rahel, Susanne, Barbara, Ines, Rita und Helene am Hals. Sieben Frauen. Was dann?
»Prost!« sagte Harry.
»Saale-Unstrut, toller Tropfen!« Der Minister ist stolz auf den Wein aus dem Osten und versucht nun, zur Sache zu kommen. Es ist nicht leicht. Duckwitz entzieht sich seinen Komplimenten und bereut, daß er heute in seinen übermütigen Diskussionsbeiträgen so milde zu den Ostdeutschen war. Als sich zwei Ossis in der Wolle hatten und sich gegenseitig zeternd des Opportunismus zu DDR-Zeiten bezichtigten, hatte Harry dazwischengerufen, daß die Wessis nicht weniger käuflich und verhurt seien. Mit dieser Binsenhalbwahrheit hatte er die Streitenden versöhnt. Leichtsinnigerweise hatte er auch noch hinzugefügt, daß ihn persönlich die Auflösung des Stasispitzelspiels so wenig interessiere wie im Westen die Frage, wer mit wem geschlafen habe. Damit hatte er zwar diejenigen Ostdeutschen verprellt, die sich keusch und sauber dünkten, aber die Herzen der verstrickten um so mehr gewonnen. Der Minister war zweifellos ein verstrickter Ostdeutscher.
Jetzt kam es Harry so vor, als rücke ihm der Minister nahezu stasihaft auf die Pelle. So ähnlich mochten er und seinesgleichen sich noch vor vier, fünf Jahren an Leute herangeranzt haben, um sie zur inoffiziellen Mitarbeit für die Sicherheit des Staates zu gewinnen. Obwohl es dafür keinen Verdacht gab, hatte Harry Angst vor seinem Mundgeruch. Die Komplimente dieses Mannes waren widerlich. Unverschämt, wie genau er ihn heute beobachtet hatte. Noch unverschämter, daß er offenbar über seine Umtriebe im Auswärtigen Amt Bescheid wußte.

»Verdammt, haben Sie mich observieren lassen?« Harrys Stimme wurde scharf. »Haben Sie eine Akte über mich angelegt?«
Der Minister lächelte süßlich. »In gewisser Weise ja«, sagte er fröhlich. Seine Presseabteilung hatte eine Pressemappe zusammengestellt. Eine Akte, wenn man so will. Nun wisse er zum Beispiel, was seinerzeit von der Bonner Lokalpresse über Harrys Rausschmiß aus dem Amt geschrieben worden sei. Alle Achtung. Der Minister nickte. »Ich mag Leute, die kein Blatt vor den Mund nehmen.«
Harry war gereizt. »Darf ich fragen, warum Sie sich Pressematerial über mich kommen lassen?«
Der Minister, jetzt total DDR-mäßig bockig: »Das ist nicht verboten!«
»Aber warum?« Harry war am Ende seiner Geduld.
Weil der Minister gute Leute braucht. Weil es in der Politik nicht anders ist als in der Wirtschaft. Weil sein Staatssekretär eine arrogante Pflaume ist. »Ein Arschloch, unter uns gesagt.« Weil er lieber Herrn von Duckwitz als Staatssekretär in seinem Justizministerium hätte. Ein Jurist. Ein Mann aus dem Westen mit Beziehungen nach Bonn, der mehr im Sinn hat, als die Sünden der Ostdeutschen aufzudecken. Ein Mann mit Zivilcourage. Das fehlt im Osten. Er hielt Harry die Hand hin: »Herr von Duckwitz, schlagen sie ein!«
»Das 's ja 'n Ding!« sagte Harry und hob abwehrend die Hände hoch. Nachdem Tante Katharina mit diesen Worten den Tod von Tante Frieda kommentiert hatte, benutzte er gelegentlich den knackigen Ausspruch der Alten. »Das 's ja 'n Ding!«
»Prost!« sagte der Justizminister.
»Unter dem Ministerpräsidenten mache ich es nicht«, sagte Harry.

»Was nicht ist, kann noch werden.« Der Minister lachte dünn über seinen eigenen Sinn für Humor. »Ich sehe, wir verstehen uns.« Wie Zwiebeldunst kamen die jovialen Worte auf Harry zu. Der Minister war rührend. Er meinte es vollkommen ernst, und Harry wollte ihn nicht verletzen. »Die Frauen«, log er sanft, »ich bin an Hamburg gebunden. Ich kann nicht in Magdeburg leben.«
Auf der Stirn des Ministers wurden erstmals Zweifel sichtbar. Er räusperte sich erstaunt und sagte streng: »Die Landeshauptstadt von Thüringen heißt immer noch Erfurt.«

7 *Die Nacht von Palermo. Das vor elf Monaten vereinbarte Treffen mit Ines findet statt. Danach fliegt Harry nicht nach Casablanca, statt dessen preßt er Zitronen und verhält sich unvorsichtig im sizilianischen Straßenverkehr. Nachdenkenswertes über den Unterschied zwischen farbiger und schwarzweißer Erotik.*

Nie zuvor in seinem Leben war Harry so stolz und glücklich gewesen wie in Palermo – und nie so unglücklich. Als er die Stadt des organisierten Verbrechens nach einem Aufenthalt von achtundvierzig Stunden wieder verließ, hatte er das Gefühl, einem tödlichen Unfall um Haaresbreite entronnen zu sein. Er war mit dem Leben davongekommen, aber er war schwer verletzt. Noch war die Verletzung frisch und tat kaum weh, aber er ahnte, wie bald es schmerzen und wie lange die Wunde nicht heilen würde.
Wie viele Unfallopfer wurde auch Harry von einem Erinnerungszwang geplagt. In quälenden Wiederholungen lief der Hergang des Unglücks immer wieder neu vor ihm ab, wie ein unausstehliches, nicht zu bremsendes Videoband, das ständig auf den Anfang zurückspringt, um boshaft ein weiteres Mal das Geschehen vorzuführen, das so sieghaft begonnen und niederträchtig geendet hatte. Trösten konnte ihn allein der Gedanke, daß sich die Katastrophe nicht hätte verhindern lassen. Er war in eine vorbereitete Falle gelockt worden. Vielleicht hätte er souveräner reagieren können, zu retten aber wäre so oder so nichts mehr gewesen, soviel stand fest.
Rückblickend narrte Harry die blöde und zu nichts führende Vermutung, den heimtückischen Anschlag schon vorher geahnt zu haben. Er konnte sich nicht mehr erin-

nern, daß er vor drei Tagen in Hamburg mit freudig flatterndem Herzen aufgebrochen war. Er wollte sich nicht eingestehen, arglos ins Unheil getappt zu sein.
Am Sonntag nachmittag war Harry in Palermo eingetroffen. Er war mit dem Flugzeug aus Hamburg gekommen. Die Zugfahrt wäre romantischer gewesen. Wenn er in den vergangenen Monaten an das Wiedersehen mit Ines in Palermo gedacht hatte, war ihm immer eine Zugfahrt dorthin vor Augen gestanden, und zwar schwarzweiß: ein alter Zug mit Holzbänken, Reisende mit Hühnern auf dem Schoß und Ziegen zwischen den Beinen. Als ihm klar wurde, daß es solche Züge nicht mehr gab, hatte er das Flugzeug gewählt.
Eine andere Fehlvorstellung war die Jahreszeit. Bei dem Wort »Palermo« dachte man an Glut und Sonne. So hatte Harry all die Monate nicht realisiert, daß im November auch in Sizilien Herbst ist. In seinen Vorphantasien hatte die Begegnung mit Ines in jener südlichen Hochsommerhitze stattgefunden, die sie beide so liebten. Nun war es warm, die Sonne schien milde, und man konnte ein Jackett vertragen. Der Schweiß lief einem nicht in malerischen Strömen übers Gesicht.
Palermo war laut und zum großen Teil häßlich, der Verfallzustand seiner alten Bauten nicht so charmant wie im nördlicheren Italien. Es war nicht leicht, ein Hotel zu finden, das alt war und doch einigermaßen in Schuß, und das keinen familiären Pensionscharakter hatte. Eines hieß »Hotel Villa Malfamata« und war geschlossen. Schade. Das hätte auch Ines wegen des Namens gefallen: das übel Beleumundete, das Hotel mit dem schlechten Ruf.
Am Montag war der 1. November, dem Harry elf Monate lang entgegengefiebert hatte. Um sechs Uhr war es noch dunkel. Ungern stand er erst um halb acht auf.

Obwohl es nichts vorzubereiten gab, machte es ihn nervös, nur noch vier Stunden bis zum Treffen mit Ines zu haben. Elf Monate war die Zeit nicht schnell genug vergangen, nun hatte er plötzlich das Gefühl, sie nicht genutzt zu haben. Die Zeit hatte der Klärung dienen sollen. Die Polygamienachhilfestunden mit Barbara waren ja wohl mehr ein Witz gewesen. Und das hier jetzt war Ernst. Eine Trennung, wenn auch nur auf Zeit, war kein Spaß. Es ging um die Zukunft des Liebeslebens. Ein Tag der Entscheidung. Obwohl es für ihn nichts zu entscheiden gab. Er hatte an jedem der vergangenen Tage deutlicher gespürt, daß Ines ihm fehlte. Natürlich nicht an jedem Tag. Das sagt und denkt man so. Alle vierzehn Tage vielleicht hatte es einen Sehnsuchtsanfall gegeben. Seine Wünsche waren klar: Er wollte sie wiederhaben. So viel von ihr wie möglich wollte er haben. Und so viel wie möglich von sich würde er ihr geben wollen.
Juristisches Staatsexamen, Doktorprüfung, Eignungsprüfung im Auswärtigen Amt – das alles war ein Nichts gewesen gegen das, was heute stattfand. Harry hatte nie das Gefühl gehabt, daß von diesen lächerlichen Prüfungen etwas abhing. Das hatte ihn kühl und überlegen gemacht. Nun war er aufgeregt wie das letzte Mal vor vielleicht dreißig Jahren vor dem ersten Bordellbesuch.
Am Vormittag nahm er den Platz vor der Kathedrale in Augenschein. Er wollte den Ort der Entscheidung sicher betreten. Die Kathedrale gefiel ihm nicht. Zu wenig südlich. Sie war verschachtelt, und ihre Türme erinnerten ihn an Bauten der englischen Neugotik. Es gab Kirchen mit arabischen und normannischen Einflüssen in Palermo, die an anständigen, kahlen Plätzen lagen und einen effektvolleren Auftritt für die dramatische Begegnung erlaubt hätten.

Keine Sekunde hatte er daran gezweifelt, daß Ines zu dem wahnwitzigen Rendezvous kommen würde. Verabredungen hielt sie ein oder sagte sie rechtzeitig ab. Das wußte er zu schätzen. Es gab genug Frauen, die das nicht taten. Die nicht einmal anriefen, wenn sie anzurufen versprochen hatten. Keinen Zweifel auch hatte es für ihn gegeben, daß er Ines nach den elf Abstinenzmonaten so heiß wie zuvor, wenn nicht heißer begehren würde. Und wenn ihr die Zähne ausgefallen wären und sie ein Gebiß trüge, würde er das nur um so aufregender finden.
Punkt zwölf beim Glockenschlag bog Harry mit zielbewußten Schritten von der Via Vittorio Emanuele in die Piazza Cattedrale ein. Sekunden später betrat Ines von einer seitlichen Gasse aus den Platz vor der Kirche. Sie sahen sich beide sofort. Sie rannten nicht wie ein Filmpaar in Zeitlupe aufeinander zu, fielen sich nicht um den Hals. Er wirbelte sie nicht erlöst lächelnd im Kreis herum. Keine weiße Hochzeitsszene. Keine Verlogenheit. Kein Werbespot. Eine verschämte Begrüßung eher, fast verlegen, fand Harry. Ines sah gut aus. Sie trug einen leichten sandfarbenen Trenchcoat, den er kannte. Keine grauen Haare waren ihr in der Zeit ohne ihn gewachsen. Sie sah in der Türkei wie eine Türkin aus, in Griechenland wie eine Griechin und hier wie eine Sizilianerin.
»Du paßt gut hierher«, sagte Harry.
Ines nickte. Sie sei innerhalb der letzten halben Stunde schon mehrmals für eine Einheimische gehalten und nach dem Weg gefragt worden, sagte sie. Ihre Schuhe waren flach. Er fragte sich, ob er sich nach ihr umdrehen würde, wenn sie ihm als Fremde auf der Straße entgegenkäme und genierte sich für diesen Gedanken. Er konnte nicht den Anfang machen. Sie hatte ihn verlassen

wollen im letzten Jahr, er hatte eine Trennung auf Zeit vorgeschlagen, nun war sie wieder dran.
»Und jetzt?« fragte sie, eine Spur spöttisch.
»Zum Bahnhof, denke ich, dein Gepäck holen – und dann ins Hotel mit uns«, sagte Harry.
Auf dem Weg zum Bahnhof sagte sie plötzlich: »Bleib stehn!« Als wittere sie eine Gefahr. Als müsse sie sich erst vergewissern, ob die Luft rein ist. Oder auch nur als sei ihr eingefallen, daß sie etwas zu Hause vergessen hat. Den Kindern die Schlüssel hinzulegen. Den Waschmaschinenhahn abzudrehen. So klang es. Bleib stehn! Dann war es soweit. Sie überfiel ihn förmlich, stopfte seinen Mund mit Küssen, um ihm zu zeigen, wie er ihren Mund mit Küssen stopfen sollte. Das war es, was Harry monatelang vermißt hatte. »Du faßt dich an wie früher«, sagte sie. Harry versuchte, durch den dünnen Stoff des Sommermantels zu fühlen, ob sie den schärfsten ihrer Röcke trug.
Sie trug ihn. Im Hotelzimmer kam er ans Licht. Kirschrot und knalleng, immer noch auf der Kippe zwischen totschick und daneben. Sie sprachen den ganzen Nachmittag fast nichts. Wenn Harry reden wollte, schloß Ines mit einem ungewohnt feierlichen Gesichtsausdruck seinen Mund. Die letzten Monate hatte er zu viel geredet und zu wenig geliebt.
Obwohl es ein bißchen mythologisch-verwunschen war, nun dauernd schweigen zu müssen. Wie war das mit Orpheus? Der durfte sich nicht nach Eurydike umdrehen. Und Harry durfte heute in der Unterwelt von Palermo kein Wort zu Ines sagen, sonst würde er sie verlieren. Gut, er schwieg, sicherheitshalber. Es hatte seine Reize, den Mund zu halten. Ines hatte keine Lust, darüber zu reden, daß sie mit ihrer Mutlosigkeit im letzten

Herbst die Liebesgeschichte beinahe beendet hätte, wenn Harry nicht die Fristenlösung eingefallen wäre. An diese Dummheit wollte sie nicht erinnert werden. Sie wollte auch nichts hören von Helene und Rita und Julia. Für Julia hatte sie immer eine seltsame Sympathie gehabt. Von Julia hätte Harry ihr gern erzählt. Da hätte es etwas zu berichten gegeben. Aber Ines wollte keine Geschichten. Sie wollte schreien vor Lust, und sie schrie.
Harry, dem sonst die lautesten Töne der Wonne auch bei offenen Fenstern egal waren, den sie eher mit albernem Stolz erfüllten, wußte keinen anderen Rat als ihr den Mund zuzuhalten. Und er merkte mit befremdeten Entzücken, daß sie genau das haben wollte: Sie schrie, damit er ihr Schreien erstickte. Die Augen hielt sie geschlossen, auch das war neu und gab ihm die Möglichkeit, ihre Ekstasen unbeobachtet zu bewundern.
Ines hatte die Zeit der Trennung gebraucht, um Ordnung in ihr Leben zu bringen, und das jetzt war ihr Dank dafür, daß Harry sie all die Monate in Ruhe gelassen, einsam vor sich hingeschmachtet hatte und nicht winselnd an ihrer Schwelle herumgekrochen war.
Obwohl er Mythen nicht ausstehen konnte, mußte er wieder an Orpheus denken, der sich nicht an die Abmachung gehalten hatte. Der singende Softie hatte den Rufen seiner Geliebten nicht widerstehen können und sich nach ihr umgedreht. Er hatte wohl nicht mit den durch und durch boshaften Göttern gerechnet, die ihre Drohung wahrmachten und die eben gerettete Eurydike in eine steinerne Statue verwandelten. Auch Harry hatte in den verdammten letzten Monaten oft genug die Stimmen von Ines, Rita und Helene gehört: Rühr dich doch bitte! Sieh her zu mir! Doch anders als Orpheus war Harry hart geblieben und hatte auf das trügerische Fle-

hen nicht reagiert. Er wußte, daß mit den Göttern nicht zu spaßen ist, daß sie schlimmer sind als die Ganoven von Palermo. Er hatte gewonnen.
Früh am Abend, um halb sieben, gingen sie in ein Restaurant. Kein Mensch bekommt um diese Uhrzeit in Italien etwas zu essen. Daß der Koch eines Neonlampenlokals sich trotzdem bereit erklärte, den Ofen schon anzuwerfen und ihnen einen riesigen Haufen Muscheln in Weinsauce bereitete, war ein Beweis für die Stärke ihrer Gefühle. Nur glühend Verliebten werden solche Sonderwünsche erfüllt. Fürsten und Millionäre werden nicht so höflich und herzlich bedient wie zwei Liebende.
Ines aß die Muscheln noch immer unnachahmlich ordinär. Sie fixierte Harry jedesmal obszön, wenn sie mit den Fingern eine Muschel aus der Schale zupfte und im Mund verschwinden ließ. Es war ihr Muschelblick. Den hatte sie schon in Köln gehabt. Helene hatte Ines' Art des Muschelessens unmöglich gefunden. Sie faßte die Viecher nicht an, sondern nagte sie aus der Schale. Auch nicht schlecht.

Hatte der Nachmittag schon alle Hoffnungen Harrys übertroffen, so sorgte Ines am Abend für eine unerwartete Steigerung. Irgendwann zwischen zehn und elf war er am Ende seiner Kräfte, doch sie gab keine Ruhe. Das war auch früher vorgekommen und hatte manchmal zu Verstimmungen geführt. Ines konnte sehr verächtlich reagieren. Jetzt aber wendete sie eine neue Methode an. Sie kniff und zwickte Harry so gekonnt, daß sofort das Wunder der Wiederbelebung geschah. Ein schmerzhaftes Brennen fuhr durch seinen Körper und verwandelte sich in Sekundenschnelle in eine seltsame, aggressive Lust. Aus einem Liebeskunstlehrbuch über die Behandlung erogener Zonen dürfte Ines das nicht haben, dachte er, das war zu routiniert, aber er war schon zu lüstern, um eifersüchtig zu sein.

Dann, gegen Mitternacht, bat Ines unvermittelt, ans Bett gefesselt zu werden. Harry glaubte nicht richtig zu hören. Immer wieder nimmt man sich das mal vor, auch mit Helene wurden gelegentlich Fesselungen erwogen, aber wer tut das schon. Zappte man nächtlich durchs europäische Fernsehprogramm, mußte man den Eindruck gewinnen, daß die Mehrzahl aller Paare nur noch gefesselt miteinander verkehrten. Vermutlich stand die Zaumzeug- und Handschellenindustrie hinter diesen Berichten. Man kam sich ganz dumm und keusch vor, daß man sich diese lusterweiternden Erfahrungen entgehen ließ. Doch verging der Neid auf die Libertins rasch, wenn man ihre Vertreter mit überspielter Verlegenheit grinsend in den Talkshows Platz nehmen sah. Klobige junge Paare aus der Provinz, meist künstlich gelockt, Rauschgoldengel mit speckigen Gesichtern, erzählten in furchtbaren Dialekten von ihrem erotischen Hobby. Sie hatten womöglich ein sogenanntes Amateurvideo der Bondage-Session mitgebracht, für dessen mangelhafte Bildqualität die Talkmeisterin im voraus um Entschuldigung bat. »Das schauen wir uns jetzt mal an.« Dann sah man das Horrorpaar mit seinen rosa Wakkelärschen, wie es mit Riemchen und Kettchen Hand an sich legte. Dazu O-Ton-Dialoge wie aus der Ankleidekabine eines Trachtenvereins: »Paßt es, ist es okay so?« – »Ja, so ist es okay!«

Animierend für den Zuschauer war an solchen Beiträgen allenfalls die Vorstellung, die schrille Talkmeisterin auf ein Lager zu schnallen und, von einer gedopten lesbischen Sportlerin vielleicht, in Gegenwart eines Notars

solange auspeitschen zu lassen, bis sie ihren sofortigen Rücktritt von der Fernsehbildfläche beschwört.
Harry hatte geglaubt, Rituale dieser Art würden sich schon deshalb niemals verwirklichen lassen, weil die Lächerlichkeit der vorbereitenden Verrichtungen jeden Sex austreiben müsse. Jetzt aber kam die Aufforderung von Ines so ernsthaft und souverän, daß er ihren Wunsch ausführen konnte, ohne sich dabei komisch vorzukommen. Es war nicht albern. Im Gegenteil. Es regte ihn auf. Er war sich selbst nicht geheuer dabei, das ließ ihn streng und fast ärgerlich werden. Entschlossen, als mache er das täglich, hantierte er mit Gürteln und abgelegten Kleidungsstücken, die sich zum Fesseln eigneten. Ines blickte zufrieden an sich herunter: »Du machst es gut«, sagte sie. Er wollte nicht gelobt werden für das, was er da tat, und band ihr mit ihrer zusammengedrehten Bluse den Mund zu. Sie wollte es so, und es gefiel ihm, sie mit einer Strafe zu belegen, die ihr gefiel. »Du läufst mir nie wieder weg«, sagt er und freute sich, daß sie nicht antworten konnte. Die Liebeswut, die er in all den Monaten immer wieder auf Ines gehabt hatte, vermischte sich mit der Wut, mit maßloser Verspätung die Reize einer erotischen Mode zu entdecken, die längst schon von zwanzigjährigen Kleinstadtstümpern praktiziert wird. Im Halbdunkel des großen, alten Hotelzimmers in Palermo hatte das Ritual der Entmachtung allerdings die nötige Ästhetik. Hier gab es keine blonden Dauerwellen und keine rosa wabbelnden Hintern. Die Wand neben dem Bett war schraffiert mit Streifen vom Licht einer Straßenlaterne, das durch die Lamellen der Fensterläden fiel. In dieser Nacht gab es keine Farben. Was hier stattfand, war die ideale Vorlage für makellose Schwarzweißpornograhie. Ines zerrte an den Fesseln und ihre Schreie unter der Binde kamen jetzt

leise wie von weither. Es war ein schöner Abschied vom Traum des gewaltfreien Lebens, ein Triumph der Bosheit, ein Sieg der Raffinesse über die Natürlichkeit, eine Bestätigung der dummen Redensart, daß sich quälen muß, was sich lieben will.
Nach einer guten Stunde löste Harry Ines von dem Gestänge des gravitätischen Messingbetts. Die Liebe, die während der ungewöhnlichen Prozedur wie in einer Verkleidung mit von der Partie gewesen war, nahm wieder ihre natürliche Gestalt an, eine matte postkoitale Zärtlichkeit breitete sich aus, und wenn dies nicht die Nacht ohne Worte gewesen wäre, hätte Harry in seinem glücklichen Übermut sofort gegen all die Miesmacher der Liebe mit ihrer ständig weitergereichten Legende von der »postkoitalen Tristesse« polemisiert. Wer sich davon befallen ließ, der liebte nicht, oder er liebte die falschen Frauen.
Ein neues Terrain hatte sich eröffnet. Nie hatte Harry an eine solche Erweiterung der Liebe gedacht. Ines lag in seinen Armen, langsam wurde es kühl, und sie deckten sich zu. Ähnlich glücklich war er nur in den wenigen Nächten gewesen, die er vor seligen Zeiten mit Helene und Rita zusammen im Bett verbracht hatte. Damals hatte er die Hoffnung gehabt, ein neues Zeitalter werde anbrechen.
Wenn man der Liebe in seinem Leben den größten Stellenwert einräumte, wurde man von den sachlichen Frauen immer wieder als pubertär bezeichnet. Harry kannte den Vorwurf zur Genüge. Dauersehnsucht war den Frauen fremd. Rita und Helene hatten sich manchmal wie zwei Hennen gegen ihn verschworen und mit dem Wort »unreif« auf ihn gezielt. Doch das konnte ihn nicht treffen. Gott sei Dank, sagte er, bloß nie reif werden, Reife

komme kurz vor der Fäulnis. Das, was in diesem göttlichen Palermo soeben abgelaufen war, hatte allerdings weder etwas mit Pubertät zu tun noch mit Reife oder Unreife. Es war ganz einfach erwachsen gewesen. Noch nie war sich Harry auf so erlösende Weise erwachsen vorgekommen. Die Orgien mit Rita und Helene und das relativ wüste Treiben früher mit Ines kamen ihm, aus diesem Bett zurückblickend, wie lustige Kindereien vor. Ines mußte genau das gefehlt haben, was sie sich soeben entschlossen geholt hatte. Gut, er wußte Bescheid, das konnte sie von ihm haben. Endlich war, ohne Worte, alles geklärt. Harry, der nicht davor zurückschreckte, die Rätsel der Liebe auch mit penetranten Gleichnissen begreifbar zu machen, fiel sofort ein neues Bild ein: Die Liebe war so verschieden wie die Etagen in einem Haus. Das Souterrain war in dieser Nacht eindeutig von Ines bezogen worden. Ein lebenslanger Mietvertrag. Nach dieser Nacht konnte sie nichts mehr trennen. Er würde auch Helene zurückerobern. Sie würde vermutlich den hellen zweiten Stock wählen. Oder die Belle Etage? Das Souterrain jedenfalls hatte einen getrennten Eingang. Man würde sich nicht in die Quere kommen.
Ines trat ans Fenster, sah nach den Sternen und sagte dann einen ihrer typischen unverständlichen Sätze: »Das lassen wir jetzt so stehen, okay?«
Nach einer Weile erwachten in Harry erneut die geilen Geister. »Ich kann nicht mehr«, sagte Ines und fuhr ihm durchs Haar. Bedauerlich, aber doch auch ein Triumph. Als er beflügelt von wüsten Visionen einen zweiten Versuch machte, sagte Ines, jetzt etwas ungnädig: »Versteh' doch, es ist Schluß.« Dann folgte ihre meditative Standardbemerkung: »Laß es doch einfach so stehen!«
Allmählich kam Harry ein Verdacht, den Ines kurz dar-

auf bestätigte: Diese Nacht, die für ihn den Beginn zu einem neuen furiosen Leben markierte, war von Ines als krönender Abschluß ihrer Liebesgeschichte gedacht.
Eine ungeheuere Nachricht, die Harry nicht verstand. Etwas so Unlogisches paßte nicht in seinen Kopf. Ines, eben noch die Ekstase in Person, redete auf ihn ein wie eine entnervte Lehrerin auf einen begriffsstutzigen Schüler. Wie er sich das eigentlich vorstelle? Sie mit ihren Kindern. Sie mit ihrem Mann. Sie mit ihrem Beruf. Ihre Stimme wurde zeternd. Die Liebe mit Harry ließe sich da nicht auch noch unterbringen. »So schön sie war, wirklich«, sagte sie und wollte ihn streicheln, aber er zuckte zurück. »Die Trennung im vorigen Herbst war kein guter Schluß«, erklärte sie. »Eine schöne Liebesgeschichte braucht ein schönes Ende.« Darum sei sie gern nach Palermo gekommen. »Jetzt ist es für mich okay«, sagte sie.
Harry atmete tief durch und fragte leise: »Und was ist mit der Fesselei?«
»Was soll mit der Fesselei sein?« sagte sie. »Wollten wir doch immer mal machen. Haben wir uns für den Schluß aufgehoben. War doch scharf, oder?«
Harry hörte nicht mehr zu. Er sieht sich an einem Abgrund stehen und will nicht hineinfallen. Solche Bilder sind ihm neu. Er will mit Abgründen aller Art nichts zu tun haben. Er ist kein depressiver Patient, der dem Therapeuten seinen Gemütszustand mit solchen Gemälden zu schildern versucht. Er ist wütend, weil Ines diese herkömmlichen Schreckensbilder in ihm weckt. Er hat ein Gefühl im Hals, als würde er innerhalb der nächsten halben Stunde in einem Schnellverfahren an Kehlkopfkrebs sterben. Den Gefallen wird er dieser Okaysagerin nicht tun. Sie und ihr Mann, den sie angeblich nicht

sonderlich leiden kann, sollen in den Abgrund fallen! Es ist exakt dieselbe Scheiße, die sie vor einem Jahr von sich gegeben hatte.
Die Liebe war für Ines offenbar eine Art Urlaubsreise, die man genoß, und, um sie in noch besserer Erinnerung zu behalten, mit einem kleinen Extraabenteuer abschloß. Von wegen Liebe und Qual. Primitivste Genußsucht lenkte dieses Weib. Palermo war wirklich die Krönung. Die Krönung seines Irrtums.
Weil Harry schwieg, dachte Ines, er hätte nun endlich begriffen und fände es auch okay. »Gehen wir frühstükken«, sagte sie, »machen wir es uns die letzten Stunden noch schön. Um elf fährt mein Zug.«
»Halt den Mund!« sagte Harry und zog sich an. Er mußte an die Luft, und zwar allein. Um halb elf kam er ins Hotel zurück. »Ich begleite dich zum Bahnhof«, sagte er, nahm ihre Tasche und vermied jede Berührung.
Auf dem Bahnsteig standen sie fremd nebeneinander. Kurz bevor der Zug abfuhr, fiel ihm Ines um den Hals. »Noch eine Nacht«, sagte sie, »komm, laß uns noch eine Nacht zusammen haben.« Sie nahm sein Gesicht in beide Hände. Immer wenn sie ans Ficken dachte, sah sie unwiderstehlich aus. Der Schaffner kam und wußte nicht, ob er die offene Tür zuschlagen sollte. »Que cosa? Amore?« fragte er, lachte und machte ein Geste: Der Zug muß los, aber nur nicht hetzen. »Piano, piano!«
Ines nahm Harrys Hand und führte sie an ihren Rock. »Komm, noch eine Nacht!« Es war ihr Ernst.
»Ein andermal, Signora«, sagte Harry mit dem kühlsten Lächeln, das er zustande brachte, »vielleicht ein andermal.«
Wenigstens den zweiten Todesstoß, den Ines, die Natter, soeben in Aussicht gestellt hatte, hatte er abwehren kön-

nen. Wenigstens das. Es war ihm nicht leichtgefallen. Er hatte an Schillers »Handschuh« gedacht: Die Nacht, Dame, begehr ich nicht!
Und wie er sie begehrte. Er kaufte Zitronen und zerquetschte sie mit der Hand. Ein Pathos, das ihm fremd war. Kummer macht kitschig, dachte er, schleckte seine sauren Hände ab und faßte den Entschluß, Palermo unter allen Umständen heute zu verlassen. Keinesfalls noch eine Nacht in dieser Stadt der Ganoven zubringen, in der er so grausam genarrt worden war. Egal wohin, nur weg. Der schöne junge Mann im Reisebüro hatte für seinen hastigen Aufbruchswunsch volles Verständnis. Vermutlich kamen hier täglich Killer, die es nach vollbrachter Tat eilig hatten: Los, los, partire subito! Der nächste Flug, den er erreichen könnte, geht nach Casablanca. Da sind Plätze frei. Casablanca? Dazu ist Harry noch nicht verrückt genug. Der schöne Reisebüromann sieht enttäuscht aus. Er bietet Kairo, Rom und Tel Aviv an. Duckwitz schüttelt den Kopf. »Antwerpen?« Antwerpen ist gut. Abends um sieben geht der Flug.
Bis dahin wußte Harry nichts mit sich anzufangen. In den letzten Jahren hatte er sein Leben gut im Griff gehabt und konnte sich nicht mehr an Stimmungen erinnern, die mit Wein oder Whisky nicht zu lindern gewesen wären. Jetzt hätte er keinen Schluck heruntergekriegt. Auch keinen Bissen. Wütend und achtlos bewegte er sich durch das Chaos des sizilianischen Straßenverkehrs, nicht weil er sterben wollte, sondern weil die Autos gefälligst bremsen sollten. Er fühlte sich betäubt und unverletzlich. Tatsächlich bremsten die Fahrer seltsam verständnisvoll und ohne zu hupen, wenn Harry ziellos die Straßen und Plätze Palermos überquerte.

8 *Harry von Duckwitz lernt in Antwerpen Ron van Instetten kennen, der mit Möbeln aus China und Südostasien handelt. Er kauft einen Regenschirm, gibt ein längeres Telegramm an Helene auf, geht in ein Museum und findet Trost bei einem Gedicht über den Sturz des Ikarus. Zurück in Hamburg erledigt er die angefallene Post.*

Spät abends kam die Maschine in Antwerpen an. In der alten Innenstadt fand Harry ein Hotel, das ihm gefiel. Er hatte den ganzen Tag nichts gegessen. Die Hose fing an zu rutschen. Er wollte gerade, mehr aus Vernunft, aus einem aufgerissenen Tütchen gesalzene Erdnüsse in den Mund rieseln lassen, als er daran denken mußte, daß auch Ines das Hotel gefallen hätte. Oder gefallen würde. Wie sagte man denn nun? Wie dachte man? Die neue Situation war nicht einmal sprachlich zu bewältigen.
Es war kurz nach Mitternacht. Vor genau vierundzwanzig Stunden war er mit ihr im Himmel gewesen. Es war der Himmel. Oder die Unterwelt – egal. Jedenfalls eine Entdeckungsfahrt. Ein Aufbruch und kein Ende. Es konnte nicht der Schlußpunkt ihrer Liebesgeschichte sein, sagte er sich. Liebesgeschichten gingen zu Ende – aber nicht so.
Harry stöhnte. Es war ein Zwang wie manchmal das Gähnen. Er holte tief Luft und ließ sie mit einem langen Unmutston entströmen. Heute morgen hatte es damit angefangen und schon war es zu einer Angewohnheit geworden. Eine Mischung aus Stöhnen und Seufzen. Die Stewardeß hatte ihn gefragt, ob er Schmerzen habe. Das Stöhnen ließ sich nicht verhindern und ging ihm bereits selbst auf die Nerven. In Kleidern legte er sich aufs Bett,

biß in das Kopfkissen und wünschte sich den Untergang der Welt.

Am nächsten Morgen schluckte er lustlos ein Croissant in sich hinein, dann blieb ihm nichts anderes übrig als die Stadt anzusehen. Es regnete in Strömen, aber was sollte er sonst tun als herumzulaufen. Er brauchte einen Schirm. Noch nie hatte er einen Schirm besessen oder auch nur benutzt. Es hatte sich Jahrzehnte lang vermeiden lassen. Wenn es regnete, war er nicht spazieren gegangen. Er hatte Spurts zum nächsten Unterschlupf gemacht, und ein bißchen naß werden war angenehm gewesen. Nun kaufte er einen Schirm und amüsierte sich ein paar Minuten über den Symbolgehalt dieser Anschaffung. Natürlich ein bitteres Amüsement. Mit dem ungewohnten Schirm kam er sich lächerlich vor.

Er brauchte den ganzen Tag um herauszufinden, woher das zusätzlich bedrückende Gefühl kam, das sich dumpf und schwer zu orten unter dem wütenden Abschiedsschmerz regte. In einem Museum mit langweiligen Bildern von Rubens kam er dahinter. Es war das Treffen mit Helene nächste Woche in Paris. Das war zu viel. Von romantischen Verabredungen war er bedient. Er wollte allein sein mit seinem Kummer und ihn nicht vor Helene verbergen müssen. Die Treffen von Palermo und Paris hatten im Lauf der Monate eine solche Bedeutung angenommen, daß ihm erst in den Morgenstunden des nächsten Tages einfiel, daß man ein Treffen auch absagen kann. Er kam sich vor wie ein Spielverderber. Der Gedanke, daß ihn womöglich genau jenes preußische Pflichtbewußtsein beseelte, das den schwerkranken deutschen Hartmann die Zähne zusammenbeißen und vom Bett in die Konferenz humpeln läßt, machte ihm dann die Absage möglich.

Es regnete noch immer. Er ging zur Post und formulierte den ganzen Vormittag Telegrammtexte, erwog schon, ob er den Tod der Tanten vom Frühjahr auf jetzt umdatieren und als klassische Ausrede angeben sollte, schwankte, ob er sich für die nüchterne Es-paßt-leider-schlecht- oder für die Es-geht-mir-nicht-gut-Version entscheiden sollte und wählte dann eine saloppe Mischung: »Habe unerwartet derart viel Kummer um die Ohren, daß ich das heißersehnte Treffen absagen muß. Bin in miserabler Form und wäre dem großen Tag nicht gewachsen, von dem ich einiges erwarte. 8. November 14 Uhr Eingang Louvre also bitte stornieren. Tut mir leid. Melde mich beizeiten mit einem neuen Terminwunsch. Bis dann. Harry.«
Das war ehrlich und nicht zu kühl. Erleichtert verließ er das Postamt. Als es wieder zu regnen begann, fiel ihm auf, daß er seinen neuen Schirm im Postamt vergessen hatte, aber er ging nicht mehr zurück.
Noch nie hatte Harry so viele Antiquitätengeschäfte gesehen wie in Antwerpen. Die Zeit war vorbei, wo er sich für altes Zeug erwärmen konnte. Die feuchten Haare und der leere Magen machten ihn munter und ließen ihn allerlei Vorsätze fassen: Er würde die Wohnung in Bonn aufgeben und die viel zu eleganten Tantenmöbel verkaufen. An einem Schreibtisch aus dem 18. Jahrhundert würde er sich immer lächerlich vorkommen. Es hatte keinen Sinn, darauf zu warten, daß man vielleicht mit achtzig eine gute Figur dahinter abgab. Er kannte ein paar ausgediente Diplomaten, die als Pensionäre den ganzen Tag hinter feinen Schreibtischen residierten. Das war nicht sein Fall.
Nie wieder würde er an Podiumsdiskussionen teilnehmen. Und an Klausurtagungen mit Politschranzen auch

nicht. Und nicht im absurdesten Traum würde er daran denken, jemals ein politisches Amt zu übernehmen. Staatssekretär im sächsischen oder thüringischen Justizministerium –, wenn er sich vorstellte, daß ihm von einem besoffenen Minister vor wenigen Wochen dieses Angebot ernsthaft gemacht worden war! Er würde sich auch nie mehr die Finger beim Mischen von Blues und romantischen Liedern verbrennen. Und vor allem würde er sich vor der Liebe hüten. Er hatte es satt, seine Liebe an die falschen Frauen zu verschwenden. Und nie, nie wieder diese albernen Polygamietheorien. Das war nicht nur Verschwendung, das war oberflächlich gewesen, denn statt die konzipierten Modelle in der Praxis erproben zu können, hatte ihn der Laufpaß der verdammten Hauptfrau derart aus der Bahn geworfen, daß ihm jegliche Lust auf Liebe vergangen war.

Durch das Schaufenster eines Antiquitätengeschäfts fiel ihm ein knallrot lackierter Schrank auf, vielleicht, weil ihn die Farbe an den Rock von Ines erinnerte, dessen Glätte er noch immer an den Händen spürte. Die beiden Türen hatte große halbkreisförmige Beschläge. Geschlossen bildeten sie eine kreisrunde, langspielplattengroße Messingscheibe in der Mitte des Schranks. Durch zwei Ösen war ein ungewöhnlich geformtes spangenartiges Vorhängeschloß gesteckt, das dem Schrank den Charakter einer verheißungsvollen Schatztruhe gab.

Harry wollte plötzlich dieses Schloß besitzen. Er stellte sich vor, daß es doch noch einmal zu einem Treffen mit Ines kommen würde. Dann könnte er sie nicht nur fesseln, sondern mit diesem Schloß einsperren und gefangen halten. Wer sich fesseln läßt, will seiner Freiheit beraubt werden. Hat ja auch was für sich. Man muß sich um nichts kümmern.

Angeregt von seinen Gedanken betrat Harry den Laden. Niemand war da, niemand kam. Er ging auf den Schrank zu. Der große runde Messingbeschlag war kunstvoll und unaufdringlich ziseliert und erinnerte an eine Gürtelschnalle. Das Schloß hielt die Türen wie eine Brosche zusammen. Der Schlüssel hing an einer Schnur dabei. Harry probierte es aus. Man drehte den Schlüssel, das Schloß sprang auf. Mit einem satten Klicken ließ es sich wieder verriegeln. Uralte Präzisionsarbeit vermutlich. Eine schlichte, gut funktionierende Kostbarkeit.
Plötzlich stand eine große, junge Frau neben ihm und erkundigte sich, ob sie ihm helfen könne. Ihre Stimme war ungewöhnlich hell und unschuldig – oder es kam ihm so vor, weil seine Einsperrgedanken gerade besonders dunkel waren. Sie war sehr jung und riesengroß. Größer als Harry. Nach drei französischen Satzfetzen sprachen sie deutsch, sie als Flämin mit einem Akzent, der ihre Mädchenstimme zusätzlich verjüngte. Er sei nur an dem Schloß interessiert, sagte Harry, das würde er gerne kaufen. Ob das möglich sei, könne sie nicht entscheiden. Sie müsse ihren Chef fragen.
»Chef!« rief sie ins Hintere des Ladens, und ein großer Mann tauchte zwischen den Möbeln auf. Er trug eine Brille wie ein amerikanischer Professor und kam mit freundlich fragendem Gesichtsausdruck auf Harry zu. Er sprach akzentfrei Deutsch.
»So, so, nur das Schloß wollen Sie«, sagte er und nickte. Harry hatte das Gefühl, daß der Chef seine finsteren Gedanken ahnte und einen entsprechend hohen Preis nennen würde. »Das Schloß ist unbezahlbar«, sagte er. Und nach einer Kunstpause: »Unbezahlbar billig.« Der gute Mann wird es mir also schenken, dachte Harry.
»Warum nehmen Sie nicht den Schrank mit dem

Schloß?« Der Chef pries das Möbelstück. Chinesischer Hochzeitsschrank. Provinz Schanghai. Gute Arbeit. Seltenes Stück. Der Kreisbeschlag besonders fein gearbeitet.
»Ich habe genug alte Sachen«, sagte Harry, »nur das Schloß bitte.«
Der Chef hatte ein so freundliches Gesicht, nicht zu glauben, daß er das Schloß allein nicht herausrücken wollte. »Nur mit Schrank«, sagte er. Ohne das Schloß kann er den Schrank nicht verkaufen. Für den Schrank will er fünfeinhalbtausend Mark. Stöhnend geht er auf viereinhalb herunter. Das ist in etwa der Pensionsanteil, den Harry nach seiner Suspendierung monatlich auf die Hand kriegt. Durch die CD-Produktion hat er einiges Geld verloren, aber es hat sich wieder neues angesammelt. Viertausend ist er bereit auszugeben. Der Chef wiegt zweifelnd den Kopf.
»Dafür lasse ich Ihnen den Schrank da, Chef,« sagte Harry, »ich nehme nur das Schloß.«
Das Riesenmädchen kicherte. Harry fragte sich, ob die beiden ein Verhältnis hatten. Sie paßten von ihrer Größe her gut zusammen. Er beneidete den Chef
Der sagte: »Erstens, nennen Sie mich nicht Chef, bitte, damit quält sie mich schon genug.« Er deutete auf die Riesin. Er habe einen Namen. Instetten. Ron van Instetten. Zweitens käme es nicht in Frage, ihm den bezahlten Schrank dazulassen und das Schloß mitzunehmen. »Das gibt es nicht«, sagte er, »das ist mir zu idiotisch, zu obsessiv, damit fange ich nicht an, ich will normale Kunden und keine Verrückten.«
So ging es eine Weile hin und her. Harry waren Schloß und Schrank schon ganz egal, er fand es erholsam, mit einem intelligenten Menschen Witze zu machen und nicht wie ein nasser Hund fremde Straßen entlangzu-

streunen, besessen von dem Gedanken, jahrelang eine Nichtswürdige geliebt zu haben.
Andere Kunden kamen in den Laden. Das Riesenmädchen hieß Roberta und kümmerte sich um sie. Ron van Instetten ging mit Duckwitz ins Büro. Sie tranken grünen Tee, den Duckwitz nicht mochte und der ihm jetzt zum ersten Mal schmeckte. Instetten war in Aachen aufgewachsen. Dort kam seine Mutter her. Daher sein akzentfreies Deutsch. In Aachen hatte er auch einen Laden. Als er erfuhr, daß Duckwitz Diplomat gewesen war und doch alle Diplomaten für Nullen hielt, nickte er zufrieden, denn er hatte bei seinen Möbeleinkäufen in Südostasien genügend Erfahrungen mit sturen, unfähigen, unwilligen Diplomaten gemacht.
Sie unterhielten sich über Singapur und es stellte sich heraus, daß Instetten auch einmal im Singapur-Super-Salon massiert worden war, jenem Wahnsinnswellblechschuppen, den Duckwitz auf Empfehlung Li-Lis aufgesucht hatte. Instetten lachte laut vor Entzücken über die kleine Welt, und Duckwitz lachte ungeniert mit. Das Lachen lockte die riesengroße Roberta ins Büro.
Mehr aus Sport als aus wirklichem Bedürfnis kam Duckwitz noch einmal auf das Schloß zu sprechen, aber auch die neu entdeckten Gemeinsamkeiten hatten Instetten nicht erweicht. Er riet Harry nach China zu fahren, wo es diese Schlösser massenhaft auch ohne Schränke gäbe. Für ein paar Mark das Stück. Eine Reise nach China sei billiger und spannender als ein Schrank. »Ich fahre in acht Wochen wieder in die südostasiatische Ecke, fahren Sie mit. Ich zeige Ihnen, wo Sie Ihre Schlösser kriegen. Allein finden Sie die nicht.«
Es war Abend geworden. Sie verließen den Laden und gingen in ein Lokal. Roberta die Riesin verschwand nach

einem Glas Rotwein, und Harry fragte sich erneut, ob die beiden ein Paar waren. Dann kam das bestellte Fischfilet und Harry war fast enttäuscht, daß er ohne Widerwillen die Hälfte davon verzehren konnte. Das stellte die Größe seines Liebeskummers in Frage. Es war erst der dritte Tag nach Palermo und noch heute Mittag hatte er sich nicht vorstellen können, jemals wieder mit Appetit zu essen. Instettens Schwärmen von den Gerichten der indonesischen Inseln und der Kantone Chinas war allerdings kein Argument für die Reise. Die Besonderheiten exotischen Essens hatten Harry noch nie interessiert.
»Ganz schön zwanghaft«, sagte Instetten, nachdem er den letzten Bissen vertilgt hatte.
»Was ist zwanghaft?«
»Sie mit ihrem Schloß!«
Eine Erklärung war fällig. Instetten hatte schon geahnt, daß Liebe im Spiel war. »Sie wollen einerseits eine Liebesgeschichte nicht abschließen, aber andererseits ein Schloß haben«, sagte er, »ist das nicht ein bißchen paradox?«
Ohne die intimen Details der Nacht von Palermo zu verraten, fiel es Harry nicht leicht, Instetten den geheimen Symbolwert des Schlosses zu erläutern. »Ich verstehe schon«, sagte der, »Sie wollen Ihrer untreuen Geliebten quasi einen Keuschheitsgürtel verpassen!«
Dann riet er Harry erneut zu der Reise. Er verbarg nicht, daß ihm Begleitung angenehm wäre. Allein seien die Einkaufsreisen in Südostasien nicht sehr unterhaltsam. Er hatte bereits bemerkt, daß man Harry mit kulinarischen Spezialitäten nicht locken konnte. Er sei jetzt das vierte Mal unglücklich verheiratet, sagte er daraufhin, und allein der Anblick der Frauen von Java und Bali brächte einen liebeskranken Mann wieder auf die Beine und auf

andere Gedanken. »Sie werden Ihre Liebste da unten endlich vergessen«, sagte er.
Harry protestierte empört: »Ich will sie nicht vergessen!«
»Natürlich nicht«, sagte Instetten.

Für seine Rückreise nach Hamburg ließ sich Harry Zeit. Er machte Abstecher nach Gent, Brügge und Brüssel und plante Stationen in Amsterdam und Den Haag ein. Gent und Brügge waren ihm zu schnuckelig, in Brüssel fühlte er sich wohl. Im Musée des Beaux Arts kaufte er sich mehre Karten von Breughels »Sturz des Ikarus«. Auf dem Bild mußte man Ikarus erst suchen: Nicht mehr als ein winziges Stück Bein war von ihm zu sehen, das gerade im Meer verschwand. Ein Segelschiff und ein Landmann in der Nähe hatten den Sturz offenbar nicht bemerkt. Auch Harry hätte ihn nicht bemerkt, wenn nicht ein englischer Poet ein Gedicht auf das Bild geschrieben hätte, das auf der Postkarte zitiert wurde. Es gefiel ihm gut, und es tröstete ihn sogar. Er konnte sich nicht erinnern, je von einem Gedicht getröstet worden zu sein. Stärkung und Zuspruch hatte er bisher immer nur von herzhaften Blues-, Jazz- und Popnummern erfahren.
Der englische Dichter wies darauf hin, wie gut die Alten Meister über das Leiden Bescheid wußten, vor allem darüber, daß die großen Tragödien kaum beachtet werden. »The ploughman may have heard the splash« hieß es da, »but for him it was not an important failure.« Die Zeugen wenden sich fast lässig vom Unglück ab: they turn away »quite leisurely from the disaster«. Das hieß: Für seinen Sturz von Palermo konnte Harry mit Anteilnahme nicht rechnen.
Ende November kam er nach Hamburg zurück. Ohne das Laub der Bäume vor den Fenstern war die Wohnung

in Winterhude heller. Es gab Post, die er nicht erwartet hatte. Ein Kuvert von Ines ließ ihn nervös werden. Er öffnete erst die anderen Briefe.
Helene reagierte in vertrautem Spott auf sein Telegramm: Schade, daß es am 8. 11. vor dem Louvre nicht geklappt habe, sie hätte schon den Videoschnelldienst beauftragt, die historische Begegnung heimlich im Film festzuhalten. Andererseits höre sie gern, daß Harry viel um die Ohren habe, das sei höchste Zeit. Sie sehe seinem nächsten Terminvorschlag geduldig entgegen.
Barbara fragte ihn, ob er Weihnachten mit ihr auf eine Antiweihnachtsliteratenfete gehen wolle. Wahrscheinlich mußten ihre Nobelpreisträger ihren Familienverpflichtungen nachkommen.
Rita schrieb, er könne ruhig einmal anrufen und sich nach ihrem Wohlergehen erkundigen, schließlich seien sie immer noch verheiratet. Sie gab die Nummer von ihrem Agenten an. Der wisse immer, wo sie erreichbar sei.
Dann nahm Harry den Brief von Ines zur Hand. Er war vor drei Wochen in Rom abgeschickt worden. Ines mußte ihn auf ihrer Rückfahrt von Palermo geschrieben haben. Er enthielt nur eine Zeile. »Sei mir bitte nicht böse. I.« Nicht einmal ihren Namen hatte sie ausgeschrieben. Die Zeile erschien ihm nicht unfreundlich, aber er wollte kein versöhnliches Zeichen von ihr nach dem Dolchstoß in Palermo. Sie ahnte seinen Zorn, und das trübte ihr Wohlbefinden. Sie wollte nicht gehaßt werden. Das fehlte noch. Das war doppelt infam.
Die nächsten zwei Stunden verbrachte er mit dem inbrünstigen Formulieren einer passenden Antwort: »Du hast mir die Liebe genommen, laß mir den Haß auf Dich. Er ist das letzte, was mir von Dir bleibt.« Das war

schön bitter, fand er. Nach zehn Minuten siegte sein Stilempfinden. Zu demütig! Er bat sie ja förmlich, sie hassen zu dürfen! Also schrieb er stolz: »Laß mir gefälligst meinen Haß. Er geht Dich nichts an!«

Das Problem aller Versionen war, daß sie verrieten, wie sehr er sich noch mit ihr beschäftigte. Schweigen wäre sicherer. Aber Schweigen wäre keine Strafe. Er wollte ihr weh tun. Schließlich war die Bitte, nicht böse zu sein, eine Zumutung. So schickte er am Ende eines aufgewühlten Nachmittags die passende Antwort ab. Ein Wort auf einem Blatt Papier: »Doch!«

Anfang Januar rief Instetten an. Ist Duckwitz noch an dem chinesischen Vorhängeschloß interessiert? In vierzehn Tagen fährt Instetten los. Erst nach Indonesien, zu den schönen braunen Frauen, dann nach China, ins Land der scharfen Schlösser. Drei, vier Wochen wird er unterwegs sein, insgesamt. Morgen läßt er die Tickets besorgen. Will Duckwitz nun mitfahren oder nicht?

9 Duckwitz ist weder von der indonesischen Hauptstadt noch von den Früchten des Landes sonderlich begeistert, erfährt von Instetten aber einiges über den Handel mit alten Möbeln und über die Frauen und sein Verhältnis zu ihnen. Seine etwas obszöne Berührung mit »Remscheid Praeserva« und »Essen Eterna«, eine Erinnerung an die seitlichen Hinterfenster des VW-Käfers und ein erster Beweis für Harrys ungeahnte Qualitäten als Händler.

Vierzehn Tage später landeten die Passagiere Mr. Ron van Instetten und Mr. Harry von Duckwitz in Jakarta. »Nein!« sagte Duckwitz als er aus dem Flughafengebäude ins dampfige Freie trat. Immer wieder vergaß er, wie zudringlich das tropische Klima sein konnte. Ein Dutzend Taxifahrer stürzten auf sie zu, und Harry war froh, nur Begleiter zu sein. Es war erholsam, sich nicht selbst darum kümmern zu müssen, nicht beschissen zu werden. Instetten hatte genug Erfahrung. Souverän ignorierte er den lästigen Schwarm und steuerte auf ein Taxi zu, das ihm vertrauensvoll erschien.
Nach fast drei Stunden mit zahllosen Staus, einigen rasanten Abkürzungen, wenigen kurzen hektischen Sprints auf halbfertigen Stadtautobahnteilstücken und unentwegtem Bezahlen von Mautgebühren kamen sie im Hotel an. Ein abscheulicher moderner Bau in einem abscheulichen Viertel der ganz und gar abscheulichen, unübersichtlichen Neun-, Zehn- oder Zwölfmillionenhauptstadt des indonesischen Inselreichs.
»Warum das hier?« fragte Duckwitz. Hatte man sich wegen diesem Hotel eine Horrorfahrt antun müssen? Instetten klärte ihn auf: Das Hotel lag im Süden Jakartas, und hier hatten auch die meisten Händler ihre Lager. Da man für fünf Kilometer eine Stunde brauchte, war es

sinnvoll, in den nächsten Tagen nicht weit von den Jagdgründen zu kampieren.
Sie aßen im eiskalten Hotel. Es gab keine Restaurants in der Nähe. Von seiner ersten Frau hatte Instetten sich getrennt, weil sie zu viele Liebhaber sammelte. Gegen einen, zwei oder auch drei hätte er nichts einzuwenden gehabt. Frau Nummer Eins aber trieb es zu toll. Gegen die Scheidung wehrte sie sich dann mit Schwüren, daß sie eigentlich nur ihren wunderbaren Gatten liebe. Sie brauchte eine bequeme Basis für ihre erotischen Eskapaden. Die Männer seien immer unverschämter und jünger geworden. Instetten gähnte. Es war lange her.
Harry sagte, er wäre froh, wenn er Rivalen aus Fleisch und Blut hätte. Er habe bei seiner verfluchten Ines keine Personen in Verdacht, sondern unfaßbare Gegner wie etwa die schwindende Energie zum Aufrechterhalten einer anstrengenden, außerehelichen Liebe, die Unfähigkeit zu lügen und für Alibis zu sorgen, das resignative Zurücksinken in den bürgerlichen Familienschoß und eine kleinkarierte Herzverhärtung und Herzverengung.
»Mein Gott, Sie lieben diese Frau ja immer noch«, sagte Instetten.
Morgen um zehn hatte sich Risal, der Haupthändler, zum Frühstück angesagt. Interessanter Schurke, mit dem der Verlauf der nächsten Tage besprochen werden sollte. Alle Einkäufe in Jakarta laufen über Risal. Falls Duckwitz nichts besseres vorhabe, solle er doch auf die Einkaufstour mitkommen. Kann spannend werden. Kann sein, daß sie an Händler geraten, die auch Schlösser und solchen Kram haben, sagt Instetten. Risal ist Moslem wie fast alle hier und hat drei Frauen. Eine tüchtige, häßliche Erstfrau und zwei hübsche, faule Nebenfrauen. Instetten schwieg bedeutungsvoll.

Kurz vor sechs war Harry hellwach. Es war noch stockfinster, wie immer in der Frühe in diesen verdammten Tropen. Im Fernsehen lief der gleiche Schwachsinn, an dem er sich bei seinem Aufenthalt in Singapur vor fast einem Jahr schon geweidet hatte: chinesische Schlägerfilme, indische Liebesfilme, und weil jetzt der Fastenmonat Ramadan angebrochen war, konnte man gleich auf vier Kanälen in verschiedenen Versionen dem Wettbeten hirnverbrannter Mohammedaner in fußballstadiongroßen Glaubenshallen zusehen und zuhören.
Es gab ein Schwimmbecken im Innenhof des Hotels. Um halb sieben zog dort ein weißer Mann seine Bahnen. Harry wäre lieber allein gewesen. Er wurde im Sommer rasch braun. Jetzt fühlte er sich unwohl mit seiner zentraleuropäischen Winterhaut, die sich kaum von der des prustenden Briten oder Holländers unterschied. Das Bad war sinnlos, denn die Erfrischung verschwand, kaum war man angezogen. Der Himmel war drückend grau, und so würde er den ganzen Februar über bleiben.
Harry verließ das Hotel und machte einen Erkundungsspaziergang. Die Gegend war noch katastrophaler als gestern beim ersten Eindruck vermutet. Er besorgte sich einen Stadtplan. Ein vernünftiges Zentrum gab es in Jakarta nicht. Nur ein Shopping Center. Das alte Hafenviertel aus der Kolonialzeit, als die Stadt Batavia hieß, sollte noch das Beste sein. Die Leute kannten es nur vom Hörensagen. Es war nur zwölf Kilometer entfernt, aber das bedeutete im Berufsverkehr am Morgen bis zu vier Stunden kriechen im Stau. Kein Taxifahrer ließ sich darauf ein. Um acht Uhr war Harry wieder im Hotel. Er war ratlos, was er bis zehn machen sollte. Im Fernsehen beteten noch immer Zehntausende von Entgeisterten den Geist an.

Um halb neun ging er frühstücken. Ein paar Tische waren schon mit einsam kauenden weißen Männern besetzt, die alle wie Maschinenbauingenieure oder drittklassige Unternehmensberater aussahen. Daß er keine dunkelgraue Spießerstoffhose mit weißem Hemd und sinnlos verlorenem Schlips trug, war ihm nur ein schwacher Trost. Ab und zu trat schüchtern ein schmaler Einheimischer auf und meldete sich bei einem wichtigen weißen Mann, um ihn in irgendeine Firma zu chauffieren.
Harry wählte kein britisches oder kontinentales oder chinesisches, sondern ein indonesisches Frühstück. Es bestand aus Früchten, die ihm nicht schmeckten. Sie waren süß und schwer und sättigten maßlos. Eine der Früchte war braun wie ein Sahnekaramellbonbon und schmeckte auch so. Ein Karamellbonbon am Morgen, das war so ziemlich das letzte, wonach ihm zumute war. Er fragte eins der Mädchen nach dem Namen der Frucht. »Sabo«, sagte sie strahlend, brachte sofort Nachschub und postierte sich neben ihn, um an seinem Genießen teilzunehmen. Sie konnte ein bißchen Englisch und versuchte, ihm die Sabo-Frucht schmackhaft zu machen. Ihr Lächeln war so sanft, daß er die Frucht nicht ablehnen konnte und ein weiteres Stück der Karamellmelone herunterwürgte. Als sie dann frischen Kaffee für ihn holte, nutzte er die Abwesenheit der Kontrolleurin, wickelte die restlichen Sabostücke in eine Serviette und ließ das feuchte Päckchen in der Tasche seines Jacketts verschwinden. Im Zimmer warf er die braunen Fruchtstücke ins Klo. Sie erinnerten an säuberliche Antilopenscheiße, die er vor Ewigkeiten im Busch von Kamerun zu Gesicht bekommen hatte. Ein echter Schiß wäre Harry lieber. Jakarta störte seinen Verdauungsrhythmus, und auch das nahm er dieser Stadt übel.

Nach zehn Uhr ging Harry wieder in den Frühstücksraum. Instetten tafelte so wohlgelaunt, daß Harrys Stimmung wieder besser wurde. Kaum hatte er sich zu ihm gesetzt, kam auch schon die kleine Sanfte und brachte einen Teller mit neuen Sabos. Instetten empfahl chinesische Reisschleimsuppe mit Huhn. Risal, der Haupthändler und Oberschurke, hatte ihn angerufen: Er steht irgendwo, drei Kilometer entfernt, im Stau. Verzögert sich alles eine gute Stunde.
Um halb zwölf erschien Risal. Er trug eine schlampige Hose und ein dünnes T-Shirt darüber. Selbstbewußt und mit natürlicher Eleganz streifte er durch den Frühstücksraum. Als er den gesuchten Tisch erblickte, pfiff er frech, schnalzte mit den Fingern und rief: »Hey Instetten!« Er kam nicht als dienstbarer Geist, sondern näherte sich lässig wie ein Herrscher. Er war barfuß, und das betonte nur die Souveränität seines Auftritts.
Er legte sein Funktelefon und eine Zigarettenschachtel auf den Tisch, rauchte und begann mit dem Small talk. Instetten stellte Duckwitz als seinen Partner vor, und als Harry ihn fragend ansah, sagte er auf deutsch: »Es kann nicht schaden wenn er glaubt, daß wir zu zweit sind.« Und nach kurzer Pause: »Oder hätte ich Sie als Liebeskranken vorstellen sollen?«
Die Indonesier in Java waren meistens schmächtig und hellbraun. Risal war sehr dunkel, fast schwarz, und muskulös. Mit Lendenschurz und einem Speer in der Hand hätte er jedem Fotobildband über die letzten Paradiese unserer Erde als schöner Wilder zur Zierde gereicht. Vor zehn Jahren war er aus den Wäldern Sumatras gekommen. Den Sprung in die Industriegesellschaft schien er ohne große Seelenschäden überstanden zu haben. Harry fand seine Angeberei natürlich und charmant. »Sie müssen

nicht mit ihm arbeiten«, sagte Instetten, »er ist eine Katastrophe, aber ohne ihn geht es nicht.« Wenn ihm Risal zu selbstherrlich wurde, wies ihn Instetten auf Risse im Holz der Tischplatten und Schranktüren hin, die sich von Lieferung zu Lieferung häuften. Risal sei nicht in der Lage, seinen Leuten das Verleimen von Holz beizubringen.
Wenn Regreßforderungen drohten, wurde Risal erstaunlich schnell kleinlaut und versprach Besserung. »Der tut nur so reumütig, der Ganove«, sagte Instetten zu Harry. Risal war mit einem gewaltigen Jeep gekommen. Duckwitz mußte sein Gelübde brechen, niemals in ein Auto dieser Art zu steigen. Instetten sagte, hier habe ein solcher Jeep seinen Sinn. Jakarta werde in der Regenzeit regelmäßig überschwemmt, und dann sei nur noch mit einem Jeep durchzukommen.
In seinem Auto hatte Risal noch zwei weitere Telefone. Sie fuhren zu einem vier Kilometer entfernten Möbellager und brauchten anderthalb Stunden. In der Zeit führte Risal mit seinen drei Apparaten zwei Dutzend Gespräche. Dazwischen schilderte er Instetten die Situation des Möbelmarkts und gab schillernde Prognosen. Die Lager seien voll, weil immer mehr Indonesier den alten Plunder loswerden und sich moderne Möbel kaufen wollten. Es gäbe Schränke, Bänke, Truhen, Tische, Stühle für die nächsten hundert Jahre im Überfluß. Die ganze Welt könne mit den begehrten alten massiven Teakholzmöbeln aus Bali, Sumatra und Java beliefert werden. Um Harry in das Gespräch einzubinden, sagte Risal ab und zu: »So you are also dealing with old furniture.« Einmal konnte sich Harry nicht zurückhalten und sagte: »That's it. I'm a lovesick dealer.«
Harry hatte sich zwar keine nähere Vorstellung gemacht, wie der Handel mit antiken südostasiatischen Möbeln im

einzelnen aussehen würde, aber er hatte doch romantische Erwartungen, die nun angesichts der Wirklichkeit enttäuscht wurden. Es gab keine eleganten Verandas, auf denen man mit märchenhaften Stammesfürsten oder neunzigjährigen Kolonialoffizierswitwen genüßlich um die Herausgabe einzelner Prachtstücke feilschen konnte. Der Handel war eingespielt und professionell organisiert wie ein gut vorbereiteter Fischzug.
Am ersten Nachmittag sichteten sie die Bestände von fünf Händlern. Die Möbellager waren so verschieden wie ihre Chefs. Es gab chaotische und ordentliche, schmuddelige und piekfein säuberliche, große und kleine. Manche Händler hatten sich Hallen gebaut, manche türmten ihre hölzernen Schätze auf irgendwelchen schlammigen oder staubigen Freiflächen unter einem notdürftigen Dach übereinander.
Der Vorgang des Einkaufens aber blieb sich gleich, egal, ob zwischen Hühnern, trocknender Wäsche und laufenden Fernsehapparaten oder in edlen, nach erlesenen Ölen duftenden Ausstellungsräumen. Instetten schritt wie ein Leuchtturm an den aufgereihten und aufgestapelten Möbeln vorbei, murmelte etwas von »prima Ware« oder von »schwacher Ware«, heftete Etiketten an die Stücke, die ihn interessierten, deutete gelegentlich auf ein hoch oben unter einem windigen Dach eingeklemmtes Möbel. Dann schnalzte der Händler mit den Fingern, ein paar seiner zierlichen Leute legten Sandpapier oder Schnitzmesser beiseite, mit denen sie versonnen undefinierbare Stuhl- und Tischbeine bearbeiteten, erkletterten hurtig das Möbelgebirge, holten die sperrigsten Stücke im Handumdrehen herunter und präsentierten sie stolz lächelnd dem großen weißen Mann. Instetten schüttelte entweder den Kopf oder besprach mit dem

Händler, wie und bis wann das restaurierungsbedürftige Stück hergerichtet werden solle und sagte zu Duckwitz: »In zehn Wochen steht das Ding in seiner vollen Schönheit in meinem Laden in Aachen, und eine Woche später wird es verkauft sein.«

Das Begutachten der Möbellager hatte etwas von einer Chefarztvisite. Instetten führte den Troß an, dahinter, diensteifrig oder gelangweilt tuend, der jeweilige Händler, der sich die markierten Möbelstücke notierte, gefolgt von einigen seiner Arbeiter zur Beantwortung von Fachfragen. Inmitten Haupthändler Risal, der den Transport abzuwickeln und dafür zu sorgen hatte, daß alle Stücke im Containerhafen fachmännisch verladen und über Singapur nach Antwerpen, Rotterdam und Hamburg verschifft wurden. Harry kam sich vor wie ein Assistenzarzt, der manchmal um seine Meinung oder um einen hilfreichen Handgriff gebeten wird und so am Rand des Geschehens beteiligt ist. Seine Gegenwart war für Instetten nicht unbequem.

In einer halben Stunde war ein Möbellager durchkämmt. Erschöpft nahm Instetten Platz, und der Händler rechnete den Preis zusammen. Bevor er ihn nannte, ließ er die Möbel anschleppen, die Instetten seiner Ansicht nach übersehen hatte. Ein paar Schränke, Betten und Kommoden fanden Gnade und wurden gekauft, andere verschwanden sofort wieder. Dann wurde eine Summe genannt, Instetten schüttelte den Kopf, und fünf Minuten später hatte man sich geeinigt.

Einer der Händler gab nicht in gewünschtem Maß nach, und das Geschäft kam nicht zustande. »Wegen dreitausend Mark, bei einer Einkaufssumme von hundertzwanzigtausend!« sagte Harry. Er fand es idiotisch, daß Instetten hart geblieben war.

»Es geht ums Prinzip«, sagte Instetten. Außerdem habe der Händler nur deswegen nicht nachgegeben, weil Duckwitz eine Zigarette geraucht habe.
»Wie bitte?«
Instetten erklärte, die Moslems glaubten, im Fastenmonat nicht essen und trinken, vögeln und rauchen zu dürfen. Zumindest tagsüber. Wenn einer in ihrer Gegenwart das tut, was ihnen ihre Religion verbietet, können manche stur und sauer werden. »In zwei Tagen wird der fromme Esel kommen und sein Zeug zu meinem Angebot verkaufen wollen«, sagte Instetten siegessicher.
Am Abend waren sie bei Risal zum Essen eingeladen. Instetten war in der Familie bekannt. Risal stellte seinen Frauen den fremden Duckwitz als »the lovesick dealer« vor und die kicherten. Harry war erleichtert, daß ihm alle drei Frauen von Risal nicht gefielen. Die gute Laune wurde nur getrübt durch den Eßzwang beziehungsweise das ständige Ablehnenmüssen neu aufgetischter indonesischer Spezialitäten. Sabo, die verdammte Karamellfrucht von heute morgen, lag Duckwitz noch immer im Magen. Er sehnte sich nach kaltem, saurem Wein, aber für die beiden Christenmenschen war nur warmes Bier vorgesehen. Risal, der Moslem, der dauernd bei Allah schwor, niemanden zu übervorteilen, und seine Frauen tranken Coca Cola.
Nach dem Essen gab Risal Instetten und Duckwitz ein geheimnisvolles Zeichen, als wollte er ihnen im Nebenzimmer jetzt seine vierte Frau vorstellen. Es war aber nur ein neues Auto, das er ihnen, außer sich vor Stolz, zeigte. Ein Mercedes. Daneben stand ein nicht weniger neu aussehender BMW. Risal schwieg, ergriffen von seiner jüngsten Erwerbung. Instetten durchbrach das ehrfürchtige Schweigen sofort mit einem Johlen: Da sieht man es wie-

der! Nur wer alle Welt bescheißt, kann sich so etwas leisten! Risal verdient zu viel an Instettens Einkäufen! Seine Preise sind viel zu hoch! Er ist der Al Capone von Jakarta! Risal schrie vor Vergnügen über das Kompliment, wurde dann plötzlich treuherzig und schwor bei Allah und dem Propheten, immer faire Preise zu machen. Dann fiel ihm etwas ein. Er strahlte Instetten an und rief: »No, no, no, it is you Instetten! You earn too much money! I know what people have to pay for Indonesian furniture in Europe!«
»Ihr seid doch beide die letzten Geier!« sagte Duckwitz.
»What did the lovesick dealer say?« fragte Risal.
»Der Schlitten kostet hier gut das Doppelte wie bei uns, mindestens zweihunderttausend Mark«, sagte Instetten zu Duckwitz, und der rechnete gleich: Risals Arbeiter verdienten hundert Mark im Monat. Das Auto ihres Chefs kostet also zweitausendmal mehr als das Monatseinkommen eines Arbeiters. Etwas pervers, oder? Das wäre so, als würde sich der Chef eines Angestellten oder Arbeiters, der bei uns dreitausend verdient, ein Auto für sechs Millionen kaufen.
»Gut gerechnet«, sagte Instetten, er stelle Duckwitz sofort als Buchhalter ein. Nur ein Fehler sei dabei: Hier sind die Autos schweineteuer, dafür die Häuser billiger. Risals neuen Mercedes könne man nicht mit einem Auto bei uns vergleichen. Er sei so etwas wie die Sechsmillionen-Villa am See, die sich ein veritabler Chef durchaus leisten könne, also eine ganz normale Sache.
Risal winkte sie in einen Raum hinter der Garage und schob eine Plastikplane beiseite. »Scheiße«, sagte Instetten leise, »ich mag das nicht.«
Ein paar bemooste Steinfiguren wurden sichtbar. Sie waren angeblich in der Nähe eines buddhistischen Tempels

in Bali gefunden worden. »They are from Batukau, I guarantee«, sagte Risal düster. Export alter Heiligtümer war verboten. Instetten wollte damit nichts zu tun haben. Manchmal mußte man den Händlern das Zeug abnehmen, um sie bei Laune zu halten und das Bestechungssystem im Land zu pflegen. Es war nicht gefährlich, aber unappetitlich. Den Indonesiern war es völlig einerlei, ob sie ein paar Buddhas mehr oder weniger hatten, und in Europa gab es genug Sammler, die ein Schweinegeld für den heiligen Krempel ausgaben, um ihren Gärten auf Mallorca oder den Kanarischen Inseln damit einen meditativen Touch zu geben. Doch bei den strengkorrekten europäischen Intellektuellen, vor allem bei den Deutschen, verlor man damit an Ansehen. Sie warfen einem sofort vor, man bereichere sich am kulturellen Ausverkauf der Dritten Welt und kauften einem keine harmlosen Teakholztische mehr ab.
Risal murmelte etwas von einem »real good prize«, Instetten heuchelte Interesse und sagte, er werde am Ende der Jakarta-Einkaufstour darauf zurückkommen. Dann fuhr sie Risal im neuen Mercedes andächtig zurück ins Hotel. Jetzt, gegen Mitternacht, waren die Straßen noch immer belebt, aber nicht mehr verstopft. Morgen um zehn werde er sie pünktlich abholen, versicherte Risal. Zu Duckwitz sagte er: »Tomorrow we will meet a dealer who has real nice padlocks.«
»Padlock? Nie gehört!« sagte Duckwitz.
»Vorhängeschlösser«, übersetzte Instetten, »zum Einsperren von Ines!« Er frohlockte und machte eine Grimasse. Als Risal gegangen war, beschlossen Duckwitz und Instetten, sich zu duzen. »Mit Ron und Harry in Java«, sagte Duckwitz, das klingt wie ein Jugendbuch.
Am übernächsten Tag fingen die Einkaufstouren an,

Harry zu langweilen. Sie ähnelten einander sehr. »Jetzt siehst du, daß ich mein Geld nicht leicht verdiene«, sagte Instetten zufrieden. Harry hatte sich sofort an das fällige Du gewöhnt, der Vorname Ron war ihm noch nicht so vertraut.

Die Aussicht, das assistentenhafte Mittrotten durch die Möbellager werde in den nächsten Tagen so weitergehen, fand Harry nicht erheiternd. Er faßte den Plan, sich auf eigene Faust in Java umzusehen, vielleicht sogar einen Abstecher nach Bali und Borneo zu machen. Er wollte auch einmal etwas anderes sehen als immer nur schöne alte Möbel. Wenn Ron mit den Einkäufen in Java fertig war, könnten sie zusammen nach China fliegen und das Spangenschloß kaufen, um der Reise ihren tieferen oder höheren Sinn zu geben. China sei herb, hatte Ron gesagt, und Harry, dem noch immer das Süße der Sabo und anderer Früchte im Mund klebte, sehnte sich nach allem, was herb war. Von China erwartete er sich etwas.

Klar, sagte Ron, Harry solle nur machen. Allerdings sei er mit Jakarta bald durch, und die anderen Einkaufsorte in Java seien ungleich interessanter, auch höher gelegen, nicht stickig und stinkig. Ostjava könne er wirklich empfehlen, dort gäbe es noch schönere Schlösser als in China.

»Hör auf mit den Schlössern«, sagte Harry, »ich will von den Kindereien nichts mehr hören.«

Ron merkte, daß man Harry mit der Aussicht auf Schlösser nicht mehr bei Laune halten konnte und sagte: »Du gibst aber schnell auf.«

Diesen Vorwurf, auch wenn er spaßhaft gemeint war, hörte Harry nicht gern. Er hatte ein anderes Bild von sich. Er wollte in Liebesdingen ein Kämpfer sein. Auf Leben und Tod. »Das mit den Schlössern sind doch Kin-

dereien«, sagte er, »dämliche Symbole. Pure Unvernunft.«
»Das ist ja das Schöne«, sage Ron. »Wer leistet sich denn so etwas: Über den halben Globus reisen, um ein Symbol zu kaufen. Vernünftige Leute gibt es genug.«
Das klang ganz gut, aber Harry war noch nicht überzeugt. »Du hast doch selbst gesagt, man muß eine Sache abschließen«, sagte er. »Ich bin jetzt eben soweit. Ich bin dabei, diese verdammte Frau hinter mich zu bringen. Ich will sie nicht mehr einfangen und einschließen.«
»Schade«, sagte Ron. »Deine Vision war so romantisch.« Er löffelte traurig seine morgendliche Reisschleimsuppe und hielt seine Bedenken nicht zurück. Er selbst sei ein Typ, der immer wieder Schluß machen müsse, wenn etwas nicht mehr liefe. Das sei das einzige gewesen, was ihm die verdammten Therapeuten beigebracht hätten, die er vor und nach jeder Scheidung reichlich genossen und vor allem reichlich bezahlt habe. Wie nabele ich mich ab? Wie ziehe ich einen Schlußstrich.
»So ein Scheiß«, sagte Harry entschlossen, »es gibt kein Ende vor dem Tod.«
»Eben!« Ron legte den Suppenlöffel aus der Hand, um überzeugender zu sein. »Diese Devise kannst du doch nicht nach ein paar Tagen in den trostlosen Tropen über Bord werfen!« Er löffelte weiter. Das Schlußmachen und Neuanfangen sei billige und bescheuerte Wegwerfmentalität. Leider für ihn die einzige Lösung. Für Harry sei vielleicht genau das Gegenteil gut: das Bewahren und Reparieren, das Nichtaufgeben von Beziehungen. Das fände er übrigens viel sympathischer. Nur sei er dazu nicht stark und geduldig genug. Er könne auch nicht mehrere Frauen auf einmal lieben. Harry sei stärker. Harry imponiere ihm.

»Alles Quatsch«, sagte Harry und verbarg seine Freude, »ich bin nicht stark genug, Schluß zu machen, das ist alles.«

Risal kam, um sie abzuholen, und Harry verschob den Vorsatz, sich allein in Indonesien umzusehen, auf morgen. Als sie in Risals eiskaltem Auto saßen, wollte Harry das psychologisierende Frühstücksgespräch über die Liebe fortsetzen. Aber jetzt waren Geschäftsgespräche angesagt. Risal schätzte, daß für die bisher von Instetten gekauften Möbel drei Container ausreichten. Instetten hatte sich vorgenommen, doppelt so viel der begehrten Ware aus dem scheußlichen Jakarta einzukaufen, um seine Lager in Belgien, Holland und Deutschland aufzufüllen. »Sechs Container aus Jakarta will ich aufs Wasser setzen«, wie er in der Sprache der Händler sagte. »Hey, Instetten, the Killer will come to Jakarta the next days«, sagte Risal plötzlich zwischen seinen Telefongesprächen. Ron stöhnte. »The Killer«, das war Arnulf Killer aus Zürich, der schweizerische Ron van Instetten. Er hieß wirklich Killer. Ein gebräuchlicher Name in der Schweiz. Risal arbeitete nicht für ihn. Killer hatte einen anderen Haupthändler, der sich aber mit denselben entlegenen Händlern wie Risal zusammengetan hatte. Wenn »The Killer« die Möbellager vorher abgraste, mußte man Wochen warten, bis sich wieder gute Stücke angesammelt hatten. Diesmal hatte Instetten die Nase vorn. »Das bedeutet leider mindestens noch vier Tage konzentrierten Einkaufs hier in Scheiß-Jakarta«, sagte Ron entschuldigend zu Harry, »ich muß kaufen, was das Zeug hält.« Sein Händlergeist lebte auf. Er stieß Harry mit dem Ellbogen in die Seite: »Die Konkurrenz rückt an, aber wir sind schneller! Wir kaufen dem Killer alles vor seiner Killernase weg!«

Das Verkehrschaos war fürchterlicher denn je. Es waren starke Regenfälle zu erwarten, die wie in jedem Jahr die ganze Stadt lahmlegen würden. Millionen Autofahrer wollten vorher noch alles erledigen. Es war unmöglich, von einer Nebenstraße in den stinkenden Verkehrsstrom einer Hauptstraße einzubiegen. Kein Autofahrer würde jemals einem anderen die Vorfahrt lassen.
Hier verdienten sich Kinder Geld. Sie blockierten todesmutig mit ihren winzigen Körpern die Hauptstraße. Wütend bremsten die Fahrer, das pausenlose Hupen schwoll zu einer bösartigen Huporkanböe an, und in dieser Sekunde bestand die Möglichkeit, die Hauptstraße zu überqueren oder sich einzufädeln. Gleichzeitig mußte man den Kindern aus dem offenen Fenster ein Geldstück zustecken. Wer das unterließ, weil er keine Lust hatte, die feuchte Hitze und die Abgaswolken ins kühle Wageninnere dringen zu lassen, wurde bestraft: Den Kindern blieb noch genug Zeit, einen scharfen Gegenstand zu zücken und dem Auto des undankbaren Fahrers eine tiefe Schramme in den Lack zu ritzen. Fluchend hielt Risal das passende Kleingeld parat. Er war heute mit dem makellosen dunkelblauen BMW unterwegs.
Der Händler, den sie am Vormittag besuchten, war ein Chinese. Ron kannte ihn noch nicht, versprach sich aber einiges von ihm, weil die in Indonesien lebenden Chinesen die korrekteren Geschäftspartner waren, die ihre Handwerker besser bezahlten und dafür auch eine exakter restaurierte Ware anbieten konnten. Als sie die Lagerhalle betraten, griff sich Ron an die Stirn, wankte und rief leise jammernd: »O Gott, wie das brummt, wie das brummt!«
Harry rechnete fest mit einem Herzinfarkt oder Schlaganfall und fragte sich entsetzt, was um Himmels willen

er bis zum Eintreffen des Notarztes mit Ron tun sollte. Doch es war nur der Freudenschreck, der Ron überwältigt hatte. Hier waren hundertdreißig alte Teakholztische liebevoll restauriert, fein säuberlich zerlegt und zum Transport bereit aufgestapelt. Ein Stück schöner als das andere, das sah der erfahrene Händler auf einen Blick. Man brauchte keine Auswahl treffen.

»Hey, Instetten, do you believe me now!« Risal triumphierte. Ron nickte, machte eine kreisförmige Geste mit der rechten Hand, sagte »I buy them all!« und lehnte sich erschöpft vom Glück an eine Palme. »Stell dir vor, das hätte der Killer vor mir gesehen«, sagte er zu Harry.

Zwei chinesische Arbeiter zählten die Tische. Es waren hundertachtundzwanzig Stück. Der Händler wollte neunhundert Mark pro Tisch. Das fand Ron einerseits teuer, andererseits war klar: Das Zeug war so tadellos zerlegt und verpackt, es würde keinen Ärger mit Transportbeschädigungen geben, keine Reklamationen, nichts. Der Form halber seufzte er und bekam den Tisch für achthundertachtzig.

Risal drohte ihm: »I know the prize you are going to sell it for in Europe!« Ron machte eine Unschuldsmiene und zählte mit den Fingern seine Kostenfaktoren auf: Er hat drei Lager, zwei Läden und eine Menge Mitarbeiter, und die bekommen mehr als drei Mark fünfzig am Tag!

Am Abend kamen sie zu einem Händler, der hauptsächlich Stühle und kleinere Dinge verkaufte. Harry hatte noch nie einen so hübschen, schlichten, praktischen, genial konstruierten Stuhl gesehen wie diesen sogenannten Bataviastuhl, in dem man bequem und aufrecht zugleich sitzen konnte. Er nahm Platz und sagte: »Man kann in diesem Stuhl denken, dösen, träumen, essen, lesen und ein unauffälliges Schläfchen machen«.

»Und auf die Wiederkehr von Frauen warten«, ergänzte Ron und schlug vor, Harry solle Werbetexte für ihn schreiben.
Harry sagte, wenn er etwas abgrundtief hasse und verachte, dann seien es Designer, die davon lebten, häßliche, unbequeme und völlig überflüssige Möbel zu ersinnen, obwohl es doch solche wunderbaren zeitlosen Stücke gäbe. Er liebe diesen Stuhl besonders, weil er ein Schlag ins Gesicht der modernen Möbeldesigner sei, sagte er und bat Ron, sechs Bataviastühle für ihn zu reservieren und ihn im übrigen heute abend im Hotel noch einmal an das Stichwort »Design« zu erinnern. Er habe nämlich eine lustige Designergeschichte auf Lager.
Ron kaufte zweihundert Stühle und rechnete. Risal sagte etwas zu dem Händler, und der kam wenig später mit einer Kiste und stellte sie dem noch immer begeistert in seinem Bataviastuhl sitzenden Harry vor die Füße.
Die Kiste war voller alter Vorhängeschlösser. Harry war das peinlich. Als wüßte jeder sofort, was er mit den Schlössern verband. Ron ließ das Rechnen sein, kam hinzu und blickte in die Kiste: »Fehlt bloß noch Herzdame«, sagte er. Seine muntere Art machte es Harry leichter, in die Kiste zu greifen, die nur für ihn einen prickelnden Hautgout hatte.
Es waren nicht die eleganten chinesischen Spangenschlösser, sondern Vorhängeschlösser der üblichen Art, allerdings alt, schön geschwungen und mit Ornamenten versehen. Sie kamen sämtlich aus dem Deutschland der Kaiserzeit und dürften den holländischen Kolonialherren dazu gedient haben, ihren Krimskrams vor den angeblich diebischen Händen der Einheimischen zu schützen. Keine angenehme Vergangenheit. Trotzdem wählte Harry einige kleinere Schlösser. Herstellungsort und Typen-

bezeichnung waren in die Schlösser eingeprägt und erinnerten an die Titel von Kaffeesorten oder Kondomen: »Remscheid Credo«, »Remscheid Kronensicher«, »Remscheid Praeserva«, »Essen Securitas«, »Essen Eterna«. Dazu kleine Embleme wie eine Flamme, ein Auge oder zwei ineinandergreifende Hände, um auch dem Analphabeten zu zeigen, daß mit diesem Schloß Wachsamkeit und Vertrauen verbunden sind, und daß ihm Feuer nichts anhaben kann.
Abends im Hotel erinnerte ihn Ron daran, daß er noch eine Designergeschichte erzählen wollte.

Die Geschichte hatte vor ziemlich genau einem Jahr mit der sterbenden Tante Katharina und ihrer ungewöhnlichen Pflegerin Julia begonnen. Harry hatte der kuriosen Geschichte keine besondere Bedeutung beigemessen, eher war sie ihm wie ein peinliches Bubenstück erschienen. Jetzt, da er ein wenig in den florierenden Handel eingeweiht war und Instettens unbeschwertes Verhältnis zum Geldverdienen kennengelernt hatte, fand er seine Designerstory richtig gut. Er wußte, daß sie Ron gefallen würde.
»Julia ...«, begann er.
»Nein«, rief Ron, »nicht noch eine Frau!«
»Weniger Julia«, sagte Harry, »als ihr Auto, ihr alter VW-Käfer, mit der Aufschrift: ›Kein Schwanz ist so hart wie das Leben‹.«
»Guter Spruch«, sagte Ron, »aber komm doch zur Sache! Ich denke, es geht um unsere Todfeinde, die Designer.«
»Wenn du wüßtest, was Julia für eine ist, würdest du mehr von ihr wissen wollen«, sagte Harry, bemühte sich aber, die Geschichte nun ohne Umschweife kurz und bündig zu erzählen.

Julia pflegt die sterbende Tante. Ihr altes Auto ist dauernd kaputt. Zündverteiler. Ersatzteile nicht sofort lieferbar. Harry bleibt nichts anderes übrig, als Schrottplätze aufzusuchen, weil sich Julia nonstop um die Tante kümmern muß. Auf dem Schrottplatz fällt ihm die Form der hinteren Seitenscheiben der älteren VW-Käfer auf: ein abgerundetes, rechtwinkliges Dreieck. Plötzlich weiß er, was ihm im Badezimmer fehlt. Eine Ablagefläche für sein Rasierzeug. In die Ecke neben dem Spiegel paßt das Autofenster wie angegossen. Ganz einfach festzumachen. Ist praktisch, stabil, elegant und so gut wie umsonst. Im Wohnzimmer könnte er für Gläser und Krimskrams eine ganze Stellage aus solchen Scheiben gut brauchen. Julias Auto ist bald wieder kaputt. Auf dem Schrottplatz deutet der arabische Pächter auf einen Turm von alten VW-Käfern. Harry müht sich mit einem Schraubenzieher ab, das Fenster will nicht aus dem Karrosserierahmen. Der Araber kommt wie ein Großwesir und zeigt ihm, wie man es macht: Man kriecht ins Wageninnere, legt sich bequem quer auf den Rücksitz, konzentriert sich kurz und knallt mit einem Fußtritt das Fenster aus der Fassung. Die unzerbrechliche Scheibe fliegt wie ein Sektkorken raus. Das Regal wird eine Wucht. Absolut edel. Aus Spaß sagt Harry vor staunenden Gästen: finnisches Design, sündhaft teuer. Alle wollen so ein Regal. Julia auch. Er unternimmt mit ihr Schrottplatztouren. Macht unheimlich Spaß, die Scheiben aus den alten Autos zu treten. »Klar«, rief Ron dazwischen, »Aggressionsabfuhr.«
Die ganze Hamburger Schickeria besichtigt das Regal und fleht Harry an, die Quelle zu nennen, wo man dieses Wahnsinnsmöbel von diesem finnischen Stardesigner, diesem genialen Design-Outsider, bekommen kann. Harry sagt, er verrät es nicht, es sei ihm peinlich, was er

dafür bezahlt habe. Zwölftausend, läßt er durchblicken. Das ist ja geschenkt, schnattern die Hamburgerinnen gierig, und Harry sagt sofort, der Preis sei schon zwei Jahre alt. Laß es zwanzigtausend kosten, heißt es, das ist es locker wert.
Ron war entzückt: »Du bist der geborene Händler«, sagte er, »du bist gerissener als ich!«
Harry erzählte weiter. Er hat noch die entzückten Schreie der Hamburgerinnen im Ohr: Nein, sich vorzustellen, wo diese Scheiben schon mal waren! Sicher 1955 am Gardasee! Aber Harry weigert sich. Er möchte nicht, daß sein schönes Regal überall herumsteht, das er mit ein paar kleinen Winkeleisen an die Wand montiert hat, die man für dreißig Pfennig das Stück kriegt. Andererseits: Was soll er mit den vielen Scheiben machen, die Julia roh lachend aus den Autos getreten hatte. Er verhandelt vorsichtig mit einem exklusiven Möbelhaus wegen eines Lizenznachbaus. Unmöglich, was die abkassieren wollen.
Ron nickte hochprofessionell: »Genau«, sagte er, »das sind die totalen Absahner! Da sahnen wir lieber selber ab, was?«
Julia kennt einen Schlosser, fährt Harry fort. Der kann die Eisenteile verchromen und die Konstruktion verstellbar und zerlegbar machen. Zweihundert Mark pro Regal will er dafür haben. Fünfhundert kriegt er, wenn er das Zeug möbelhausmäßig verpackt.
»Au, Mann, fünfhundert sind zu viel!« sagte Ron. Er litt sofort unter diesem Fehler.
Harry läßt bei den Hamburgerinnen etwas von »limitierter Auflage« durchblicken und nimmt Bestellungen entgegen. Mit sechs Scheiben kostet es achtzehn-, mit acht Scheiben zweiundzwanzigtausend.
Ron schwieg. »Mann, das ist kein Fehler!« sagte er ehr-

fürchtig. Dann rieb er sich langsam die Hände, als habe er das Geld verdient. Und da war auch wieder sein entzücktes Wimmern: »O wie das brummt, o wie das brummt!« Gewinnspannen konnten ihm die Augen vor Begeisterung feucht machen. Er rechnete kurz: Die Scheiben gratis, Julia ein Taschengeld, dann der leider überbezahlte Schlosser – macht eine Gewinnspanne von über zweitausend Prozent: »Gratuliere, das ist ziemlich einzigartig!«

»Design ist Kunst, und Kunst ist teuer«, sagte Harry. Zwei dutzend Regale hat er bisher geliefert, drei dutzend sind auf der Warteliste. Das Regal hat sogar einen Namen. Tato Pani. Angeblich nordfinnischer Dialekt und heißt: »Ich war ein Käfer.« Die Schickeria ist futsch und hin: Wie hier der Recycling-Gedanke zur Vollendung kommt! Man tut förmlich etwas für die Umwelt, wenn man das Regal kauft. Man entsorgt Schrottplätze, man rettet Rohstoffe. Tato Pani ist übrigens in Wirklichkeit nicht finnisch, sondern Nepalesisch. Weil Julia gern nach Nepal fährt. Heißt »warmes Wasser«.

Obwohl es ein Uhr nachts war, fing Ron plötzlich an zu rechnen und kam nach einer Viertel Stunde mit einem Vorschlag: Harry muß wissen, die Firma Instetten verkauft nicht nur antike Möbel aus Südostasien, sondern auch massenhaft Möbel aus dem recyceltem Edelholz von Abbruchhäusern, Schiffen, Hafenbefestigungen. Wenn sie in Java mit ihrem Antiquitäteneinkauf durch sind, werden sie, ehe sie nach China weiterreisen, in Surabaya einkaufen, und zwar nur aus recyceltem Holz gefertigte Möbel. Vor allem die umweltbewußten Deutschen sind verrückt nach dem Zeug. Deswegen plant die Firma Instetten im Herbst eine Sonderverkaufsausstellung in der Aachener Filiale, vielleicht sogar ganz groß in

Düsseldorf: nur Möbel aus recyceltem Holz. Da würde sich Harrys Regal natürlich gut machen. Motto: Von der Dritten Welt lernen, daß man nichts wegwirft. Holz nicht und Autofenster nicht. Damit es einen Sinn gibt, muß man nur behaupten, das Regal in Bali entdeckt zu haben. In Ubud zum Beispiel. »Wir nennen es ›Ubud‹«, sagte Ron. Er ist von seinem Plan begeistert: Die Metallteile werden hier gefertigt, dann wird es richtig schön.
»Wo ist dein Vorschlag«, fragte Harry.
Ron wurde zum erstenmal auf der Reise verlegen: »Du gibst mir eine Lizenz für zweihundert Regale. Mich kostet das Regal fünfzig Mark. Bei mir kaufen keine Topsnobs, ich kann es nicht für absurde zwanzigtausend verkaufen, sondern für reichlich brutale achthundert Mark, die es wert sein dürfte. Davon sind vierhundert für dich. Mal zweihundert macht das achtzigtausend. Das ist quasi die Lizenzgebühr. Das kriegst du von mir auf die Hand, dafür darf ich zweihundertmal das Baliregal ›Ubud‹ verkaufen.«
»Das kriege ich für vier Regale in Hamburg«, sagte Harry, »und zwar, weil die exklusiv sind. Was sage ich meinen Leuten, wenn sie dahinterkommen, daß man das Regal in Aachen nachgeschmissen kriegt?«
»Ganz einfach, du sagst, daß diese extrem exklusiven Sachen schon immer von diesen Schlitzohren in Südostasien kopiert wurden, egal, ob superteure Füller oder Uhren. Das läßt sich nicht vermeiden, gnädige Frau, sagst du und fragst heuchlerisch: Spricht es nicht für das Original, Gnädigste, wenn es imitiert wird? Wird es nicht dadurch noch wertvoller?«
»Gut«, sagte Harry, »du kannst eine Lizenz haben. Achtzigtausend gehen in Ordnung, zahlbar vorab, aber nur für hundertsiebzig Regale.«
»Hundertachtzig«, sagte Ron, »und keines weniger.«

Am nächsten Tag begannen die Regenfälle. Der Norden Jakartas war bald überschwemmt, der Süden lag etwas höher und war weniger zubetoniert. Er würde erst in zwei Tagen knietief mit Wasser bedeckt sein. Ron schlug vor, die noch fälligen Einkäufe getrennt zu erledigen. Harry könne ebenso gut handeln wie er. Wenn sie sich die Arbeit teilten, kämen sie mit dem Pensum durch. Harry weiß doch jetzt, worauf es ankommt. Risal gibt ihnen beiden ein Funktelefon, dann kann Harry fragen, wenn er unsicher ist.

Harry maulte. Er müsse auf dieser verdammten Reise dauernd seine Prinzipien brechen. Er habe schon gegen seine Überzeugung einen verhaßten Jeep bestiegen, nun solle er auch noch ein ebenso verhaßtes drahtloses Wichtigtuertelefon benutzen. Ron verlange ihm einiges ab.

»Wie sieht es überhaupt mit dem Honorar aus?«

»Ich beteilige mich an den Flugkosten«, sagte Ron.

»Du bist ein Verbrecher!« Harry schnaufte. »Du kennst meine Gewinnspannen, und ich kenne deine. Ich bin kein Mildtäter! Flugkostenbeteiligung ist ein Witz. Ich schicke dir eine Rechnung!«

»In Ordnung«, sagte Ron, und ich schicke dir eine Rechnung über die zahllosen Stunden, die ich mir deine Weibergeschichten anhören und dir Ratschläge geben mußte. Ich bin als Therapeut mindestens so gut wie du als Händler, und Therapiestunden sind ziemlich teuer.«

Mit Harrys Hilfe kriegten sie elf Container voll. Nur beste Ware. Obwohl Harry Arnulf Killer aus Zürich gar nicht kannte, machte es ihm Spaß, die Lager leer zu kaufen. »Du bist ein Naturtalent«, sagte Ron, »wenn du früher mit dem Handeln begonnen hättest, wärst du heute steinreich.«

Das Wasser stieg stündlich. Die meisten Autos blieben in

den Fluten stecken, die Motoren versagten, und zum erstenmal, seit Ron und Harry vor über einer Woche diese Stadt betreten hatten, lärmte und stank es in Jakarta nicht wie in der Hölle. Die Leprakranken zogen sich von den erhöhten Mittelstreifen der Hauptstraßen zurück, wo sie sich gewöhnlich postierten und wie traurige Mahnmale ihre Gliederstummel gen Himmel streckten, obwohl der hilfreichste Mensch ihnen an dieser Stelle nicht helfen konnte. Stromversorgung und Telefonverbindungen brachen zusammen, die Banken machten dicht, es gab keine offiziellen Wechselkurse mehr, jeglicher Handel war unmöglich.

Risal kam im Jeep zum langsam mit Wasser vollaufenden Hotel, barfuß erklommen Ron und Harry das rettende Vehikel, mit dem Risal einen sicheren Weg durch die braunen Wassermassen zum Flughafen pflügte. Sie bekamen die letzte Maschine nach Surabaya, ehe der Flugverkehr eingestellt wurde.

»Surabaya«, sagte Harry, als sie über den Wolken waren, »das klingt ja wie ein Paradies.«

Ron kaute an einem übersüßen gummiartigen Reiskuchen herum. »Es ist ungefähr doppelt so gräßlich wie Jakarta«, sagte er, »aber danach wird es wirklich besser.«

10 *Harry versucht sich als Tourist, ist aber als Handelsgehilfe erfolgreicher. Rons Wirbelsäule ist nicht die beste und China nicht jedermanns Sache. Einzelheiten über Klappstühle und Entenzungen, Ödipuskomplex und Sicherheitskontrollen sowie über die Ming-Ch'ing-Expertise.*

Nachdem Ron und Harry die Einkäufe in Surabaya hinter sich gebracht hatten, fingen sie an, die Händler in den Städten im Inneren von Java abzugrasen. Die höher gelegenen Orte der vulkanischen Insel hatten ein deutlich angenehmeres Klima, Harry wurde unternehmungslustig, ließ Ron seine Möbel kaufen, bestellte ein Taxi und wollte sich für einen Spottpreis ein paar Tage herumfahren lassen. Überall in den Hotels lagen Prospekte, in denen von Javas Schönheiten, von gigantischen Tempelanlagen aus der Hinduzeit, von ehemaligen Sultanpalästen, von Prambanan und Borubodur schwärmerisch die Rede war. »Ich wußte nicht, daß du dich für Sehenswürdigkeiten interessierst«, sagte Ron.
Die Verkehrsformen auf den Landstraßen Javas übertrafen alles, was Harry bisher aus der Dritten Welt gewohnt war. Hupend rasten die Autos aufeinander zu, um dann kurz vor dem Zusammenstoß auszuweichen. Ein Vertrauen in geheime Instinkte und Reflexe der Fahrer wollte sich nicht einstellen, weil an den Straßen entlang alle paar Kilometer wie erlegtes Großwild ein frisch verunglücktes Auto lag, die Räder gen Himmel gestreckt. Gegen Mittag bekam Harry die Ruinen irgendwelcher Heiligtümer und ein paar australische Touristen zu Gesicht, die von der ungünstigen Jahreszeit und den daher fehlenden Touristen schwärmten. Im Grau der Wolken ahnte man die angeblich ein-

drucksvolle Vulkankulisse. Jedes Möbellager war interessanter.
Harry erinnerte sich an seine absurde Rundreise durch Malaysia, von Singapur aus, im vorigen Jahr. Reumütig kehrte er noch am selben Abend zu Ron ins Hotel zurück und sagte: »Ich kann offenbar ohne dich nicht leben!« Ron nickte zufrieden. »Was habe ich gesagt! Schwierigkeiten mit dem Abnabeln. Deswegen dein Ärger mit Ines.«
Ein paar Tage später erschien Ron am Morgen nicht zum Frühstück. Harry klopfte an seine Zimmertür. Er hörte leise klagende Töne. Diesmal jammerte Ron nicht über die überwältigenden Gewinnaussichten. Ein Hexenschuß hatte ihn hingestreckt. Und das in Kudus, diesem kleinen Kaff. Wenn es in Malang passiert wäre, da gibt es Ärzte. Sorry, ohne Spritze wird er eine Woche außer Gefecht sein. Er kennt seine Bandscheiben. Er muß im Bett bleiben und sich schonen. Er kann gar nicht aufstehen. Acht Tage Einkauf in Java sind noch vorgesehen. Die Reise wird sich also um eine Woche verschieben. Tut ihm leid. Die Flüge nach China sollten umgebucht werden. Es sei denn, Ron versucht sich aufzurichten und sinkt wieder ächzend zurück, es sei denn, Harry wickelt die noch fälligen Einkäufe in Java allein ab. »Dann bist du früher bei deiner Ines und kannst sie einsperren!«
»Hast du eigentlich etwas mit diesem Riesenmädchen in deinem Laden in Antwerpen?« fragte Harry.
»Roberta? Um Gottes willen!«
»Schade, ihr seht zusammen gut aus. Gefällt sie dir nicht?«
Ron hatte darüber noch nicht nachgedacht. Harry verstand ihn nicht. Über Anziehung brauchte man nicht nachzudenken. Wenn er damals in Antwerpen nicht von

der verdammten Ines so zerstückelt gewesen wäre, hätte er sich sofort in die riesige Roberta verliebt.
»Nie mit Angestellten!« sagte Ron.
Nach sieben Tagen drückte Harry Ron eine Liste mit den gekauften Möbeln in die Hand. Ron konnte schon wieder sitzen und sagte: »Wenn ich das lese, werde ich restlos gesund.«
Es war einfach gewesen. Man mußte zum Beispiel die Händler meiden, die nach Australien lieferten. Für Australien wurden die ältesten und schönsten Möbel so lange restauriert, bis sie wie nachgemachte, rustikale Monster aussahen. Das mochten die Australier.
Einer der Händler hatte Harry zum Essen in ein Restaurant eingeladen. Es war wieder eines dieser Nötigungsessen mit unzähligen Gängen gewesen. Weil der Händler nur schlecht Englisch sprach, schwiegen sie viel. Sie wurden von einem Schwarm von Mädchen in roten Kostümen bedient. Alle waren entzückend und eine war zum Alles-stehn-und-liegen-lassen und Mit-ihr-allein-glücklich-werden. Es war die erste Frau seit dem Desaster von Palermo, die in Harry die Liebe weckte. Eine völlig aussichtslose, kleine, keusche, schüchterne Liebe ohne jede Spur einer Chance auf Verwirklichung – aber Liebe. Mit allen Träumen die dazugehörten. Er merkte sofort, wie sein Körper sich straffte, eine Energie ihn beseelte, die ihm in den letzten Wochen gefehlt hatte, wie seine Arme sich wünschten, diese Frau an sich zu drücken, wie er nichts anderes als mit ihr ins Bett gehen und mit ihr aufwachen wollte, wie ihm die Kälte im klimatisierten Restaurant plötzlich angenehm war, die ihn eben noch gequält, wie ihm die feuchte Hafenstadt Semarang auf einmal gefiel, deren dampfige Luft ihn eben noch niedergedrückt hatte. Und das alles, obwohl ihm die Frau mit

den Mandelaugen keinen einzigen Blick schenkte. Er merkte, wie sich ihr Bild in ihm eingrub, es würde ihm noch jahrelang gegenwärtig sein.

Keinerlei Aussicht, aber das Wissen, daß man noch lieben kann! Harrys Stimmung war dadurch erheblich gestiegen. Er hatte sechs Container für Ron zusammengekauft und für sich und sein Reisegepäck ein paar weitere Schlösser. Obwohl der Transport der sperrigen und schweren Eisenteile im Handgepäck äußerst lästig war, konnte er bei »Remscheid Hercules« und »Essen Firmament« nicht widerstehen.

Er war auch bei Tang Fu an der Nordküste gewesen, bei dem Mann, der einem mit seinen hundertfünfzig emsigen Handwerkern aus den Edelhölzern abgerissener Häuser neue Möbel auf Bestellung anfertigte. In einer kleinen Stadt im Osten Javas hatte Harry einen alten, genial konstruierten Klappschaukelstuhl entdeckt. Eine Art Regiestuhl, nur bequemer, stabiler, eleganter als das, was es sonst in der Art gab, flacher zusammenlegbar, müheloser aufstellbar, und seine Kufen erlaubten auch noch ein lässiges Wippen. Ein Einzelstück. Harry hatte bei Tang Fu den Nachbau von zweiundfünfzig Stück geordert.

Ron rieb sich die Hände. »Das wird brummen. Wieso zweiundfünfzig?«

»Zwei für mich«, sagte Harry, »der erste ist morgen fertig, den nehme ich gleich mit. Er paßt in den Koffer. Du wirst sehen, er ist sogar gut gegen Hexenschuß.«

»Du liebst Klappmöbel«, sagte Ron.

»Ja«, sagte Harry, »vor allem solche: bestes altes, eisenhartes Teakholz, zeitlose Form. Du klappst sie auf und nimmst Platz, dann stellst du sie zusammengeklappt beiseite.«

»Du brauchst dich nie von ihnen zu trennen«, sagte Ron, »ideal für dich!«
»Richtig«, sagte Harry, »ich kann sie mitnehmen. Sie sind wie die Liebe. Es begeistert mich, so einen Stuhl zu entfalten.«
»Das werde ich deinen Frauen erzählen, daß sie Klappstühle für dich sind!« Ron schluchzte vor Lachen. »Du benutzt sie! Das ist die Höhe!«
»Du hast keine Ahnung, blöder Feminist«, sagte Harry. »Lieben heißt, sich benutzen.«
Alle Möbel, die sie bisher gekauft hatten, waren im Kolonialstil. Ron war etwas betrübt, daß Harry in Zentraljava nicht ein paar Schränke und Truhen im alten javanesischen Originalstil gekauft hatte. Dafür gab es in Belgien und in Deutschland genug betuchte Abnehmer. Harry fand, der urige hiesige Stil habe in Europa nichts zu suchen. »Purist!« schimpfte Ron.
Dann war es soweit. Ron war wiederhergestellt, und über Singapur ging es nach China. Bei der Sicherheitskontrolle im Flughafen wurde Harry gebeten, sein Handgepäck zu öffnen. Er mußte die kreuz und quer in seinem Koffer verteilten Vorhängeschlösser alle auspacken, ein weiterer Sicherheitsfachmann kam hinzu, wog die verdächtigen Metalltrümmer in der Hand, musterte Harry, als könne er ihn wegen des Handels mit pornographischen Utensilien sofort für Jahre in ein Singapurer Gefängnis werfen lassen, und winkte ihn dann unwirsch weiter.
Die Maschine flog nach Hangzhou, was auf der Karte aussah wie gleich neben Schanghai. Viereinhalb Stunden Flug wurden angesagt. Ein Abstecher nach Schanghai in den nächsten Tagen hätte Harry gereizt. »Kannst du dir abschminken«, sagte Ron, »du brauchst mit dem Auto, das du nicht hast, den ganzen Tag.«

Etwa ein Viertel der Passagiere waren weiße Männer der unangenehmsten Art. Sie saßen da und schwiegen, und man wußte nicht, wo sie herkamen. Klar, daß sie alle beim Aufbau der Volksrepublik China zur Weltwirtschaftsmacht mitmischten. Die Firma van Instetten mischte in gewisser Weise auch mit. In einigen Tagen würde Ron irgendeinem chinesischen Beamten einen Scheck über sechs- der achthunderttausend US-Dollar für zwei Container mit feuerrot lackierten alten Hochzeitsschränken in die Hand drücken, und mit dem Geld holten sich die Chinesen diese ungut vor sich hinglotzenden Ingenieurstypen ins Land.

Ron erzählte von seiner Ehefrau Nummer zwei. Mordsfrau, aber extrem dominant. Er habe dauernd das Gefühl gehabt, ihr etwas beweisen zu müssen. Anstrengend, bis es eben nicht mehr ging. Harry fragte sich kurz, ob er Helene gelegentlich etwas hatte beweisen wollen oder möglicherweise sogar noch immer beweisen wollte, und entschied dann, daß dies für ihn nicht zutraf. So ein Konkurrenzverhältnis sei ihm völlig fremd, sagte er, könne er sich gar nicht vorstellen. Er hatte keine Lust, mit dem Fadenkreuz der Psychoanalyse auf seine Vergangenheit zurückzublicken.

Ron aber gab keine Ruhe und meinte, wenn die dreihundertfünfzigtausend Mark, die er den Therapeuten und Analytikern in den Rachen geschmissen hätte, um von seinen Frauen loszukommen und sein Selbstbewußtsein zu retten, irgend etwas gebracht hätten, dann die Erkenntnis, daß Harry zu Ines eine Mutterbindung habe. Helene sei der Vater.

»Mach dich nicht lächerlich«, sagte Harry, »ein unmütterlicheres Verhältnis als das zu Ines ist gar nicht vorstellbar.«

»Du hast keine Ahnung, Mann!« sagte Ron. »Einem Waisenkind, das ohne Eltern aufwächst, bleibt später gar nichts anderes übrig, als sich seine Mutter zu suchen. Wenn sich die dann verabschiedet, bricht die Welt natürlich zusammen. Anders ist deine Anhänglichkeit zu dieser Ines gar nicht zu erklären.«
Harry stöhnte. »Wir haben uns stinknormal geliebt und stinknormal gefickt. Kannst du mir erklären, was daran waisenkindartig und mütterlich sein soll, verdammt?«
»Allerdings«, sagte Ron fröhlich: »Ödipus! Du warst in der glücklichen Lage, jahrelang deinen Ödipus auszutoben. Deshalb warst du so verrückt nach ihr. Das Inzestuöse konnten dir die anderen Frauen nicht bieten.«
Ron deutete aus dem Fenster: »Da unten liegt Taiwan.«
– »Das führt alles nicht weiter«, sagte Harry und drehte den Kopf nach der Insel unten im ostchinesischen Meer. »Ich habe einen gesunden Liebeskummer, den brauchst du mir nicht zu erklären. Erklär mir lieber, warum sie sich und mich aus dem Paradies geschmissen hat. Das hat mit Mama und Papa und mit Sigmund Freud weniger zu tun als mit der verfluchten Kirche. Wem als Kind die Katholiken ins Hirn geschissen haben und später die Esoteriker, dem ist vermutlich weder mit ›Remscheid Eterna‹ noch mit ›Remscheid Hercules‹ zu helfen. Wenn ich Attentäter wäre, würde ich mir als erstes den Papst vorknöpfen. Das ist von den Großärschen einer der Übelsten.«
Die Küste Taiwans war jetzt nicht mehr zu sehen, und Ron war bereits eingeschlafen.

Der Himmel über der Volksrepublik China war genauso grau wie der in Java, nur war es kalt und zugig. Ein Chinese in einem engen, dunklen Anzug holte sie am

Flugplatz von Hangzhou ab. Er hieß Fung Lu, und auf seiner Visitenkarte war etwas durcheinandergeraten. Demnach war er Vice Twice President einer staatlichen Gesellschaft für den Handel mit antiken Möbeln. Er sprach kein Wort Deutsch oder Englisch. Die Absurdität seines Titels blieb ihm verborgen. Er hatte eine sehr kleine Dolmetscherin mit einer sehr großen Brille dabei, die ein sehr schlechtes Englisch sprach. Die anderen weißen Männer wurden mit Limousinen abgeholt. Vice Twice President Fung Lu war mit einem kleinen verrosteten japanischen Bus gekommen.

»Unser Handelsvolumen wird nicht sehr hoch eingeschätzt«, sagte Ron. Der Bus hatte eine ausgeschlagene Federung, und Ron befürchtete das Schlimmste für seinen Rücken.

Sie fuhren drei Stunden auf einer schnurgeraden holprigen Betonpiste durch ein brettflaches graubraunes Tal mit erbärmlicher Vegetation. Es gab keine Ortschaften, nur alle paar Kilometer ein paar grundlos in der Ödnis stehende Wohnblocks. Sie sahen aus wie verlassene Ruinen. Die Dolmetscherin, die unentwegt in ihr Funktelefon sprach, meinte, die Häuser seien neu und bewohnt. Mehrmals überholte der kleine Bus Lastwagen, die Schweine transportierten. Der Laderaum war bis oben hin mit kreuz und quer durcheinanderliegenden Tierkörpern gefüllt. Keine Plane verhüllte gnädig die Fracht. Auf der holprigen Straße zuckten und wackelten die Köpfe und Beine der Schweine gespenstisch. Es sah schrecklich lebendig aus. Als sie einen der Transporter überholten, sah Harry, daß die meisten der Tiere noch am Leben waren.

»Was habe ich gesagt: China ist herb«, sagte Ron.

Nach der widerlichen Fahrt kamen sie in einer widerlichen, aus dem Boden gestampften Millionenstadt mit dem albernen Namen Pixi an. Vice Twice President Lung Fu steuerte den Bus durch ein Meer von Radfahrern, die mit undefinierbarer Miene die breiten Straßen entlang fuhren. Die Dolmetscherin fragte nach dem Hotel, aber die Radfahrer wußten von nichts. Sie schüttelten nur kurz und unwillig den Kopf.

Das Hotel war in der kahlen, grauen Stadt das einzige auffällige Gebäude. Rosa und hellblaue Neonröhren schmückten den Eingang. Eine pompöse Geschmacklosigkeit – und doch eine Oase. In der riesigen, niedrigen Hotelhalle gingen mit wichtigen Schritten mehrere zwanzigjährige Chinesen in dunklen Anzügen auf und ab und sprachen in Handtelefone. Vor dem Hotel fuhren anthrazitfarbene Limousinen vor. Es gab nur Chinesen hier. »Alles Typen, die kapiert haben, wie man Geld macht«, sagte Ron.

Harry und Ron waren die einzigen Weißen in dem zu einem Viertel belegten Dreihundertbettenhotel. Auch in der Stadt, die keinen Bahnhof und keinen Flugplatz hatte, waren ausschließlich Chinesen zu sehen. »Das wünscht man sich doch immer«, sagte Ron gutgelaunt, »ein Plätzchen, noch ganz unverdorben vom Tourismus.« Harry war ziemlich stumm.

Lung Fu war nicht umsonst ein Vize-Zweifach-Präsident. Er wußte, was europäische Firmen wie van Instetten wollten. Alles war vorbereitet. Am nächsten Morgen, nach einem Frühstück mit abscheulichen Spezialitäten, fuhren sie in die abscheulichste Gegend der abscheulichen Stadt. In einer riesigen Lagerhalle standen, tadellos restauriert, Hunderte der blut- und feuerroten, in Deutschland, Frankreich und Belgien so begehrten chinesischen Hochzeitsschränke. Belächelt und ausrangiert als armselig altmodische und unpraktische Omamöbel von jungen Familien, aufgekauft von Lung Fus Gesellschaft, warteten sie auf ihr zweites Leben als fernöstliche Antiquität in Europa.

Der Kreislauf hatte seine historische Logik. In der besinnungslosen Wiederaufbauphase im Nachkriegsdeutschland war es ebenso zugegangen. Stolz war planiert und zugemauert, Scheußlichkeiten waren errichtet und verbliebene Schönheiten verschleudert worden. So wollte es der Lauf der Welt. Die Wunderkinder von damals waren jetzt, vierzig Jahre später, in China an der Reihe. Sogar die Anzüge der neureichen Unternehmergestalten erinnerten fast rührend an die Anzüge der europäischen Großtuer in den fünfziger und sechziger Jahren. Nur die Handtelefone hatte es damals nicht gegeben. Die jungen chinesischen Emporkömmlinge standen wie schwarze verlorene Akzente vor dem grauen Hintergrund der Baugruben, Lagerhallen, Schweineställe und halbfertigen Wohngebäude herum, existentialistisch, als wollten sie Bilder aus frühen Filmen von Antonioni und Pasolini nachstellen.

In kurzer Zeit war der Kauf besiegelt. Ron fragte den Verwalter des Möbellagers nach übrigen Spangenschlössern. Harry hatte keine Lust mehr. »Deswegen bis du doch mitgekommen!« sagte Ron mahnend. Harry vervollständigte seine Schlössersammlung mit einigen schlichten, eleganten Exemplaren. »Jetzt ist Schluß damit«, sagte er. Dann ging es wieder stundenlang mit dem kleinen, alten Bus durch trübselige Landschaften zur nächsten Stadt. Wuhu hieß das Ziel.

»Juhu!« sagte Harry verbittert. In dieser Gegend konnte man nicht über Frauen reden, nicht einmal von ihnen träumen. Nie wieder würde er in dieses Land fahren.

Mittags wurde der Geschäftsabschluß üppig in einem einfachen Lokal gefeiert, das Harry in einer besseren Laune vielleicht begeistert hätte. So aber mied er angewidert die Schweinefleischplatten, die schleimige Schlangensuppe, die Froschschenkel und vor allem die betonfarbenen gekochten Entenzungen, die einem die boshaften Gastgeber ständig aufdrängen wollten.
Ron war bei bestem Appetit. Harry tat ihm leid. »China ist nicht dein Land«, sagte er.
Harry nickte und bestrafte sich selbst für seine verdrießliche Laune, indem er den verdrießlichsten aller Sätze grimmig in sich hineinsagte: »Daheim schmeckt es am besten!«
Fung Lu hatte alles so gut organisiert, daß sie in fünf Tagen fertig waren. In einem Kaufhaus in Ningbo besorgte sich Harry ein nachgemachtes italienisches Wolljackett, fror nun nicht mehr und sah auch etwas existentialistischer aus. Ron hatte den ganzen Tag bei einem Porzellanhändler zugebracht. Es gab Probleme mit dem Porzellanhandel. Stücke, die älter als zweihundert Jahre waren, durften nicht exportiert werden. Angeblich waren die chinesischen Zollbeamten wachsam und die Strafen drastisch. Vor allem waren die Chinesen nicht bestechlich. In Java steckte man einem Polizisten fünfzig Dollar zu, dann drehte der sich um und sah nicht, wie die Buddhastatue verschwand.
Harry riet zu falschen Expertisen. Die Vase aus dem 11. Jahrhundert wird zu einer perfekten Imitation aus dem späten 18. Jahrhundert erklärt. Zum Teufel mit den Dynastien und der Wahrheit. Aus Tang und Sung und Ming mach Ch'ing.
Der Porzellanhändler ließ sich bedenkenlos auf diesen Vorschlag ein. Es war anzunehmen, daß er ihn selbst er-

wogen hatte. Doch wenn er als Händler ernst genomen werden wollte, konnte er diesen Trick nicht von sich aus vorschlagen. Erst dauernd die Echtheit seiner kostbaren Ware zu beschwören und dann schriftlich zu erklären, sie sei nur nachgemacht, das war zumindest keine vertrauensbildende Verkaufspsychologie. Aber wenn der Käufer es wünscht ...

Im Nu erschien ein waschechter Universitätsprofessor mit einem echten Block und einem echten Pinsel und erklärte alle Tang-Vasen, Sung-Teller und Ming-Schalen zu späten Ch'ing-Imitaten. Circa 1802. Seine Expertisen waren Kunstwerke der Kalligraphie. »Schade, daß ich die meinen Kunden nicht mitgeben kann«, sagte Ron. Er beobachtete die Arbeit des Experten etwas besorgt und sagte dann zu Harry: »Jetzt stell dir mal vor, die Dinger sind wirklich nicht echt.«

»Was ist schon echt«, sagte Harry, »ich finde zweihundert Jahre echt genug.« Ich wünschte, die Liebe wäre so echt wie ein Imitat, dachte er, sprach es aber vorsichtshalber nicht aus. Statt dessen sah er Ron freundlich an: »Wie ich dich kenne, würdest du sogar noch an einer Fälschung verdienen.«

Der Rückflug ging erst in vier Tagen. Solange war es nicht mehr auszuhalten in diesem Land. »Nichts wie weg hier«, sagte Harry. Mit einer anderen Fluggesellschaft würden sie heute abend über Hongkong nach Brüssel zurückfliegen können. Sie mußten neue, teure Tickets lösen. Ron stöhnte beim Zücken der Kreditkarte. »This gentleman will pay for both tickets«, sagte Harry am Schalter. Ron sah ihn erstaunt an. Es war keine Zeit mehr, etwas einzuwenden. »Honoraranteil für meine Mitarbeit«, erklärte Harry.

Bei der Sicherheitskontrolle mußte Harry wieder seinen

Koffer öffnen. Die Schlösser! Das Flugzeug startete in fünf Minuten. Harry schüttelte die Eisenwaren auf das Förderband. Die chinesischen Sicherheitsbeamten machten lange Hälse und holten Verstärkung. »Behaltet den Scheiß!« sagte Harry, schloß den Koffer und rannte ohne seine ungeliebten Fetische hinter Ron her.

Als sie in der Maschine saßen, kam kurz vor dem Start eine Stewardeß auf sie zu: »Mr. Duckwitz? You left these at the airport.« Sie reichte Harry eine kiloschwere Plastiktüte.

11

Zurück in Hamburg und ohne Freund Ron fühlt sich Harry verloren und tröstet sich mit seinem neuen Wippstuhl aus Surabaya. Rons Bandscheiben sind reparaturbedürftig und bringen Harry auf die Idee, auf eigene Faust nach Java zu reisen. Dort lehrt er die Händler das Fürchten und verfällt dem Kaufrausch. Zu Hause stellt er Überlegungen an, wie sich seine indonesischen Einkäufe am sinnvollsten versilbern lassen. Daneben ersinnt er einen neuen Reim auf ein altes deutsches Volkslied und erinnert sich daran, wie er als Kind die Segnungen des Bluffens und der Ironie entdeckte.

Der klappbare Schaukelstuhl, frisch aus altem Surabaya Hafenholz herausgesägt und geschnitzt, den Harry im Reisegepäck aus Java mitgebracht hatte, erwies sich in der Hamburger Wohnung als ideal. Es war mehr ein Wippstuhl als ein Schaukelstuhl. Man versank nicht gemütlich in ihm. Man saß sehr bequem und doch konzentriert. Man konnte hervorragend Zeitung lesen oder Musik hören. Die seitlichen Lehnen hatten für die Ellenbogen die richtige Höhe. Man hielt die Enden der hölzernen Armlehnen in der Hand und konnte mit je zwei Fingern den Rhythmus der Musik mitklopfen, und wenn einem beim Hören ein anderes Stück in den Sinn kam, erhob man sich federnd und wechselte die Musik. Man war kein Depp in einem Polstersessel, der träge auf einem Fernbedienungsteil herumtupft und sich am Feierabend über den Bedienungskomfort freut. Man saß sprungbereit.

Das zweite Exemplar des wunderbaren Wippstuhls würde mit den anderen Sachen in den Instettenschen Containern kommen. Zudem erwartete Harry noch vier nicht weniger bequeme Bataviastühle. Und einen großen, dunklen, alten Teaktisch aus Sumatra hatte er für sich reserviert.

Obwohl er wußte, daß es noch zu früh war, rief er bei Ron an. Er war nicht in Aachen. In Antwerpen erreichte er ihn. Ron hatte viel um die Ohren. Nach jeder Einkaufsreise war der Schreibtisch ein Gebirge. Faulenzer mußte er feuern, fähige Mitarbeiter neu einstellen. In die Lager mußte Ordnung gebracht, Lieferwagen mußten gekauft, Krempel, der nicht wegging, mußte mit Aktionspreisen herausgeschleudert werden.

Harry schwieg. Ein bißchen von dem Trubel wäre ihm lieb. »Was macht Roberta?« fragte er.

Ron seufzte. Roberta geht es gut. Er hat gar keine Zeit an Frauen zu denken. »Glücklicher Harry«, sagte er.

»Wann kommen die Stühle?« fragte Harry.

»Die schwimmen noch«, sagte Ron. Harry wußte, daß er das sagen würde. Händlersprache. Er hatte es hören wollen. Er mochte den Ausdruck. Die Stühle schwimmen noch. »Wann fährst du wieder runter?« fragte er.

»Vorläufig nicht.« Bei Ron tut sich so viel. Seine Frau sieht nicht ein, daß er dauernd reist. Auch ist sie kein Fan von indonesischen Möbeln. Sie will nicht mit nach Südostasien. Sie hat es mehr mit Stoffen aus Nordafrika. Das könnte ihn auch reizen. Dann würde sie ihn vielleicht mal begleiten. Alles geht nicht. Jünger wird man auch nicht. Er hat schon daran gedacht, den Laden in Antwerpen aufzugeben und in Aachen nur Stoffe zu verkaufen. Er kann das ewige Teakzeug selbst bald nicht mehr sehen. »Ist Ines schon hinter Gittern?«

»Noch nicht.« Harry schnaufte. »Du hast mir von deiner augenblicklichen Frau überhaupt nichts erzählt.«

»Weil es keine großen Probleme gibt«, sagte Ron, »und

weil man sich in dreieinhalb Wochen nicht alles erzählen kann.«

Im April kamen die Container. Harry ließ es sich nicht nehmen, seine Sachen selbst bei Ron abzuholen. Er hatte sich einen Transporter gemietet. Ron war in einer melancholischen guten Laune. Sein Arzt hatte zu einer Bandscheibenoperation geraten. Nicht ungefährlich, höchst unangenehm. Er soll nicht dauernd im feuchten Tropenklima gebückt durch Möbellager kriechen. Da wird er seinen Hexenschuß nie los. Diesmal hat der Einkauf in Java und China noch einmal unheimlich gebrummt. Die Lager sind voll. Er will langsam das Zeug ausverkaufen. Dann wird er sich wohl tatsächlich auf nordafrikanische Stoffe spezialisieren. Und Teppiche. Er hat vorgefühlt. Da geht was.
»Brummt sicher auch ordentlich«, sagte Harry.
»Davon gehe ich aus.« Ron war sicher. Macht keiner sonst. Weniger Mitarbeiter. Reduktion. Deswegen wird er auch diese aufwendige Recycling-Verkaufsausstellung im Herbst nicht machen. Er wird also von Harry leider nicht die Autoscheiben-Glasregal-Lizenz brauchen. Er hat genug verdient. Was soll er mit dem vielen Geld.
Nicht ohne eine gewisse Aufwallung dachte Harry an Risal, das Schlitzohr aus Jakarta. An Wai Feng aus Malang. An Tang Fu aus Semerang. An Abdul Malik aus Kudus. Er dachte an Arnulf Killer aus Zürich, den er nicht kannte, aber von dem er sich vorstellte, wie er mit langer Nase durch die mit massiven Möbeln gefüllten Lager der Javanesen strich und deutete und nickte und feilschte. Er dachte an die ewigen Postkarten, die er an Susanne und Barbara schrieb, an seine Idiotensehnsucht

nach der nichtswürdigen Obereselin Ines und daran, daß Ron vielleicht doch recht gehabt hatte mit seinem Psychogeschwätz von den dominanten Frauen, denen man es zeigen mußte. Denn so gern er Helene in Paris besucht hätte, so scheute er doch ihre Frage, was er in letzter Zeit getan hatte.

Harry druckste ein bißchen herum. Er wollte Rons Terrain nicht verletzen. Aber wenn Ron aus dem Möbelhandel mit Indonesien aussteigt, kann er doch einsteigen? Er fragte sehr vorsichtig, hatte aber Ron falsch eingeschätzt. Der war kein Platzhirsch. »Ich habe Indonesien nicht gepachtet«, sagte er, »jeder kann da unten wildern, wie er will. Wenn du das willst?« Er wunderte sich. »Ist das was für dich?«

»Was ist was für mich?« sagte Harry. Es kam ein bißchen tragisch heraus.

»Oh, eine Existenzkrise!« rief Ron. Er hatte übrigens selbst schon daran gedacht, Harry zu fragen, ob er für ihn ab und zu da unten einkaufen will.

»Und?« Harry war neugierig.

»Du bist mir zu teuer und zu gerissen«, sagte Ron. »Wo hast du das Gerissene gelernt? Doch nicht im Auswärtigen Amt!«

»Mit sechs, glaube ich«, sagte Harry. Er erinnerte sich. Große Ferien bei adeliger Verwandtschaft. Schönes, heruntergekommenes Schloß. Unangenehm nur das Essen an großer Tafel. Harry das einzige Kind. Keine gelernten Diener mehr nach dem Krieg, sondern ältere Jungen aus dem Dorf, die angeblich alles falsch machen. Harry auf ihrer Seite. Während sie bedienen, reden die Verwandten französisch. Heute macht Ludwig den Diener. Ungeschickter Kerl! Kaum ist er unterwegs in die endlos entfernte Küche, den Rehrücken zu holen, wird wieder

Deutsch geredet. Eine Baroneß mit Haarnetz, noch ganz erfüllt von einer Audienz beim Papst, sieht genauso gespensterhaft aus wie die Ahnenbilder an der Wand. Sie empört sich über Ludwigs Unbildung. Neulich fragt sie ihn, wer Bismarck ist. Und was sagt der Kretin? Ein berühmter Hering! Betretenes Schweigen der Tischgesellschaft. Es geht bergab, der Untergang ist nah. Die Diener haben rote Hände und wissen nicht, wer Bismarck ist. Und jetzt kommt die Probe: Ist Unsereins womöglich auch schon von diesem entsetzlichen Unwissen befallen? Die Baroneß sucht ein Opfer. Sie wendet Harry ihr Mumiengesicht zu. Durch und durch boshaft ist sie: Na, Harry, wer ist denn Bismarck?
»Und? Wie ging es weiter?« Ron war ganz zappelig.
Harry sagte: »Ich wußte natürlich auch nicht, wer Bismarck ist, aber ich fühlte mich in diesem Augenblick trotzdem völlig sicher und überlegen. Es war komischerweise kein Schreck, sondern ein Genuß. Ich wußte, daß Bismarck ein Mann war und ein Politiker, mehr nicht. Ich hätte sagen können: ein Mann, ein Politiker. Was für eine blöde Antwort. Dann hätten sie mich gefragt: Und, was hat er gemacht? Ich hätte es nicht gewußt. Ich wollte mich auch nicht ausfragen lassen. Das war mir zuwider. Ich wollte auch nicht mehr wissen als Ludwig. Ich wollte nicht das kleine Adelsarschloch sein, nicht die letzte Hoffnung dieser ekelhaften Mumie. Ich wollte vor allem deren Lob nicht.«
»Sag doch endlich, was du gesagt hast!« Ron fing an zu vibrieren wie sonst nur vor alten chinesischen Vasen.
»Ich habe möglichst wissend gelächelt und gesagt: ›Bismarck? Natürlich ein berühmter Hering.‹ Erleichtertes Gelächter am Tisch. Ich hatte gewonnen. Überhaupt kein Zweifel, daß ich Bescheid wußte. Ganz klar, daß

mir die Frage nur zu lächerlich war. Die Mumie genierte sich richtig, daß sie an mir gezweifelt hatte.«
»Toll«, sagte Ron.
Fand Harry nicht. Er hatte lange das Gefühl, Ludwig damit in den Rücken gefallen zu sein, auf seine Kosten gebluft zu haben. Er war im Grunde genauso unwissend wie Ludwig, nur war sein Unwissen als ironisch vorgetäuschtes akzeptiert worden. So kommt man natürlich gut durchs Leben. In späteren Wiedergutmachungsphantasien hatte er anders reagiert: Frag mich nicht so blöd, du alte Scharteke! Kann dir doch egal sein, was ich weiß! Mir doch egal, wer Bismarck ist! Das wären Antworten gewesen.

Zwei Tage blieb Harry bei Ron in Aachen, ehe er mit seinem Tisch und seinen vier Bataviastühlen und seinem zweiten Wippstuhl und einem Plan nach Hamburg zurückfuhr. Einen Laden, wie Ron ihn hatte, würde er niemals haben wollen, soviel war klar. Das machte zu viel Ärger. Er würde seine Möbel anders loswerden müssen. Er würde keine Firma gründen, er wollte keinen Verwaltungskram am Hals haben. Keinen einzigen Angestellten wollte er beschäftigen, kein Chef würde er je sein wollen und auch nie jemandem dienen.
Auf seiner Glasregal-Preis-und-Warteliste, die er als gelernter Jurist und einstiger Anwalt als reinen Wucher und somit als kriminell empfand, war ein Name mit mehreren Ausrufezeichen versehen. Isabelle. Sie war die Frau eines Hamburger Filmproduzenten. Sie gierte schon seit Monaten nach dem Regal und hatte es noch nicht bekommen, weil sich Harry so lange wie möglich an ihrer Gier laben wollte und weil sie angeblich Freundinnen und Freunde hatte, die Möbelhäuser in New

York und Paris besaßen, mit denen sie Harry immer gleich bekannt machen wollte. Das alles war ihm bisher zu hysterisch und zu viel Wind gewesen, jetzt konnte er es brauchen.
Isabelle hatte nicht übertrieben. Sie trat mit Rebecca aus New York und Jean-Pierre aus Paris auf. Sie bestaunten das Regal. Den Preis fanden sie satt, aber für ein exklusives Design-Recycling-Modell angemessen. Harry sprang aus seinem Wippstuhl, der ihm kurz nachnickte und dann in seiner vollen Schönheit zur Ruhe kam. »Apropos Recycling«, sagte er und erzählte kurz und blumig und fast ungelogen die Entstehungsgeschichte des Stuhls. Er erfand nur einen genialen und zu seinen Sklaven überaus freundlichen Teeplantagenbesitzer aus Ostjava, der das Modell konstruiert habe. Der Stuhl funktioniere nur, wenn er aus extrem hartem Holz gefertigt werde. Er habe auf seiner Südostasienreise nach langem Suchen eine Schreinerei gefunden, die in der Lage sei, das extrem harte Holz zu bearbeiten. Dieses Exemplar hier sei übrigens aus Holz vom alten Hafen von Surabaya. Kein Regenwaldbaum habe daran glauben müssen, kein Buschmann seine grüne Heimat verloren, man könne diese Stühle mit bestem Gewissen benutzen und sich ein kleines Zertifikat hinzudenken: Ich war ein Pfosten im Hafen von Surabaya. Ich war eine Eisenbahnschwelle in Borneo. Ich war ein Fischerboot aus Sulawesi.
Isabelle und ihre Delegation waren hingerissen. Das ist ja der Wahnsinn. So einen Wahnsinnsstuhl will Isabelle auch haben. »Herr von Duckwitz, Sie müssen mir so einen Stuhl besorgen!«
»Aber nicht aus Galgenholz. Ich war ein Galgen – das will Isabelle nicht haben«, sagte Rebecca. Sie und Jean-

Pierre aus Paris hatten auch große Augen bekommen. Sie fragten sachlich nach Lieferzeiten und Preis. »Da schnitzt so ein Indonesier schon seine Zeit hin und einige Messer stumpf«, sagte Harry. Er könne nachfragen. Er schätze mal: drei Monate, bis das hier ist. »Das geht ja«, sagten Jean-Pierre und Rebecca. »Im Laden zahlen Sie hier achthundert für so einen Stuhl«, sagte Harry, er könne ihn ihnen für circa vierhundert abgeben, bei entsprechender Stückzahl. »Dann mal zu«, sagte Jean-Pierre.
Dann fiel ihr Auge auf den Tisch. Was für ein Prachtexemplar! »Ganz selten«, sagte Harry, »kaum noch zu kriegen.« Aber man könne Glück haben. »Unbezahlbar wahrscheinlich«, sagte Rebecca, »ist ja alles total massiv Teak.« – »Für drei-,viertausend könnte ich schon ein paar Tische besorgen«, sagte Harry. Er führe sowieso wieder runter. Wenn das Interesse echt sei, könne er etwas machen.
»Aber bitte doch!« riefen Jean-Pierre und Rebecca.

Harry konnte manchmal eine halbe Stunde in einem Plattenladen stehen und zögern, ob er dreißig Mark für eine CD ausgeben sollte. In großen Dingen aber war er immer kurz entschlossen. Kurz entschlossen hatte er vor einer Ewigkeit den Job als Anwalt fallen lassen und war Diplomat geworden. Kurz entschlossen rief er jetzt in Java an. Er kann gar nicht genug von den Klappstühlen haben, sagt er Tang Fu. Risal erzählt ihm, die Lager seien mittlerweile wieder gut aufgefüllt. Die Händler hätten einen großen Einkauf von Killer erwartet, aber Killer sei noch nicht gekommen.
Harry bestellte sofort einen Flug. Es war ein Gefühl wie auf dem Motorrad zu sitzen vor zwanzig Jahren: Gas geben und lässig an allen Lahmärschen vorbeiziehen.

Bloß weg hier. Bloß nicht wieder mit Barbara herumplänkeln und Susanne Postkarten schreiben. Das war nett, aber kein Lebensinhalt.
Drei Tage später saß er im Flugzeug. Es war sein dritter Flug nach Singapur, und das innerhalb von einem guten Jahr. Er kam sich vor wie ein routinierter Pendler. In Jakarta schien jetzt die Sonne. Das paßte besser. Wenn schon Hitze, dann bitte nicht grau. Risal holte ihn am Flugplatz ab. Nein, Killer ist immer noch nicht dagewesen. Killer trank, wie man hörte.
Harry räumte ab. Im Lager des Händlers, dem Ron vor ein paar Wochen hundertachtundzwanzig Tische abgekauft hatte, waren hundertvierzig neue alte tadellose Tische aufgestapelt. Indonesien hatte zweihundert Millionen Einwohner. Wie das brummt! Harry hatte noch das Wort von Ron im Ohr. Er kaufte das Lager leer.
Er hatte eine andere Methode als Ron. Er versuchte nicht, ein desinteressiertes Gesicht zu machen, um so den Preis zu drücken. Er verbarg seine Begeisterung nicht. Das war unter Kaufleuten unüblich, machte die Händler weich, und sie dankten es ihm mit Preisnachlässen und günstigen Zahlungsbedingungen.
Das Geld wurde knapp. Harry durfte jetzt nicht in Zahlungsschwierigkeiten kommen. Verdammtes CD-Projekt, das ihn Hunderttausende gekostet hatte. Der Verkauf von Möbeln der verstorbenen Tanten hatte einiges eingebracht, das sich nun wieder in Möbel verwandelte. Auf einem Konto in der Schweiz lag noch Geld. Zu Harrys maßloser Überraschung waren es nicht neunzigtausend Franken, wie er in Erinnerung hatte, sondern über zweihunderttausend. Das Geld war so pechschwarz, daß Harry die Summe nicht mehr erkannt hatte. Auch mit der Vermehrung durch Zinsen in zehn Jahren hatte

er nicht gerechnet. Es reichte trotzdem nicht für einen ausschweifenden Einkauf.

Harry verhandelte mit seiner Bank in Hamburg und mit den Schweizer Schwarzgeldwächtern wegen Krediten. Zehn Wochen nur! Das sagen viele, Herr von Duckwitz, viele haben schon schnelle Geschäfte gewittert. Wo sind Sicherheiten? Gibt es nicht, sagte Harry. Schiff kann untergehen. Aber wenn nicht, was doch eher wahrscheinlich ist, kann man bei Möbeln aus unbescholtenem altem Teakholz von einer Mindestgewinnspanne von dreihundert Prozent ausgehen. Die Schweizer fragten, ob Harry Herrn Arnulf Killer kenne. »Dem haben wir vor ein paar Wochen ziemlich viel vor der Nase weggekauft«, sagte Harry. Und im Moment stehe er in einem prallvollen Möbellager, in dem Herr Killer vermutlich auch gerne stünde. »Ich kann aber nur vernünftig einkaufen, wenn Sie mir bis übermorgen achthunderttausend Franken überweisen.«

Das Geld kam. Es war ziemlich klar, warum: Killer mußte ein Kunde und Kreditnehmer derselben Bank sein. Die Bank kannte Killers Handel. Es lief problemlos. Die Kredite wurden prompt zurückbezahlt. Nur vor acht Wochen muß Killer vor leeren Lagern gestanden haben. Kein Kauf, kein Gewinn, nur Ausgaben, Verzögerung der Kreditrückzahlung, Ende der Kreditwürdigkeit. Schon drehte die Bank den Geldhahn zu. Das Geschäft mit den Teakmöbeln war allem Anschein nach sicher, aber Herr Killer war es nicht mehr. Er hatte das Geschäft verschlafen. Herr von Duckwitz war ihm zuvorgekommen. Er schien das Geschäft im Griff zu haben, und das Geschäft war vielversprechend. Also gab man ihm Kredit.

Arnulf Killer. Das war der Unfall, an dem man vorüberfährt. Der Wagen, der eben noch vor einem fuhr. Es hatte ihn erwischt. Vielleicht hatte man damit zu tun. Beim letzten Tanken war man drei Sekunden eher an der Zapfsäule gewesen. Dadurch fuhr der andere später los, ungeduldig und schneller, und prompt krachte es. Man weiß es nicht, und man will es nicht wissen. Es hätte einen selbst treffen können. Trunkenheit am Steuer oder Pech, Totalschaden oder teure Reparatur, Gehirnerschütterung oder tot. Man erschrickt, fährt weiter und vergißt das Opfer im Straßengraben.

Risal stöhnte über den Arbeitsrhythmus, den der Frühaufsteher Harry rücksichtslos diktierte. Acht Uhr Aufbruch vom Hotel zum ersten Händler. Keine endlosen Freßorgien am Mittag. Allerdings brauchte auch Harry seinen Luxus. Für die geplanten zwölf Einkaufstage hatte er sich zwölf Flaschen italienischen Weißwein mitgenommen. War noch schwerer als die Schlösser für Ines, fiel aber bei der Sicherheitskontrolle in den Flughäfen nicht unangenehm auf und wurde täglich leichter. Risal mußte den Wein immer so deponieren, daß Harry bei kleinen Pausen zu einem eiskalten Schluck kam. Nach vier Tagen Jakarta ging es nach Malang im Osten Javas. Da war es einfacher, weil der dortige Haupthändler Wai Feng ein verständnisvoller chinesischer Arzt und Alkoholiker war und kein Coca-Cola-Muselmane. Bei Wai Feng floß abends der Whisky, bei Wai Feng gab es Frauen und sogar etwas Liebe. Ein Intellektueller wie Wai Feng, ein trinkender Arzt, ein chinesischer Tschechow in Java, ein melancholischer Langstreckenläufer, war auch unterhaltsamer als Risal, der urige Buschmann, der immer nur seine neuen Autos im Kopf hatte.
Wai Feng stellte für den Transport der Ware bis zum Containerhafen von Surabaya einen dreifach so hohen

Betrag in Rechnung wie beim Instetten-Einkauf vor Wochen. Harry fragte nach. Wai Feng erklärte es kopfschüttelnd: Es war wegen eines Feiertags. Ein großer Teil der Transportsumme war für die Polizei bestimmt. Jeder Lastwagen wurde bei seiner Fahrt durchs Land alle paar Kilometer angehalten. Es gab keine Begründung, keine Kontrolle, nicht einmal einen Vorwand. Es war auch keine Schikane. Die Fahrer mußten nur einfach zahlen, dann durften sie weiter. So besserten die Polizisten ihr Einkommen auf. An Feiertagen bekamen sie keinen Lohn und erhöhten deswegen ihren privaten Wegezoll. Kein Grund zur Aufregung. Man mußte es nur wissen, wenn man kalkulierte.
Harry erfand das deutsche Wort »Korruptionsfolklore« und suchte vergeblich nach einem ebenbürtigen englischen Ausdruck zur Erheiterung von Wai Feng. Am nächsten Morgen gefiel ihm das Wort immer noch. Er wollte es loswerden. Es gab niemanden. Er hätte es Ron schreiben können. Aber für den war das ärgerliche Phänomen normaler indonesischer Handelsalltag. Barbara war ihm längst zu flüchtig für einen Kartengruß, für Susanne war das eine zu unerotische Feststellung. Elizabeth Peach hätte es honoriert, das stand aber auch nicht dafür. Er wollte nichts von ihr. Von Rita wollte er auch nichts. Man konnte nur jemandem schreiben, von dem man etwas wollte. Helene wollte er nicht plötzlich mit einem Kartengruß dieser Art kommen. Erst mußte er sie wieder einmal treffen. Wenn dieser Deal jetzt gelaufen war, würde er Helene in Paris besuchen. Es herrschte ein ziemlicher Frauenmangel. Ines war daran schuld. Seit Palermo hatte er kein Glück mehr.
Er schrieb schließlich an Fritz. Gut, der dichtende Halbbruder kümmerte sich auch nicht um Harry, aber man

konnte mal generös sein. Obwohl Fritz, die lahme Ente, sich wirklich hätte melden können, als Harry vor einem Jahr mit seinem CD-Projekt der Feuilleton-Spezialgeheimtip war. Harry nahm einen Luftpostbogen, den man zu einem Kuvert falten konnte, und schrieb: »Am Brunnen vor dem Tore, herrscht Korruptionsfolklore.«

Weiter ging es nach Surabaya zu Tang Fu, der die klappbaren Wippstühle nachbauen konnte. Ein australischer Händler hatte das von Harry aufgetriebene Klappwippstuhlmodell hier stehen sehen und gleich fünfhundert Stück bestellt. Zweihundert waren bereits fertig. Harry flehte Tang Fu an, ihm die fertigen Stühle zu überlassen, sein Leben hinge davon ab, daß möglichst viele dieser Stühle in acht Wochen in Europa seien, schließlich habe er das Modell ja auch herbeigeschafft, er sei auch bereit, für das Entgegenkommen einen höheren Preis zu zahlen. Er hätte nicht so viel zu reden brauchen. Tang Fu blickte in seine Auftragsbücher und nickte. Es war kein Problem. Dem Australier eilte es nicht.

Tang Fu beschäftigte mittlerweile zweihundertfünfzig Leute, die aus alten Hölzern neue Möbel fertigten. Sie bekamen für indonesische Verhältnisse einen Spitzenlohn von vier Mark fünfzig am Tag. Tang Fu schimpfte, weil sie sich gegen alle Rationalisierungsvorschläge sperrten. Jeder wollte sein Möbel allein basteln und nicht immer nur Beine fräsen und Platten hobeln. Harry versuchte, Tang Fu klarzumachen, daß in den europäischen Industriegesellschaften die Bedeutung von Erfolgserlebnissen, vom Stolzseinkönnen auf seine Arbeit erst spät erkannt worden sei und zum Abbau mancher Rationalisierungsmaßnahmen geführt habe. Tang Fus Arbeiter hätten völlig recht, sich gegen monotone Tätigkeiten zu wehren. Tang Fu versuchte Harry zu erklären, daß er ihm morgen fünfhundert statt zweihundert Stühle liefern könnte, wenn seine Schnitzkünstler nicht so eigensinnig wären.

Auf der Insel Madura vor Surabaya gab es einen Händler, der signalisiert hatte, mehrere große, aus einem Stück geschlagene Tischplatten zu verkaufen. Diese völlig ebenen Platten aus steinhartem Edelholz, oben spiegelblank und auf der Unterseite voller malerischer Spuren der Axthiebe, waren sehr alt, sehr selten und entsprechend kostbar. Seit Jahrzehnten gab es niemanden mehr, der sie anfertigen konnte. Die Amerikaner hängten sie sich als Kunst an die Wand. Die Leute zahlten bis zu zwölftausend Mark dafür. Für ein Kunstwerk nicht viel.

Der Händler in Madura grinste, als Harry auftauchte. Das kam ein bißchen plötzlich. »Besok, besok, hari besok!« sagte er. Morgen, morgen! Dreimal morgen hieß, in drei Tagen soll Harry noch einmal vorbeikommen. Er hat ein gutes Stück an der Hand. Aber teuer. Er wollte Dollar haben. Zweitausend Dollar.

In drei Tagen würde Harry in Hamburg in seinem Wippstuhl sitzen und Charlie Parker beim Blasen in sein Horn zuhören. Er grüßte und ging. Auch das war Folklore: Der Mann aus dem Norden hatte sich lächelnd dem Diktat des Südländers zu beugen, der den Schlendrian weise als Elixier des Lebens erkannt hat. Ohne Harry! Er war nicht umsonst auf diese Dampfinsel gefahren.

Er nahm ein Taxi und fuhr zu dem Ort, den der Händler leichtsinnigerweise genannt hatte. Zwei Stunden Fahrt. In dem kleinen Tropendorf hatte er rasch den Besitzer der Tischplatte gefunden. Die Platte war in der Tat ein Kunstwerk. Was will der Mann dafür haben? Langes Schweigen. Endlich malt er verlegen eine Zahl in den

Sand. Fünfzig. Dollar. Harry schüttelt den Kopf. Er ist entsetzt. Der Mann ist auch sofort entsetzt. Vierzig. Das kommt nicht in Frage. Fünfhundert soll er haben. Die will er nicht. Die sind ihm unheimlich. Harry versucht ihm klar zu machen, daß es im fernen Europa auch eine Menge Möbel gibt, für die Summen gezahlt werden, die die meisten Leute in einem Jahr nicht verdienen.
Später kommen noch vier Männer. Sie haben alle solche Platten. Alle bekommen sie fünfhundert Dollar von Harry versprochen. So viel Bares hat er nicht dabei. Dafür müssen sie aber die Platten bis morgen abend nach Surabaya schaffen und in den richtigen Container stellen, sagt Harry. Das können sie nicht. Mit allen Fünfen fährt Harry im Taxi an die Küste zurück, setzt nach Surabaya über, holt auf der Bank Bargeld, geht zum zuverlässigen Tang Fu, schildert dem das Problem, und der garantiert, daß die zentnerschweren Platten rechtzeitig in den Container kommen. Kostet nichts. Gehört zum Service für seine Kunden. Als er erfährt, was die Männer von Harry für ihre Platten bekommen, wird er blaß. Harry bittet ihn, fünfhundert Dollar für den Transport der Platten zum Hafen in Rechnung zu stellen. Er wollte beides: unmäßig verdienen und gleichzeitig die Preise verderben, um das unmäßige Verdienen einzuschränken.
Harry hatte für über eine Million Mark eingekauft. Drei Container ließ er nach Hamburg gehen, drei nach Rotterdam. Die Tatsache, daß es nicht komplizierter ist, einen riesigen Container auf den Weg zu bringen als einen Koffer aufzugeben, erfüllte ihn mit Entzücken. Mit dieser Ware konnte nichts schief gehen. Keine Sekunde plagten ihn Zweifel, sein Geschäft könnte platzen, und er könnte wie Arnulf Killer im Straßengraben landen. Dabei gab es keine festen Abnehmer. Nur das völlig vage

Interesse zweier schicker Bekannter der schicken Isabelle. Harrys Leichtsinn war bodenlos und beschwingte ihn.

In Hamburg nahm Harry Kontakt zum schicken Jean-Pierre aus Paris und zur schicken Rebecca aus New York auf, verkündete das Eintreffen der Container für Ende Mai und deutete an, welche Schätze sie enthielten. Er hatte eine Menge Geld ausgegeben und er wollte eine Menge verdienen. Daß Rebecca aus einer jüdischen amerikanischen Familie stammte, gab ihm Vertrauen. Er hatte das irrationale Gefühl, sein Handel sei dadurch abgesegnet. Es gelang ihm, zwei weitere Möbelleute aus England und aus der Schweiz für seine Ladung zu interessieren.
Mitte Mai rief die Bank aus Zürich an und machte darauf aufmerksam, daß gestern die Frist zur Kreditrückzahlung abgelaufen sei. Ab sofort werden die Zinsen empfindlich erhöht. »Tun Sie, was Sie nicht lassen können«, sagte Harry.
Ende Mai kam Nachricht aus Rotterdam. Die drei Container sind eingetroffen. Dazu eine Gebührenordnung. Das Stehenlassen der Container im Hafengelände wird teuer. Einen Tag später die entsprechende Meldung aus Hamburg. Harry benachrichtigte seine vier Interessenten und nannte einen Termin am Containerhafen Rotterdam zur Besichtigung der Ware. Es täte ihm leid, daß er so diktatorisch verfahren müsse, zu einer Terminabsprache bleibe leider keine Zeit, ließ er höflich wissen.
Das kriminelle Gelände des Containerbahnhofs Rotterdam wäre besser als Palermo für ein Treffen mit Ines geeignet gewesen. Harry ließ seine drei Container öffnen, staunte über die sorgfältig eingeschichteten Möbel und sah auf die Uhr. Die Interessenten waren seit zwan-

zig Minuten überfällig. Er hatte keine Lust, sich vorzustellen, was werden würde, wenn sie nicht kämen.
Sie kamen. Alle vier, in drei verschiedenen Taxis. Der Mann aus der Schweiz beschwerte sich, daß er keine Funktelefonnummer von Herrn von Duckwitz besitze. Das Flugzeug habe Verspätung gehabt, er hätte ihm die Verzögerung gern rechtzeitig mitgeteilt. Rebecca hielt Harry eine Wange zum schicken Kuß hin. Harry war beruhigt. Er trat hier nicht als bangender Anbieter auf. Die anderen wollten was von ihm, das war klar.
Die Container waren dicht gepackt. Man konnte nicht viel sehen. Harry tat, was die Händler in Java auch machten: Er riß die lästige und notwendige Wellpappe, mit der die Möbel zu ihrem Schutz umwickelt waren, an einigen Stellen auf, um die Qualität der Arbeit und des Materials zu zeigen. Wenn Risal in Jakarta die Pappe ungeduldig in Fetzen riß, hatte man den Eindruck, er entblöße eine verschleierte Frau auf dem Sklavenmarkt. Die vier Möbelleute waren Profis. Sie sahen ein-, zweimal hin, legten anerkennend die Hand auf ein Stück freigemachte Tischplatte, winkten ab, wenn Harry mehr zeigen wollte, umfaßten kurz ein wohlgeformtes Stuhlbein, wie routinierte Ärzte, die nur pro forma den Puls völlig gesunder Patienten fühlen.
Harry spürte, daß sie die Begeisterung über die Ware zurückhielten. Nur als er ihnen die Tischplatten aus Madura zeigte, verloren sie kurz die Fassung, rissen plötzlich selbst gierig an der Pappe herum, um sich zu überzeugen, daß die Platten tatsächlich aus einem Stück waren, und fingen an, sich untereinander zu zanken.
Er hatte gewonnen. Erst jetzt, im Augenblick des Sieges, wurde ihm das Ausmaß seines Leichtsinns klar. Mit der Bescheidenheit des Gewinners diktierte er die Bedin-

gungen: Er hat beim besten Willen keine Zeit, sich um den Verkauf der Containerware im einzelnen zu kümmern. In Hamburg stehen drei weitere Container. Ware derselben Herkunft. Hier hat er Listen, auf denen jedes Stück exakt aufgeführt ist. Er schlägt der Lady und den Gentlemen vor, sich untereinander zu einigen. Er hat es gern einfach und übersichtlich. Er bittet um Verständnis. Von den Tischplatten aus Madura abgesehen, möchte er die Preise der Möbel nicht einzeln verhandeln. Das fände er nicht sinnvoll. So könne er nicht arbeiten. Das sei nicht sein Stil. Sie sollten sich auf zwei Pauschalsummen einigen. Die Zahlung für die Ware aus Rotterdam geht auf ein Konto in der Schweiz, ohne Steuern, das Geld für den Hamburger Stoff auf ein deutsches Konto. Er stellt sich vor: neunhunderttausend für Rotterdam, neunhunderttausend für Hamburg.
Die vier Interessenten taten unbeteiligt. Harry fügte hinzu, ihm sei daran gelegen, die Sache rasch vom Tisch zu kriegen, dann könne er ihnen mit dem Preis entgegenkommen.
Während seiner kurzen Predigt, die ihn an die knackigen Plädoyers in seiner Zeit als Anwalt erinnerte, hatten die Interessenten mit den Fingern nervös an der Verpackung einzelner Möbel herumgebohrt. Nun zückten sie alle vier wie auf einen geheimen Befehl ihre Handtelefone. Dann verteilten sie sich diskret zwischen den Containern wie auf einer Bühne, gingen, jeder für sich, ein paar Schritte auf und ab und redeten dabei unhörbar auf ihre albernen Scherzartikel ein. Eine Funktelefonpantomime. Als gelte es, für drahtlose Telefone Reklame zu machen. Anzunehmen, daß sie bei ihren Stammhäusern anriefen, um die zur Verfügung stehenden Summen abzufragen und bereitstellen zu lassen.

Die schicke Rebecca schlug plötzlich den Ton einer kritischen Journalistin auf einer Pressekonferenz an, als hätte sie Harry nie die Wange zum Kuß hingehalten. »Darf ich fragen, Herr von Duckwitz, warum Sie die Ware nicht an deutsche Häuser geben?«

»Wenn ich mit Ihnen nicht klarkomme«, drohte Harry sofort, »bin ich dazu gezwungen. Ich würde dabei wesentlich mehr rausholen können. Ich möchte es nicht. Eine Sentimentalität. Ich bin zu dem Handel mit diesen Sachen über einen Freund gekommen, dem ich keine Konkurrenz machen will.«

Mein Gott, das war nicht mal gelogen. Er hätte es Ron wirklich nicht zumuten können, das Zeug an deutsche Möbelgeschäfte zu verkaufen. Gleich würde das Geld fließen, und zwar ohne daß irgend jemand ausgebeutet oder betrogen worden wäre, vom Staat einmal abgesehen, dem Arschloch. Der Staat würde an den Steuern für den Gewinn an den Hamburger Containern genug verdienen.

Tang Fu in Surabaya würde hundert weitere fleißige Schnitzschreiner einstellen, Risal in Jakarta hatte sich ein noch neueres Mercedesmodell verdient, Wai Feng könnte sich noch größere Flaschen mit noch älterem Whisky leisten und ein paar Dutzend Polizisten auf Java würden ihr Taschengeld erheblich aufbessern. Fünf Typen aus einem winzigen Dorf auf der Insel Madura waren für ihre Verhältnisse steinreich geworden, führten für eine Weile das lustige Leben von Lottogewinnern und hatten Gesprächsstoff bis an ihr Lebensende. Der Händler, der das Geschäft mit ihren Tischplatten verschlafen hatte, würde begreifen, daß es dumm sein kann, wenn man immer »besok, besok« sagt und alles auf morgen verschiebt. Kein Urwaldbaum war gefallen, nicht einmal die Natur hatte Schaden genommen an dem Geschäft.

Vier europäische Interessenten waren zu Käufern geworden, auch sie hatten einen richtigen Riecher gehabt, einen erfolgreichen Fischzug gemacht, ihren Stand in der Firma verbessert und ihren Möbelhäusern zu Ansehen verholfen.

Und schließlich wurden auch die Kunden, die alte Möbel aus Indonesien kauften, nicht betrogen. Sie bekamen zu noch immer sehr vernünftigen Preisen Tische und Stühle, Bänke und Schränke, Truhen und Kommoden, deren Holz, deren Verarbeitung und Eleganz, deren Stil und Einfallsreichtum alles weit in den Schatten stellte, was moderne Möbelhersteller produzierten und rätselhafterweise an den Mann brachten.

Harry verließ die vier Möbelleute, küßte Rebeccas andere Wange, bat sie, ihm bis übermorgen Mittag Bescheid zu geben und wunderte sich, daß sie ihn nicht aufforderte, noch etwas zu bleiben. Vielleicht hatte er den kühlen Händler, der nichts anderes als die rasche und reibungslose Abwicklung seiner Geschäfte im Sinn hat, doch etwas zu perfekt gespielt. Die vier beugten sich über die Listen, beschlossen, bei einem Arbeitsessen die Rotterdamer Schätze untereinander aufzuteilen und morgen in Hamburg das Geschäft abzuschließen.

Am nächsten Tag sah sich Harry in Hamburg in drei verschiedenen Kinos fünf Filme an und ernährte sich von Popcorn. Selbst der Wippstuhl hielt ihn nicht in seiner Wohnung. Daß nun durch seine Machenschaften zweihundert Wippstühle in Europa und Amerika herumstanden, plus die fünfzig, die Ron verkaufte, war nicht recht erheiternd. Daß es dabei nicht bleiben würde, daß die Zahl der Wippstühle in der westlichen Welt mit seiner Hilfe wohl noch auf sechshundert oder zweitausend ansteigen würde, machte ihn für wenige Minuten schwermütig.

Am Tag darauf rief Rebecca um elf Uhr vormittags an. Also, eins Komma acht Millionen kämen ihnen doch ein bißchen viel vor. Sie stellten sich vor: eins Komma zwei nach Zürich und fünfhundert nach Hamburg. Eins sieben sind doch okay, oder?

Harry schwieg. Das war etwas viel schwarzes Geld für seinen Geschmack. Unter dem Strich natürlich mehr als die kühn geforderten eins Komma acht.

»Ich muß bald fliegen!« Rebecca drängte.

»Was ist mit den Tischplatten?« fragte Harry.

Rebecca kicherte. Die wollen sie selbst behalten. Und die fünfte Platte will Isabelle haben. Die stirbt, wenn sie die Platte nicht bekommt. Harry soll ihnen einfach Rechnungen schicken, ja?

Das war gemein. Auf das großzügige Angebot, einen Preis beliebig festlegen zu können, konnte er nur großzügig reagieren, das wußten die genau.

»Sie wissen, was die Dinger wert sind«, sagte Rebecca, »also was soll's.«

Drei Tage später rief die Bank aus Zürich an. Nach Abzug der Kreditrückzahlung ist Herr von Duckwitz mit siebenhundertfünfzig im Haben. Man schlägt vor, fünfzig auf dem Konto zu lassen, dreihundert in kanadische Staatsanleihen und vierhundert in australische Obligationen anzulegen. Wenn Herr von Duckwitz wieder einen Kredit braucht, wird er beste Konditionen erhalten.

»Seien Sie nett zu Herrn Killer«, sagte Harry.

Ihm war großzügig zumute. Er hätte jetzt gern darauf verzichtet, die Tischplatten aus Madura in Rechnung zu stellen. Andererseits gab es überhaupt keinen Grund,

den Haien solche exotischen Kostbarkeiten zu schenken. Sie hätten die einzigartigen Platten eingestrichen, wie Ines einst so manchen Liebesbrief, mit einem freundlichen Nicken: Ach übrigens, vielen Dank. Vielleicht hätten sie sich auch ein bißchen gewundert über Harrys generöse Geste. Vielleicht hatte sich ja auch Ines gewundert über diesen Menschen, der sich so sehr an sie verschwendete, obwohl er doch wissen mußte, daß er in ihrem Leben nicht mehr als eine nette Nebenrolle spielte.
Das Geld für die Tischplatten kam prompt aus allen Richtungen. Fünf Mal je zwanzigtausend Mark. Er hätte auch dreißig verlangen können. Isabelle, der er noch immer das Hochstaplerregal aus den Autofenstern schuldete, schrieb auf den Scheck: »An diesem Tisch werde ich täglich an Sie denken.«
Rebecca schrieb: »New York steht Kopf! Ich allein könnte Ihnen alle acht Wochen drei Container abnehmen! Gimme more, gimme more! PS: Jemand sagte, Sie seien der Ehemann der hiesigen Pianistin Rita Noorani. Das kann doch nicht wahr sein!«
Häufig wurde Harry von Sehnsuchtsanfällen geplagt, selten war die entfernte Rita der Anlaß. Jetzt hatte er eine kleine Rita-Aufwallung. Er sah ihren braunen, indisch-koreanischen Bauch vor sich, diese Partie um den Nabel zwischen dem Bund der Jeans und dem hochgerutschten weißen T-Shirt, er sah ihre roten unechten Fingernägel. Keiner Frau auf der Welt standen Jeans und T-Shirts besser als Rita. Er erinnerte sich an ihre Frische und an ihre maßlose Unkompliziertheit und fragte sich, ob das vielleicht der Grund war, warum ihm störrische Frauen wie Ines und spöttische wie Helene lieber waren, die man unentwegt neu erobern mußte. In all den Wochen auf Java und in Singapur hatte er viele schöne braune Frauen

gesehen, aber keine war so ebenmäßig wie seine eigene Ehefrau Rita gewesen, deren Abwesenheit ihn dennoch nicht schmerzte – im Gegensatz zu der Abwesenheit jener Frau mit den Mandelaugen aus dem chinesischen Restaurant in der nordjavanesischen Küstenstadt Semerang, die ihm vor Monaten keinen Blick geschenkt hatte und die er dennoch oder deswegen nicht vergessen konnte, und allein schon derenwegen er demnächst wieder in das ungemütliche Java fahren mußte.

12 *Tage und Nächte in Paris. Ein schwuler Möbelgeschäftsinhaber versäumt eine Aufführung von »La Traviata« und wünscht sich ein neues Bett. Harry lernt erst Valeska kennen, dann Hugo, das Gewissen der französischen Nation, und verbringt einen netten Abend mit Helene. Über die Vorteile der Geschäftigkeit und die Nachteile des Interesses für Politik im allgemeinen – und wie Harry das deutsche Superwahljahr 1994 boykottiert, in die Ferne flieht und seine erste Million macht. Eine kleine Besinnung auf die besten Jahre des Lebens und einen Hit von 1952 über einen Hund. Ferner Aufkeimen einer neuen Hoffnung.*

Lange genug war Harry der Ehemalige gewesen: der ehemalige Anwalt, der ehemalige Diplomat, der ehemalige Schrecken der Glatzköpfe und Held von Karlsruhe, der ehemalige Beinahe-CD-Produzent. Neuerdings mußte er sich auch noch als den ehemaligen Geliebten von Ines betrachten, der ehemals mit den beiden Frauen Rita und Helene zusammenlebte. Mit Entsetzen erinnerte er sich an den fünfzigsten Geburtstag eines ehemaligen Diplomatenkollegen vor einigen Monaten. Katastrophales Darbietungsdurcheinander. Unverzeihlich, daß er deswegen nach Bonn gefahren war. Sofort sein Vorsatz, den eigenen Fünfzigsten in eisiger Stille zu begehen, wenn es so weit war, beziehungsweise nicht zu begehen, zu ignorieren oder besser noch, zu leugnen, wie eine Diva das Geburtsdatum zu verheimlichen und notfalls zu fälschen.
Dutzende bekannter Gesichter hatte er auf diesem Fest wiedergesehen, alle ein paar Jahre älter. Dann war er unfreiwillig Zeuge eines Gesprächs geworden. Zwei Frauen, die ihm vorher süßlich zugelächelt hatten, glaub-

ten sich unbemerkt und sprachen über ihn, den ehemaligen Provokateur des Auswärtigen Amtes, und es fiel der entsetzliche Satz: Seine besten Jahre sind auch vorbei. Gleich darauf stellte sich heraus, daß ein einst provokativ singender Tenor gemeint war, dessen Stimme in Bayreuth versagt hatte. Der tödliche Schreck aber, der Harry in die Glieder gefahren war, blieb trotzdem unvergeßlich.

Nun aber brauchte er nicht mehr von vergangenen Ruhmestaten zu zehren. Aus dem Ex-Legationsrat und Ex-CD-Projektbetreiber, Ex-Tagungsreferenten, Ex-Podiumsdiskussionsteilnehmer und Ex-Frauenheld war wieder ein Mann der Gegenwart geworden.

Ron hatte bereits von dem Coup gehört, als Harry ihm davon erzählte. »Du bist ein Naturtalent, ich habe es ja gesagt. Mach weiter, so lange es brummt«, riet er. Die Ware am Containerhafen en bloc zu verkaufen fand er genial und brutal. Der Witz war, daß Harry nichts weiter brauchte als einen lächerlichen Gewerbeschein zum Abfertigen der Ladung. Keine Firma, kein Büro, keinen Laden, kein Lager, keine Angestellten, nicht einmal ein Faxgerät. Nur eins dieser drahtlosen Wichtigtuerhandtelefone wäre für ihn praktisch gewesen, doch leistete er sich den Luxus, auf diese Albernheit zu verzichten.

Zunächst war es nur ein etwas unwirklicher Coup gewesen, den Harry gelandet hatte. Erst nach seiner zweiten Einkaufsreise, in die er sich bald stürzte, fühlte er sich als wirklicher Händler. Er genoß es, das von sich zu sagen. Endlich nicht mehr als Ehemaliger behämmert herumstehen. Händler, das war ein guter, alter, biblischer Beruf. Man merkte dem Wort die Höhe des Umsatzes nicht an. Man konnte ein Händler in kleinem und in großem Stil sein, mit Schweinereien wie Waffen, Heroin oder

Plutonium handeln, aber auch mit Gewürzen, gebrauchten Hosenknöpfen oder Autoersatzteilen. Oder eben mit alten Möbeln. Ron nannte sich gern »Dealer«. Das war noch salopper.
Harry der Händler. Unerwartete Wendung. Knappe Telefonate bestimmten sein neues Berufsleben. »Tut mir leid, Rebecca, die Ware schwimmt noch, sie wurde erst vorige Woche in Jakarta aufs Wasser gesetzt.« Solche Sätze fielen jetzt. »Richten Sie bitte Jean-Pierre aus, übermorgen nachmittag wird die Ladung aus Surabaya in Rotterdam gelöscht.« Viel mehr war nach einer Einkaufsreise nicht zu tun, als derartige Nachrichten ins Telefon zu sagen.

Das Jahr 1994 war in Deutschland von der Presse oder den Presseleuten der Parteien zum Superwahljahr ausgerufen worden. Im Herbst standen eine Bundestagswahl an, im Sommer eine Präsidentenwahl und daneben mehr als ein Dutzend Stadtrats- und Landtags-, Kreistags-, Bezirkstags- und Gemeinderatswahlen. Die langweiligste Furzwahl galt als wichtiger Barometer für die nächste und wurde exzessiv interpretiert. Die Hochrechnungsabteilungen der Fernsehsender hatten Hochkonjunktur. Es war ein Genuß, ein Geschenk des Himmels war es, einen guten Grund zu haben, all diesen erbärmlichen Wahlen, Wahlplakaten und Visagen entfleuchen zu können. In Berlin hatten sie einen Präsidenten gewählt, dessen biedere Leutseligkeit einen förmlich zwang, den Kopf zu schütteln und sich die Haare zu raufen. Und eben diesem Zwang entging man, wenn man in Java bei Risal, Wai Feng oder Tang Fu anrief, sich nach neuer Ware erkundigte, sein baldiges Auftauchen ankündigte, sich Flugreisen bestellte und dem hysterischen Standort

Deutschland erneut für zwei oder drei Wochen den Rükken kehrte.

Manche Wahlen versetzten einen noch immer in Erregung, und das war entwürdigend. Denn egal wie die Sache ausging, es würde sich wenig daran ändern, daß die Regierenden ebenso wie die Opposition aus Wichtigtuern bestand, die viel viel Scheiße bauten und noch viel mehr Scheiße redeten und denen man von Rechts wegen niemals seine Stimme geben durfte. Sie kniffen den Schwanz ein, wenn sie ab und zu die Möglichkeit hatten, Blitze zu schleudern und zum Beispiel einem Haufen debiler Vaterlandsliebhaber das Handwerk zu legen oder einer aus übergeschnappten Allahjodlern bestehenden Regierung die Zähne zu zeigen. Dann tauchten Oppositionsführer und Außenministermemme gleichermaßen vorsichtshalber unter, und das Kanzlerschwein nahm lieber ein wichtiges Treffen mit einem medienscheuen Medienmafioso vor, stopfte sich einen Haufen Futter in seinen Schweinemagen und gab grunzend die üblichen Zusicherungen, das Spinnen privater Fernsehfäden von seiner Seite aus nicht zu stören.

Harry wollte mit den Wahlen nichts mehr zu tun haben. Es war demütigend, sich für diese Gestalten und ihre Lügen zu interessieren. Das hatte er lange genug getan. Er hatte sich nicht politisch engagiert, aber er war sich nicht zu schade gewesen, jahrelang diese Hampelmänner zu provozieren. Provokation war schließlich auch eine Form von Engagement. Er hatte sich Ferien vom Interesse für Politik verdient, fand er. Er wollte all die Kanzler und Kanzlerkandidaten und Präsidentenanwärter ignorieren und nicht erneut gegen sie polemisieren. Er wollte auch nicht diskutieren. Er wollte sich überhaupt nicht mehr äußern. Denn plädierte man für ein Recht auf Des-

interesse, wurde einem sofort derart hechelnd beigepflichtet, daß einem die schöne Gleichgültigkeit schon wieder verging.
Harry kannte ein paar Kinder von Bekannten, denen sein Lob der Ignoranz nicht recht war. Kaum hatten die Söhne ehemaliger Diplomatenkollegen den Stimmbruch, ermahnten sie ihre Eltern. Die Jungen waren es plötzlich, die von den Studentenunruhen schwärmten, die ihre Väter und Mütter vor fünfundzwanzig Jahren angezettelt oder zumindest miterlebt hatten. Die Kinder erwarteten von ihren Eltern lebenslange Protesthaltung, vermutlich, damit sie selbst nicht protestieren mußten, sondern in Ruhe mit dem Auto von Papa herumfahren konnten.
Harry wollte nicht dauernd Wahlplakate sehen, keine Zeitungen aufschlagen, wo einem Prognosen und Ergebnisse, Gewinner und Verlierer entgegenglotzten, bei keinen Wahlsondersendungen vor dem Fernseher hängen bleiben, die mit bunten Tortenstücken die zukünftige Sitzverteilung in den Parlamenten graphisch unters Volk brachten. Dann lieber noch indische Liebesfilme mit thailändischen Untertiteln in Jakarta ansehen.
Schon kurze Zeit nach seinem Sieg von Rotterdam stürzte er sich erneut in die Tropen, wo er die politische Nabelschau Europas nicht zur Kenntnis zu nehmen brauchte und Abstand zu den Frauen hatte, die von ihm nichts oder zu wenig wissen wollten. »Bleib dran!« hatte Ron gesagt und die Gewinne gemeint. Der Gewinn bestand für Harry weniger in diesem seltsamen Haufen Geld, der sich angehäuft hatte und weiter anhäufen würde, sondern darin, eine Tätigkeit auszuüben, die ihn ablenkte, irritierte und amüsierte. Es war ein bißchen fragwürdig, was er da tat, es war ihm fremd, aber gerade das hatte seinen Reiz.

Als Diplomat war er, auch wenn er all seine Aufgaben zu unterlaufen versucht hatte, doch ein Diener dieses langweiligen Staates gewesen, als Anwalt war er dem Gesetz und den Interessen seiner Mandanten verpflichtet. Nun war er endlich selbständig, und das genoß er. Es war höchste Zeit. Er war superselbständig, selbständiger als jeder Unternehmer. Es gab keine Mitarbeiter, also auch keine Lohnfortzahlung im Krankheitsfall, keinen Kündigungsschutz, keine Tarifverträge, nichts mußte beachtet werden als die persönliche Moral.

Die dritte Einkaufsreise legte Harry so, daß er die Bundestagswahl mit ihrem zu erwartenden Ausgang nicht miterleben mußte. Die kuriose Mastvisage des Kanzlers galt es also noch vier Jahre zu ertragen. Es gab Schlimmeres.

Vor seiner vierten Tour meldete sich Jean-Pierre und bat Harry, Anfang November in ihrem Möbelhaus bei Paris vorbeizuschauen, der Inhaber wolle ihn kennenlernen, auch wolle man ihm ein paar Wünsche für Sonderanfertigungen mit auf den Weg geben. Harry schrieb an Helene, Geschäfte führten ihn nach Paris, ab dem 4. Dezember sei er frei. »Bist Du im Lande?« – »Bin ich«, schrieb Helene zurück. So war es gut. Keine Pilgerfahrt nach Paris, keine Erwartungen, es ergab sich ganz einfach. Harry freute sich auf Helene.

Drei Tage hatten die Möbelleute in Paris für Harrys Besuch angesetzt. Kaum war er da, merkte er, daß alles zügig in einem halben Tag erledigt werden konnte. Er hatte keine Lust auf unkonzentrierte Besprechungen und dann mit allen möglichen Leuten essen zu gehen und dummes Zeug zu reden. Es war immer dasselbe. Leitende Angestellte hatten nichts anderes im Sinn, als Geschäftspartner in teure Lokale zu verschleppen. Dieses

Spiel mochte er nicht, und er war ein kühler Spielverderber. Nun mußten bestellte Tische abgesagt werden. Kein Hummer konnte ihn erweichen. Verhandeln, essen, verhandeln, saufen von früh bis spät, das konnte er nicht ausstehen. Das sollten die Japaner machen. Die hatten es gern so. Schliefen zusammen mit ihren Chefs in den Schreibtischschubladen. Gingen zusammen zum Kotzen aufs Klo. Danke nein! Arbeit mußte man rasch hinter sich bringen. Lieber nachmittags um drei fertig sein und dann allein ein Sandwich mampfen, als sich um vier vom Essen zu erheben und sich mit Leuten, mit denen man seit Stunden zusammen war, noch einmal in ein Sitzungszimmer zu quälen.

Aber der Inhaber wollte doch morgen abend mit Monsieur Dückwitz essen gehen, flehte die Chefsekretärin. Sie hatte eine Diskuswerferinnenfigur und konnte nur von der Gattin des Inhabers ausgesucht worden sein. Kein Chef der Welt würde sich so eine monströse Frau als Sekretärin ins Vorzimmer setzen. Ab dem 4. Dezember rechnete Helene mit ihm. Das war erst in drei Tagen. Trotzdem wollte Harry mit den schicken Möbelleuten heute fertig werden und sie dann eine Weile nicht mehr sehen müssen. Tatsächlich sagte der Inhaber, um dann eben heute mit Harry essen zu können, eine Opernaufführung ab, auf die er sich lange gefreut hatte. Er war ein netter, bescheidener, fünfunddreißigjähriger Schwuler, und Harry litt bald mehr unter der versäumten »La Traviata« als der Geprellte selbst. Er kam sich plötzlich ganz deutsch und zackig vor mit seinem Arbeitstempo und versuchte dem Inhaber einen vernünftigen Grund für seine Eile zu geben: »Wenn Deutsche mal in Paris sind, haben sie nichts als Liebe im Kopf.« – »Ah, oui«, sagte der Inhaber und lächelte niedlich: »Les Parisiennes aussi!«

Er wollte ein besonders schönes Bett mit Baldachin aus Bali. Das war der Grund, warum er Harry hatte kennen lernen wollen. Harry versprach es ihm.
Am nächsten Vormittag hatte Harry Helenes Nummer nicht bei sich und sah in einer Telefonzelle im Buch nach. Grünberg, Helene. Er bedauerte fast, daß sie eingetragen war. Damit war sie auf einmal so greifbar. Sie rechnete erst übermorgen mit ihm. Aber Anfang Dezember war kein Mensch verreist. Harry wählte die Nummer, freudig, aber ohne Herzklopfen. Eine niedlich neugierige Frauenstimme sagte »Oui?« Und dann: »Je regrette, Helene n'est pas là.« Sie sagte nicht französisch Hélène, sondern deutsch Helene, mit deutlichem H vorne.
»Sie sind keine Französin«, sagte Harry.
»Sie haben mich erkannt, Sie Schuft!« Die Stimme wurde dunkler.
Valeska kam aus München. Sie studierte in Paris. Sie war eine Freundin von Helene. Sie goß gerade Blumen. Ja, sie heißt wirklich Valeska. Schöner Name, schon, aber viel zu prätentiös. Das findet Harry auch. Valeska – das ist zu edel für diese dreckige Welt.
»Wenn ich Sie sehen würde, hätte ich sofort einen Namen für Sie.«
»Dann sehen wir uns doch«, sagte sie.
Eine Stunde später trafen sie sich. Obwohl sie pariserischer als alle Französinnen und nicht wie eine Deutsche aus München aussah, war sie an der Art zu erkennen, wie ihr Blick die Tische absuchte. Sie war sehr jung, sehr schlank, sehr dunkel. Harry kam ihr zuvor und rief sie, nicht zu laut und sicherheitshalber mit leichtem Fragezeichen: »Valeska?« Sie kam an den Tisch und setzte sich.
»Und?«
»Was, und?«

»Und – wie nennen Sie mich? Ich bin hier, um meinen neuen Namen abzuholen, falls er mir gefällt.«
Nach zwei Gläsern Wein hatte Harry eine Idee: »Olmekin. Sie erinnern mich an eine Olmekin. Schlank, langhalsig. Eine olmekische Vasenfrau!« Er merkte, daß sie ein bißchen ratlos war und phantasierte weiter: »Die Olmeken sind ein altmexikanischer Stamm. Berühmt die langen Wimpern ihrer Frauen. Sind Ihre echt?«
»Schon«, sagte Valeska, »aber ich mag keine Olmekin sein.« Erinnert sie an Olm. Grottenolm. Sie kommt sich in ihrer Studierstube ohnehin schon vor wie eine Höhlenbewohnerin. »Nein, excusez moi, den Namen nehme ich nicht an.«
Harry schlug »Wanita« vor. Wanita hieß »Frau« auf Bahasa, der indonesischen Basissprache. Wanita Valeska, wenn das nicht gut klingt!
Sie aß eine Kleinigkeit. Die dunkelbraunen, glatten Haare hatte sie hinten zusammengeknotet. Harry bestellte das gleiche. Beide pickten appetitlos. Helene würde wohl erst am Montag nach Paris zurückkommen, erfuhr er. Am Montag habe sie eine wichtige Verabredung.
»Ich weiß«, sagte Harry, »mit mir.«
»Ich glaube nicht, daß Sie der Verlagsleiter Monsieur Lortholary sind«, sagte Valeska.
Die sonst gut informierte beste Freundin Helenes wußte nichts von einem Treffen mit ihm. Sie wußte nicht einmal etwas von seiner Existenz. Er schien in Helenes Leben keine große Rolle mehr zu spielen. Umgekehrt war es allerdings ebenso, mußte er sich sagen. Helene war eine Instanz, an die er auch nicht gerade täglich dachte. Immerhin hatte er seinem Freund Ron mehr von ihr erzählt als Helene ihrer Freundin Valeska von ihm.
Harry zahlte, und sie gingen zum Ausgang. Jetzt würde

gleich dieses zögernde Dastehen kommen: Trennt man sich, oder geht man noch zusammen wohin, und wenn, dann wo hin? Harry hatte keine Lust, allein zu sein. Er war richtig besorgt, daß Valeska jetzt verschwinden könnte. »Wie heißen Sie eigentlich mit Familiennamen?« fragte er.
»Friedberg.«
Harry rühmte sofort und ehrlich den Namen: »Valeska Friedberg, das klingt mindestens wie Primaballerina.« Er mußte an die langen weißen Glacéhandschuhe der toten Tante Katharina denken, die er Barbara verehrt hatte. Sie würden Valeska auch passen. Sie hatte sehr zierliche Hände.
»Sie ziehen dauernd Ihre Hose hoch«, sagte sie.
»So?« Das war Harry noch gar nicht aufgefallen. Vor einer Woche war er aus Indonesien zurückgekommen. Auf Sulawesi hatte er nach alten Reistruhen Ausschau gehalten, weil sie in Paris scharf waren auf die urigen Trümmer. Auf der verdammten Insel hatte er sich die Scheißerei zugezogen.
Valeska wußte Rat: »In Ihrem Gürtel fehlt ein Loch. Wenn Sie mich nach Hause begleiten, kann ich Ihnen ein Loch in den Gürtel knipsen. Ich habe eine Zange.«
Valeska wohnte in einer Montmartre-Mansardenwohnung mit einem Blick über ganz Paris. Bilderbuchbohème. Totalprivileg. Nur aus amerikanischen Paris-Filmen kannte man das. Und nicht einmal teuer. Spottbillig sogar. Schweinischer Glücksgriff. Daß es so etwas überhaupt noch gab, war ein Wunder, fand Harry, aber Valeska sagte: »Wieso, es werden doch nicht alle alten Häuser abgerissen, es bleibt mehr erhalten als man denkt. Diese Wohnung wird noch Generationen von Studenten und Künstlern beherbergen und in hundert Jahren noch so

ähnlich aussehen.« In den Räumen verteilt lagen Dutzende von Büchern aus dem 18. Jahrhundert, in denen Valeska nach Material für ihre These forschte. Reiseliteratur und Revolution wollte sie in irgendeinen Zusammenhang bringen, der Harry einleuchtete, den er aber gleich wieder vergaß.
»Sie sind so dünn«, sagte Valeska, als sie das Loch in den Gürtel knipste. Sie selbst war sehr schlank. Es war ein Lob. Eine Verwandtschaft. Als habe sich herausgestellt, daß sie beide eine gemeinsame Vorliebe hätten, oder daß sie in derselben Stadt geboren wären.
Harry betrachtete die Löcher im Gürtel. Das Loch davor hatte er sich im letzten Jahr nach Palermo selbst in den Gürtel knipsen müssen, als ihm der Appetit vergangen war. Harry deutete auf das Loch, das Valeska geknipst hatte: »Durchfall!« erklärte er, etwas verlegen. Dann zeigte er stolz auf das Loch davor: »Liebeskummer!«
»Liebeskummer? Glaube ich nicht.« Valeska schüttelte den Kopf. Sie bezweifelte, daß erwachsene Männer heute noch von dieser Krankheit geplagt wurden. Das konnte Harry nicht auf sich sitzen lassen. Er wollte seinen Kummer auspacken und von Ines erzählen, aber Valeska wollte davon nicht viel hören. Sie schwärmte von Helene. Immerhin interessierte sie sich auch für Rita. »Ohne Sehnsucht ist alles sinnlos«, sagte Harry.
Valeska lachte ihn aus, und Harry war verärgert. Er konnte es nicht leiden, wenn sich Frauen über die Sehnsucht lustig machten. Da verstand er keinen Spaß. Sehnsucht war heilig. »Erzählen Sie etwas von sich«, sagte er, »Sie müssen doch zahllose Affären haben.«
Tatsächlich gab Valeska eine Geschichte preis, die vor zwei Jahren zu Ende gegangen war. Der Typ war erstens zu dick gewesen und zweitens zu erfolgreich. »Erfolg ist vulgär.«

»Schon«, sagte Harry, »aber vulgär kann schön sein.« Er dachte an Ines und ihre schönen vulgären Röcke. Er dachte an das vulgäre Geld, das ihm sein Möbelhandel eingebracht hatte.
Valeska machte auf die Uhrzeit aufmerksam. Es war halb sieben Uhr morgens. Sie müsse ins Bett. Sie schmeiße ihn jetzt raus.
Dünn standen sie beide im Flur. »Noch ein Loch in den Gürtel?« Süß, wie sie das fragte. Er schüttelte den Kopf und tastete ganz bescheiden mit beiden Händen über ihre Schultern und Taille. »Sie sind ein Bambus«, sagte er, »Sie haben einen Bambuskörper.« Sie umarmte ihn rasch und sagte: »Selber Bambus!« Beide legten ihre Stirn aneinander. »Rufen Sie mich morgen Abend an?« Harry war froh, daß sie um ein Wiedersehen bat.
Von Helene hatte Valeska haltlos geschwärmt. Helene sei eine der attraktivsten Frauen, die sie kenne. Ihr ganzer Trost in dieser Stadt. So wunderbar angezogen. Genau ihr Stil. Von Valeskas Jacke und Hose war Harry begeistert. Für Helenes Schlauch- und Schlabbersachen hatte er sich nie erwärmen können. Ihre schwarze Lederhose war sein gelegentlicher Trost gewesen. Wenn Valeska und Helene ein lesbisches Paar wären? Vielleicht hatte sich Valeska deswegen so eingehend nach Rita erkundigt. Im Zusammenleben mit Rita und Helene war es ab und zu, leider viel zu selten, zu Zärtlichkeiten zwischen den beiden Frauen gekommen. Waren Rita und Helene vielleicht verschwunden, weil sie mit Harry, dem Hausherrn, nicht lesbisch genug sein konnten? Weil Harry, der sie zusammengeführt hatte, sie nun behinderte? Oder weil es ihnen schon zu lesbisch zugegangen war? Harry hatte keine Ahnung.
»Schauen sie nicht so traurig«, sagte Valeska am nächsten

Tag und legte ihre Hand auf sein Knie. Schon in der gestern durchplauderten Nacht hatte sie mehrmals beiläufig einen Hugo erwähnt, Franzose offenbar, jedenfalls sprach sie den Vornamen französisch aus. Erst dachte Harry, Hugo wäre ihr großer Freund und Lover. Aber bevor er eifersüchtig nachfragen konnte, war das Thema schon gewechselt. Eine große Rolle schien Hugo jedenfalls nicht zu spielen. Heute häuften sich die Hugo-Erwähnungen, und Harry fragte: »Was ist mit diesem Hugo?«

»Die alte Leier«, sagte Valeska, »er hat viel zu tun und ist zu selten da, wie fast alle Männer, und das hat Vor- und Nachteile. Ich weiß nicht, wie Helene das einschätzt.«

»Was hat Helene damit zu tun?« fragte Harry.

»Ja, wissen Sie denn nicht?«

Es stellte sich heraus, daß Valeska davon ausgegangen war, Harry sei im Bilde. Hugo war Helenes Lebensgefährte. Das war doch schließlich kein Geheimnis. Das wußte ganz Paris.

Im Beisein von Valeska konnte Harry nicht aus allen Wolken fallen. Peinlich, daß er an das Naheliegendste, an einen anderen Mann, nicht gedacht hatte. Zum Glück erinnerte er sich an Tante Katharinas universalverwendbaren Kommentar bei Überraschungsbotschaften aller Art: »Das 's ja 'n Ding!«

Valeska sah ihm an, wie verblüfft er war, und sagte, er habe doch nicht im Ernst damit rechnen können, daß eine Frau wie Helene in Paris allein bleibe! Sie sagte es fast vorwurfsvoll. Das stand ihren Lippen besonders gut.

»Natürlich nicht«, log er und versuchte seine Gefühle zu ordnen. Am Erstaunlichsten war, daß ihn die Nachricht nicht sonderlich erschütterte. Die Befürchtung, nach

dem dramatischen Verlust von Ines nun auch ganz unspektakulär Helene zu verlieren, wurde überdeckt von dem Vergnügen, Valeska kennengelernt zu haben.
Er traf Valeska ein drittes Mal und bat sie, ihm mehr von Hugo zu erzählen. Hugo war ein Starjournalist. Eine Art Gewissen der Nation. Ein Wachrüttler. Ein Anwalt der Vernunft. Ein Freund der sozial Schwachen. Harry hatte den Eindruck, Valeska hielt sich Helene zuliebe mit ihrem Urteil zurück. Einmal hatte er Gelegenheit, seine Hand auf ihr Knie zu legen. Ein unglaublich schmales Knie. Der Abschied im Flur brachte keinen Fortschritt. Sie lehnten wieder Stirn an Stirn und betasteten sich vorsichtig. Zwei Bambusstangen. »Mir wird das langsam zu vegetabil«, sagte Harry, und Valeska belohnte ihn für diese Bemerkung mit einem kleinen Kuß ihrer ganz und gar unpflanzlichen Lippen.
Am Montag würde Helene zurück sein. Sie hatten sich zwei Jahre nicht gesprochen. Davon war nichts zu spüren, als Harry anrief. Er soll doch morgen am Dienstag zum Frühstück zu ihr kommen. Sie konnte sich nicht mehr erinnern, daß Harry Frühstückseinladungen nicht mochte.
Helene trug ein ausgeschnittenes T-Shirt und eine sympathische Normaljeans. Harry war früher nie aufgefallen, daß sie hübsche Schlüsselbeine hatte. Sie mußte sechsundvierzig sein und sah ein paar Jahre jünger aus.
»Meine Abwesenheit ist dir gut bekommen«, sagte Harry ohne Bitterkeit.
Helene nickte zustimmend. »Du hast Valeska an meinem Telefon erreicht?«
»Sie hat mir von Hugo erzählt, gratuliere«, sagte Harry.
»So, hat sie?« fragte Helene unbeeindruckt. Dann lud sie ihn zum Abendessen ein. Sie koche mit Valeska. Ob

Hugo käme, sei fraglich. Wenn er rechtzeitig mit seinen Recherchen in Marseille fertig sei, würde er auftauchen.

»Ich dachte, ihr kennt euch nur vom Telefon?« Helene war erstaunt, als Harry zwei Stunden zu früh kam und Valeska vertraut begrüßte. Er war noch erstaunter. Er hatte geglaubt, Freundinnen erzählten sich alles haarklein: Was Harry für Augen gemacht habe, als er von Hugo hörte. Hättest du sehen sollen! Nichts davon. Er war bei den drei leider so keuschen Nächten in Valeskas Mansardenzimmern doch einiges losgeworden und hatte sich schon mit flauen Gefühlen ausgemalt, wie sie Helene Details von seinem ruhmlosen Finale in Palermo zuflüsterte.
Kaum hatte er innerlich Valeskas Tugend der Verschwiegenheit gepriesen, bekam er auch schon deren Kehrseite zu spüren. Nichts hatte sie ihm davon gesagt, daß sie vor einigen Wochen mit Helene in München gewesen war. Warum sollte sie auch. Er fragte mit größtmöglicher Beiläufigkeit nach. Helene hatte mit einem Verlag wegen einer Übersetzung verhandelt. Das Übliche. Und Valeska hatte ihre Großmutter besucht. Ganz einfach. Ganz harmlos. Schöne Museen dort.
Harry war beruhigt.
»Stell dir vor, wen ich getroffen habe«, sagte Helene.
»Den Colonel«, riet Harry, »Colonel Willfort.« Der lebte jetzt in München.
Nein, nicht den Colonel. Helene machte eine genüßliche Kunstpause. Dann glaubte Harry nicht richtig zu hören: Sie hatte Ines getroffen.
»Das gibt's nicht!« sagte Harry. Helene freute sich. Die Überraschung war gelungen. Harry hatte nie gewußt und wußte bis heute nicht, was genau Helene von seiner

Sache mit Ines wußte oder wissen wollte oder nicht wissen wollte, ob sie seine Raserei wirklich nur für Schwärmerei hielt oder nur so tat.
»Und?« fragte er, als der erste Schreck vorbei war.
Helene beschrieb Ines boshafter denn je. Obwohl sich Harry von Ines noch immer gedemütigt und verraten fühlte, litt er darunter, wie gemein Helene die Gemeinheit von Ines beschrieb. »Eine blasse Hausfrau ist sie geworden.«
Er hatte Ines oft genug als eine Hausfrau vor sich gesehen, die das Verhältnis zu ihrem Postboten beendet, weil es nicht mehr in ihren Hausfrauenkram paßt. Aus Helenes Mund konnte er das Urteil nicht ertragen. Je detaillierter Helene schilderte, wie schlampig Ines geschminkt und wie unmöglich kurz ihr Rock gewesen sei, desto mehr verteidigte er innerlich seine große ehemalige Liebe.
»Immer noch besser die kurzen Röcke von Ines als deine ewigen Wollschläuche«, sagte er, obwohl er gar nicht wußte, ob Helene die noch trug. Er fühlte sich wie früher als Anwalt vor Gericht. Auch die unloyalsten Beschuldigten hatten ein Recht auf Argumente der Verteidigung.
Helene ließ sich nicht beirren. »Du hattest schon immer einen unmöglichen Geschmack«, sagte sie und fuhr mit ihrer Beschreibung fort. Ines' Wirkung auf Männer könne sie nicht begreifen. Müsse man als Mann doch merken, daß man von so einer Frau nichts anderes als einen Tritt erwarten könne, wenn man seine Schuldigkeit getan habe. Nur ein Narr wie er wollte das nicht bemerken. Selbst Fritz habe rechtzeitig die Bremse gezogen.
Früher hatte Helene Ines nicht gemocht, weil sie wohl ahnte, daß sie Harry glücklich machte, jetzt mochte sie Ines nicht, weil sie ahnte, daß sie ihn unglücklich ge-

macht hatte. Anstatt auf Harry wütend zu sein, der doch alles angezettelt und mit Absicht betrieben hatte, richtete sich ihr Spott gegen die einstige Rivalin.
Harry aber wollte ihre Ansichten auch jetzt nicht teilen. Im Gegenteil, seine eigene Wut auf die versteinerte Geliebte legte sich, als Helenes spitze Bemerkungen nicht enden wollten. Er sah Ines plötzlich als traurige, zähe, kleine Frau vor sich, die mit dem Leben nicht zurande kommt. Der man helfen mußte. Die man streicheln mußte. In deren Bett man schlüpfen mußte. Der man um Mitternacht die Trauer aus dem Leib ficken mußte. Das ging zu weit, was Helene hier abließ. Sie rächte sich offenbar für alte Verletzungen. Ines hatte ihm die Tür ordinär vor der Nase zugeknallt, Helene aber quälte ihn auf andere Weise. Harry lächelte, weil er sich plötzlich an die schönen Stunden von Palermo erinnerte, und sagte milde: »Du hast recht, aber sei still, du bist auch eine Keife!«
Am Abend wurde Hugo wider Erwarten doch zum Essen angekündigt. Harry versuchte, sich seine Neugierde nicht anmerken zu lassen. Wie würde er aussehen, wie würden er und Helene sich begrüßen?
Dann fiel Valeska plötzlich ein, daß sie heute Abend einen Termin bei einem Professor hatte. Harry merkte, wie ihn der Abend sofort nicht mehr interessierte. In Sekundenschnelle verlor er all seinen Schwung, aber gegen ein Gespräch über eine Stipendiumsverlängerung war man machtlos.
»Du bleibst zum Essen, Valeska!« befahl Helene. »Den Professor kannst du auch morgen noch um den Finger wickeln!«
Man konnte Valeskas Entscheidungsfindung an ihrem Mund verfolgen. Während sie überlegte, schürzte und

rundete sie wählerisch die Lippen, preßte sie kurz und bedenklich zusammen, um sie dann endlich zu wölben: »Na schön. Warum eigentlich nicht.«
An seiner Freude über die simple Zusage merkte Harry, daß er einen Teil seines Herzens bereits an Valeska verloren hatte. Er spürte, wie der Mechanismus des Selbstbetrugs schnell wie ein Glas Wein am Vormittag wirkte, und er sich einzubilden versuchte, ihre Zustimmung habe etwas mit ihm zu tun. Wenn Helene den Namen »Valeska« nur nicht immer so besitzergreifend ausgesprochen hätte! Die Freundin war nicht ihr Eigentum. Auch dieser kleine Stich, soviel war Harry klar, war ein Zeichen für seinen Zustand.
Ein weiteres Indiz schließlich war sein Witz, der in letzter Zeit selten zutage getreten war. Kein Wunder. Ohne Liebe konnten die Qualitäten nicht gedeihen. Jetzt, um Valeska zu gefallen, und auch um zu markieren, daß er ein würdiger Ex-Freund Helenes war und ein achtbarer Gegner des heranrückenden Hugo, erwachte ganz von selbst sein alter Witz, auf den er wie auf eine verläßliche Waffe zurückgreifen konnte. Er war sich zu fein, mit dieser Waffe herumzufuchteln, aber es gefiel ihm, ab und zu geistreich zu sein, wie zufällig das Blitzen des Degens unter dem Mantel erkennen zu lassen. Er ging straffer, schlug vorteilhafter die Beine übereinander, sprach zwei unauffällige Töne tiefer, hielt die Hand beim Rauchen eleganter. Es fielen ihm Bemerkungen ein, wie sie ihm früher sonst nur mit Elisabeth Peach zusammen eingefallen waren. Das sollte er der geistreichen BBC-Redakteurin nach London schreiben.

Um halb neun kam Hugo. Er war einer dieser massigen, vor Unternehmungslust strotzenden Männer. Fast kahl.

Die wenigen Haare modern ganz kurz geschnitten. Gerötetes Gesicht. Infarktgefährdet. Harry kannte ihn vom Fernsehen. In politischen Gesprächsrunden über die Zukunft Europas beeindruckte er mit seinen kritischen Anmerkungen und seinem hervorragenden Deutsch.
Groß genug und schlank fühlte sich Harry dickeren Leuten oft überlegen. Hugos kompakte Vitalität allerdings war bedrängend. Harry nahm sich vor, bei Gelegenheit Valeska zu fragen, ob sie Hugo, wenn er ein Bayer wäre, »ein gestandenes Mannsbild« nennen würde. Hugo würde vermutlich auch nackt kräftig und nicht fett aussehen. Selbst seine patschigen Schaufelhände waren nicht schlimm, obwohl sie in die Unterarme übergingen, als gäbe es kein Handgelenk. Man mußte sich gegen diesen Mann zur Wehr setzen. Harry bemerkte, daß Hugo aus Höflichkeit dumme Fragen stellte und die Antworten nicht abwartete. Er hatte Helene und Valeska mit einem Hallo und Harry mit einem unkonzentrierten Handschlag begrüßt.
Das erste persönliche Wort, das Hugo beim Essen an Harry richtete, war eine unglaublich dumme Frage. »Und, waren Sie heute erfolgreich in Paris?« Eine Frage wie aus einem Sprachführer für Manager.
Zur Strafe antwortete Harry mit einem Satz aus dem Französisch-Schulbuch, der beschrieb, wie ein Monsieur Dupont die Touristen beobachtet, die die Champs-Elysées hinauf- und hinuntergehen, und die Autos, die langsamer werdend auf die Kreuzung zufahren. Das unergründliche Gedächtnis hatte den belanglosen Satz Jahrzehnte konserviert, als würde er noch einmal gebraucht werden. Jetzt war es soweit. In flüssigstem Französisch kam Harry der Unsinn über die Lippen:
»Monsieur Duckwitz s'installe à la terrasse d'un Café et

regarde les touristes qui montent et descendent les Champs-Elysées et les voitures qui ralentissent au carrefour.«

Hugo blickte erstaunt vom Essen auf und sagte: »Entschuldigen Sie, meine Frage war wirklich dämlich.«

Die Einsicht war erfreulich, aber Harry konnte seine Spottlust nicht mehr bremsen. »Und Sie Valeska«, fragte er im Sprachkurston, »wie haben Sie den heutigen Tag in Paris verbracht?«

Valeska kam mit einer schön absurden Antwort: »Das kann ich Ihnen nicht sagen, Monsieur, ich habe den ganzen Tag nichts von mir gehört.« Hugo war ein Klotz. Er überhörte diese Kostbarkeit. Dann fragte sie Harry: »Haben Sie Helene schon von Ihren Geschäften in Palermo erzählt?«

Das war keck. Das hätte ihn in Verlegenheit bringen können. Brachte es aber nicht. »Ich bin noch nicht dazu gekommen«, sagte er. Und als Helene nicht nachfragte, suchte er Valeskas Blick, mit der er sich jetzt subversiv verbunden fühlte, und erklärte: »Je durchsichtiger man sich macht, desto weniger ist man erkennbar.«

Hugo war ein ernsthafter und vernünftiger Mensch. Kein Wunder, daß Helene an ihn geraten war. In ihren Jahren mit Harry hatte sie oft genug unter seinem Mangel an Ernsthaftigkeit gelitten. Hugo pauschalierte und polemisierte nicht, er warf nicht, wie Harry, mit Zoten gegen die großen Politidioten. Er schrieb und sprach seriöse kritische Kommentare, anerkannte durchaus, wenn eine Wurst von Minister einmal was Richtiges gesagt oder getan hatte, war natürlich völlig unbestechlich und so weit auf Draht, daß er sich gegen das Diktat der political correctness verwahrte, von der plötzlich alle quatschten, obwohl er selbst natürlich politisch völlig korrekt war. Er umkreiste die Mächtigen der Welt, begleitete sie auf ihren Reisen und Konferenzen, hatte guten Einblick in ihre hinterfotzigen Machterhaltungsstrategien und ihre widerwärtigen Umgangsformen im engsten Kreis.

Er beschrieb jetzt bei Tisch amüsiert und amüsant, wie der deutsche Kanzler in Paris unlängst seinen tonnenschweren Körper rudernd durch den Elysée-Palast wälzte, ein Seeungeheuer, das sich ungeniert auf dem Trokkenen bewegt, das auch in fremder Umgebung rücksichtslos das primitive Erfolgsrezept der Diktatoren anwendet, nämlich die Speichellecker und die Aufmüpfigen unter den Vasallen völlig willkürlich zu demütigen oder zu belohnen. Der schleimige Liebesdienst kann ebenso wie die kritische Anmerkung zu einem Arschtritt oder zu einer Beförderung führen. Der beförderte Kritiker wird nicht mehr kritisieren, der rausgeschmissene kann es nicht mehr. Die Unberechenbarkeit verwirrt die Umgebung und schafft das nötige Klima von Angst und Respekt. Dem Charakter des Seeungeheuers liegt eine fast schon debile Unempfindlichkeit zugrunde, die in seinen ersten Regierungsjahren bekanntlich Hohn und Spott hervorgerufen hatte, die aber mittlerweile als die eiserne Voraussetzung des Regierens, als geniale Führerqualität erkannt und von anderen Politikern kopiert wird.

Hugo sah die Dinge ziemlich klar und genoß es jetzt offenbar, von keinem Moderator in seinem Redeschwall im Hinblick auf die begrenzte Sendezeit gebremst zu werden. Er gehörte zu den Top-Journalisten, die Harry aus seiner Bonner Zeit zur Genüge kannte. Nur zu Hause konnten sie ihre Eindrücke loswerden. Nie würde einer wie Hugo sein Wissen und seine Beobachtungen

ausnützen, um publizistisch seine Argumente gegen Politiker damit zu untermalen. Er wußte wohl auch, daß einem von den Handlangern der Mächtigen die Einblicke rasch verwehrt werden, wenn man sie öffentlich ausbreitet. Vor ihm konnte sich einer wie der Kanzler wie ein Schwein benehmen. Hugo wußte, was sich gehörte. Nie würde ein Journalist wie er die widerlichen Charakterzüge und schon gar nicht das widerliche Aussehen einzelner Politiker auch nur andeutungsweise gegen sie ins Feld führen, darauf kam es ihm nicht an. Das war Tratsch, privates Herrschaftswissen, nichts für die Öffentlichkeit. Auf gute oder schlechte Politik kam es an, fand Hugo, und nicht darauf, welcher Präsident von Rußland, Frankreich oder Amerika sich von welcher Mieze an welches Bett fesseln und auspeitschen ließ.
»Jetzt wissen wir es«, sagte Helene gereizt, weil kein anderer zu Wort kam. Hugo entschuldigte sich sofort und brach seine Privatvorstellung ab. Sein Redefluß war Harry auch auf die Nerven gegangen, aber hier wäre es gerade interessant geworden. Typisch Helene, Hugo ausgerechnet bei dieser spannenden Stelle ins Wort zu fallen. Harry mochte den Rivalen nicht mit der Bitte um Fortsetzung ehren. Nicht bei diesem delikaten Thema.
Helene sagte, sie würde gern wissen, was Harry in den letzten zwei Jahren gemacht habe. Harry fand, sie fragte so, als sei sie ganz sicher, daß er nur jazzhörend auf dem Sofa seine Zeit vergeudet habe, und erinnerte sich wieder, warum es manchmal mit ihr nicht auszuhalten gewesen war.
Valeska sagte zu Helene: »Er hat mir drei Tage lang nur von seiner Seele erzählt, aber nicht, was er macht.«
Harry war eigentlich überzeugt, daß die Story von seinem auf Grund gelaufenen CD-Projekt hier gut ankom-

men müßte. Modernes Scheitern ließ sich reizvoller beschreiben als der schnöde, altmodische Erfolg, den er mit seinem Möbelhandel hatte. Aber die CD-Geschichte, die er schon so oft mit guter Resonanz zum Besten gegeben hatte, fand bei dem verwöhnten Pariser Publikum wenig Beifall. Für stotternde Programmierer aus Singapur, arrogante australische Toningenieure, stundenlange Auslandsgespräche mit jungen, international bekannten Konzernherren und absurde Tagungen über neue Medien konnte sich hier keiner erwärmen. Die Unsitten betrunkener Klausurtagungsstaatssekretäre und Militärexperten in Leipzig hatten nicht den Aufmerksamkeitswert wie die Manieren perverser Weltmachtspräsidenten in Washington, Moskau und Tokyo, von denen Hugo zu berichten wußte. Mit seinen blödsinnig provinziellen Podiumsdiskussionen über die Gefahren des Rechtsradikalismus brauchte Harry erst recht nicht herauszurücken, damit hatte er bei Susanne, Rahel und Julia Eindruck machen können, aber nicht im Umkreis von Hugo. Wenn der auf einem Podium saß, kamen die Kameras, und sofort schalteten fünf Millionen Franzosen den Fernseher ein.

Als wollte sich Hugo bei Helene für ihre Unterbrechung rächen, kam er plötzlich mit der Arbeitslosigkeit daher. Er hatte eine Art, das Wort »Arbeitslosigkeit« so leise und eindringlich auszusprechen, daß man sich sofort frivol vorkam, wenn man nichts davon wissen wollte. »Hört, es spricht der gute Mensch zu euch!« sagte Helene, und Harry gefiel es, daß sie mit Hugo umging wie früher mit ihm. Hugo aber fuhr unbeirrt fort. Als säße er auf einem Podium und müsse um die Aufmerksamkeit eines gutwilligen, aber ermatteten Publikums kämpfen, fing er an zu appellieren: Er wisse, das sei kein populäres Thema,

eben deswegen sei es um so ernster zu nehmen. Den Arbeitslosen fehle es an Anwälten. Solidarität sei gefordert. Solidarität sei aus der Mode gekommen. Seiner Ansicht nach müßte die Quellensteuer rauf oder runter, und zwar europaweit, und der Zins auch, rauf oder runter, europaweit. Harry hörte nicht hin, sondern versuchte, sich in das Gespräch zwischen Helene und Valeska einzuschalten, um Hugos Besserwisserei zu entkommen. Der aber wollte seinen letzten Zuhörer nicht verlieren und bat Harry um seine Meinung zu dem Problem.
»Ich verstehe davon nichts«, sagte Harry.
»Aber sie müssen doch eine Meinung haben!« Hugo ließ nicht locker.
»Ich lehne es ab, mich dafür zu interessieren«, sagte Harry etwas lauter.
»Ich wußte, ihr werdet euch blendend unterhalten«, rief Helene vergnügt dazwischen.
Hugos Rhetorik litt jetzt deutlich unter dem Einfluß des Tischweins, wurde extrem simpel und paßte zu dem mechanischen Gestikulieren der Keulenunterarme: Die Politiker bekämen das Problem der Arbeitslosigkeit nicht in den Griff, man dürfe es nicht ihnen überlassen.
Harry sagte, doch, er überließe es ihnen. Regierungen seien Werkstätten. Ist man mit dem Kundendienst einer Werkstatt unzufrieden, wählt man als Autofahrer eine andere. Beschissen werde man in jedem Fall. Er jedenfalls werde deswegen nicht mehr selbst Hand an den Motor legen und sich die Finger dreckig machen.
Endlich war Hugo sprachlos, und Harry konnte es weiter treiben: Ziemlich lächerlich was man sich 1968 und danach an Empfehlungen für die Arbeiterklasse geleistet habe. Er und Helene hätten damals mordsmäßig herumpropagiert, ohne einen blassen Dunst von den Proble-

men der Arbeiter zu haben. Heute habe er keine Ahnung von den Problemen der Arbeitslosigkeit und werde sich hüten, Empfehlungen abzugeben.
Als sei Harry eine Bedrohung der demokratischen Ordnung, bat Hugo Helene um Unterstützung. Sie sagte: »Harry ist ein Luxusarbeitsloser, er kassiert eine Diplomatenpension, den darf man nicht fragen.«
»Aber Sie müssen doch irgend etwas tun«, sagte Hugo und schüttelte den Kopf. Harry merkte, wie auch Helene und Valeska auf seine Antwort warteten. Das war einer der wenigen wirklich wichtigen Momente, wo man zur Zigarette greifen mußte. Lieber wäre es ihm gewesen, sich jetzt als Produzent des epochemachenden Plattenlabels »Blue Baron« in Szene setzen zu können. Er zündete eine Zigarette an, sagte »Möbel« und blies langsam den Rauch aus: »Möbelhandel mit Südostasien.«
Hugo und Helene fielen sofort vereint über ihn her. Das hatte er kommen sehen. Kaum hatte er das Wort »Teakholz« ausgesprochen, hielt ihm Helene Regenwaldvernichtung und Klimakatastrophe entgegen, bei dem Wort »Gewinn« kam als Antwort »Kapitalist«, und wenn er allgemein von Indonesien sprach, wies Hugo darauf hin, daß man ein Unterdrückungsregime stütze, wenn man Handel mit ihm treibe. Valeska schwieg amüsiert, aber nicht, weil sie es besser wußte, sondern weil für sie Begriffe wie »Ausbeutung« und »Kapitalist« nicht mehr geläufige Keulen waren, die man sich bei jeder guten Gelegenheit um die Ohren haut.
Harry kannte die Vorwürfe längst, es war nie sehr erquicklich, sie zu entkräften und sich reinwaschen zu müssen. Wollte auch keiner hören. Alle wollten Bestätigungen für die Katastrophenmeldungen und keine rührenden Surabaya-Hafenholz-Recycling-Geschichten. Er hat-

te auch keine Lust, sich als den guten Ökomann hinzustellen, der auch noch, schon um seine Gewinne mit besserem Gewissen einzustreichen, einiges dafür tut, den Lohn von ein paar hundert indonesischen Arbeitern zu heben. Also brach er seinen Südostasienbericht mit dem Hinweis ab, zwischen Paris und Versailles stünde ein Möbelhaus, das bei ihm kaufe, da könnten sie sich das Zeug ansehen, das er den armen Javanesen unter dem Hintern weggekauft habe. »Und dann mache ich noch Möbel in finnischem Glasdesign«, sagte Harry
»Wie bitte?« Helene sah ihn entgeistert an. Die anderen konnten das Ausmaß der Absurdität nicht ermessen. Helene wußte, daß Harry moderne Möbel ein Graus waren und er Designer wie die Pest haßte. »Das ist nicht dein Ernst!« sagte sie.
»Gut«, sagte Harry, »nennen wir es Antidesign.«
Höchste Spannung. Nicht nur Helene, auch Hugo und Valeska wollten nun Bescheid wissen. Der lange Hals von Valeska wurde noch länger.
Jetzt stieß Harry endlich auf Interesse. Helene kann sich vielleicht noch an die alten Tanten erinnern? Kann sie. Beide tot, leider. Julia als Pflegerin. Hast du Julia je kennengelernt, Helene? Klar! Julia mit dem Nasenring, Julia, die Harry das Ficken mit indischen Liebesringen beigebracht hat. Wie bitte? Valeska wird zum Schwan und sogar Hugo bekommt einen Hals. Richtig, sagt Harry, Julia mit altem VW-Käfer, auf dem übrigens ein irrer Spruch steht: »Kein Schwanz ist so hart wie das Leben.« Mon Dieu, das gefällt Hugo, er lacht zum erstenmal schallend.
Harry erzählt seine Glasregalgeschichte: Julia auf den Schrottplätzen. Wie sie diese aufeinandergetürmten VW-Käfer-Ruinen besteigt, auf den Rückbänken Platz nimmt und kaugummikauend die Fenster heraustritt. Diese

Rückbänke, auf denen unzählige Kopulationsversuche scheiterten. Fast dreißig Regale aus den so gewonnenen Scheiben hat er bisher geliefert. Geht als finnisches Design reißend weg und erzielt Preise um die zwanzigtausend Mark.

»Weißt du, wie lange ich dafür übersetzen muß?« fragte Helene.

»Ich will es nicht wissen«, sagte Harry. Julia hat sich jedenfalls eine Harley-Davidson gekauft, mit der klappert sie Schrottplätze ab. In die Packtaschen der Maschine passen Scheiben von einem späteren Regalwert von über sechzigtausend Mark.

Helene und Valeska bestellten sofort ein Regal. Aber Harrys Originalversion bitte, mit unverchromten Eisenteilen zum Herstellungspreis von sieben Mark fünfzig. Hugo hatte seine Präsidenten und seine Arbeitslosen vergessen und nickte ganz aufgeregt: Ja, ja, ja, Julia müsse mit ihrer Harley nach Paris kommen und das Regal liefern. Harry dachte an Julia. Die flaue Nacht von Karlsruhe hatte er ausbügeln müssen. Mit Liebesringen bewaffnet war er über sie hergefallen. Ihre Achtung hatte er zurückerobern können. Mit Liebe hatte das nichts zu tun.

Der Abend ging zu Ende, und Harry hatte nur noch ein Interesse: Das drohende Übernachtungsangebot der beschwipsten Helene galant auszuschlagen, unauffällig darauf einzuwirken, daß auch Valeska das ihr drohende Angebot ablehnte, um dann endlich mit ihr allein im ächzenden Altbaufahrstuhl in der Nähe ihrer Lippen zu stehen und mit ihr zusammen auf dem Rücksitz des wartenden Taxis zu verschwinden.

Harry verschob seine bereits gebuchte Reise nach Indonesien um eine Woche und blieb noch ein paar Tage in Paris.

Er war ein freier Mann. Ein fliegender Händler. Er brauchte niemanden zu fragen, wenn er eine Einkaufsreise verschob. Es war seine Sache. Er teilte es mit. Drei Anrufe in Java genügten. Ankomme erst am 16. Dezember.

Wenn Arnulf Killer, das Phantom aus Zürich, der Konkurrent, den Harry noch nie zu Gesicht bekommen hatte, der Mann, der aus der Bahn geflogen war, der angeblich zu viel trank, wenn dieser Killer von den Toten auferstanden und auf die Beine gekommen sein sollte, wenn er zum Beispiel nach dem erfolgreichen Absolvieren einer Entziehungskur stocknüchtern einen passablen Kredit zusammengekratzt hatte und nun, getrieben von seinen wieder erwachten Instinkten, nach Java unterwegs war, würde er Harry die mit den schönsten Schätzen vollgefüllten Lager vor der Nase leerkaufen. Das wäre ein verdammtes Pech, aber kein Untergang. Es wäre die gerechte Strafe dafür, daß Harry ihm ein andermal zuvorgekommen war.

In Paris ging Harry viel spazieren und wenig essen. Er war lange nicht mehr hier gewesen, ärgerte sich über moderne Bauwerke und freute sich an alten Bildern in den Museen. Er entdeckte einen Laden, der gebrauchte Langspielplatten verkaufte, und versorgte sich mit einem Dutzend Jazzplatten aus den fünfziger und sechziger Jahren. Dieser Fang versetzte ihn mehr in Erregung als der Kauf von einem Dutzend Madura-Teakholz-Tischplatten, an denen er dank genügend reicher Leute die völlig absurde Summe von zweihunderttausend Mark verdienen würde.

Er saß in einem Café, legte die Zeitung mit den Nachrichten über Kriege beiseite, vertiefte sich in die Texte auf den Rückseiten der Plattencover und freute sich darauf, die Musik in Hamburg zu hören.

Valeska war natürlich der Grund, warum er noch nicht in Java seinen Geschäften nachging. Nach dem Abend bei Helene und Hugo hatte sie ihn anstandslos aufgefordert, noch mit in ihre Wohnung zu kommen. Als er dann früh um acht nach einer nächtlichen Kaffeeorgie ging, war er zwar keinen Millimeter näher an sie herangekommen, durfte sich aber die schönsten Hoffnungen machen. Er hatte ihr von seinen Reisen erzählt, und sie hatte große Augen bekommen. Reisen, das war ihr Thema. Ihre Doktorarbeit. Harry sah sich plötzlich mit ihr die indonesischen Inseln und Möbellager durchstreifen, er hörte ihre kleinen entzückten Rufe, wenn sie einen schönen Teller oder einen Garderobenspiegel entdeckte. Mit ihr und nur mit ihr hätten diese stumpfsinnigen Einkaufereien einen Sinn.

Er malte ihr die gemeinsamen Tage aus, ließ diskret offen, was in den Nächten passierte, deutete aber an, daß sie dann nicht nur reden würden wie bisher in Paris. Das schreckte Valeska nicht ab. Sie strahlte, beteiligte sich lebhaft an der Phantasie, die er als eine Art Vorbereitung für die wirkliche Reise ansah. Er versüßte die tropischen Früchte, die sie essen würden, genauer gesagt er versäuerte sie, denn in Wirklichkeit waren sie viel zu süß. Valeskas Füße wurden vor lauter Vorfreude noch zierlicher, richtig indonesisch sah sie schon aus, fehlte nur noch ein kleiner Sonnenschirm, mit dem sie sich kichernd beschattete.

Nach dieser Nacht war er beseligt und begeistert. Sie duzten sich nun und küßten sich keusch zum Abschied. »Ich bleibe noch ein paar Tage und rufe dich an«, sagte er, und sie nickte. Wer weiß, vielleicht konnte sie schon jetzt mit ihm reisen, was hatten Studenten kurz vor den Weihnachtsferien groß zu tun.

Natürlich hatte er schon vor Valeska ein paarmal vage und völlig unrealistisch an Reisebegleiterinnen gedacht. Barbara war ihm zu kapriziös, auch wäre er sich zu sehr wie ein reicher Onkel vorgekommen, wenn er sie gefragt hätte. Julia würde sofort mitfahren, aber mehr als eine Nacht mit ihr alle drei Jahre war nicht auszuhalten. Mit Ines und Helene hätte sich Harry monatelang in Indonesien herumtreiben können, wenn das Leben einen anderen Verlauf genommen hätte. Vorstellbar war es, und so hatte es sich Harry oft genug vorgestellt. Mit Ines, wie sie früher war, wäre sogar Surabaya eine rasante Stadt, und mit Helene würden ihm vermutlich die Tempelanlagen auf dem Vulkanplateau über Semerang und Wonosobo gut gefallen. Auch mit Rita hatte er sich gelegentlich schon auf mancher Hotelterrasse sitzen sehen.

Alles Träume. Valeska aber war greifbar. Innerhalb von zwei Tagen beziehungsweise Nächten würde er durch beharrliches und doch unaufdringliches Phantasieren ihre Wimpern zum zustimmenden Klimpern bewegen können. Das Wunder war, daß sie einem keine Sekunde das Gefühl gab, der Anmacher, Aufreißer, Anbaggerer zu sein. Nicht einmal einer anderen Generation fühlte man sich zugehörig.

Harry hatte immer gehofft, er hatte es sich geradezu auferlegt, nie einer sehr viel jüngeren Frau hinterherzusteigen. Entweder gab man einen lächerlichen Gockel ab, oder man hatte wirklich das große Glück, und das war gemein all denen gegenüber, die es nicht hatten. Ein Typ, der mit fünfzig mit einer bildhübschen Dreißigjährigen durch die Gegend zieht, die ihm offenbar nicht wegen seines Geldes Liebe vormacht, sondern ihn wegen seines Witzes und flachen Bauches tatsächlich liebt, das war ein schmerzhaft beneidenswertes Glück, so wie eine Villa am

See, die einem verschlossen ist. Diese Art Glück wollte Harry nicht. Das war unfair, nicht nur allen Frauen gegenüber, die zurecht die erotische Ungerechtigkeit der Geschlechterrollen und den Mangel an jüngeren Liebhabern beklagten, sondern auch gegenüber all den fünfzigjährigen Männern, die mit verblühenden Frauen vorlieb nehmen mußten.

Doch nun, in Reichweite eben dieses Glücks, fand Harry, habe er es sich verdient. Es war die Entschädigung für sein Liebesleid und der Lohn dafür, daß er nicht nur Fressen im Kopf hatte. Helene war versorgt. Hugo war der Richtige für sie. Ein ernsthafter Mensch, der sich um die Probleme der Menschheit ernsthaft kümmerte. Es mußte Leute geben, die das tun. Nicht alles war lächerlich. Harry fragte sich, ob und wie eifersüchtig er auf Hugo sein würde, wenn Valeska nicht rechtzeitig aufgetaucht wäre. Sie hatte ihn gerettet.

Valeska und er würden ein Paar werden. Ihrer unverschämten Schönheit, ihrem Charme, ihrer Schläue, ihrem Witz und ihren bodenlos ungerechten dreißig Jahren würde er treu sein wollen und können. Weg mit dir, alberne Polygamie, du trauriger Ersatz für all die Unglücklichen, die die Liebe ihres Lebens nicht gefunden haben. Fahr hin in Frieden Ines, was mit dir nicht hat sollen sein, wird nun mit einer anderen sein. Helene und Valeska werden die besten Freundinnen bleiben, und er wird Helene schon deswegen ewig lieben, weil er durch sie die Frau seines Lebens kennengelernt hat.

Er konnte Valeska telefonisch am nächsten Tag nicht erreichen. Sie hatte angedeutet, daß es an der Universität einiges zu tun gab. Am Tag darauf war sie auch nicht da. Sie hätte ihm eine Nachricht ins Hotel schicken können. So waren die Dreißigjährigen. Sie wußten, daß sie sich

Nachlässigkeiten leisten konnten. Helene wollte er nicht fragen. Es ging sie nichts an, warum er noch in Paris war. Er wollte seine Nachstellungen nicht von ihr kommentiert haben.

Am vierten Tag schrieb er Valeska ein paar Zeilen. Kaum stand sie ihm mit ihren langen Wimpern vor Augen, verschwanden alle Vorwürfe: »Ich fahre also ohne dich. Das nächste Mal entkommst du mir nicht. Bereite dich vor. Meine Anrufe werden dich wach halten.«

Es war höchste Zeit. Harry flog nach Hamburg, packte einen Koffer, telefonierte zwei Tage lang mit vier europäischen und zwei amerikanischen Möbelhäusern und mit den Händlern in Java, fragte bei Ron an, ob wieder mal für die Firma van Instetten ein paar Möbel zum Einkaufspreis mitbestellt werden sollten und saß wenig später in der Maschine, die ihn von Frankfurt über Singapur nach Jakarta fliegen würde, sofern sie nicht vom Himmel fiel. Alle vier Wochen wechselte die Fluggesellschaft das Film- und Musikprogramm für die Langstreckenflüge aus. Diesmal war das Jazzprogramm flau, dafür boten die Highlights der Hitparade von 1952 eine Offenbarung: »You ain't nothin' but a hound dog«, schrie Big Mama Thornton einen Nichtsnutz an, und Harrys Stimmung wurde prall vor Vergnügen.

13 *Harry von Duckwitz betrachtet im Jahr 1995 mit einer Schauspielerin die Schiffe auf der Hamburger Elbe und hat die Anekdoten satt. Er setzt in Paris seine Bemühungen um die geheimnisvolle Valeska fort, kommt in Java mit einem Polizeioberst zusammen, lernt die Vorteile von Korruption und teuren Auslandsgesprächen kennen und erhält von Helene eine nützliche Warnung. Er dringt erfolgreich in den New Yorker Kunstmarkt ein, macht dem verpackten Berliner Reichstagsgebäude Konkurrenz und hat eine überraschende Begegnung mit seiner Ehefrau Rita. Viel über flüssiges Geld und flüssige Liebe, über Rubel und Pesos, Bulimie und Depression. Dazu Nachrichten über den ausbleibenden Monsun und den tobenden Taifun, über Liebesfilme, Liebesromane und das Glück des Polykrates, über das Fesseln von Vasen und das Küssen von Fernsehmoderatorinnen nebst einem Entwurf zu einer Philosophie des Echten und Unechten.*

Der Erfolg war Harry in den Schoß gefallen. Er hatte sich weder krümmen noch strecken müssen. Der erste Einkauf war noch riskant gewesen. In Rotterdam hätte er auf seiner Ware sitzenbleiben können. Jetzt war es ein Spiel ohne Gefahr. Es war der dritte Beruf in Harrys Leben. Er übte ihn seit einem halben Jahr aus, und er langweilte ihn bereits erheblich. Er begriff die Gesetze des Wachstums, doch ließ er sich von ihnen nicht beherrschen. Natürlich müßte er expandieren und investieren. Statt dessen mokierte er sich über seine absurden Gewinne.
Und doch reiste er immer wieder, fuhr »nach unten«, wie er sagte, hatte keine Lust, anderen das Feld zu überlassen und sich wieder in den ehemaligen Diplomaten zurück-

zuverwandeln, an den ihn nur noch die pünktliche monatliche Überweisung der Suspendierungspension erinnerte, die sein Vermögen zusätzlich vermehrte.

Er mochte Risal, das Schlitzohr von Jakarta, er war befreundet mit Wai Feng aus Malang, er freute sich, sie in Java zu sehen. Er lud sie ein und zeigte ihnen Hamburg, er ging mit ihnen auf ein Fest zur schicken Isabelle, deren gesamte Wohnungseinrichtung mittlerweile aus alten, von Harry herbeigeschafften indonesischen Möbeln bestand, mit einer Ausnahme: dem Autofensterregal Tato Pani. Er hatte Isabelle schon vor einer Weile die wahre Herkunft des Regals gebeichtet. Sie war die einzige in Hamburg, die nun wußte, daß kein finnischer Designer, sondern Harry die Schöpfung ersonnen hatte, die so unverschämt teuer gewesen war, und dieses Geheimnis genoß sie.

Manchmal hatte Harry kurze Geschichten mit Frauen, amüsant und undramatisch. Sie waren angenehm, aber machten ihn auch melancholisch, weil sie ihn schmerzhaft an seine dramatische Geschichte mit Ines erinnerten. Mit Ines – das war ein Roman gewesen, dies jetzt konnte man nicht einmal Geschichten nennen, es waren auch keine Affären, es waren nicht mehr als Anekdoten. Es gab keinen Grund, sich diese Hamburger Anekdoten entgehen zu lassen, sie waren witzig, aber nicht zwingend.

Eine der Anekdoten begann bei einem Isabelle-Fest. Viel Theater- und Filmvolk war unter den Gästen. Harry kannte die wenigsten, blieb, weil er nicht müde wurde, bis um halb vier und ging dann als letzter Gast zusammen mit einer Schauspielerin, die viel getrunken hatte. Er erlaubte nicht, daß sie ihr Auto nahm, fuhr sie nach Hause, was nicht einfach war, weil sie immer einschlief und beim Aufwachen den Weg nicht wußte. Sie wohnte sehr schön an der Elbe, hielt Harry für einen Taxifahrer und wollte ihn bezahlen. Da sie nicht mehr gerade laufen konnte, blieb ihm nichts anderes übrig, als sie ins Haus zu tragen.

Er konnte sich nicht erinnern, je eine Frau in ihr Haus getragen zu haben. Sie schlief fest in seinem Arm. Er suchte das Schlafzimmer, kein Kind schrie, kein Hund biß oder bellte, kein Ehemann schoß oder zückte den Degen. Er legte sie auf ihr Bett, deckte sie zu und ging. Am nächsten Morgen, schon um zehn, rief sie an. Sie entschuldigte sich, konnte sich an nichts mehr erinnern. Isabelle hatte ihr Harrys Nummer gegeben, nun wollte sie ihren Retter zum Essen einladen. Harry sagte, er sei erst achtzehn, habe Pickel im Gesicht und traue sich nicht. Sie glaubte ihm, wurde mütterlich und bestand auf seinem Besuch.

Als er ein paar Tage später zu ihr kam, musterte sie ihn, und er sagte: »Tut mir leid, daß ich nicht achtzehn bin.« »Sehen Sie sich das an«, sagte sie und trat mit dem Fuß gegen einen Karton, der im Flur stand, »alles Fanpost.« Das Telefon läutete fortwährend. Amerika, Frankreich, Italien. Harry beschwerte sich. Sie holte einen Schraubenzieher und sagte: »Wenn es Sie stört, klemmen Sie es ab.« Das Haus war alt, und alt war auch das Telefon. Harry schraubte die Dose ab und löste das Kabel. Sie mußte viel trinken, weil sie nicht nur mit ihrem Mann Kummer hatte, sondern auch mit ihrem Liebsten. Harry mußte auch viel trinken, weil es ihn irritierte, mit einer Frau zusammen zu sein, für die Zehntausende von Leuten schwärmten. Auch Helene schwärmte von ihr. Schließlich waren sie beide betrunken und schliefen untätig im Bett ein.

Sie trafen sich noch ab und zu, manchmal schliefen sie

auch miteinander, es war nett, aber nicht nötig. Lieber saßen sie auf der Terrasse und blickten auf die Elbe, das Telefon war abgeklemmt, die Ozeanschiffe zogen vorbei, sie erzählte leise von den bösen Männern und Harry von den bösen Frauen.

Ines war kein Thema mehr, sondern nur eine Art Narbe, die manchmal noch schmerzte. Aber Valeska war ein Problem geworden. Sie ging Harry nicht mehr aus dem Kopf und aus dem Herzen. Und doch hatte er das Gefühl, ihr nicht oder nur millimeterweise näher zu kommen. Wenn er ihr diese Vermutung verriet, wies sie lächelnd alle Schuld von sich und sprach von seiner Einbildung.
Helene war Valeskas Freundin für den Tag und den frühen Abend. Wenn sich Harry in Paris aufhielt, war er der Freund für die Nacht. Mit ihm, der in Gegenwart von Frauen, die ihn nicht anzogen, sofort einschlief, der aber nie müde wurde, wenn er auf Liebe hoffen konnte, redete und trank Valeska von Mitternacht bis früh um fünf abwechselnd Wein und Kaffee. Sie redeten über alles, auch darüber, warum sie so viel miteinander redeten und warum sie nicht miteinander schliefen, schoben sich gegenseitig die Schuld daran zu und lachten. »Lange mach' ich das nicht mehr mit«, sagte Harry.
Er behauptete, unter dem ausgesparten Sex zu leiden, sprach von Hoden- und Seelenweh, litt aber in Wahrheit kaum, empfand die Nächte mit Valeska eher als ungewöhnlich üppiges Vorspiel. Seine Geduld war ihm fremd. Etwas in der Art hatte er nie zuvor erlebt: eine mit Erotik angefüllte Atmosphäre, die sich aus einem unerfindlichen Grund noch nicht entladen hatte. »Aber nicht schwül«, sagte er. »Schade eigentlich«, sagte Vales-

ka, »dann ist ein Gewitter nicht zu erwarten.« – »Es wird ein Monsun«, sagte Harry, »ein langer, warmer Tropenregen.« Gespannt und untätig warteten sie und wußten nicht, was sie daran hinderte, sich auszuziehen, ins Bett zu legen und »Monsun zu machen«, wie sie es jetzt nannten. Keine Moral, keine Religion, kein Mundgeruch, kein anderer Mann hinderten sie, und auch Helene hinderte sie nicht.

Harrys Aufforderungen, sie möge doch endlich einmal mit ihm reisen, waren ein Ritual geworden. Valeska brachte es fertig, die Tatsachen raffiniert zu verdrehen und immer ihm und seinen angeblich unflexiblen Terminen die Schuld am Scheitern der ins Auge gefaßten Reise zuzuschieben. Er lockte mit exotischen Zielen: Java, Bali, Borneo, Sarawak und Sumatra, Timor, Sumba, Sulawesi. Das klang wie ein Abzählreim. Sie hüpfte vor Vorfreude in ihren Mansardenräumen auf und ab, so daß er sie warnte, die Länder und Inseln seien längst nicht so schön wie ihre Namen. Sie wollte alles mit eigenen Augen sehen. Er buchte zum wiederholten Mal zwei Flüge, und prompt mußte Valeska eine todkranke Großtante pflegen, ihr Paß war abgelaufen, oder es ging in ihrem Studium um Leben und Tod: der sagenhafte Professor kann sich nur an diesem einen Tag in einer Kommission für ihr Stipendium verwenden. »Sorry«, hauchte sie. Manchmal sprach sie von den eleganten Anzügen und der Bildung ihres Professors so, daß Harry das Gefühl hatte, sie wollte ihn damit kränken.

»Gehört die Wohnung hier deinem Professor?« fragte er einmal und erhielt darauf nur einen spöttischen Blick.

Wenig später aber saßen sie erstaunlich eng beieinander auf dem Sofa. Ein aufgeschlagener Atlas über ihren Knien verband sie, und sie malten sich eine Reise von

Burma über Sumatra nach Java aus. Da fing Valeska plötzlich an, leise zu singen: »Harry und Valeska, die fahren an Java vorbei, Harry und Valeska, die fahren direkt nach Hawaii.« Harry umarmte und küßte sie hingerissen, genoß ihren Bambuskörper und war sicher, daß dies das Signal zum Aufbruch war. Sie hatten in Hunderten von Stunden genug geredet, jetzt war die Zeit gekommen. »Sing das Lied noch mal«, sagte er ganz benommen, und Valeska sang. Im Originaltext waren es Jimmi, Johnny und Jonas, die an Java vorbei direkt nach Hawaii fuhren, eine Schnulze aus den fünfziger Jahren, miefigstes deutsches Nachkriegsfernweh, das aus diesem Schlager quoll und das sie umgedichtet hatte. Das schauerliche Lied dürfte gut zehn Jahre vor ihrer Geburt entstanden und dann rasch und zurecht in Vergessenheit geraten sein. Woher kannte sie es?
»Von meinem Professor.« Arglos hob sie eine Kassette hoch. »Hat er mir überspielt.« Die gewöhnlichsten Sätze sammelten sich auf Harrys Zunge: Das geht ein bißchen weit, finde ich! Was geht den Professor Java an. Was hast du ihm erzählt? Wieso überspielt er dir Kassetten, das macht doch ein Professor nicht. Aber er schloß den Mund, und sagte nur kurz: »Aha.«
War er in Indonesien, rief er sie fast täglich an, meist um sechs Uhr früh, da war es Mitternacht in Paris. Da lebte Valeska auf, sie liebte Mitternachtsgespräche. Je weiter Harry weg war, desto entzückender flötete und hauchte sie ins Telefon. Sie plauderten ein Stündchen, sie waren sich nah. Manchmal kam fast etwas Sex in Valeskas erotisches Gezwitscher, und sofort vergaß Harry seine vielen vergeblichen Bemühungen und nahm sich vor, geduldig zu sein.
Neuerdings hatte er hin und wieder in Hongkong zu

tun. Das Klima war angenehm, und wenn man entschlossen an all den Wolkenkratzern vorbeiging, war man im Nu auf den Hängen über der Stadt. Dort gab es Spazierwege wie in Heidelberg. »Rate, wo ich bin«, fragte er Valeska beim frühmorgendlichen Mitternachtstelefonat. »Hongkong?« Sie konnte es nicht glauben. »Bringst du mir eine Kleinigkeit mit? So einen typischen Hongkong-Zwanzigpfennigplastikblödsinn?« Die Gespräche mit ihr waren oft das Teuerste an der Reise.
Er hatte es sich zur Gewohnheit gemacht, über Paris zurückzufliegen. Dort war Valeska dann wieder vergleichsweise reserviert. Und wenn sie nicht zu erreichen war, hatte sie immer plausible Erklärungen.
Einmal brachte Harry von einem Hongkong-Abstecher eine »Doctor Lady« mit, eine etwa zwanzig Zentimeter große elfenbeinerne liegende Frauenfigur aus dem Bestand einer alten chinesischen Arztpraxis. Die Patientin brauchte sich nicht auszuziehen, sie zeigte dem Arzt an der nackten Elfenbeinlady, wo sie Beschwerden hatte.
»Süß!« sagte Valeska, als sie die Figur ausgepackt hatte.
»Ich will dir damit näherkommen«, sagte Harry.
Sie drückte sich in die äußerste Ecke des Sofas und machte ihre Augen rund. »Du bist mir doch nah«, hauchte sie.
Er schüttelte den Kopf, holte einen kleinen elfenbeinernen Zeigestock aus der Tasche und berührte damit ein Knie der Doctor Lady. »Wir sind erst da.« Er seufzte. »In Zukunft deutest du bitte immer auf die Stelle, wo ich dich anfassen darf. Ich deute dann dorthin, wo ich dich anfassen will. Dann feilschen wir. Wenn ich in einem halben Jahr nicht am Ziel bin, gebe ich auf und laß dich in Ruhe.«
»Du mit deinen Fristen«, sagte sie nach einer Weile. Jetzt

hauchte sie nicht. »Hast du nach deinem Ines-Debakel nicht die Nase voll von der Fristenregelung?«
»Es muß vorangehen«, sagte er. »Du brauchst Druck.« Er deutete auf die Taille der Doctor Lady.
Valeska nahm ihm den kleinen Elfenbeinstab ab und ließ ihn um die Figur kreisen. »Wo ist die Seele?« sagte sie.
Harry fragte sich, ob es Valeska wegen Helene peinlich war, mit ihm zu verreisen. Das hätte er verstanden, denn dieser Gedanke war auch ihm nicht angenehm. Valeska war Helenes beste Freundin geworden, fast zwanzig Jahre jünger, eine schöne und kluge Frau, und plötzlich tauchte er wieder auf und drängte sich zwischen sie. Schlimm genug, daß er mit Valeska korrespondiert und telefoniert und parliert und wohl auch diniert hatte. Aber wenn Harry die beste Freundin auch noch entführt und mit ihr im indischen Ozean und im südchinesischen Meer herumplanscht, dann geht das wirklich zu weit. Auch wenn Helene ihren Hugo hatte, wäre das hart.
Alle Männer ab vierzig wollten mit jungen schönen Frauen etwas anfangen. Etwas bitter natürlich, von dieser Dutzendbegierde geplagt zu werden, aber eben auch süß. Es wäre zweifellos origineller, mit einer Siebenundsiebzigjährigen in den zweiten Frühling aufzubrechen. Dann würde den zurückgebliebenen Frauen nichts anderes übrig bleiben, als alles Gute zu wünschen.
Wie es Harry schaffen sollte, eine Verletzung Helenes zu vermeiden und selbst nicht als Altherrenlustmolch dazustehen, darüber konnte man reden, wenn Valeska zugesagt hatte. Bisher war es nicht so weit gekommen, und in Harry keimte ein Verdacht: Valeska taktiert, weil sie es sich mit beiden nicht verderben will. Sie begleitet Harry nicht, um Helene nicht zu verlieren, das aber verrät sie

ihm nicht, weil sie ihn nicht verlieren will. Immerhin: Sie will ihn demnach nicht verlieren.

Harry stürzte sich wieder »nach unten«. Um sich Abwechslung zu verschaffen, suchte er in Jakarta endlich jenen Polizeioberst auf, der bei den Händlern die steinernen Tempelskulpturen beschlagnahmte, die nicht exportiert werden durften. Risal hatte Harry schon oft darum gebeten. Wie einem Kind, das seine Ostereier finden soll, stellten die Händler für den Oberst vor seinen Inspektionsgängen ein paar Figuren deutlich sichtbar zwischen die Möbel. Was sie behalten wollten, versteckten sie.
Das Prinzip war einfach: Wollte ein Händler seine Skulpturen verkaufen, mußte er die Polizei mit Geldgaben zum Wegsehen ermuntern. Und wenn ein Polizist die beschlagnahmten Buddhas und Wischnus loswerden wollte, ging das nicht, ohne die Händler für ihre Mithilfe zu entlohnen. Es spielte keine Rolle, auf welchem Weg man mehr Geld einstreichen konnte. Die Korruption war willkommener Anlaß für freundliche Begegnungen zwischen Obrigkeit und Handelsmacht. Sie gab Gelegenheit zur Kontaktpflege.
Harry kaufte eine Postkarte, die einen schmucken indonesischen Polizisten zeigte, und adressierte sie an Helene und Hugo. Hugo mit seiner ultrahohen politischen Moral brauchte einen Zweizeiler zur Aufklärung. Harry reimte: »Das beste an der Korruption? Sie dient der Kommunikation!«
Die Korruption hatte ihre Regeln. Reine Willkür hingegen herrschte, was die Frage nach Alter und Wert der Skulpturen betraf. Sie waren je nach Laune der Händler zweihundert oder auch achthundert Jahre alt. Sie konn-

ten auch zwanzig Jahre alt sein, denn es gab genügend Steinmetze, die in bester alter Manier arbeiteten, und das feuchte Klima machte die frischen Sandsteinfiguren schon bald zu würdig verwitterten Antiquitäten.

Harry, mit seinem Hang zur Bildung von Analogien, verfiel wieder einmal ins Grübeln über das Wesen der echten Liebe. Auf die Echtheit der Liebe legte man viel Wert, dabei war sie vielleicht von der unechten gar nicht zu unterscheiden. Er jedenfalls liebte Valeska echt, daran gab es keinen Zweifel. Notfalls würde er zum Beweis die Telefonrechnungen heranziehen. Man gibt dreitausend Dollar pro Reise nur für jemanden aus, den man wirklich liebt. Andererseits wird ein steinerner Buddha nicht schon dadurch echt, daß man ein paar Tausender für ihn hinlegte. Kunstsammler zahlten ein Schweinegeld für die blödesten Kunstwerke vielleicht nur, um sie damit zu großen und echten Werken zu machen. Auf nichts war Verlaß. Am wenigsten auf Valeskas Beteuerungen, wie echt ihre Gefühle zu ihm waren. Das bedeutete nichts. Wenn es gelänge, auf den Anspruch der Echtheit in der Liebe zu verzichten, würde man sich nicht dauernd betrogen fühlen.

Egal ob echt alt oder echt nachgemacht – in Sumatra und Lombok gab es echt schöne Vasen und Tontöpfe. Sehr groß, sehr schlicht, sehr wohlgeformt. Ausfuhr rechtlich kein Problem, schwierig nur der Versand der schweren, zerbrechlichen Ware. Am schönsten und echtesten war die Verpackung. Für jede einzelne Vase wurde aus wenigen Bambusstangen ein kräftiger, käfigartiger Verschlag gebastelt, in den sie mit Seilen festgebunden und federnd eingehängt wurde. Da hingen sie in ihrer ganzen Schönheit und nichts konnte sie mehr verletzen. Manche Vasenverpackungskünstler flochten zylindrische Käfige, in denen die tönernen Gefäße sogar über holprige Wege gerollt werden konnten. Sie tanzten dabei in ihrer Verschnürung, als mache es ihnen Spaß.

Die Vasen an sich waren gutes Kunstgewerbe. Festgezurrt und doch frei schwebend in ihrem Gestänge, war so eine Vase ein modernes Kunstwerk, fand Harry. Wenn das Verpacken von Gebäuden Kunst war, dann waren auch die genial verpackten Pötte aus Lombok und Sumatra Kunst.

Harry gab Rebecca in New York eine Schilderung der neu entdeckten Schönheiten. Rebecca fing Feuer und eine Ausstellung wurde organisiert. Im selben Monat, in dem ein Mann namens Christo in Berlin das Reichstagsgebäude verhängte und viel Zuspruch erhielt, fand in einer Galerie am Rand des Central Park in New York eine Ausstellung mit dem Titel »Native Pot Bondage« statt.

Wie Harrys angeblich finnisches Autofensterregal zunächst eine Antwort auf das Designerunwesen sein sollte, so war auch diese Ausstellung verschnürter Vasen gedacht, um erstens auf die Schönheit des Praktischen hinzuweisen und zweitens den modernen Kunstzirkus zu verspotten. Und wie sein Regal, so wurde auch diese Ausstellung ein grotesker Verkaufserfolg. Die großen Töpfe, für die in New York bisher zweitausend Dollar bezahlt wurden, gingen nun als »Native Pot Bondage« für achttausend reißend weg.

Harry war zur Eröffnung der Ausstellung nach New York gekommen. Er hatte Rita benachrichtigt. Gut zweieinhalb Jahre hatten sie sich nicht gesehen.

Rita war unverändert hübsch. In zehn Jahren würde sie ausdrucksvoller aussehen. Sie begrüßten sich herzlich wie alte Freunde. Die braune Rita war in Begleitung

einer besonders weißhäutigen Bohnenstange Mitte Fünfzig, die eine schottische Schloßherrin sein könnte. Oder Gouvernante. Kommt auf das gleiche raus. »I'm Eleanore«, sagte das Schloßgespenst streng. Die Vorstellung, die beiden könnten ein lesbisches Paar sein, machte Harry unruhig. Sofort wurde Rita für ihn attraktiv. Er sah sie als Opfer des Schloßgespenstes und wollte sie retten.
»Komm einfach mal länger«, sagte Rita, als sie bald ging. Sie wußte doch gar nicht, wie lange er in New York bleiben wollte. Das Gespenst streifte ihn mit einem letzten abfälligen Blick, dann verschwanden die beiden. Harry machte Small talk mit Gästen und Käufern und mußte viel an Ines denken, der in gewisser Weise die Ausstellung zu verdanken war. Denn die Reize der in ihren eleganten Verschlägen festgebundenen Vasen waren ihm in Sumatra vor allem deswegen aufgefallen, weil sie ihn an die Nacht in Palermo erinnert hatten.
Von den vierundvierzig Vasen waren schon am Eröffnungsabend mehr als die Hälfte verkauft. »Masochismus ist Mode«, sagte Rebecca am nächsten Tag, als sie Harry einen Scheck über hundertzwanzigtausend Dollar ausstellte. Vorläufige Abschlagszahlung. Harry ging noch zwei Stunden in Greenwich Village spazieren und nahm sich vor, demnächst einmal länger nach New York zu kommen. Auch um das Verhältnis von Rita und dem Schloßgespenst zu ergründen. Viele Ehefrauen wurden lesbisch. Nichts dagegen. Aber Rita hatte eine bessere Partie verdient als diesen Heilsarmeefeldwebel.
Im Flugzeug nach Paris betrachtete er den Scheck, dachte an die sterbende Tante Katharina, und wie ihr Julia Balladen von Schiller vorgelesen hatte. Harrys geschäft-

liches Glück war langsam nur noch mit dem des Polykrates zu vergleichen, dem der als Opfer in die Fluten geworfene Ring wenig später beim Tranchieren des Fisches wieder aufgetischt wird. Soweit sich Harry erinnerte, war das Glück des Polykrates zwar unheimlich, aber das Unheil blieb aus.

In Paris konnte er Valeska nicht erreichen, obwohl er sich angesagt und sie ihm versichert hatte, sie werde da sein. Wie so oft. Diesmal verlor Harry nach drei Tagen vergeblichen Läutens die Geduld. Der Ärger ließ ihn endlich normal reagieren. Normal war, bei Helene anzurufen und zu fragen, ob sie wisse, was mit Valeska los sei. Unnormal war, was er die ganzen letzten Monate gemacht hatte: Seine Nachstellungen mitsamt den meisten Parisaufenthalten vor Helene zu verbergen.
Helene war überrascht, daß Harry an Valeska interessiert war. Das hätte sie nicht gedacht. »Da schau her«, sagte sie, »die ist dein Typ? Du machst dich.« Noch verwunderter war sie, daß Harry Valeskas Beteuerungen je Glauben geschenkt hatte.
»Ich weiß ja nicht, wie gut ihr euch kennt«, sagte sie großmütig, »aber ist dir nicht aufgefallen, daß Valeska etwas – etwas ungewöhnlich ist?«
»Allerdings«, sagte Harry, »ungewöhnlich geistreich und ungewöhnlich hübsch.«
»Tu nicht so!« sagte Helene. Sie kennt Valeska ja nun wirklich eine Weile. Klar ist sie schlau und entzückend, das weiß Helene auch. Aber sie hat doch einen Hau. Das kann Harry nicht im Ernst verborgen geblieben sein. Valeska lügt doch wie gedruckt, entzieht sich raffiniert jedem Annäherungsversuch, geht zum Schein auf alles ein, bricht alle Zusagen, dreht einem das Wort so im

Mund herum, daß man es erst Stunden später merkt, geht nicht ans Telefon, beantwortet keine Briefe. Es gibt keinen Menschen in Paris, der einen Brief von ihr besitzt, obwohl ihr alle Männer schreiben. Sie behauptet, es gehe ihr blendend, wenn sie kurz davor ist, von der Brücke zu springen. »Das ist Valeska!« Helene atmete durch. »Und man verzeiht ihr natürlich alles.« Früher habe sie sich Sorgen gemacht, sagte Helene, jetzt nehme sie Valeska, wie sie ist. Wenn man sie einlädt und sie kommt, ist es gut, wenn nicht, hat man Pech gehabt. »Du solltest sie einmal fragen, ob sie dich auf eine deiner Einkaufsreisen begleiten möchte, sie wird sicher begeistert zustimmen.«
Harry schwieg. Er bewunderte es, wie freundlich und gleichzeitig hart Helene von Valeska sprach. Er hatte all diese Macken nicht sehen wollen. Nur in zwei Punkten hatte Helene nicht recht. Da war er valeskamäßig ihr und anderen voraus: Er bekam Valeska ans Telefon, und sie hatte ihm geschrieben. Kaum einen Kartengruß ließ Valeska unerwidert. In Hamburg hatte er oft schöne Briefe von ihr vorgefunden. Eigentlich die schönsten Briefe, die er je von einer Frau bekommen hatte. Man schreibt solche Briefe nicht an Männer, die einem egal sind. »Was hat sie denn?« fragte Harry.
»Was weiß ich«, sagte Helene, »wenn man sie darauf anspricht, macht sie total zu. Dann läßt sie einen fallen. Was gibt es nicht alles für Wohlstandsmacken: Klaustrophobie, depressive Schübe, Bulimie ... «
»Das 's ja 'n Ding!« sagte Harry. Dann erzählte er von Rita und ihrem Schloßgespenst.
»Noch 'n Ding!« sagte Helene.
Harry raffte sich auf: »Fährst du das nächste Mal mit mir nach New York?«

»Oh, ein Antrag!« Helene freute sich. »Vielleicht ist das Schloßgespenst ja auch nur Ritas Managerin?«
»Das kriegen wir raus«, sagte Harry.

In Hamburg rief er Valeska an. Oh, das tat ihr leid, daß es in Paris nicht geklappt hatte. Aber Harry weigere sich ja, ein Handy anzuschaffen. Sie konnte ihn nicht erreichen, um abzusagen. Sie war in Lyon. Genau in den Tagen war da ein Professor, der forscht auf ihrem Gebiet, den Typen mußte sie beschnuppern.
»Ah, ja!« Harry räusperte sich. Dann unterbrach er ihr Gezwitscher: »Was ich mich frage«, sagte er.
»Ja?«
Harry fühlte sich wie ein abgeschossener Pfeil: »Bist du nun tablettensüchtig oder magersüchtig, drogensüchtig oder nur selbstsüchtig?«
Valeska schwieg einen Sekundenbruchteil. »Du bist aber direkt heute«, sagte sie dann. Ihre Stimme war fest.
»Also was?« Harry wurde plötzlich heiter: »Welche verdammte Sucht ist es? Sehnsucht jedenfalls nicht. Die habe ich. Nach wie vor. Die äußert sich anders.«
Jetzt schwieg sie.
»Ich bleibe trotzdem dran«, sagte er.
»Wirklich?« Valeska spielte die Büßerin, die nicht mehr zu hoffen wagte.
Harry war längst versöhnt. »Ja, wirklich,« sagte er und legte auf. Was sollte er machen. Er liebte sie. So schlimm war das auch wieder nicht. Und der Plan, mit Helene nach New York zu fahren, gefiel ihm außerordentlich.

Bald mußte er wieder in Paris sein, weil auch Jean-Pierre eine Ausstellung mit gefesselten Vasen machen und mit Harry einiges besprechen wollte. Valeska war nicht zu

erreichen. Sie machte es ihm nicht leicht. Er spürte, daß die Lust, dranzubleiben, sich nicht endlos halten würde. Er hatte plötzlich erhebliche Zweifel. Es dürfte ihr scheißegal sein, ob er sich etwas aus ihr machte oder nicht. Sollte man sich um so jemanden bemühen?
Bei Helene traf er Hugo. Der hatte sich über Harrys Korruptionspostkarte aus Java gefreut. Harry war gerührt. Nur noch selten bedankten sich Leute für Kartengrüße. Beide konnten sich nicht mehr an den Reim auf der Karte erinnern. Harry verschickte viele Karten. Wenn es nicht Liebesbotschaften waren, vergaß er, wem er was geschrieben hatte. Hugo hatte den Reim sogar bei einer Fernsehdiskussion verwendet. Er suchte danach.
»›Am Brunnen vor dem Tore, herrscht Korruptionsfolklore‹ – war es das?« fragte Harry. »Nein«, sagte Hugo. Aber das sei auch gut, das nimmt er das nächste Mal.
»Nur wenn Sie den Autor nennen!« sagte Harry.
Er fuhr über Antwerpen zurück. Er wollte Ron besuchen. Er war nicht im Laden. Roberta, die Riesin, glaubte, er würde bald kommen. Sie wartete mit Harry. Früher hatte es hier gut nach den öligen Hölzern Südostasiens gerochen, nach den Lagern von Risal, Wai Feng und Tang Fu. Nun duftete es wie in einem Beduinenzelt. Rons Handel mit nordafrikanischen Stoffen blühte.
Harry fand es schön, mit Roberta auf Ron zu warten. Er konnte nicht verstehen, daß Ron sie nicht liebte. Was für kohlschwarze Augen.
»Mögen Sie Jazz?« fragte er.
»Kommt drauf an«, sagte Roberta.
Harry sagte, er habe zu Hause mindestens sieben verschiedene Versionen von »Dark Eyes«. Würde er ihr gern vorspielen.

»Solange Sie mir nicht ihre Briefmarkensammlung zeigen wollen«, sagte sie.
Er wurde verlegen. Nicht bei ihm, natürlich. »Ich überspiele die Stücke auf eine Kassette.« Die ekstatische Zwölfminutenversion mit Dizzy Gillespie und Stan Getz müßte ihr in die langen Beine fahren, dachte er.
»Gern!« Roberta nickte. Die Namen der Musiker sagten ihr nichts.
Dann warteten sie wieder schweigend.
Plötzlich fragte Roberta: »Wie geht es Ines?«
Harry mußte sie völlig entgeistert angestarrt haben, denn sie entschuldigte sich. Sie wollte nicht indiskret sein.
Es stellte sich heraus, daß Ron ihr viel von der Reise mit Harry erzählt hatte. Auch von seiner Geschichte mit Ines inklusive Palermo und seinem Liebeskummer. Harry machte eine Geste: Macht nichts, ist ihm egal, wer sein Herz von innen kennt. Roberta sagte, sie habe darüber nachgedacht. Es könne doch nicht im Ernst aus sein, das glaube sie nicht. Sie schüttelte ihren dunkelbraunen Haarschwall. »Vielleicht sitzt Ines einsam da und wartet auf Sie?« Roberta heftete ihre kohlschwarzen Augen eindringlich auf Harry. Sie war dreißig, sah aus wie zwanzig und hatte eine Stimme wie eine Siebzehnjährige. Sie würde eine gute Jeanne d'Arc abgeben. Sie kam ihm plötzlich vor wie eine Seherin.
»Hat Ihnen Ron auch erzählt, daß ich mich an seiner Stelle in Sie verlieben würde?« fragte er.
Nein, das hatte Ron angeblich nicht.
Kaum sprachen sie von Ron, rief er an. Er würde heute nicht mehr im Laden auftauchen. Harry solle gleich zu ihm rauskommen. Als Harry schon auf der Straße war, machte er kehrt und betrat noch einmal den Laden. Er ging auf Roberta zu und umarmte sie, lange und wortlos.

Sie streichelte seine rechte Schulter, andeutungsweise, um ihm zu zeigen, daß sie seine Aufwallung verstand. Er löste sich von ihr und sah ihr in die Augen. »Du siehst so verläßlich aus«, sagte er, »ich habe es nur mit Unzurechnungsfähigen zu tun. Ich schicke dir die Musik. Dann komme ich wieder vorbei und frage, ob sie dir gefallen hat.«
»Paß auf, ich bin auch nicht zurechnungsfähig«, sagte Roberta. Ihretwegen brauche er allerdings nicht mehr hier in Antwerpen vorbeizuschauen. Sie verließe Belgien. Seit Palermo konnte Harry das Wort »verlassen« nicht mehr hören, ohne Krämpfe zu kriegen. Vermutlich wanderte sie nach Neuseeland aus. »Wo ziehst du hin?« – »Nach Hamburg«, sagte Roberta. Leider sagte sie es reserviert. Sie wußte, daß Harry dort lebte.

Ron wohnte jetzt in einem Schloß in der Nähe von Antwerpen. Hatte er sich gekauft. Weil der Handel mit den Stoffen aus Nordafrika so brummte.
»Bei mir kommt das Geld auch wie Scheiße aus dem Gulli«, sagte Harry. Er wisse nicht, wohin damit.
»Immobilien«, sagte Ron, »Du mußt dir ein Schloß kaufen, eine Villa.«
Harry wollte kein Haus besitzen. Ron wußte von einer anderen Anlage: Vor Borneo liegen jede Menge Schiffe auf Grund, die vor hundert Jahren auf dem Weg von China nach Java dort untergegangen sind. Irres Porzellan an Bord. Die indonesische Regierung verkauft jetzt die Rechte für die Bergung einzelner Wracks. »Laß das Recht zweihunderttausend kosten«, sagte Ron, »und das Bergen auch noch mal so viel. Aber dafür holst du ein Zeug hoch, nach dem leckt sich jedes Museum die Finger.«
Harry sah sich sofort mit Valeska an Bord eines Schiffes

im südchinesischen Meer. Ein Taucher kommt hoch und schmeißt ihnen lachend eine Handvoll Schmuck zu. Harry hängt der gebräunten und vital gewordenen Valeska eine Perlenkette um.

Er erzählte Ron von Valeska. Ron solle ihm raten, er habe doch Erfahrungen mit beschädigten Seelen. »Wie geht man mit so einer um?« – »Du mußt einfach nur aufpassen«, sagte Ron. Es war zwei Uhr nachts, und sie waren angetrunken. Da klang es wie das Wort eines Weisen: Du mußt einfach nur aufpassen.

Um drei fiel ihnen ein, daß es in Java neun Uhr morgens war. Sie wurden sentimental und riefen bei Risal an. »Hey Instetten, why don't you come to Jakarta any more!« schrie Risal in sein Telefon. Harry wollte bei der Gelegenheit gleich seine Ankunft für nächste Woche festmachen. Risal sagte, nächste Woche sei ganz schlecht. Ein Taifun sei angesagt. Lieber in fünf Wochen.

Harry war verwirrt. So eine Auskunft hatte es noch nie gegeben. Ron kicherte und klärte Harry auf: Von einem Taifun sprechen die Händler immer, wenn sich ein anderer Einkäufer angesagt hat, der vorher durch die Lager fegt. Sie wollen einem taktvoll die Wahrheit ersparen, »Du kannst davon ausgehen, daß dir diesmal Arnulf Killer zuvorgekommen ist. Kein Wunder, wenn du immer nur Frauen im Kopf hast.«

Obwohl Harry nach nur einem Jahr Handel in der Schweiz mittlerweile pechschwarze zweieinhalb Millionen Franken liegen hatte und in Hamburg schlohweiße, leider noch zu versteuernde eineinhalb Millionen Mark, fand er es bitter und fast existenzbedrohend, daß die nächsten Hunderttausender nicht schon in drei, sondern erst in vier Monaten dazukämen.

Wieder in Hamburg war Harry nervös. In Indonesien wütete ein Taifun namens Arnulf Killer und hinderte ihn, sich auf das Inselreich zu stürzen, das innerhalb eines Jahres zu seinem persönlichen Jagdgrund geworden war. Er war ein Täter geworden, den es unentwegt an den Ort der Tat zurückzieht. Daß dies im Augenblick nicht möglich war, machte seine Laune schlecht. Er sehnte sich unverdrossen danach, Valeska in langen Überseegesprächen aus Java, Sumatra und Sulawesi nah zu sein und überlegte sich, ob er in das verhaßte China ausweichen sollte, um von Schanghai aus anzurufen und nebenbei einen Container mit feuerroten Hochzeitsschränken vollzukaufen.

Er hatte sich an das Hin- und Herspringen zwischen Europa und Asien gewöhnt. Weder hier noch dort war er besonders gern. Die Tropen mochte er noch immer nicht. Das beste an ihnen war, daß die feuchte Luft die Haare lockig machte. Man konnte sein Spiegelbild besser ertragen. Obwohl man ein blödsinniger Händler war, sah man verwegen aus. Die süßen braunen Frauen, die bei Wai Fengs hochkultivierten Whisky-Saufgelagen zu Gast waren, schätzten Harrys tropischen Lockenkopf.

Am wohlsten fühlte er sich im Augenblick des Absprungs. Weg aus Hamburg, weg aus Jakarta. Die Arbeit war nach wie vor wenig befriedigend: kaufen, kaufen, Lager leerkaufen, Container vollkaufen. Je mehr er kaufte, desto vermögender wurde er. Es hatte seine Logik, blieb aber befremdlich. Er produzierte nichts außer Geld. Selbst sein Versuch, die Kunst- und Designszene mit Autofensterregalen und gefesselten Vasen vor den Kopf zu stoßen, brachte nicht Skandal und Ehre, sondern vor allem Geld.

Das aktuelle Problem der Geldanlage war in zwei Minuten erledigt. Wie zu erwarten rief die Schweizer Bank an. Mit sechshunderttausend frisch überwiesenen Franken mußte etwas geschehen. »Dreihundert in russische Anleihen, dreihundert in mexikanische«, sagte Harry. »Sie sind wahnsinnig, Herr von Duckwitz«, sagte der Anlageberater, allerdings ehrfurchtsvoll. Er wußte natürlich, daß nicht Schwachsinn, sondern kühner Wahnsinn seinen Kunden leitete.
»Du bist verrückt«, hatte auch Harry zu seinem Steuerberater gesagt, als der ihm neulich den Tip gab. »Die Welt ist verrückt, du mußt ja nicht mitspielen«, sagte der nur und klärte Harry kurz auf: Nichts bringt höhere Zinsen als der Kauf von Anleihen total verschuldeter Länder. Die werden von aller Welt ängstlich gestützt. Nichts ist daher zur Zeit sicherer. Es ist nur unheimlich. Deswegen machen es wenige Anleger. Damit es mehr machen, wird das Zinsangebot immer günstiger. Der Zins wird von elf auf zwölf Komma fünf steigen. Dann kaufen. Für ein Jahr. Sind bei sechshundertfünfundsiebzigtausend Gewinn. »Mach's oder mach's nicht«, sagte der Steuerberater. Alles ganz einfach. Das schwarze Geld mit hohen Zinsen anlegen, das weiße mit niedrigen, wegen der Steuern.

Nun blühten Harry fünf Wochen Hamburg, ohne die Möglichkeit, seinem neuen, wenig geliebten, aber doch zerstreuenden Händlerberuf nachzugehen. Das war bitter. Er nahm sich vor, nichts anderes zu unternehmen. Nur wippen im Stuhl und etwas Klarheit gewinnen. Eine Kur. Er versuchte sich mit Romanen abzulenken. Das gelang ihm nicht. Er las in jede Liebesgeschichte sofort seine eigene hinein und blieb dann bald stecken.

In den Frauenfiguren konnte er immer nur Ines, Valeska und Helene erblicken, manchmal auch Barbara und Susanne. In allen liebenden Männern erkannte er sich selbst. Dann, nach zwanzig oder dreißig Seiten, ärgerte er sich über die Falschheit und Feigheit der Liebhaber und hatte keine Lust, weiter zu lesen.

Er ging viel ins Kino und sah sich im Fernsehen bedeutungslose Filme wegen ihres Titels an. »Trügerische Liebe« zum Beispiel. Im Programmheft strich er sich einen Film an, den einer der widerwärtigen Privatsender nachts um halb drei ausstrahlen würde: »Frau ohne Herz.« Er schlief ein, ehe der Film begonnen hatte und wachte erst morgens um halb sechs vor dem laufenden Fernseher auf. Den ganzen Vormittag war Harry wütend auf sich und hatte das Gefühl, eine wichtige Nachricht versäumt zu haben.

Natürlich war es die große Liebe, die ihm zu lange schon fehlte. Der Hunger danach trieb ihn um. Es war wie mit dem Geld. Er wollte seine Liebe loswerden, genauer: gewinnbringend anlegen. Am spekulationsfreudigsten machte ihn nach wie vor Valeska. Ihre Macke mußte reparierbar sein. Wenn sie endlich zur Vernunft gekommen war, würde Harry die Schleusen öffnen und sie mit seiner uferlosen Liebe überschwemmen. Monsun. Für Helene wäre dann auch noch reichlich Liebe übrig. Soviel sie eben neben ihrem Hugo noch haben wollte. Es war mit der Liebe wirklich wie mit dem Geld und auch dem Hochwasser: Wenn erst genug da war, vermehrte es sich im Überfluß.

So war es in den Jahren mit Rita, Ines und Helene auch gewesen. Bis zum Anbruch der verdammten Dürreperiode. Und ausgerechnet ihm, dem Hasser des Volksmunds und seiner dummen Redensarten, mußte die Bestätigung

der allerdümmsten Weisheit widerfahren, wonach Glück im Spiel Pech in der Liebe bedeutet.
Dann brachte Harry über Helene eine sensationelle Neuigkeit in Erfahrung: Valeska, offenbar geheilt von ihren rätselhaften Süchten, trug sich mit dem Gedanken, ihre Studien in Berlin fortzusetzen. »Dann hast du endlich einen klaren Platzvorteil«, sagte Helene und fügte mehrdeutig hinzu: »Aber sei vorsichtig!«
Valeska bestätigte am Telefon die Pläne. Eine Übergangsbleibe hatte sie schon. Ein Assistent des Professors macht eine Kreuzfahrt und stellt ihr seine Wohnung vier Wochen zur Verfügung. Großes Glück, ja, ganz toll. Dort kann man sie anrufen. Es gibt einen Anrufbeantworter. Ein gewisser Sebastian wird sich melden. Eben jener Kreuzfahrer. Sie wird viel unterwegs sein, anfangs. Einfach Nachricht auf Band sprechen. Sie ruft dann zurück. Sie freut sich schon.
Gleich an Valeskas erstem Berlin-Tag rief Harry an, hörte Sebastians gepflegte Ansage vom Band und begrüßte dann Valeska in Berlin. Natürlich konnte sie ihn am ersten Tag nicht gleich zurückrufen. Vielleicht war sie auch noch nicht angekommen.
Anderthalb Wochen lang besprach Harry täglich das Band bis zum Anschlag. Valeska mußte in der Wohnung sein, sie hörte ihn täglich an und spulte das Dreißigminutenband auf Anfang zurück. Nach vier, fünf Tagen verwandelte sich sein Flehen in ein immer stürmischer werdendes Verfluchen. »Zur Hölle mit dir, du süchtige Schlampe! Hast du meine Nummer vergessen? Bist du in deiner maßlosen Trägheit zu faul, die Auskunft anzurufen?« Harry schrie seine Nummer höhnisch in die Sprechmuschel und legte zornig auf.
Eine Stunde später klingelte das Telefon. »Sind Sie Har-

ry?« Harry erkannte die Stimme sofort. Sie kam von weither. Sie gehörte Sebastian. Und Sebastian kannte auch seine Stimme. Sehr gut sogar. »Bitte unterlassen Sie das ab sofort«, sagte Sebastian, erstaunlich gefaßt. »Ich fahre seit zehn Tagen auf dem Mittelmeer herum und muß mir das jeden Tag anhören.«
»Mein Gott«, sagte Harry. An diesen neuen Selbstabfragetelefonklimbim hatte er natürlich nicht gedacht.
»Ich kenne Valeska von früher«, sagte Sebastian, »sie wohnt nicht bei mir. Leider«, fügte er hinzu. Ein Leidensgenosse. »Mann«, rief er plötzlich. »ich möchte nie wieder in meinem Leben Ihre Stimme hören. Das ist mein einziger Wunsch!« Dann legte er auf.

Harrys Liebe war im Augenblick flüssig. Es gab kein passenderes Wort für den Aggregatzustand seiner Gefühle. Sebastians wahrhaft berechtigte Klage bewirkte, daß sich die Liebe wie Ebbe am Strand von Valeska zurückzog. Da sonst kein rettendes Ufer vorhanden war, schwappte das Meer in Richtung Roberta. Roberta war der nächste Schlag.
Von Ron mußte Harry erfahren, daß Roberta schon seit drei Wochen in Hamburg wohnte. »Was?« sagte Ron. »Sie hat sich noch nicht bei dir gemeldet?«
Harry rief sie an. »Oh!« Nur paßte es jetzt leider überhaupt nicht! Fröhliche Stimmen im Hintergrund drängten Roberta zum Aufbruch. Morgen? Nein! Morgen in einer Woche? Ja, doch, müßte eigentlich.
Wenn Isabelle und ihre Schickeriabande nicht wären! Harry nahm ein paar dumme Einladungen an. In einer Ecke saß eine gutaussehende Fernsehmoderatorin. Da er jetzt alle gutaussehenden Frauen für liebesunfähige, egomanische und autistische Verräterinnen hielt, erklärte er

einer wildfremden, auch sehr gutaussehenden, aber wenigstens nicht auch noch prominenten Frau, mit der zusammen er am Buffet Krabben auf den Teller nachlud, wie gräßlich er diese Fernsehmoderatorin fände. Da er nur noch aus Wut bestand, war seine Tirade eloquent und konnte sich hören lassen. All sein Haß auf die Welt wurde auf diesen harmlos lächelnden Goldschopf in der Ecke abgeladen.
Als Harry zum Ende gekommen war, entschuldigte er sich bei seiner Zuhörerin. Sie faßte seinen Unterarm und sagte: »Sie glauben nicht, wie gut mir das getan hat.«
Drei Stunden später lag er mit ihr im Bett. Sie war auch Fernsehmoderatorin. Allen bekannt, nur Harry nicht, da er hauptsächlich schlechte Liebesfilme sah. Auch bei ihr Fanpost kartonweise. Auch hier ein Ehemann, der nicht da und ein Schwein war. Auch diese Sache wieder nett und nicht nötig. Eine weitere Anekdote, keine Geschichte.
Sie war anhänglicher als neulich die Filmschauspielerin. Es war ihr anzusehen, daß sie Harry gern um ein nächstes Mal gebeten hätte, und er kam sich ein bißchen herzlos vor. Doch war ihr auch anzusehen, daß dieser Wunsch sich rasch und spurlos verflüchtigen würde. Er küßte sie lange, um seine Unverliebtheit zu verschleiern, so lange, daß schließlich doch noch ein echter Liebesabschiedskuß daraus wurde, in dessen letzter Phase er sich plötzlich vorstellen konnte, ein Leben an der Seite dieser Fernsehmoderatorin zu führen. Warum eigentlich nicht. Wenn Leute von der Regenbogenpresse kommen, verdrückt man sich und spielt Pingpong mit dem Stiefsohn. Auf diese Weise käme man noch zu einem richtigen Familienleben. Schöne Boulevardzeitungsschlagzeilen: Scheidung endlich durch! Unsere neue Fernseh-Freifrau!

Hochzeit mit dem ehemaligen Diplomaten Harry Freiherr von Duckwitz an einem geheimen Ort in Sumatra. Harry streichelte ihr Gesicht und sagte: »Ich muß weg. Weit weg. Nach Sumatra. Ich bring' dir eine Kette mit. Aus Sumatra-Bernstein.« Sie war auch erst dreißig. Aber das Prominentsein hatte ihr den jugendlichen Leichtsinn genommen. Sie lächelte wie diese kränkelnden Hollywoodschauspielerinnen, wenn ihnen ihre betulich giftmischenden Gatten aufgeräumt beste Gesundheit versichern: Dr. Mortimer hat gesagt, du bist ganz tapfer, Kleines, wir schaffen es schon.
Zu Fuß waren es zwei Stunden bis zu seiner Wohnung in Winterhude. Ein Trost, daß man kein Bestandteil des morgendlichen Berufsverkehrs war.
Harrys Anziehungskraft mußte verrutscht sein. An berühmte Frauen kam er ran, die unberühmten versetzten ihn. Mit beiden ging es nicht. Als er naß wie ein Hund zu Hause ankam, war er mit Ines versöhnt. Sie war die einzige, die etwas von seiner Liebe verstand.

14 *Harry erleidet einen Rückfall in seine krankhafte Sehnsucht nach Ines, der zu einem unvernünftigen Abbruch einer Einkaufsreise führt, den imposanten Zwischenhändler Wai Feng vor den Kopf stößt und zu falschen Vermutungen Anlaß gibt. Einzelheiten über Whisky and Women, Balken aus dem Hafen von Surabaya und alte Teakholztischplatten von den Sunda-Inseln. Daneben die unerwartete Aufklärung eines Falles von Mädchenhandel, Betrachtung über das unterschiedliche Schlafen der Völker, einige brauchbare Wendungen der indonesischen Basissprache Bahasa und wie schließlich eine esoterische Anwandlung zu einer eigenartigen Begegnung mit Ines führt und Harry Fliegen erschlägt.*

Nachdem im Juni 1995 Arnulf Killer aus Zürich, versehen mit einem ansehnlichen Kredit, wie ein Taifun durch die Möbellager von Jakarta und Surabaya gefegt war, sah sich Harry erst im August auf Java um und stellte beruhigt fest, daß der Schweizer Konkurrent keine Spuren der Verwüstung hinterlassen hatte. Er hatte die Lager nicht leergekauft, oder es war inzwischen alles wieder aufgefüllt worden.

Harry orderte fünfhundert der begehrten Wippklappstühle und zweihundert Opiumtische aus altem Hafenholz, dazu fünfzig gefesselte Vasen. Nein, nicht über Rotterdam diesmal, und das Geld nicht schwarz in die Schweiz, sondern brav alles nach Hamburg bitte, denn der Steuerberater riet zu Weißgeld. Falls Harry doch noch Vernunft annehmen und einsehen würde, daß in seiner Lage nur eines in Frage komme: Schulden machen und eine Dreimillionenvilla kaufen. Dann sollte ein Drittel des Kaufpreises als sauber versteuertes Geld mit klarer

Herkunft parat liegen. »Ich will keine Villa«, jammerte Harry, tat aber sicherheitshalber doch, was ihm geraten wurde.

Er beschloß, im Herbst keine Einkaufsreise mehr zu unternehmen. Es war nicht gut, den Markt mit zu viel edlen Möbeln zu überschwemmen. Die Kunden sollten sich gedulden. Auf schöne Sachen muß man warten können. Auch nahm er sich vor, sich mehr seinem Privatleben zu widmen. Er hörte zu wenig Jazz und war noch immer nicht dazu gekommen, von drei, vier Hosen das blöde Markenzeichen zu entfernen, das die sadistischen Hersteller über den rechten Gesäßtaschen derart festnähten, daß man mit der feinsten Schere ausgerüstet eine halbe Stunde brauchte, um es zu entfernen.

Die Kunden in Paris und New York warteten auf ihre Möbel und Vasen und echten Buddhas, und Harry wartete darauf, daß sich in seinem Privatleben etwas tat. »Geld ist leichter anzulegen als Liebe!« schrieb er an Susanne und bat um Nachricht aus ihrem Mannheim-Ludwigshafen-Heidelberger Polygamiedreieck. »Endlich! Deine Karten haben mir gefehlt«, schrieb Susanne zurück. Ludwigshafen war ihr im Augenblick zu bieder und zu wenig eifersüchtig, und Mannheim hatte im Sommer etwas mit einer anderen gehabt. Sie litte jetzt noch. Harry schrieb: »Abscheulicher Provinzsumpf! Ich soll Dir fehlen, nicht meine Karten!« Er schrieb von den netten und unnötigen Eroberungen seiner beiden Film- und Fernsehstars und von seinem vergeblichen Schmachten nach Valeska und Roberta. »Sei froh, daß Du schmachten kannst, bleib dran und schreib mir haarklein, wie es weitergeht!« antwortete Susanne.

Neuerdings klingelte immer wieder das Telefon, und wenn Harry abhob, wurde aufgelegt. Das geschah mit

einer gewissen Regelmäßigkeit, alle zehn bis vierzehn Tage vielleicht. Mit einemmal sah Harry Ines vor sich, wie sie seine Nummer wählte und dann auflegte, wenn sie seine Stimme hörte. Von da an war es um seinen Verstand geschehen. Die fixe Idee wucherte und erzeugte rührselige Bilderfolgen, denen er sich hingab, wie einem indischen Schmachtfilm in einer einsamen südostasiatischen Hotelzimmerfernsehnacht: Ines hin- und hergerissen zwischen Sehnsucht, Stolz und Reue. Sie will zurückkommen. Doch hat sie auch Angst vor seinem Triumph. Sie hatte das Ende der Liebschaft energisch verordnet. Nun fällt es ihr nicht leicht, zuzugeben, daß es ein Fehler war. Deswegen verläßt sie der Mut, sobald er abgehoben hat.
Aber was tun? Sollte er ein »Ich-weiß-daß-du-es-bist-Ines!« in die Sprechmuschel flöten? »Hab keine Angst, ich werde dich wieder lieben.« Keins der Worte brachte er über die Lippen, als der nächste Anruf kam.
Manchmal hatte er Valeska und Roberta im Verdacht. Die beiden hatten auch einen Hau, einen Tick, einen Schlag, eine Macke. Auch sie hatten Grund, sich zu melden. Aber eine Verbissenheit dieser Größenordnung traute er nur Ines zu.
Mit jedem der Anrufe wurden Harrys wollüstige Visionen dramatischer. Wenn er sich gehenließ, sah er darin bereits Signale einer Verzweifelten, die kurz davor ist, sich das Leben zu nehmen, weil sie ihn verschmäht hatte. Und er ließ sich gern gehen.
Seine Vermutungen erschienen ihm manchmal grotesk und manchmal plausibel. Als Diplomat in Lateinamerika hatte er ab und zu Karten gespielt. Auf ein verdecktes Blatt zu setzten, war ein ähnliches Gefühl gewesen. Wahrscheinlich war nichts dahinter, wahrscheinlich war

der Einsatz umsonst. Doch kaum wollte man passen, war man sich sicher, daß da vier Asse lagen. Jetzt setzte er kein Geld aufs Spiel, sondern seinen Verstand. Auch das war ein Reiz.

Es war Januar 1996 geworden. Ein mutmaßlicher Anruf von Ines war wieder fällig, aber auch die nächste Einkaufsreise. Kaum im Flugzeug, sah Harry Ines verzweifelt mit dem Hörer in der Hand. Es tutet ins Leere. Das bewährte Wahnbild tat seine Wirkung. Sofort kam er sich vor wie ein ungeduldiger Geschäftsmann, der nicht mehr an die Wunder der Liebe glaubt und drauf und dran ist, sich seinem Umsatz zuliebe die letzten Chancen auf die Rückkehr des großen Glücks zu verscherzen.

Er kaufte diesmal vor allem auf den Kleinen Sundainseln östlich von Bali und Lombok. Seine Vermutung war richtig gewesen: Derart gut erhaltene Tische und Betten hatte er in Java und Bali noch nie gesehen. Allerbestes dunkelstes Teakholz. Auf den Inseln Flores und Sumba schwirrten noch keine europäischen und australischen Händler herum. Die Möbel waren doppelt so gut und doppelt so billig, aber es dauerte auch doppelt so lange, an sie heranzukommen. Acht Tage hatte er vorgesehen, es würde mindestens vierzehn Tag dauern, bis er die drei Container voll hätte. Hier gab es noch keine Zwischenhändler mit den neuesten riesigsten amerikanischen Jeeps und den neuesten winzigsten herumtragbaren japanischen Wichtigtuertelefonen zum pausenlosen Durchgeben von Anordnungen. Das hielt das Geschäft auf.

Ursprünglich hatte er in Südchina noch etwas Porzellan kaufen wollen. Daran war nicht zu denken. Er wollte nach Hause. Am letzten Tag vor dem Rückflug gelang ihm gerade noch ein Abstecher nach Java zu Wai Feng.

Je mehr Wai Feng trank, umso athletischer wurde er. Wai Feng arbeitete jetzt mit Tang Fu in Surabaya zusammen. Die Opiumtische aus recyceltem Bauholz waren vor allem in der Schweiz ein Verkaufsschlager, aber sie bekamen in der trockenen europäischen Luft Sprünge. Es gab Reklamationen. Die nächsten fünfhundert Stück mußten die Schreiner anders verleimen.
Wai Feng starrte ins Leere. Dann nickte er. »Six Dollars«, sagte er. Nur sechs Dollar mehr sollte die aufwendigere Verarbeitung kosten, das war geschenkt. Natürlich hätte Harry bedenklich den Kopf wiegen und »drei« oder »vier« sagen sollen. Man durfte Preise nicht von vornherein akzeptieren. Damit machte man sich als Händler unglaubwürdig. Aber Harry war in Eile. Er dachte an Ines und die idiotischen Telefonanrufe in Hamburg. Seine letzte Chance. Er sah vier Asse vor sich, dazu Herzdame mit dem Hörer in der Hand und spürte den Drang, das Glück mit hohen Einsätzen herbeizuzwingen. Auch eine Form von Korruption. Er war nicht vollständig verrückt. Er würde nur eine Geschäftsreise abbrechen. Es hatte früher genug Großfürsten gegeben, die bei kleineren Chancen wütend ihr ganzes Vermögen aufs Spiel setzten. Wai Feng betrachtete ihn schweigend. »Okay«, sagte er dann, »five Dollars.« Harry erwachte aus seinem Tagtraum und nickte. »Women?« fragte Wai Feng nach einer Weile. Er wartete Harrys Antwort nicht ab: »You should better drink.« Er schob ihm eine riesige Flasche schottischen Whisky hin. »Three Gallons«, sagte er. Beide lachten. Wai Feng lachte über die große Flasche, Harry lachte, weil sich der Preis offenbar am mühelosesten drücken ließ, wenn man an Frauen dachte.
Wai Feng hatte ein Essen geplant. Dreißig Freunde waren eingeladen. »And a lot of nice women«, sagte er. Und

fünf weitere Dreigallonenflaschen schottischen Whisky hatte er geordert. »That's better than women«, sagte Wai Feng. Sogar eine Kapelle war bestellt, und zwar nicht die original javanesische Gamelan-Musik, die Harry nicht mochte, weil sie wie das Durcheinandergebimmel der Kuhglocken auf bayerischen Almen klang, das er auf Bergtouren in seiner Kindheit gehört hatte. Er hatte die Bergtouren in angenehmer Erinnerung, das Gebimmel war nett gewesen, aber er wollte es nicht hier in Indonesien hören, sondern in den Bergen Bayerns. Deswegen hatte Wai Feng Musiker eingeladen, die ihre Musik mit afrikanischen Elementen aufmöbelten. Auf der benachbarten Insel Bali war das der neueste Schrei. »A bit of blues, you know.«
Es fiel Harry nicht leicht, sich das entgehen zu lassen. Er kannte Wai Fengs Feste. Man betrank sich mit wunderbarem Whisky, unterhielt sich mit süßer Melancholie über das Leben und betrachtete die wunderbaren Frauen. Man lächelte ihnen nicht vergeblich zu. Sie lächelten zurück. Manchmal hatte man Glück. Nach zwei hin- und hergelächelten Stunden hatte man das Gefühl, die Lächlerinnen seit Jahren zu kennen. Man verließ den Trinktisch der Männer und setzte sich zu den Frauen.
Dann gab es zwei Möglichkeiten. Entweder das Gespräch wurde förmlich, oder es wurde munter. Einmal war Harry später unverhofft bei einer der Frauen im Bett gelandet. Sie hatten sich beim Verabschieden noch nicht verabschieden wollen. Da hatte sich Malu bei ihm eingehängt. Wanita Malu nannte er sie. Wanita hieß »Frau« auf Indonesisch. Wanita Malu – Frau Malu. Malu schüttete sich aus vor Lachen. Harry war entzückt. Wanita Wanita war der Plural. Einfach verdoppeln. Er versuchte Malu zu erklären, daß in seinen Ohren »Wanita« ein besonders

passendes Wort sei, weil »vanitas« mitklang, englisch »vanity«. Malu interessierte das nicht. Ihr Englisch war nicht besonders, und es war ihr egal, wenn ein weißer Mann aus dem Wort »wanita« die Eitelkeit und die Vergeblichkeit der Liebe heraushörte. Sie wollte Wanita Malu genannt werden und fragte zum x-tenmal wie ein Kind: »What is my name?« – »Wanita Malu«, sagte Harry, und sie fing wieder an zu lachen.
Sie bummelten durch die heiße Nacht. Sie bummelten zusammen ins Bett. Leicht und zärtlich waren die Stunden bis zum Morgen. Obwohl Malu nicht die Leidenschaftlichste war, hatte Harry um fünf Uhr morgens noch geglaubt, die Frau des Lebens gefunden zu haben. Kein Vergleich mit der Fernsehmoderatorin. Diese Nacht war mehr als nett und unnötig gewesen. In Java bleiben? Vielleicht nach Bali übersiedeln, wo es trotz und wegen der Touristen angenehmer ist? Vielleicht auch mit Malu nach Hamburg ziehen? Oder pendeln, hübsch heimatlos pendeln?
Um neun trennten sie sich so leicht, wie sie sich gefunden hatten. Harry erschrak, weil weder ihr noch ihm der Abschied schwer fiel. Kein Bedauern. Kein Wort, was nun werden würde. So ähnlich war es früher mit Rita gewesen. Zu schmerzlos. Ein Zusammenleben mit Malu würde ähnlich angenehm und schmerzlos sein. Rita war hübscher als Malu. Aber Malu war jünger als Rita und hatte exotischere Lippen. Ihre noch jüngere Schwester war mit einem noch älteren Weißen verheiratet. Ein Holländer. »He is fifty five«, sagte Malu, und Harry wußte nicht, wie sie das meinte. »I'll be fifty five in eight years«, hatte er gesagt, und er dachte: Scheiße, in sechs Jahren schon.
Das war Asien! Asien mit seinem verdammten Hier und

Jetzt! Keine Philosophie für Harry von Duckwitz. Er haßte alles Vergängliche. Man mußte sich verzehren bei der Erinnerung zurück und bei der Sehnsucht voraus. Diese Nacht mit Malu war wie ein gutes Essen gewesen. Man genießt es, und dann ist es vorbei. Man sehnt sich nach einem guten Essen nicht zurück. Man denkt nicht mit Herzklopfen an das nächste gute Essen. Wenn es sich ergibt, ißt man gut. Das ist alles. Er mochte diese schwerelose Art von Liebe nicht. Menschen, die so liebten, waren vielleicht glücklich. Sie machten es sich durchaus nett. Sie zündeten womöglich Kerzen an, um es sich noch netter zu machen. So glücklich wollte er nicht sein. Er hatte das Gefühl, daß Malu nicken und kichern würde, wenn er sie bäte, mit ihm zu leben. Wenn er aber nie wieder auftauchte, wäre es auch gut. Sie würde nicht im Bett liegen und an weitere Nächte mit ihm oder an ein Leben an seiner Seite denken.
Vielleicht würde Malu wieder zu Wai Fengs Fest kommen, vielleicht würde sie sich wieder einhängen beim Abschied, und sie würden wieder zusammen ins Bett bummeln. Das konnte ihn nicht halten. Ein Anruf von Ines, bei dem kein Wort gesprochen wurde, enthielt mehr Liebe, war aufregender als eine weitere Tropennacht mit Wanita Malu.

Im Flugzeug von Surabaya nach Singapur saß ein massiger weißer Geschäftsmann mit einer indonesischen Begleiterin. Sie redeten kein Wort miteinander. Trotz ihrer Jugend wirkten sie wie ein altes, versteinertes Ehepaar, das jederzeit bereit ist, die Qualität seiner dreißigjährigen Ehe zu bezeugen. In Singapur wartete das Horrorpaar mit ihm auf dieselbe Maschine nach Frankfurt. Völlig apathisch stand die kleine Braune neben dem großen

Weißen. Harry hätte sie ihm gern weggenommen und erheitert. Er war auch ein weißer Mann, aber er war nicht massig. Und er war nicht stumm. Jedenfalls war er besser als dieses Arschloch im Anzug, das vermutlich unterwegs war, um die Produktion in deutsch-französischen Turnschuhfabriken zu erhöhen. Oder handelte es sich womöglich um einen Mädchenhändler? Wenn er mit Malu hier stünde, sähe das anders aus. Sie hatten zwei Stunden Aufenthalt. Harry las mehrere Zeitungen. In Surabaya sollte das Goethe-Institut geschlossen werden. Sparmaßnahmen. Nichts war ihm gleichgültiger.
Er dachte an Wai Feng und schrieb ihm. Seine große Liebe habe sich wieder gemeldet. Deswegen der übereilte Aufbruch. Sorry. In fünf Wochen werde er wiederkommen. Er schickte den Brief per Fax von einem Automaten ab und hatte eine Dankbarkeitsaufwallung gegenüber der modernen Technik, weil es funktionierte.
Wai Feng war ein Phänomen. Morgens um sechs stand er auf und lief zwei Stunden durch die Gegend. Er hatte eine Figur wie ein Zehnkämpfer. Von acht bis zwölf arbeitete er im Krankenhaus. Pflicht für Ärzte in Indonesien. Von zwei bis sechs betrieb er seine Arztpraxis. Von sechs Uhr bis morgens um zwei trank er mit Freunden Whisky. Täglich. Immer schöne Frauen im Haus, deren Funktion nie klar war. Knusprige uralte Eltern, die deutsch, holländisch, englisch und französisch sprachen. Sie waren mehrmals in Europa gewesen und kannten die Kunsthallen von Hamburg bis Karlsruhe. Harry hatte sich mit ihnen über Schubert unterhalten. Mit ihren siebenundachtzig Jahren interessierte sich Wai Fengs Mutter für Harrys vor zwei Jahren auf angeblich hohem Niveau gescheitertes Franz-Schubert-Blues-CD-Projekt, und der dreiundneunzigjährige Vater sang gleich die er-

ste Strophe der »Frühlingssehnsucht«. Die Familie Wai Feng war katholisch, weil Chinesen in Indonesien irgendeiner Religion angehören mußten, aber scherten sich nicht darum. Sie lächelten über das alberne Christentum, und sie lächelten über den albernen Islam, der in Java vorherrschend war, und rauchten demonstrativ in Gegenwart von Muselmanen, wenn sich diese im Fastenmonat Ramadan durch das Nichtrauchen hinterfotzig bei Allah einzuschleimen suchten.
Harry liebte und verehrte die Familie Wai Feng. Sie lebten so, wie er gern gelebt hätte. Ein loser Verbund gebildeter, souveräner Skeptiker. Es kam nicht oft vor, daß er Menschen bewunderte. Wai Feng lachte lautlos in sein Whiskyglas, als ihm Harry diese Familienliebeserklärung machte, und schüttelte belustigt den Kopf: »You don't know much about us!«
Die Chinesen in Indonesien waren vielleicht so etwas wie früher die großbürgerlichen Juden in Deutschland. Sie schufen Treffpunkte. Wai Feng lebte in einem in jeder Beziehung offenen Haus, auch architektonisch. Wie viele alte Häuser hier hatte es kaum Wände, nur Dächer. Innenhof und Zimmer gingen ineinander über. Dadurch war es immer luftig, man brauchte keine Klimaanlage, diese dümmste aller Erfindungen nach der Atomenergie. Am Eingang stand eine Holzpritsche, auf der nachts immer jemand schlief, quasi der Bewacher des Hauses. Ein schlafender Wächter? »Yes«, sagte Wai Feng. Für ihn war das kein Paradox.
Das Haus war voller schöner alter Möbel und Stoffe und Bilder und anderer Kunstgegenstände. Man konnte alles kaufen, und es gab Weiße, die das taten. Dann war Wai Feng über Nacht um hundert- oder zweihunderttausend Dollar reicher, und wenige Tage später war das Haus

wieder ähnlich eingerichtet. Er sammelte alte Tresore aus der Kolonialzeit. Sie wogen Tonnen, waren so groß wie Kachelöfen in Schlössern, aber der Platz für Geld und Schmuck war nicht größer als ein Schuhkarton. Meist um 1870 in Deutschland hergestellt. Wuppertal und Essen. Alles käuflich. Wai Feng hing an nichts außer an seinen Whiskyflaschen und ein paar frühen Platten von Bob Dylan, die er zu später Stunde gern auflegte.
Europäer und Amerikaner, Australier und ein bunter Haufen des indonesisch-chinesisch-malaiischen Völkergemischs verkehrte bei Wai Feng. Den genialsten Coup seines Geschäftslebens hatte er vor einigen Jahren gelandet, als der Hafen von Surabaya modernisiert wurde. Betonbefestigungen statt Holz. Wohin mit den Tausenden von alten Balken? Wai Feng versprach einem Bauunternehmer und Ministersohn, das Holz zu entsorgen. Die alten Teakholzbalken sind noch tonnenschwerer als die Tresore aus deutschem Edelstahl. Für zwanzig Dollar ließ Wai Feng einen Balken wegschaffen. Als die dreißigtausend Balken verschwunden waren, hatte Wai Feng sechshunderttausend Dollar kassiert. Fünfzehntausend Dollar kostete ihn der Bau mehrerer Hallen. Da lagerte er Balken aus bestem Teakholz, hundert Jahre alt, unverrottet, unverrottbar.
Wai Feng belieferte den emsigen Tang Fu und andere große Schreinereibetriebe. Wenn er die Möbel selbst herstellen ließe, könnte er das Fünffache verdienen. Aber wozu. Er verdiente schon jetzt zuviel. Wie auch Harry zuviel verdiente. Wai Feng wollte keine Scherereien, Harry auch nicht. Sie verstanden sich. Das Telefon klingelt nachts um elf Uhr, ein Chinese aus der Hafenstadt Semarang braucht hundert Balken. Wai Feng notiert die Zahl auf eine Zigarettenschachtel. Morgen wird er je-

manden anrufen, und die Balken werden sich in Bewegung setzen. Wai Feng vergaß nichts. Ein tröstliches Beispiel dafür, daß Alkohol nicht zwangsläufig dumm und vergeßlich macht.

Das Flugzeug hatte Gegenwind, in vierzehn Stunden würde es in Frankfurt landen, sagte der Kapitän den schlummernden Passagieren. Harry liebte die langen Flüge. Man konnte Filme sehen, die erst Wochen später in deutsche Kinos kamen. Man brauchte sich den Mist zu Hause nicht mehr anzutun. Es machte Spaß, Leute, die hysterisch von den neuesten amerikanischen Actionfilmen schwärmten, unsanft vor den Kopf zu stoßen: »Machen Sie mal einen Punkt. Sie erwarten doch nicht im Ernst, daß ich mich dafür interessiere, wie so ein aufgeblasener Regiegott effektvoll das Gangsterleben von Las Vegas inszeniert.« Was? Großartiger, kalter Realismus soll das sein? Von wegen. Harry scheißt auf den Realismus: Er läßt mich kalt, verstehen Sie! Ein guter Film darf einen nicht kalt lassen. Hier wurde wieder mal für fünfzig Millionen Dollar kalte Scheiße produziert. Es ist mir einerlei, wenn sich Ganoven gegenseitig erpressen und erschießen und mit Baseballschlägern die Schädel zertrümmern und ihre kokainsüchtigen Frauen ohrfeigen. Das geht mich nichts an! Wer nach Las Vegas will, kann nicht mit meiner Anteilnahme rechnen.
Drei Filme gab es an Bord zu sehen, einer blöder als der andere. Gleichzeitig liefen auf anderen Tonkanälen diverse Musikprogramme. Harry hatte mit dem kleinen Kopfhörer einiges zu tun, um alle Scheußlichkeiten aufzusaugen. Die dreihundert übrigen Passagiere dämmerten vor sich hin wie Batteriehühner. Harry schäkerte mit den Stewardessen, die ihm jedes halbe Stündchen ein

frisches Glas schönen sauren, kalten, australischen Weißwein nachschenkten. Die Jazzneuheiten waren unter aller Sau, die Popmusikhits das allerletzte. Für Musiker, Filmemacher, Maler und Dichter mochte es bitter sein, für einen Markt zu produzieren, der mit dem Fressen und dem Auskotzen von überflüssigen Neuheiten nicht mehr nachkommt. Für Harry war die Bestätigung seiner Ansichten eine Beruhigung. Man versäumte nichts, wenn man seine Zeit beim Eintauchen in die musikalischen Schätze der Vergangenheit verbrachte. Kein noch so großer Fan konnte sich heute länger als drei Wochen an einem Hit laben. Die virtuosesten Jazztrompeter bliesen belangloses Zeug, das sich übermorgen von selbst auflöste. Wunderbar. Man brauchte es nicht zu kaufen. Man brauchte die Konzerte nicht zu besuchen. Man brauchte nur abzuwarten. Der Star, von dem heute alle sprachen, war ein Jahr später versunken. Man brauchte sich ihn nicht zu merken. Alle sechs Wochen ein Langstreckenflug, und man war im Bilde und konnte sich weiter ohne Versäumnisgefühle den unvergänglichen Jazztiteln der vierziger, dreißiger und zwanziger Jahre hingeben. Die guten Sachen gab es schon, es gab genug davon, und es gab sie noch immer. Sie gingen nicht verloren. Das alte Zeug war so wenig klein zu kriegen wie die Teakmöbel aus Surabaya-Hafenholz.
Als die Maschine über Ungarn war, hatte sich Harry durch alle Hörprogramme durchgearbeitet. Er freute sich über die Zahnbürsten, die jetzt verteilt wurden. Wenn man oft und weit genug flog, brauchte man sich nie Zahnbürsten zu kaufen. Er ging durch die Gänge des Flugzeugs, um sich Gesichter anzusehen. Fast alle Passagiere schliefen. Die Chinesen machten im Schlaf den Eindruck, als würden sie sich nur schlafend stellen. Wenn

man sie ansah, glaubte man, sie würden gleich die Augen öffnen. Die Inder schliefen am tiefsten, die Indonesier wie Katzen. Wenn Harry Fotograf wäre, würde er schlafende Menschen knipsen. Wer schläft wie? Und dann einen Bildband herausgeben. Edmund Robinson fiel ihm ein, der Verleger, der seine Prachtbände in Singapur drucken ließ. Der Schwätzer hatte sich nie mehr gemeldet. Ob seine Karte noch zu Hause aufzufinden war? Harry würde ihn anrufen und anregen. Ein Verlag, der »Das Leben der Lappen« macht, schreckt auch vor »Sleeping Passengers« nicht zurück. Ideales Geschenkbuch für müde Menschen.

Die kleine Braune mit ihrem schwammigen Turnschuhgeneralrevisor oder Produktmanager oder Mädchenhändler konnte Harry nirgends entdecken. Er machte einen Abstecher in die Business Class und tatsächlich, da saßen sie. Der weiße Mann schlief unflätig, wie nur Weiße schlafen: die Schuhe ausgezogen, die Beine gegrätscht von sich gestreckt und den Mund offen. Die Inder an Bord schliefen auch so, aber bei ihnen sah es besser aus. Nicht so käsig eben. Die kleine Braune war wach, sie hatte ein Comic-Heftchen auf dem Schoß, las aber nicht. Der Raum vorn im Jumbo-Jet wirkte wie der Salon in einem Schiff verglichen mit den Sitzreihen der Economy Class. Hier zu reisen kostete das Doppelte. Gleich würde ein Steward auf ihn zukommen und ihm äußerst freundlich zu verstehen geben, daß er hier nichts zu suchen habe. Harry kam ihm zuvor. Er deutete auf den scheußlichen Schläfer und sagte, er habe eine Verabredung mit diesem Herrn, wolle ihn aber nicht wecken, er werde seiner Begleiterin etwas ausrichten. Der Steward machte eine einladende Geste und verschwand.

Harry hatte sich aus Spaß ein bißchen mit der indonesischen Basissprache Bahasa beschäftigt. Zum Möbelkaufen brauchte man es nicht wirklich. Man sorgte für gute Laune, wen man ab und zu ein paar möglichst unpassende Sätze möglichst falsch sagte. Vor ein paar Tagen auf einer der urigen Inseln hatte er mit Hilfe von zwei auswendig gelernten Sätzen aus dem Sprachführer eine Show abgezogen. Gute Laune war gut fürs Geschäft. »Buka mulut lebar-lebar!« hatte er zu einem schweigsamen Zwischenhändler gesagt. Das hieß: Machen Sie den Mund weit auf. Der gute Mann gehorchte. Darauf Harry, nach einem kurzen prüfenden Blick wie aus der Pistole geschossen: »Gigi sebelah depan dalam keadaan baik, gigi sebelah belakang juga, kecuali satu.« Ihre Vorderzähne sind in Ordnung, die Backenzähne auch, außer einem. Die Nummer hatte er noch ein dutzendmal aufführen müssen. Harry war den Händlern unbekannt, sie verhielten sich vorsichtig und verlangten verständlicherweise Sicherheiten, wenn es ans Bezahlen ging. Lästig oft. Seit »Buka mulut lebar-lebar!« aber genoß er das uneingeschränkte Vertrauen der Händler, jeder Scheck wurde akzeptiert und hin und her datiert, daß es eine Freude war.

Als Harry jetzt an der kleinen Braunen vorbeiging, sagte er leise: »Orang laki-laki ini tidak baik.« Dieser Mann ist nicht gut. Sie sah auf und lächelte. Offenbar bezog sie den Satz nicht auf ihren Begleiter, sondern war einfach froh, heimatliche Laute zu hören. Der melancholische Ausdruck verschwand von ihrem Gesicht. Dann sah sie verächtlich auf den leise röchelnden Schläfer neben sich. »Komodo waran«, sagte sie. Harry war hingerissen. Sie hatte ihren Begleiter als einen Waran bezeichnet, als eine dieser widerlichen Urzeitechsen, die immer noch nicht ausgestorben waren und zum Entzücken der Tierfilmer auf der Insel Komodo ihr Unwesen trieben.

Eine Stewardeß kam, räumte vom Sitz neben der kleinen Braunen einige Taschen, forderte Harry auf, Platz zu nehmen und fragte, was er trinken wolle. Es stellte sich heraus, daß der weiße Waran nicht der Mann der kleinen Braunen war, der sie in die deutsche Provinz verschleppen würde, um sie dort ein Leben lang als fleißige und allzeit penetrationsbereite Ehemagd zu mißbrauchen. Es war auch nicht ihr Schicksal, als Aupair-Mädchen in der Waran-Familie dahinzuvegetieren. Der weiße Mann war vielmehr ein holländischer Leibwächter, der sie nach Amsterdam begleitete. Sechs Wochen sollte sie die Luft der ehemaligen Kolonialherren schnuppern.

Sie gehörte zu einer dieser Familien um die Regierungssippschaft von Jakarta, ihr Vater war ein Bruder des Neffen des Präsidenten. Das war in Indonesien ziemlich viel. Bruder des Neffen des Präsidenten – das bedeutete: einen Palast und drei Villen besitzen, sieben Truhen mit echtem Schmuck für die Frauen, nichts tun müssen außer dem Polizeioberst ab und zu etwas von dem Geld wegnehmen, das er anderen weggenommen hatte. Sie hieß Melana und war ein verwöhntes Kind. Neunzehn Jahre alt. Harry hatte sie auf fünfundzwanzig geschätzt. Sie entschuldigte sich, daß sie nicht Erster Klasse flog. Obwohl Harry Dutzende Male mit dieser Linie geflogen war, wußte er nichts von den Erste-Klasse-Gemächern, die sich eine Treppe höher im Kopf des Jumbos befanden. Er nickte und verschwieg seine Unkenntnis. Melana klärte ihn auf: First Class kostet nur doppelt so viel wie Business, aber der grausame Vater wollte ihr erst mit zwanzig den verdienten Luxus zugestehen. Sie schmollte und bat Harry um seine Visitenkarte.

Er konnte nicht einschätzen, ob sie es schick oder ärmlich fand, daß er keine hatte. Er schrieb Namen und Adresse auf. Den blöden Doktortitel fügte er hinzu, was er sonst nie tat, aber er hatte keine Lust, von dieser kleinen braunen Gans für ein Nichts gehalten zu werden. In Erwartung seiner Bitte um ihre Karte fingerte sie nach einem kitschigen goldenen Kärtchen, aber seine Bitte kam nicht. Er merkte, wie sie das irritierte, wie ihre Hand ratlos zögerte. Sie war eine verwöhnte reiche Göre. Aus der Nähe ordinär. Natürlich auch mit den Reizen des Ordinären. Im Bett war sie sicher ziemlich ekstatisch. Was Harry für Melancholie gehalten hatte, war nur Gelangweiltheit in ihren Zügen. Zu dumm, sich zu beschäftigen.

Er verlor das Interesse an der kleinen, braunen, gemeinen Melana, nickte ihr zu und ging. Enttäuscht griff sie zum Comic-Heft und ließ es wieder sinken. Harry putzte sich im winzigen Toilettenraum die Zähne, setzte sich auf seinen Platz und versank in Gedanken an Ines. Er würde jetzt gern neben ihr einschlafen und nachher neben ihr aufwachen.

Als Harry im Frankfurter Flughafen auf sein Gepäck wartete, wurde er ausgerufen. Mr. Duckwitz möge sich bitte am Schalter der Singapore Airlines melden. In der letzte Stunde war er im Halbschlaf Ines so nahe gewesen, daß er als erstes sie dahinter vermutete. Aber Ines konnte nicht wissen, wo er sich aufhielt. Hatte sie Helene angerufen, die auch nichts wußte, oder auf detektivischen Umwegen Instetten erreicht, der ihr weiterhalf?

Harry wartete ungeduldig auf sein Gepäck. Die braune Regierungsmafiabraut aus Jakarta wartete auch und lächelte plötzlich ganz süß, während ihr ausgeschlafener Bodygard drei riesige Koffer vom Förderband hob.

Am Schalter drückte eine charmante Person vom Bodenpersonal Harry zwei Kuverts in die Hand. Wie einen Lotteriegewinn. Es nahte der bewegendste Augenblick seines Lebens. Er schluckte, als er das erste Kuvert öffnete. Es enthielt eine Postkarte mit der Abbildung eines Tellers aus Vietnam. Am Tellerrand zwei Eidechsen im Liebesspiel. Eidechsen ficken lange und heftig. Die Vorstellung, eine Eidechse zu sein, hatte Ines immer aufgeregt. Auf der Rückseite die Botschaft: »Will Dich wiederkriegen, und wenn's an einem Tellerrand ist.«
Die Karte war schön, sie hatte nur einen Fehler. Sie war nicht von Ines, sondern von ihm selbst. Er hatte sie vor etwa einer Woche in Singapur gekauft und beschrieben. Er kaufte oft Karten in Gedanken an Ines, beschrieb sie und schickte sie nicht ab, weil Ines ihn gebeten hatte, ihr nicht mehr zu schreiben In Singapur hatte er die Karte offenbar beim Einchecken am Schalter liegen gelassen. Es kam nichts weg auf einem internationalen Flughafen. Der Service war enorm. Sie wußten mit ihrem Buchungssystem und ihren Computern, wann welcher Passagier wo in der Welt ankam. Harry hatte schon einmal ein besonders hübsches Päckchen mit Präservativen, das ihm in Hongkong am Flugschalter mit den Tickets unbemerkt aus der Brieftasche geglitten war, in Zürich wiederbekommen. With compliments.
Das zweite Kuvert enthielt ein Fax. Der englische Text: »I have to meet this woman, for whom a man like you breaks up big business. Take her with you next time – Wai Feng.«

In Hamburg wagte sich Harry kaum vom Telefon weg. Nichts. Er hätte bequem noch in Sumatra Möbel kaufen, mit Wai Feng handeln und trinken und sogar noch in

China Porzellan kaufen können. Er rechnete zusammen, was er wegen seiner zu früh abgebrochenen Reise verloren hatte und erschrak. Zweihundertfünfzigtausend Mark mindestens dürften ihm durch die Lappen gegangen sein. Kein Wunder, daß Wai Feng die Frau sehen wollte, die das wert war.
Gewinn- und Verlustzahlen waren bekanntlich interpretierbarer als Gedichte. Harry hatte nicht das Gefühl, das Geld verloren zu haben. Er hatte wegen Ines auf einen Gewinn verzichtet. Er hatte für Ines zweihundertfünfzigtausend Mark verspielt. Oder geopfert. So konnte man es auch sehen. Es amüsierte ihn. Alle Arten von Opfern hatte er von jeher abgelehnt. Ines hingegen war immer der Meinung gewesen, Liebe sei ohne Opfer nicht zu kriegen.
Der Anruf kam am nächsten Tag. Sechs Tage nach seiner Rückkehr. »Ich höre«, sagte Harry so zart und streng wie möglich in die Sprechmuschel. Ines legte nicht auf. »Komm schon!« sagte Harry, wie man zu einer verstockten Katze spricht, die sich nicht greifen lassen will. Knack! Sie hatte aufgelegt. Im selben Augenblick ließ sich eine Fliege auf seinem Handrücken nieder.
Das erinnerte ihn plötzlich an eine heimliche Reise. Er lag mit Ines auf einer Wiese und fragte so dahin, als was sie wiedergeboren werden wollte. Sie hatte eine Schwäche für solche Phantasien. Sie spekulierte nicht ernst, aber gern. »Als Fliege«, hatte sie ohne nachzudenken gesagt.
Und jetzt das. Genau in dem Augenblick, als sie aufgelegt hatte, eine Fliege. Im Sommer hätte es ein Zufall sein können, da gab es viele Fliegen. Aber eine Fliege im Februar! Es mußte eine Sonderbotschafterin sein. Ausgerechnet ihm mußte das passieren, dem Erzmaterialisten,

der an nichts glaubte als an seine Liebe, die für ihn nicht irrational, sondern vernünftig und erklärbar war. An nichts anderes glaubte er. Die Gläubigen aller Religionen hielt er je nach Laune für arme Irre oder gefährliche Idioten, und schon mit zwölf Jahren war ihm übel geworden, wenn er den Singsang inbrünstiger Christen aus sonntäglichen Kirchen vernahm. Telepathie und Esoterik waren für ihn Formen purer Geisteskrankheit – und jetzt diese Fliege. Die blanke Verhöhnung seines Rationalismus. Und schon war da das Flüstern der Fee im Ohr des Spielers: Noch einmal auf die verdeckten Karten setzen! Es kann nur Herzdame sein! Du kannst gewinnen, wenn du einen letzten Einsatz wagst.

Diesmal risikierte er keine Einbußen geschäftlicher Gewinne. Nur eine Fahrt nach München. Und seine Würde setzte er aufs Spiel, wenn er sich bei Ines gegen ihren Willen meldete. Sie hatte Kontaktsperre verordnet, aber die durfte durchbrochen werden, wenn es um Leben und Tod ging. Harry schrieb: »Ich habe das Gefühl, es geht ums Ganze.« Er nannte einen Termin in drei Wochen und ein Café in München, wo sie vor Jahren auf einer ihrer hysterischen Leidenschaftsreisen schon einmal gesessen hatten. »Bitte Nachricht, wenn Du nicht kommen kannst«, schrieb er. Risiko in Ehren, aber völlig umsonst wollte er nicht durch die Republik brausen. Für sie waren es nur ein paar Schritte. Es kam keine Antwort. So war zu erwarten, daß sie erscheinen würde. Schon lange hatte er nicht mehr das Gefühl gehabt, genau das Richtige getan zu haben.

Die Tage vergingen langsam, und Harry kostete die Vorfreude. Die Schweizer Bank schickte eine Nachricht. Es waren schon wieder hundertfünfzigtaused Franken eingegangen. Was war das für Geld? Harry führte nicht

Buch über die Schweizer Einkünfte. Er wollte nicht wissen, was sich da an schwarzem Geld ansammelte. Die Schweizer Lösung war lästig, aber unvermeidlich. Er würde sich sonst mit den Steuern ruinieren, weil er zu wenig Ausgaben hatte. Steuertricks ödeten ihn an. Ein paar Flugreisen im Jahr, aber keine Angestellten, keine teuren Büro- und Verkaufsräume. Nicht einmal Lagerkosten fielen an. Die Container kamen an und zack waren sie verkauft. Komplett. Es genügte, wenn er eine halbe Million im Jahr versteuerte, entschied er. Das machte zweihunderttausend Mark Steuern. Mehr als genug. Mehr würde er dem Schweinestaat nicht in den Schweinerachen stopfen.
Das Geld wurde angelegt. Der Anlageberater machte Herrn von Duckwitz ein Kompliment, weil sich neulich der riskante Kauf von Rubeln und Pesos als Goldader erwiesen hätte. Harry unterdrückte die Lust, das frische Geld jetzt nicht anzulegen, sondern über Zürich nach München zu fahren und die Scheine abzuholen. In eine Plastiktüte damit und Ines auf den Schoß legen, wenn er sie traf.
Sie war früher immer ein paar Minuten zu spät gekommen. Jetzt saß sie schon da, als Harry eine Viertelstunde vor der Zeit ins Café kam. Sie trug ein Kleid, von dem sie wußte, daß es Harry nicht ausstehen konnte. Ein deutliches Zeichen. Das Kleid saß schlecht und machte sie zu einem späten, verhuschten Mädchen, das nicht erwachsen werden will. Sie wirkte so störrisch wie die Chefin eines mittelständischen Betriebes, die einen Mitarbeiter herbeizitiert hat, um ihm klar zu machen, daß an der Kündigung nicht zu rütteln ist.
»Wie geht es dir?« fragte Harry. Er hatte das Bedürfnis, sich zu betrinken. Dummerweise war er mit dem Auto

von Hamburg nach München gekommen. Er wollte die Stadt sofort wieder verlassen. Aber wegen dieser Frau betrunken gegen eine Autobahnbrücke rasen, kam nicht in Frage.
»Nicht gut«, sagte Ines.
»Erzähl!« Er schöpfte letzte Narrenhoffnung. Jetzt konnte sie noch sagen: Wie soll es mir gutgehen ohne dich.
»Was weiß ich«, sagte Ines unwirsch. In der Klinik hatte sie Ärger. Zu Hause hatte sie Ärger. Sie kriegte nichts auf die Reihe. Das hatte sie früher auch gesagt. Nur nicht so bösartig.
»Hat sich nicht viel geändert«, sagte er. Jetzt hatte er Mitleid mit ihr.
»Ich weiß auch nicht«, sagte sie nach einer Weile. Früher hatte sie den Satz geseufzt. Jetzt kam er ihr verhärtet und förmlich von den Lippen.
»Also, was willst du von mir?« Die Chefin begann mit dem Verhör. Der Ton ging zu weit, fand Harry.
Er dachte an Wai Feng, an das schöne Freundschafts-Fax, das ihn in Frankfurt empfangen hatte. Wai Feng wollte so gern die Frau sehen, die ihn um den Verstand gebracht hatte. Er sollte seine Illusionen behalten. Oder sollte er ihm die Wahrheit sagen: Das, was ich für die allergrößte Liebe hielt, war der allergrößte Betrug? Er dachte reuig an Helene.
»Ich höre!« sagte Ines. Als er schwieg, fügte sie hinzu: »Ich habe nicht ewig Zeit.« Fehlte noch, daß sie »wird's bald« gesagt hätte. »Also, was gibt es Aufregendes. Was hast du mir mitzuteilen?«
Was hast du mir mitzuteilen? Das war ja noch schlimmer als Chefinnendeutsch. Das war Lockenwicklerdeutsch, nein, Dauerwellendeutsch. Der Chefin ist der Bittsteller so lästig, daß sie ihn, um ihm zu zeigen, wie scheißegal

er ihr ist, beim Friseur unter der Trockenhaube empfängt. Er wäre gern weit weg gewesen. Nicht gerade in Java. An einem kühleren Ort. Er sollte nach Nordnorwegen fahren und mit Rentierschnitzereien handeln, falls es so etwas gab. Das Leben der Lappen. Aber nicht Finnland. In Finnland war Ines einmal gewesen. Mit ihrem Mann. Finnland würde er nie betreten.
Anstatt einfach zu gehen, erklärte er leise, wie es zu seinem Wunsch nach dieser Begegnung gekommen war. Die rätselhaften Telefonanrufe, Abbrechen der Geschäftsreise, der aufs Spiel gesetzte Gewinn und schließlich die Fliege als Auslöser.
»Du bist ja total übergeschnappt«, sagte Ines, als Harry fertig war. Jetzt war es genug. Er winkte der Kellnerin. Ines wollte zahlen. »Wenn du schon meinetwegen Unsummen geopfert hast, will ich auch ein kleines Opfer bringen.« Harry suchte nach Ironie in ihren Worten. Aber er fand nichts als Verachtung und Kälte. Nie würde er herausbekommen, ob sie schon immer so gewesen oder ob sie so geworden war.
Sie verließen das Café. Harrys Auto stand in Richtung U-Bahn, sie mußten noch ein paar Schritte zusammen gehen. »Also dann«, sagte Harry, als sie ratlos stehenblieben. »Okay«, sagte Ines. »›Okay‹ ist ein nettes letztes Wort«, sagte Harry. Ines ging zur Rolltreppe und glitt in die Tiefe. Ein Gespenst verschwindet aus meinem Leben, dachte Harry. Nie in all den Jahren hatte sich Ines umgedreht, wenn sie ging. Helene drehte sich ständig um und winkte stundenlang. Harry hatte Helenes Winken geliebt, aber nicht genug. Das würde er ihr heute noch schreiben.
Zehn Stunden später in seiner Hamburger Wohnung angekommen, beschloß Harry, alle Blues- und Jazz-Platten

und die CDs zu verkaufen. Alles Lügen. »You'll miss me honey, like I am missin' you.« Von wegen! Und die Kunstlieder der verdammten deutschen Romantik waren nicht besser. »Liebchen, bebend harr ich dir entgegen.« Alles Irrtum und Verrat. »I'm all for you, body and soul.« Keines dieser Worte war wahr. »Why must you be so mean to me?« In den Orkus, in den Lokus mit der Frage, auf die es keine Antwort gibt! »Ewig bleibt derselbe Schmerz.« Ach ja? »Without your love I'm like a flame without a wing.« Gott, dieser Aufwand an poetischen Bildern. Flamme ohne Flügel. Das war ja Pathos wie von Nietzsche! »I spend my days with longing.« Harry wollte davon nichts mehr hören. Bloß gut, daß aus dem CD-Projekt nichts geworden war, es hätte diesen Selbstbetrug noch gefördert. Weg mit den Platten, zerstören sollte er das Zeug, darauf herumtrampeln. »This can't be the end!« Hatte er bis vor ein paar Stunden auch noch geglaubt. »I'm travelin' light, because my man has gone«, singt das Luder. So würde Ines jetzt denken, sie würde sich leicht und frei fühlen ohne seine lästige Liebe. Das brauchte er sich nicht auch noch von der depressiven Billie Holiday vorsingen zu lassen.

Fliegen, die es wagten, sich auf Harry niederzulassen, wurden von nun an verscheucht oder erschlagen.

15 *Harry sucht Trost bei einem Telefongespräch mit Valeska in Paris, versucht sie wieder einmal zu überreden, ihn auf die nächste Reise nach Java zu begleiten, lockt sie mit Erzählungen vom Ruf des Gecko und der Unke und gerät außer Fassung, als er erfährt, wie sich Hugo Helene gegenüber benommen hat.*

Am nächsten Tag versuchte Harry erst Rita, dann Helene zu erreichen. Nichts. Rita ist innerhalb von New York umgezogen. »No, I didn't know that«, mußte er einer Frauenstimme gestehen, die sich in breitem Extremamerikanisch wunderte: »You didn't communicate with your very own wife for eight weeks!« Eleanor, das Schloßgespenst, hatte anders gesprochen.
»Yes«, sagte Harry ohne große Reue. »I think you're a real bad husband«, sagte die Amischickse. »Yes«, sagte Harry wieder, »bad women turn men from good to bad.« Er bekam trotzdem Ritas neue Telefonnummer. Rita ist verreist. Helene in Paris ist erst am Abend zurück. Ihr Französisch vom Band klingt angenehm nervös, fast aufregend, findet Harry. Er freute sich darauf, Rita mit Helene zu besuchen, wenn sie mit ihrer Übersetzung fertig ist. Diese Übersetzungsarbeiten diktierten etwas zu sehr das private Leben. Daß er hier in Hamburg in einer passablen alten Wohnung sitzen und seinen Frauen in den großen Metropolen hinterhertelefonieren konnte, war eine gewisse Entschädigung dafür, daß sie ihn verlassen haben und auch dafür, daß Ines jetzt in München sitzt und er sie nicht anrufen kann, weil sie sich in eine Ziege verwandelt hat. Alles wäre aber noch viel schlimmer, wenn Rita und Helene in Osnabrück und Lüneburg gelandet wären.

Valeskas Nummer kannte Harry noch immer auswendig. Sie ist da. Sie plaudert frisch und munter, als hätte sie sich ihm nie entzogen. Als hätte er ihr nie nachgestellt. Als hätte sie ihm nie diesen Satz geschrieben und feierlich bestätigt: »Du bist unkündbar in mein Herz geschlossen.« Mit diesem Satz hatte er sich einige Zeit über Wasser gehalten, als es ihm schlecht ging. Nach einer halben Stunde erkundigte sich Valeska nach Ines. »Was Neues?« Er gab eine bittere Kurzfassung seiner Aufwallung mit dem zitronensauren Ende. Beschämend. Irgendwelche fehlgeleiteten Telefonanrufe für dramatische Liebeszeichen zu halten. Entwürdigend! »Bist du noch dran?« fragte er. Sie hatte die Stirn zu sagen: »Du solltest dir einen Anrufbeantworter kaufen. Damit kann so etwas nicht passieren.« Das sagte sie nach dieser nicht viel weniger entwürdigenden Sebastian-Telefonkatastrophe.

Nach Schnoddrigkeit war ihm heute nicht zumute. Valeska nahm seinen Kummer nicht ernst. Das Seltsame war, daß der Kummer dadurch tatsächlich an Gewicht verlor. Und mit ihm leider auch die Liebe. Die Frage stellte sich zum wiederholten Mal, ob Valeska etwas von der Liebe verstand. Roberta war anders. Als er Roberta anfangs sein Leid geklagt und Ines verflucht hatte, weil sie ihm seine Würde nahm, hatte sie ihn daran erinnert, daß Liebe und Würde nichts miteinander zu tun haben. Unvergeßliche Lektion. Wer wirklich liebt, vergißt die Würde. Das war kein Thema für Valeska. Das war zu trivial für sie.

Harry hatte vor, Valeska wieder einmal zu fragen, ob sie ihn nach Java begleiten wolle. Unverdrossen. Diese Anfragen mit ihren regelmäßigen Absagen waren längst jenseits jeder Würde. Es war ein Sport und Spiel geworden.

Der Witz war, daß Valeska so ernsthaft mitspielte, daß Harry das Unwirkliche bald vergaß.
Sein letzter Antrag war schon eine Weile her, und er war gespannt, was diesmal der Hinderungsgrund sein würde.
»Diesmal wird die Reise kurz und konzentriert sein«, sagte Harry und versuchte die Route wie ein Reiseleiter zu schildern: Zuerst ein dreitägiger Aufenthalt auf der Insel Madura vor Surabaya. Er malte Valeska die Teakholzplatten aus einem Stück aus, die vor über hundert Jahren ohne Säge aus dem steinharten Stamm der Urwaldriesen geschlagen wurden. »Dagegen sehen die meisten Werke zeitgenössischer Künstler ziemlich arm aus.«
»Hm«, hauchte Valeska, »du übst schon das Verkaufen, ja?«
Harry beichtete, daß der Name Madura zu schön sei für die stickige, übervölkerte, kaputtzersiedelte Insel, auf der es weder Kultur noch Tourismus gab. Keine tropischen Träume bitte.
»Was zahlst du dort?«
Harry war begeistert von Valeskas Interesse. Sie wäre keine gelangweilte Begleiterin. »Dreitausend, mittlerweile«, sagt er.
»Plünderer«, sagte sie so dahin. Sie hatte keine Ahnung. Sie sagte es nicht streng.
Er malte ihr den Fortgang der Reise aus: Sie setzen von Madura mit einer Fähre nach Surabaya über, nehmen ein Taxi, meiden das vollgestopfte Zehnmillionenkaff und fahren nach Malang im Herzen Ostjavas, vorbei an Reispflanzen steckenden und Teeblätter zupfenden Menschen und hübschen Vulkankegeln. Zwei, drei Stunden später kommen sie wohlbehalten in dem idyllischen Millionenstädtchen Malang an, das höher gelegen ist und eine weniger schwüle Luft hat. Sie wohnen in einem

alten Kolonialpalast, der als Hotel dient. Sie beziehen zwei Zimmer. Jedes so groß wie eine Turnhalle. Natürlich ist Valeska von den Geräuschen irritiert: Was ist das für ein beängstigender Gong mitten in der Nacht? Ganz ruhig, Valeska, das ist nur der harmlose Riesenfrosch im Reisfeld. Dann aber hört sie ganz nah ein seltsames kleines Schmatzen. Komm doch mal Harry, hör dir das an! Das ist der kleine Gecko, Valeska, ein liebes Tierchen, eine Art Eidechse, tut dir nichts, frißt die blöden Insekten, du kannst ganz ruhig schlafen, ruft er Valeska durch die offene Tür zu. Und wieder erschrickt sie. Ein Mensch muß in ihrem Zimmer sein, eine schreckliche verrückte Greisin, hörst du nicht ihr gräßliches heiseres Krächzen, Harry? Er kommt, macht Licht und deutet an die Decke. Es ist der große Gecko, er ist besonders gut, weil er noch mehr blöde Insekten frißt. Aber der sieht ja entsetzlich aus, wie ein kleines Krokodil, jammert Valeska. Sie fürchtet sich vor diesem Untier an der Decke und Harry, der Kavalier, schlüpft zu ihr ins Bett. Am nächsten Morgen gießt er mit Schöpfeimern Wasser über ihren Bambuskörper.

Valeska hatte der Schilderung zugehört, ohne sie zu unterbrechen, das war ein gutes Zeichen. »Mach noch einmal den großen Gecko nach«, bat sie. Sie ist soweit, dachte Harry, und krächzte wie der Gecko. »Ja«, sagte Valeska, »du müßtest bei mir schlafen und mich beschützen.«

Diesmal war sich Harry sicher. Jetzt würde sie mitfahren. Weg waren die mysteriösen Süchte oder Ängste oder Obsessionen, die man ihr nie anmerkte. Seine Sucht war geblieben. Die Sehnsucht, ein neues Leben anzufangen. Mit Valeska würde er glücklich werden. Sie würde ihm unerschöpflich von den Enzyclopädisten und der revolu-

tionären Reiseliteratur des 18. Jahrhunderts erzählen und davon, daß elegante Professoren hohle Nüsse sind, und er würde sie mit tausend Anekdoten aus seinen Diplomatenjahren und seinem Frührentnerintermezzo erheitern und aus seinen aberwitzigen Monaten als CD-Produzent und Möbelhändler.
»Muß man sich eigentlich impfen?« fragte Valeska.
»Nicht nötig, Malaria gibt es auf Java nicht mehr«, schwärmte Harry glücklich. Jede Nacht wird er mit ihrem Bambuskörper ins Bett gehen. Während sie nachmittags in alten Büchern liest, wird er sich einen Kopfhörer überstülpen und hören, wie Charlie Parker loslegt. Jahrelang hatte er diese Musik nicht gemocht. Sie war ihm zu frei, nicht erdig genug. Er brauchte den klassischen niedrigen Bluesrhythmus, um sich im Dreck zu suhlen. Er konnte sich nur mit den monotonen Klagen verlassener Männer über die bösen Frauen identifizieren.
»When I lost my Baby, I almost lost my mind.« Vorbei, du dumpfer Jammer! Jetzt endlich begriff er, der Spätentwickler, den Reiz des Bebop, diesen nervös belebenden, aus den Fußstapfen des Swing und des Blues herausgelösten Jazz, diese vom Wind zerzausten Rhythmen, die aufgeschlossenere Leute schon vor fünfzig Jahren begeisterten.
Ein Leben mit Valeska, ja. Keine hysterische und falsche Leidenschaft wie mit Ines. Keine Anziehungsverluste wie mit Rita und Helene. Ab und zu werden sie Helene und ihren Hugo in Paris besuchen. Sie werden zusammen essen, sie werden plaudern wie in diesen gepflegten französischen Filmen. Auch Rita soll glücklich werden. Mit oder ohne Schloßgespenst oder auch mit bildhübschen Konzertmanagern. Rita und ihre wie immer geartete Begleitung sollen gelegentlich mit von der Partie sein. Bar-

bara und Susanne sind friedlich aus Harrys Herz verschwunden. Aber Roberta schwelt noch. Das ist nicht mehr rückgängig zu machen. Auch wäre Valeska enttäuscht, wenn es nicht wenigstens eine Nebenliebe gäbe. Er darf kein monogames Monster werden, das ihr ständig hinterhertappt.
»Doch«, sagte Valeska, »klingt gut«, und Harry mußte das Ausmalen der Zukunft zurückstellen, um die Gegenwart zu bewältigen. Er durfte jetzt keinen Fehler machen. Hunderte von Stunden hatten sie in der letzten Zeit zusammen verbracht, in Valeskas Mansardenräumen hoch über Paris und am Telefon. Er kannte sie, er wußte, wann sie weich wurde, wann sie ihr Bambusrohrschwanken aufgab und sich anschmiegte. Er wußte, auf welchem Sofa sie jetzt saß und mit welcher Frequenz ihre Wimpern auf und zu klappten.
»Letzte Chance«, sagte Harry drohend in die Sprechmuschel. »Das Hotel mit den Saalzimmern wird es nicht mehr lange geben. So etwas kann man sich im hoffnungslos übervölkerten Asien auf die Dauer nicht leisten. Sie werden irgendwann einen widerwärtigen, vollklimatisierten Scheißkasten dorthin stellen, in dem keine Gekkos mehr krächzen, eine europäische oder amerikanische oder japanische Schweinefirma wird überflüssige Aufzüge und Klimaanlagen einbauen, was übrigens krimineller ist, als den Leuten ein paar Tischplatten abzukaufen, die sie nicht mehr brauchen können.«
»Das macht doch alles nichts«, sagte Valeska mit extraweicher und extratiefer Stimme. »Wenn mich keine Geckos erschrecken, dann beschützt du mich eben vor den Klimaanlagen.«
Harry schwieg, begeistert von ihrem wunderbaren Realismus. Das hieß doch nichts anderes als: Alte Häuser

können sie einreißen, unserem Glück wird das keinen Abbruch tun.
»Wäre schon toll« sagte Valeska nach einer kleinen Pause. Das sagte sie immer. Als würde sie freundlich lächelnd einer Seifenblase hinterhersehen.
»Was heißt ›wäre‹«, rief er energisch, »Arsch hoch und mitkommen!«
Da sagte Valeska ganz zart und leise das, was sie auf Harrys Reiseanträge bisher noch nie gesagt hatte: »Solltest du nicht erstmal Helene fragen? Vielleicht will sie mitfahren.« Diese Frage war eindeutig gegen die Spielregeln. Das letzte Mittel, um den Verfolger aufzuhalten.
»Warum sollte ich Helene fragen«, sagte er eine Spur zu gehässig, »Helene hat ihren Hugo!«
Valeska räusperte sich: »Ja weißt du denn nicht?«.
Nichts wußte er. Es war aus zwischen Helene und Hugo. Der dicke Hugo hatte sich in eine jüngere Frau verliebt, rothaarig, Ende zwanzig, und innerhalb von sechs Wochen dreißig Kilo abgenommen. Er war seiner neuen Liebsten nach Marseille gefolgt und schrieb jetzt noch flammendere Artikel, rief noch mehr zur Solidarität mit den Arbeitern auf.
»Himmel!« Harry ballte die linke Hand zur Faust und umklammerte mit der rechten den Telefonhörer, als könne man den zerdrücken.
»Ja, die arme Helene«, sagte Valeska.
Das Gleichgewicht und damit alle Hoffnungen wurden durch diese Nachricht zerstört. Hugo war ihm zuvorgekommen! Er hatte einfach das gemacht, was Harry schon immer mit Valeska machen wollte. Fing mit einer jungen, frischen Flamme ein neues Leben an. Ganz einfach. Der Mann stellte keine langen Überlegungen über die Rücksichtslosigkeit der Liebe an, er ließ Helene einfach sitzen.

Jetzt konnte sich Valeska unmöglich von Harry auf die Reise einladen und vor den Geckos beschützen lassen. Eine Anstandsfrist mußte eingehalten werden. Und Exkumpan Harry konnte Helene nicht sofort die beste Freundin wegschnappen und mit der fröhlich im tropischen Inselreich verschwinden. »O mein Gott!« sagte er mit dem ganzen Pathos eines synchronisierten amerikanischen Billigfilms, wenn der fassungslose Held statt der Liebsten deren Leiche im Schlafzimmer vorfindet. »O mein Gott!«
»Es ist ja niemand gestorben«, beruhigte ihn Valeska, »und ob Hugo auf Dauer der Richtige für Helene gewesen wäre, weiß man ja auch nicht.«
Harry in Hamburg hätte Valeska in Paris jetzt gerne umarmt. »Wir müssen noch etwas Geduld haben«, sagte er ins Telefon, noch immer erschüttert. Doch die superintelligente, in allen klassischen Liebesdramen bewanderte Valeska begriff anscheinend nichts von seiner Pein. Was hatte Helenes Geschichte mit ihnen beiden zu tun? Vorsichtig erklärte er ihr, daß seine Reiseangebote doch nichts weiter als Annäherungsversuche waren. Alles nur Anstrengungen, ihr Herz zu gewinnen. Er war kein bißchen besser als Hugo!
»Aber«, sagte Valeska sanft, »aber ich hab dich doch ins Herz geschlossen.«
»Verdammt, zum Herzen gehört der Körper«, rief Harry, »mein Bambusschwanz sehnt sich nach deinem Bambuskörper. Jetzt, nicht in zehn Jahren!«
Er hatte das Gefühl, daß Valeska nur deshalb nichts sagte, weil sie glaubte, seinem Geständnis ein paar Schweigesekunden schuldig zu sein. »Ich hatte diesmal einen so guten Vorwand für mein Reiseangebot«, sagte er verzweifelt.
»Nämlich?« Valeska fragte so frisch, als gäbe es gar kein Problem.

Harry erzählte ihr die Geschichte mit Wai Feng. Er mußte dem Chinesen eine schöne Frau präsentieren. Einen Ersatz für die unschöne Ines. Valeska lauschte. 99 Prozent aller Frauen hätten empört das Telefongespräch beendet. Man will kein Ersatz sein. Valeska aber war entzückt. Das war ein Spiel nach ihrem Geschmack. Endlich kam ihr eine Funktion zu. Die Rolle als wißbegierige Reisebegleiterin in Harrys Schatten war ihr ohnehin zu halbseiden.
»Wenn du nicht mitfährst, leidet mein Ruf als Händler und damit leiden auch meine Geschäfte«, sagte Harry, der neue Hoffnung schöpfte und die von Hugo verlassene Helene schon vergessen hatte.
»Das heißt, ich vertrete jemanden, und ich verhindere einen Umsatzrückgang«, sagte Valeska schlau. »Was ist dir mein Einsatz wert?«
»Sechstausend«, sagte Harry, vielleicht weil er an Sex dachte.
»Warum sechstausend?« fragte Valeska.
»Dann eben acht.«
»Mehr bin ich dir nicht wert?« Sie sprach mit süßer Schmollstimme. » Wenn du an einer Tischplatte mehr als zehntausend verdienst, ist das ja wohl etwas lächerlich.«
»Stimmt«, sagte Harry und versprach ein Kiste mit Schmuck als Dreingabe. Sumatra-Bernstein, Perlen aus Sarawak und Timor, Smaragde aus Neu Guinea. Er hatte keine Ahnung, ob es das gab, aber es klang gut. Sie spielten schon wieder. Er hatte das Gefühl, mit Valeska zu pokern: Ihre braunen Augen über den aufgefächerten Karten ruhen prüfend auf ihm und lassen ihn im Dunkeln.
»Und Opium?« fragte Valeska. »Ich würde zu gern einmal Opium rauchen.«

»Opium wäre ein echter Liebesbeweis«, sagte Harry und erinnerte daran, daß in Singapur auf Opiumschmuggel die Todesstrafe stand.
»Ach«, sagte Valeska, »der deutsche Botschafter wird intervenieren, und du kommst mit zwölf Jahren davon.«
Sie malten sich Harrys vorzeitige Entlassung aus dem Gefängnis von Singapur im Jahr 2005 aus. Er ist sechzig, Valeska zweiundvierzig. Sie hat sich ausgetobt und ist jetzt ganz für ihn da. Sie steht am Gefängnistor – ah! – und Harry betritt gut erhalten die Freiheit.
»Doch, ja, das hat was«, sagte Valeska und fing wieder an zu handeln. Schließlich verriet er ihr, daß ihm die Hoffnung auf Ines zweihundertfünfzigtausend wert gewesen war, und Valeska sagte, für dreihunderttausend würde sie ihn begleiten. Ohne Opium.
Nach anderthalb Stunden war alles ganz leicht geworden. Valeska würde ihn natürlich nicht wirklich begleiten, aber er hatte seine Liebe zu ihr wieder aufgefrischt. Und irgendwann, das wußte er, würde er mit ihrem Bambuskörper ins Bett gehen und diese Liebe besiegeln. Jetzt fand er es reizvoll, das luxuriöse Getändel am Telefon im Tonfall des Geschäftsmanns zu Ende zu bringen:
»Wir fahren dann also in vierzehn Tagen, drei Wochen, halte dich bitte bereit.«
»Da fällt mir ein«, sagte Valeska, »in dieser Zeit muß ich meine Großmutter ins Krankenhaus bringen.«

16 *Harry sucht Trost bei Roberta und gerät dadurch mit seinen Geschäften ins Hintertreffen. Er muß Säumniszuschläge an das Finanzamt zahlen, was ihm die Bekanntschaft einer Sachbearbeiterin einbringt. Er bucht verspätet einen Flug und lernt eine Reisebüroangestellte kennen. Über Versäumnisse allerlei Art, eine assimilierte Jüdin – und schließlich die Eroberung Robertas nebst Orgasmen und einem Gespräch über die Unart, denselben hinterherzujagen.*

Das Telefongespräch mit Valeska war wie üblich pures Phantasieren gewesen. Sie brachte es jedesmal fertig, sich nicht festzulegen. Ihre Art fing an, Harry auf die Nerven zu gehen. Phantasieren war für ihn ein Planspiel, eine Vorbereitung auf die Wirklichkeit. Wenn es dabei blieb, verlor es seinen Reiz. »Langsam ist es soweit!« Während Harry diese Worte beim Rasieren grimmig in sein Spiegelbild hineinsagte, als könnte er Valeska in Paris damit erreichen und ihr zu denken geben, merkte er, daß es wohl noch eine Weile mit ihr und ihm so wenig wirklich weitergehen würde.

Es war nicht leicht, ihr etwas übel zu nehmen. Sie zwitscherte so schön. Als er sie kennenlernte, hatte er nach einem Namen für sie gesucht. Jetzt wußte er einen. Die Lerche. Valeska die Lerche. Sofort hatte er Lust, sie gleich wieder anzurufen, ihr das mitzuteilen und sich dann in ein Gespräch über Lerchen zu verlieren.

Was für einen Knacks, welche Sucht oder Nichtsucht Valeska nun wirklich hatte, wußten Helene und Harry noch immer nicht. Helene neigte dazu, ihr einen Depressionsbonus zu geben. Sie beschimpfte Harry als reaktionär, weil seiner Ansicht nach Valeska vitaler als sie alle war und keine Schonung verdiente. Wenn ihre Verehrer

auf dem Zahnfleisch daherkämen, würde sie immer noch trällern.
Manchmal malte er sich sein Leben mit Valeska als schlechten Amipsychoschocker aus: Seine Überseegespräche haben Valeska erweicht, eine Hochzeit findet statt, Helene gratuliert versöhnt, und dann macht Valeska so richtig zu. Kein Rankommen. Schlafzimmer abgesperrt. Etwas in der Art. Und kein Hitchcock, der das Rätsel lösen kann.
Sein eigenes Liebesdurcheinander und seine Realisierungsprobleme hielten das Mitleid mit der von Hugo real verlassenen Helene in Grenzen. Er schrieb an Helene, was er schon seit einer Weile schreiben wollte und was nach wie vor gültig war: »Freu mich auf New York. Wann bist du soweit?« Es war sein wirklicher Wunsch und sein wirklicher Beitrag, sie auf andere Gedanken zu bringen. Dann wandte er sich der Klärung seines eigenen Kummers zu. Valeska war für Helene-Probleme zuständig, bei Ärger mit Ines versagte sie. Hier konnte Roberta helfen.
Er rief sie an und gab ihr eine Kurzfassung der letzten Begegnung mit Ines. »Die Arme«, sagte Roberta. »Wieso Arme?« rief Harry fassungslos. »Natürlich, die ist doch totunglücklich, die Frau«, sagte Roberta. »Kannst du mir das bitte in Ruhe erklären«, sagte Harry.
»Bei einem Wein« wollte er nicht dazusagen. Wenn Männer »bei einem Wein« sagen, haben sie Hintergedanken. Frauen müssen das anbieten. Roberta hatte in letzter Zeit schon zweimal von sich aus ein Treffen »bei einem Wein« vorgeschlagen. Diesmal wurde es leider nur ein Frühstück. Sie hatte nicht viel Zeit. »In einem Café natürlich«, ergänzte sie rasch.
»Natürlich Café«, wiederholte Harry beleidigt. Es war

langsam an der Zeit, in ihrem Bett zu frühstücken. Trotzdem, sagte er sich, war eine Tasse Kaffee mit Roberta immer noch einiges mehr wert als eine Nacht mit einer Fernsehmoderatorin.
Roberta blühte wie immer in letzter Zeit. Es tat ihr gut, nicht mehr in Rons Antwerpener Laden herumzustehen. Sie hatte Chancen, an einem Theater als Bühnenbildnerin Fuß zu fassen. Sie war geschickt. Harry wagte nicht, auf ihre langen Beine zu sehen. Die Hose war Berechnung. Modell Helene. Rockerbraut. Roberta kannte Harrys Tick und amüsierte sich über seine Irritation. Bei einer ihrer Kneipensitzungen waren sie auf Kleidung zu sprechen gekommen. Was mag man, was kann man nicht ausstehen. Dabei hatte Harry natürlich die Mädchenkleider von Ines und die Schlauchwollröcke von Helene beschimpft, kirschrote Kurzröcke, weiße T-Shirts und schwarze Lederhosen gelobt.
Roberta glaubte ihm nicht, daß er sich in sie verliebt hatte. Sie lachte ihn aus. Aber so, daß Harry noch nicht aufgab. Ihrer Ansicht nach werde er im Grunde immer und ewig Ines lieben und im übrigen nebenbei mitnehmen, was er so kriegt. Harry bestritt das bei jeder Begegnung. Er sei kein Absahner und Mitnehmer, im Gegenteil, die Frauen seines Lebens könne man an einer Hand abzählen. »Rita, Helene, Ines«, sagte er und hielt Roberta drei ausgestreckte Finger der rechten Hand vor Augen. Nach dem Verschwinden dieser drei habe es nur noch Valeska gegeben und sie, Roberta. »Sind fünf«, sagte er und streckte alle Finger aus. Susanne und Barbara seien Rückbildungen, alles andere sei flüchtig gewesen, ohne Sehnsucht, ohne Hoffnung, verdiente den Namen Affäre nicht.
Roberta griff nach Harrys Fingern, klappte sie ein und

legte die Hand auf den Tisch zurück. Leider nicht auf ihren schönen Schenkel. Harry gestikulierte mit beiden Händen: An Valeska habe er das ganze letzte Jahr vergeblich hingeliebt und sei nicht ans Ziel gekommen. Er habe sie aufgegeben. »Bleibst nur du«, sagte er, »ich zähle auf dich!«
Davon wollte Roberta nichts wissen. Sie wollte jetzt endlich das Neueste von Ines hören. Deswegen habe man sich getroffen.
Anfangs hatte er Robertas Interesse an Ines nicht verstanden. Aber es hatte ihn bezaubert. Er hatte Instetten von Ines erzählt, der hatte es Roberta weitergegeben. Es mußte offenbar nicht einmal Harrys Originallamento sein, selbst über Dritte wurde Anteilnahme geweckt. Das sprach für die Größe und Echtheit der Gefühle, fand Harry. Er fragte sich allerdings, ob nicht vielleicht umgekehrt die unechtesten und trügerischsten Liebesgeschichten und die falschesten Frauen und dümmsten Männer für unverwickelte Zuhörer am Faszinierendsten sind.
Wie ihre unbekannte Heldin Ines erzählte auch Roberta von sich aus wenig aus ihrem Leben. Man mußte bohren. Harry hatte in Erfahrung gebracht, daß es zwei Männer gab. Wie bei Susanne. Offenbar wollten heute die dreißigjährigen Frauen so leben wie Harry vor zehn Jahren als vierzigjähriger Mann gelebt hatte. Er war der Polygamiepionier. Und er geriet an Polygamiebefürworterinnen und Polygamiepraktikantinnen, die ein bißchen Erfahrung von ihm abstauben wollten.
Diese verdammten jungen Frauen benutzen ihn möglicherweise als Onkel. Die Geschichten seiner Liebe und seines Liebeskummers waren für sie wie ein langes Märchen, in dem sie die Hoffnungen ihres eigenen Lebens

entdeckten und dem sie daher gerne zuhörten. Aufgeweckte Nachkommen, die sich für das liebenswert altmodische Polygamiemodell interessierten, das Harry, der Mann der ersten Stunde, einst austüftelte. Das sogenannte Bonn-Köln-Eifelhaus-Auslaufmodell. Etwas veraltet vielleicht, aber so schlecht konnte es nicht gewesen sein, denn es hatte vier, fünf Jahre phantastisch funktioniert. Wem sagt man was und wieviel, wem verschweigt man was und wieviel. Er sollte einen Lehrstuhl haben. Polygamieprofessor Duckwitz. Mit diesen akademischen Weihen hätte er bei Valeska bessere Chancen.
Susanne pendelte zwischen Ludwigshafen und Mannheim, Roberta zwischen Berlin und Lausanne. Einer war offenbar das, was nach Robertas Ansicht Helene für Harry war oder gewesen war, nämlich der ruhende zuverlässige Pol, der andere war ihre Ines, wild, wüst und so weiter. Roberta wollte beides bewahren: die ruhige Basis in Berlin und die Leidenschaft in Lausanne. Wie bewahrt man Leidensschaft? Und zwar für immer? Das war Robertas Frage. Deswegen hielt sie zu Ines. Sie verglich sich mit dieser Geschichte. Wenn Harry und Ines wieder zusammenfinden würden, glaubte sie, dann sprach das dafür, daß Leidenschaft haltbar und sogar reparierbar sei.
Diesen Verdacht hatte ihr Harry schon bald mitgeteilt. Roberta hatte nicht widersprochen. »Ines und ich sollen dir vormachen, wie man zerrissene Leidenschaft flickt, damit du weiter an die Haltbarkeit der stürmischen Liebe glauben kannst«, sagte er. »Du benutzt uns als Versuchspersonen, du Scheusal!«
Roberta mochte Harry benutzen, aber Harry hatte auch Vorteile von Roberta. Ines war das Medium, um Roberta nahe zu sein, die Krankheit, die es dem Leidenden er-

möglicht, die schöne Ärztin aufzusuchen. Es gefiel ihm, wie sich Roberta, die große Löwin, mächtig für ihre Artgenossin einsetzte, die sie nur vom Hörensagen kannte.

»Was meinst du, wenn Ines erst wieder auf dem Damm ist!« frohlockte sie. Harry mußte nur Geduld haben. Ihrer Ansicht gab es ein Versäumnis, für das er jetzt büßen und das er irgendwann wettmachen mußte. Roberta konnte die Szene mittlerweile erzählen, als sei sie Zeugin gewesen. Als Ines nämlich im Herbst 1992 den ersten Versuch gemacht hatte, Harry loszuwerden, als sie beide in der leeren Wohnung ihres Mannes standen und Harry sich überlegte, daß er jetzt mit ihr vögeln sollte, anstatt sich ihre Abschiedsworte anzuhören, da hätte er das nicht nur denken, sondern tun sollen. »Mein Gott, du Wahnsinniger!« sagte Roberta und griff sich ins Haar, »das war deine Chance. Warum bist du nicht über sie hergefallen! Du hättest sie packen und ficken müssen, packen und ficken!«

Die Inbrunst, mit der sie diese antiken Worte nicht nur ungeniert, sondern sogar begeistert hervorstieß, begeisterte auch Harry – und verwirrte ihn. Wäre diese späte Mahnung von einem Mann gekommen, hätte er sie für dumme Männerphantasie gehalten. Roberta aber, mit ihrer auffallend jungen, höchstens siebzehnjährigen Mädchenstimme, gab der doch eher drastischen Bemerkung etwas völlig Überzeugendes. Ines und sein vermeintliches Versäumnis rückten allerdings in graue Ferne. Hier saß Roberta und erregte sich.

Sie atmete tief nach ihrem Ausbruch, und Harry ahnte, daß sie dabei nicht an Ines und ihn gedacht hatte. Und schon gar nicht an ihn und sich. Sie hatte wohl an Berlin oder Lausanne gedacht. An den Mann, der sie endlich packen und ficken und aus den überaus freundlichen

Armen des anderen verständnisvollen Mannes erlösen sollte.
Mit Harry und Roberta saßen fachsimpelnd zwei Menschen zusammen, die an das Wunder der ewigen Leidenschaft glauben wollten. Das verband sie. Das Tragische war nur, daß sich Harry zunehmend in Roberta verliebte, je mehr sie über die Liebe sprachen, während sie sofort an die Wand oder aus dem Fenster sah, wenn sich in seinen Zügen die Leiden der Vergeblichkeit abzuzeichnen begannen. Und das Paradoxe war, daß er seine wachsende Liebe als besonders sanft empfand, obwohl sie doch beide hart und offen über Sex sprachen. Er fand keinen Anlaß, mit Roberta ins Bett zu gehen, und sie gab ihm keinen.
So saßen sie im Café und benutzten einander. Harry malte die Begegnung mit Ines in München aus, und Roberta setzte mit der ganzen Autorität ihrer Einmetervierundachzig die Scherben der zertrümmerten Ikone zusammen. Um halb elf am Vormittag hatten sie sich getroffen. Am Nachmittag wollte Roberta verreisen. »Lausanne?« fragte Harry. Nein, Berlin. Es tat ihm nicht wirklich weh. Wäre noch schöner. Wirklich weh tat ihm, daß Roberta ihn nicht auch begehrte. Kein Zeichen, kein Wink. »Du liebst doch nicht jahrelang eine Ziege«, beruhigte sie Harry, der von Ines langsam nichts mehr hören wollte.
Aus irgendeinem Grund kamen sie auf das Thema Schwiegereltern. Roberta erzählte von der herrschsüchtigen Mutter des Lausanner Lovers und der gottergebenen des Berliners. Harry gab Horrorgeschichten von Helene und ihrer Mutter zum Besten und schmückte das Bild von Ritas indischem Ganovenvater aus.
Um halb vier entschloß sich Roberta, den Nachtzug nach

Berlin zu nehmen. Um acht war sie mit ihrer Rekonstruktion des in Palermo und München in Stücke gegangenen Inesbildes so weit, daß Harry wieder ein paar angenehme Erinnerungen möglich waren.

Er begleitete sie nach Hause. Vor ihrer Haustür blieben sie stehen und plauderten weiter. Klar, daß er nicht einfach mit ihr in die Wohnung gehen konnte. Obwohl, so klar war es auch wieder nicht. Er dachte an Julia und, wie hieß sie? – Marida. Marida in Ecuador und Julia im oberbayerischen Traunstein. Und diese Ägypterin in Bonn. Name endgültig vergessen. Lange her und keine großen Sachen, aber da gab es diesen Anstandsaufenthalt nicht. Auch nicht bei seinen beiden Film- und Fernsehstars neulich.

Nach fünf Minuten hatte Roberta ihn noch immer nicht aufgefordert, mitzukommen. Auf einen Sprung. Auf eine Zigarette. Auf einen Kaffee. Die Stimmung war gut, es gab keine Verlegenheit. Trotzdem brachte er es nicht fertig, sie zu fragen. Auf einen Sprung? Auf einen Kaffee? Das war ihre Aufgabe. Das war ihr Haus hier.

Es nieselte wieder einmal. Sie brauchte bloß zu sagen: Wir werden ja ganz naß und dann die Haustür zu öffnen. Harry stellt sich vor, wie sie ihre Riesenmenge dunkelbrauner Haare mit einem weißen Frotteetuch trocknet und dabei vom Bad ins Wohnzimmer kommt.

»Was ist mit dem Nachtzug?« fragte er.

»Ich fahre morgen früh. Geht auch noch.« Sie sagte es ohne jeden Hintergedanken. Sie war noch offener als vor ungefähr achtzehn Jahren die dreißigjährige Helene. Er stellte sich auf die Zehenspitzen, bis er so groß wie Roberta war, legte seine Backe an ihre und sagte leise: »Ich will kein Versäumnis.« Sie roch frisch. Die zwölf Stunden im Café hatten ihr nichts anhaben können. Sie sah

ihm vergnügt ins Gesicht und fuhr mit dem Finger über das Revers seiner naßgenieselten Jacke: »Du versäumst nichts.«
Jetzt konnte er sich verabschieden. Beruhigt ging er durch die Nacht. Eine Stunde zu Fuß. Du versäumst nichts. Aber dann wurde er plötzlich unruhig. Du versäumst nichts? Das sagte man auch, wenn man jemandem abraten wollte, in ein überflüssiges Theaterstück zu gehen.
In seiner Wohnung angekommen suchte er nach einer Postkarte für Roberta. Er schwankte zwischen einem impressionistischen Flimmerfrühstück mit viel Morgensonne und einem Mosaik, auf dem ein Pfau geil einer Pfauenfrau hinterherrennt und wählte selbstkritisch den Pfau. Roberta schrieb er gern. Sie würde antworten. Sie schwieg nicht dunkel wie Ines. Valeska antwortete auch. Wenn man ihr zehnmal schrieb, antwortet sie einmal.
Harry schrieb: »Nett das Stehen an der Haustür, und daß Du nicht gleich dahinter verschwunden bist. Ich frage mich: Bin ich alt geworden oder nur aus der Übung? Harry«
Er las seine Zeilen. Das klang beleidigt. Auch der Altersunterschied war kein Thema. Beziehungsweise ein Scheißthema.
Er nahm die Karte mit dem Frühstück, korrigierte den Titel in »Petit déjeuner chez Roberta« und setzte drei Ausrufezeichen dahinter, um deutlich zu machen, wonach er sich sehnte, und schrieb: »Es muß nicht immer Ines sein. Schlage für die nächste Sitzung folgende Tagesordnungspunkte vor: 1. Was ist ein Versäumnis? Theoretische Definition mit praktischen Beispielen. 2. Wie führen Frauen Männer an der Nase herum? Bitte bald. Harry«

Man schickte Botschaften per Fax über den Globus, aber nicht das modernste Übermittlungssystem der Welt konnte dafür sorgen, daß Roberta morgen früh, ehe sie nach Berlin fuhr, diese Karte bekam. Er mußte sie selbst vorbeibringen. Um halb sieben stand er wieder da, wo er in der Nacht nicht weitergekommen war, klingelte beim Hausmeister und mußte sich dessen Flüche anhören. Sicher Serbe oder Kroate. Womöglich Bosnier. Auch Pole, Tscheche oder Ungar eventuell. »Das Arschloch soll froh sein, daß es hier einen Job hat«, sagte Harry vor sich hin, sprang die Treppe hoch und legte Roberta die Karte vor die Wohnungstür.
Drei Tage später kam Post aus Berlin. Roberta ist in zehn Tagen wieder zurück. Harry freute sich auf den 2. Mai. Bis dahin gab es einiges zu erledigen.
Er hatte seine Geschäfte vernachlässigt. Erst der Ines-Schock. Dann zwitscherte ihm Valeska die Lerche die Sache mit Helene und Hugo ins Ohr. Dann Hoffnungen auf Roberta. Die Angst, wieder ins Leere zu lieben. Beziehungsweise der Bammel. Das Wort Angst mochte er nicht. Er empfinde es als »nackt mit geröteten Gelenken, wie ein Akt, und zwar von Egon Schiele gemalt«, hatte er Valeska einmal gesagt und war belohnt worden. »Hey, Harry, du sagst richtig gute Sachen!« Er hatte das Gefühl gehabt, all ihre verdammten Professoren und Assistenten damit ein für allemal ausgestochen zu haben.
Es mußte weitergehen. Das Schlimme war, daß Anfang Mai die Container in Rotterdam ankamen, und zwar diese halbvollen Defizit Container, an denen er kaum eine Mark verdienen würde, weil er sie wegen seines gottverfluchten Liebeswahns nicht hatte vollmachen lassen. Jetzt, wo das Spiel verloren war, tat ihm auch das Geld leid. Zweihundertfünfzigtausend hatte er sich sei-

ne Idiotenhoffnung kosten lassen, es war nicht zu fassen.

Wai Feng schickte ein Fax und bat um Rückruf. Er drängte, weil er in Opiumtischen und Batavstühlen erstickt. Ferner Hochzeitsbetten, Kontorschränke und so weiter. Beste Ware. Das Zeug muß raus. Wohin soll er damit. »I'll give you a good prize.« Dazu sage und schreibe drei dutzend Mönchsbadetöpfe aus China, selten zu bekommen, dreihundert Jahre alt. »I guarantee.« Das waren diese Riesenpötte, die früher in den Buddhisten-Klöstern standen. Ab und zu durften die schmutzigen Mönchlein hineinkriechen und ein Vollbad darin nehmen. Jetzt stellten sich betuchte Europäer die Töpfe gern in die Gärten ihrer italienischen und südfranzösischen Ferienhäuser.

Der Korruptionspolizist wollte gewitzt sein und hatte die Töpfe, als er hörte, daß sie Mönchen zum Baden dienten, zu Heiligtümern erklärt und die Ausfuhr verboten. Aber Wai Feng brachte den Polizeioberst diesmal ohne Geld dazu, die Sache zu genehmigen. Duckwitz soll raten. Mit Whisky. Er tobte vor Lachen. Für ihn als Chinesen ein besonderer Triumph, einen dauernd von Allah und dem Alkoholverbot faselnden Muselmanenbullen zum Lallen zu bringen. Die Pötte wurden zu weltlichen Ingwerbehältern erklärt. »But I guarantee, they have been used by monks«, sagte er, weil er vermutete, daß Harry wieder einmal anfing, über das Wesen des Echten nachzudenken. Dabei rechnete er nur. Bei Keramik schlägt, im Gegensatz zu den Möbeln, der Zoll zu. Trotzdem, in Paris und New York müßten sechstausend pro Pott drin sein und zweitausend Gewinn pro Stück für ihn, machte bei dreißig Pötten sechzigtausend, nicht die Welt, aber auch nicht zu verachten.

Wai Feng bat Harry, möglichst noch im Mai zu kaufen. Am Schluß sagte er: »Remember the most important thing of all. Do no forget to take along the one and only Lady – I have to see her!«
Harry würde Roberta fragen. Obwohl er sich die riesige Roberta zwischen den kleinen Indonesiern nicht vorstellen konnte.

Sehr ärgerlich war ein Brief vom Finanzamt. Einschreiben. Angenommen und nicht aufgemacht. Harry wußte, was es war. Sie hatten ihn schon zweimal gemahnt, die Steuererklärung 1994 abzugeben. Jetzt würden sie eine Schätzung androhen. Die Steuer von 1994 war maßlos lästig. In dem Jahr hatte er im ersten Quartal sein Schubert-Blues-CD-Projekt in den Sand gesetzt. Hunderttausende Verluste, die ihm ohne Belege keiner glauben würde. Im vierten Quartal hatte er bereits die erste Million mit Möbeln verdient. Lauter Rechnungen mußten gesucht werden, die irgendwo zwischen tausend Notizen und Ablaufplänen des damaligen Pleiteprojekts herumlagen. Suchen war noch gräßlicher als zahlen. Weil aus der CD-Sache nichts geworden war, hatte er nie Ordnung gemacht.
Er machte einen Wein auf, und nach zwei Gläsern sahen die Dinge, wie zu erwarten war, nicht mehr ganz so entsetzlich aus. Das Finanzamt hatte die Frist bis zum 29. April verlängert. Das war in ein paar Tagen. Er rief an. Die Freundlichkeit der Sachbearbeiter war immer wieder überwältigend. Sie haben nichts gegen einen, man kann noch so säumig sein. Harry war an eine Frauenstimme geraten, deren Hamburgisch nichts Schneidendes hatte. Er fühlte sich geradezu betreut und schilderte seine Lage. »Verstehen Sie doch bitte, mein Liebeskummer

lähmt mich.« Darauf ging sie nicht ein. Die Sachbearbeiterin schilderte ihre Lage. Sie wird das Einkommen des Herrn von Duckwitz schätzen müssen.
»Um Gottes willen«, rief Harry, »Sie können meine Verluste nicht schätzen!«
»Dann bringen Sie doch die Belege, Sie haben ja noch fast eine Woche Zeit«, sagte die Sachbearbeiterin besänftigend. Sie spürte, daß seine Verzweiflung echt war. Echt wie chinesisches Porzellan. »Meine Verzweiflung ist echt wie eine tibetanische Mönchsbadewanne, Madame.«
»Wie?« sagte die Sachbearbeiterin.
»Ich muß einkaufen«, sagte Harry, »in Indonesien, ich kann die Geschäfte von heute nicht wegen der Steuer von gestern platzen lassen.«
Die Stimme blieb sanft. »Es tut mir leid, Herr von Duckwitz.«
In Harry erwachte der ehemalige Anwalt. Er stöhnte: »Dann muß ich Einspruch gegen die Schätzung einlegen.«
Die Stimme der Sachbearbeitern war von unendlicher Nachsichtigkeit: »Das kostet Sie mit allen Säumnis- und Verspätungszuschlägen aber vier- bis fünftausend Mark.«
»Ich weiß«, sagte Harry. Das war es ihm wert. Er hütete sich, der Sachbearbeiterin das zu sagen. Soviel verdiente sie in zwei Monaten nicht. Er wollte nicht als Großkotz dastehen. Er leistete sich nur den Luxus, eine Frist zu versäumen und dafür zu bezahlen. Als wenn es eine Lust wäre, etwas zu versäumen. Warum nur? Vielleicht, weil es aufregend ist zu sehen, ob sich eine Sache noch retten und reparieren läßt? Er würde mit Roberta darüber reden. Am 2. Mai. Und Ende Juni wollte er die Steuer machen, in zwei Stunden. Die Stimme war so angenehm, daß er beschloß, die Erklärung im Finanzamt persönlich vorbeizubringen.

Wenn Roberta ihn weiterhin an der Haustür abfertigt, wird er mit dieser Sachbearbeiterin ein neues und ordentliches Leben anfangen. Sie wird ihm seine Bücher führen und vorn und hinten derart legal Steuern sparen, daß es nur so brummt, und seine Gewinne werden totallegal vermutlich größer sein als jetzt mit der kriminellen Schweizer Schwarzgeldlösung, die allerdings nach wie vor eleganter und vor allem weniger aufwendig ist. Irgendwann wird ihm die Sachbearbeiterin mit ihrer Stimme, die klar ist wie ein Hamburger Frühlingstag, gestehen, daß sie gerne mit ihm Pornovideos ansehen möchte. Alle Sachbearbeiterinnen der Welt schauen gern Pornovideos an. Das weiß, wer nachts durch Fernsehkanäle zappt. Harry wird das Souterrainhafte von Ines und das Beletagehafte von Helene, das Lerchenhafte von Valeska und die Löwenglut von Roberta in der Sachbearbeiterin vereint finden.

»Vielen Dank für Ihre Geduld«, sagte Harry, »darf ich fragen, wie Sie heißen?« Grünberg heißt sie, nicht zu fassen, wie Helene. »Wie meine Frau«, rief Harry, aber die Sachbearbeiterin Grünberg korrigierte engelsgleich: »Ihre Frau heißt doch ›Duckwitz-Noorani-Kim, Rita von‹ – steht hier. Sie werden doch gemeinsam veranlagt.« – »Stimmt«, sagte Harry, »das vergaß ich, eine alte Freundin heißt Grünberg. Heißen Sie auch Helene? Nein, die Sachbearbeiterin des säumigen Duckwitz, Harry, Dr. Freiherr von hieß Beate.

Und doch, so bezaubernd ihre Stimme auch war, er wird Beate Grünberg bis Ende Juni vergessen haben. Er wird in letzter Sekunde seine Steuerscheiße zusammensuchen und die Belege nicht ihr, sondern doch lieber dem Steuerberater vorbeibringen, der diesen unerträglich säumigen Mandanten nur deswegen noch nicht abgestoßen

hat, weil er das Honorar mit indischen Kelims und burmesischen Liegestühlen bezahlt, an die man sonst nicht so günstig herankommt, und weil man ihm mit nepalesichem Silberschmuck oder italienischen Ökoweißweinflaschen herausgeben kann. Beides hat der Steuerberater von seinen Nepal- und Italienreisen kistenweise vorrätig. Harry wird das verhaßte Formular unterschreiben und selbst in den Nachtbriefkasten des Finanzamts werfen, fünftausend Mark Säumnisgebühren überweisen und Roberta, vielleicht auch Valeska oder Helene anrufen.
Aufschub macht die Laune gut. Harry widmete sich erst einmal der Beschäftigung, die ihm im Augenblick wichtiger war: Er stellte für Roberta Musikkassetten zusammen. Vor einiger Zeit hatte sie über ihren schönen Vornamen geklagt. Sie hätte lieber einen Namen, der nicht von einem männlichen abgeleitet ist. Er hatte protestiert: Roberta sei einer der schönsten Frauennamen überhaupt, schade nur, daß er nicht Robert hieße. Roberta hatte hell gelacht, und er hätte gern ihr Ohr geküßt. Er hatte Roberta Flack erwähnt und einen schön scharfen, gewissermaßen flach geschmetterten, jazzig-souligen, völlig unschnulzigen Song von ihr, »Compared To What«, mächtiges Löwinnengebrüll von 1969, das die damals vierjährige Roberta natürlich nicht kannte. Harry nahm ihr jetzt das Stück auf und noch andere Songs dazu, von denen er hoffte, sie würden ihr gefallen.
Und das Wunder geschah: Roberta war begeistert und verlangte nach mehr. »So werde ich gerne verführt«, schrieb sie, und Harry, der all seine Platten und CDs schon hatte zertrampeln wollen, sah wieder Sinn im Leben und Land in Sicht. Roberta hatte seine Plattensammlung, seine Vergangenheit, seine Erinnerung gerettet.
Er hatte schon lange keine Abnehmerinnen mehr für

seine Musik gehabt. Ines hatte er mit seiner Musik nicht zu verführen brauchen. Helene und Rita hatten sich am Schluß nur noch die Ohren zugehalten, wenn seine Jazz- und Bluespreziosen erklangen. Später hatte er sowohl bei Barbara als auch bei Susanne und Valeska seine Annäherungsversuche mit musikalischen Gaben unterstützen wollen – vergeblich. Barbara und Valeska hatten auf seine mühseligen Zusammenstellungen überhaupt nicht reagiert. Susanne spielte er auf der unvergeßlichen Autofahrt von Heidelberg nach Straßburg ein auf sie zugeschnittenes Spezialprogramm vor, aber die schönsten Tenorsaxophonsoli der Welt entflammten sie nicht. Sie hatte sich lieb an ihn geschmiegt: »Ha ja, was mir daran gefällt, ist deine Begeisterung.«
Um die Kassetten exakt zu beschriften, benutzte Harry ein topaktuelles und höchst informatives Jazzlexikon aus Amerika. Seit einem halben Jahr war er der glückliche Besitzer dieser Schwarte, in der er fast täglich wühlte, immer mit leicht schlechtem Gewissen. Denn auch dieses Lexikon war mit einem Versäumnis verbunden. Es ließe sich in etwa zehn Minuten aus der Welt schaffen. So lange würde es dauern, um einem gewissen Herrn Sten Berg und seiner entzückenden Frau Rosa ein paar Zeilen nach Kanada zu schreiben: Haben Sie tausend Dank für die völlig unerwartete Gabe! Ich bin nicht nur gerührt von Ihrer Aufmerksamkeit, ich kann das Buch auch unglaublich gut gebrauchen, ja, wahrscheinlich bin ich derjenige Besitzer des Lexikons, der sein Exemplar am emsigsten benutzt. Küssen Sie Ihre hübsche Frau so, wie ich es mir leider nur in meiner Vorstellung erlauben kann, und vergeben Sie einem deutschen Rüpel, daß er Ihnen diese Zeilen nicht schon vor Wochen geschrieben hat. Meine Einkaufsreisen nach Südostasien haben mich bis-

her abgehalten. Gruß Duckwitz. Ganz einfach eigentlich. Dann noch einmal zehn Minuten nach der Adresse suchen, und die Sache wäre erledigt. Aber Harry konnte sich dazu rätselhafterweise nicht aufraffen.

Er hatte Sten Berg und seine Frau Rosa bei seinem Bruder Fritz im letzten Herbst kennengelernt. Fritz der Dichter lud Harry normalerweise nie ein. Harry lud auch Fritz nicht ein. In der Zeit, als sie beide auf verschiedene Art mit Ines verbunden waren, hatten sie sich häufiger gesehen.

An jenem Abend hatte Harry einen jüdischen Witz erzählt, und irgendwer hatte das unpassend gefunden, weil Deutsche keine jüdischen Witze erzählen dürften. Da hatte sich Rosa als amerikanische Jüdin zu erkennen gegeben und Harry in Schutz genommen. »Ihr Wort gilt nicht viel«, hatte ihr Mann mit lustigem, skandinavischem Akzent in die Runde gerufen, »sie ist assimiliert bis über beide Ohren!«

Sten Berg, der als schwedischer Germanist in Kanada gelandet war und Fritz zu einem Vortrag in Vancouver einladen wollte, hatte sich dann mit Harry den ganzen Abend über Jazz unterhalten. Ein paar Wochen später ließen Sten und Rosa ihm das frisch erschienene Lexikon zukommen.

Harry war hingerissen und blätterte die ersten drei Tage nonstop. Es fiel ihm auf, daß er von sonst niemandem zu Weihnachten irgendein Zeichen erhalten hatte. Kein ironischer Gruß von Helene oder Rita oder von Valeska oder Roberta oder wenigstens von Barbara. Von Ines ganz zu schweigen. Nur die treue Susanne hatte ihm zum zweitenmal aus Mauritius geschrieben: Sie weiß nicht, warum sie da immer hinfährt. Wahrscheinlich mußte sie ihre Gunst auf ihre beiden Männer gerecht verteilen. Da sie nun einmal mit dem Mannheimer Lover auf der angeblichen Trauminsel gewesen war, verlangte auch der Ludwigshafener nach einer Zerstörung tropischer Illusionen.

Während Harry stundenlang Platten und Tonbänder kreisen und tanzen ließ, um Roberta nach ihrer Rückkehr aus Berlin mit weiteren musikalischen Spezialzusammenstellungen zu erobern, wälzte er das Jazz-Lexikon und begriff endlich, was ihn bisher abgehalten hatte, sich zu den immer überfälliger werdenden Zeilen an Sten und Rosa aufzuraffen. Er konnte nur aktiv werden, wenn Erotik im Spiel war. Nur wenn es darum ging, das Herz einer Frau zu erobern, fuhr Energie in seinen Körper. Dabei konnte er es nicht ausstehen, wenn sich Leute für Aufmerksamkeiten nicht bedankten. Zwanzig lange und raffinierte Briefe hatte er im letzten halben Jahr an Valeska geschrieben, aber die paar Zeilen an Sten und Rosa brachte er nicht zustande.

Um zwei Uhr nachts konnte man Barbara noch anrufen. Sie war nicht da, und er sprach auf ihr Band: »Ich weiß jetzt, was du meintest, als du in unserer einzigartig gebliebenen Nacht der langen Seufzer sagtest, ich hätte einen erozentristischen Charakter.«

Wie angedroht kam Ende April die Mitteilung vom Finanzamt Hamburg. Weil keine Steuererklärung vorliegt wird das Einkommen von Duckwitz, Harry, Dr. Freiherr von und seiner Frau Duckwitz-Noorani-Kim, Freifrau von, 1994 auf DM 780 000 geschätzt, die Ausgaben auf DM 150 000, daraus ergab sich eine zu verrechnende Steuerschuld DM 210 000, zahlbar innerhalb von zehn Tagen. Schwarz auf weiß sah das böse aus. Harry formulierte einen Einspruch. Der würde natürlich

durchkommen, die Steuer sich erheblich drücken lassen, und die fünf Säumnistausender würden ihm nicht weh tun. Trotzdem albern das alles. Vergeudung kostbarer Kräfte. Er beschloß, sein Leben zu ändern.
Er rief seine Möbelleute in Frankreich und England an und teilte mit, daß bald mit dem Eintreffen der Container in Rotterdam zu rechnen sei. Nicht übermäßig viel diesmal, aber interessant. »Qualität statt Quantität« sagte er. So eine Scheißfloskel wollen die hören. Ihm wurde immer noch fast übel, wenn er sich aus Geschäftsinteresse gezwungen sah, solchen Blödsinn auszusprechen. Qualität statt Quantität. Preis-Leistungs-Verhältnis. Alle paar Wochen brachte er solche Kaufmannskotzformeln über die Lippen, wenn kein Mensch zuhörte, an dem ihm gelegen war. Der Mann in London zeigte sich interessiert. Das Wort »quality« elektrisierte ihn. Ein Baby im Anzug. Siebenundzwanzig Jahre. Schmiß gern mit Millionen herum, die ihm nicht gehörten. Das Möbelhaus in Paris schickte diesmal nicht Jean-Pierre. Trotzdem, der Krempel war so gut wie verkauft.

Als Harry einen Begleitbrief zu den exquisiten Herzerweichungskassetten an Roberta schrieb, las er noch einmal ihre Karte, auf der sie ihn zur musikalischen Verführung anregte. Ein Satz am Rand war ihm bisher nicht aufgefallen. »Solltest Du Dir weitere Methoden ausdenken, kann ich mich ja immer noch zurückziehen (siehe Abbildung umseitig).« Die Abbildung zeigte eine aus groben Steinbrocken zusammengesetzte iglu-artige Kuppel, ein archaischer Unterschlupf. Er hatte das Bild nur flüchtig betrachtet, weil es ein modernes Kunstwerk war. Auf das Bild hatte Roberta notiert: »Kein orang laki-laki kann wanita Roberta hier herausholen«. Obwohl das

doch lustig war, wie sie seine indonesischen Erzählungen aufgegriffen und sich die komischen Ausdrücke der Bahasa-Sprache für Mann und Frau angeeignet hatte, gab die Anmerkung ihm einen Stich.
Was, wenn sie das genau so meinte, wie sie es schrieb? Wenn das nicht ein ironischer Hinweis war, sondern ein echter? Kein amüsantes Versteckspiel, kein Pfeifen im Dunkeln, um ihn ein bißchen kirre zu machen, bevor er sie findet, sondern eine nett verbrämte Abweisung: Du kannst mir noch so nette Briefe schreiben und musikalischen Nachschub schicken, du wirst keinen Zentimeter näher an mich herankommen, orang laki-laki Harry!
Harry ging in der Wohnung auf und ab. Niemand sehnte sich nach ihm. Her mit den Tabletten für den großen Schlaf! Einmal im Jahr durfte man sich eine kleine lächerliche Selbstmordphantasie gönnen. Niemand wird verantwortlich gemacht. Roberta kann schon gar nichts dafür, daß sie das Faß zum überlaufen brachte. Im Abschiedsbrief alles klären. Am besten vervielfältigen und Kopien an Ines, Rita und Helene, an Valeska und an Roberta. An Susanne und Barbara zur Kenntnis. Auch sie sollen Bescheid wissen: Keine kann etwas dafür. Habe alles falsch gemacht. Mein Leben war ein einziger Irrtum. Macht's gut.
Das Geld geht automatisch an Ehefrau und Alleinerbin Rita. Bloß nicht kompliziert aufteilen. Im übrigen hatte ihn Rita am wenigsten enttäuscht. Geld hat auch kein Glück gebracht. Die Frauen wollten es nicht, als er lebte, sie sollen es nicht haben, wenn er tot ist. Sollen selber ihren Arsch bewegen und was tun. Rita das Schweizer Nummernkonto nennen. Nicht, daß den Zaster die Bank einstreicht.

Harry starrte auf die unschuldigen Kartengrüße Robertas, die seine Grabesstimmung ausgelöst hatten. Ines war schuld. Sie hatte ihm den Glauben an die Liebe gründlich ausgetrieben. Das Urvertrauen war weg.
Das Urvertrauen hatte er wiederum angeblich Helene irgendwann geraubt. Helene verstand allerdings unter dem Raub des Urvertrauen etwas anderes als er. Daß man sich betrog nämlich. Harry hingegen, daß man die hohen Ziele der Polygamie verriet und zur stinkigen Monogamie überlief.
Ob das Leben das allerletzte war oder doch schön, hing jetzt von Roberta ab. Sie konnte ihm den Glauben an die Frauen endgültig nehmen oder wiedergeben. Am Nachmittag kam ein Anruf von Wai Feng aus Java. Gewöhnlich rief er an seinen Whiskyabenden an, bevor er selig und gleichgültig wurde, gegen zehn, wenn es in Deutschland vier Uhr morgens war, und lachte über Harrys Gähnen. Daß er jetzt eine vernünftige Zeit wählte, zeigte, wie dringend es war. Harry müßte innerhalb der nächsten vierzehn Tage kommen, sonst verkaufe er all seine Schätze inklusive die chinesischen Mönchsbadetöpfe an die »Aborigines«, wie er die rosarotsommersprossigen australischen Händler nannte.
Am nächsten Morgen war die Lebensmüdigkeit vergessen. Weil ihm die vielen telefonischen Erledigungen der letzten Tage zum Hals raushingen, ging er zu seinem Reisebüro in der Innenstadt. Die kleine Dicke war frei, sie begrüßte freundlich den gut bekannten Kunden. Harry aber faßte sich an den Kopf, lächelte zerstreut, murmelte, er habe etwas vergessen, Parkuhr, käme gleich wieder.
Durch ein großes Fenster hatte man von der Straße einen guten Einblick in das Reisebüro. Und so betrat er es ge-

nau in dem Augenblick wieder, als die kleine dicke Nudel sich eines neuen Kunden annahm und ihre Kollegin frei war. Tatsächlich, sie sah auch von der Nähe aus wie die junge Helene. Er hatte bisher noch nie das Glück gehabt, von ihr bedient zu werden. Sein Trick hatte sich gelohnt.
Hamburg – Frankfurt – Singapur – Jakarta mit der Singapore Airlines, dann mit einer indonesischen Fluggesellschaft Jakarta – Bandung – Semarang – Surabaya, Daten innerhalb Indonesiens bitte offenlassen. Dann wieder in genau vierzehn Tagen zurück: Surabaya – Singapur – jetzt bitte über Paris, dort zwei Tage Aufenthalt, dann zurück nach Hamburg. Die junge Helene hatte Route und Daten notiert. Sie nickte Harry anerkennend zu, als hielte sie seine präzisen Angaben für eine Leistung. Sie hoffe, sagte sie, daß überall noch Plätze frei seien, dann würde sie die Flüge festmachen und ihm die Tickets zuschicken. »Reisen Sie zu zweit oder allein?«
Harry schwieg. Seine Präzision war ihm plötzlich abhanden gekommen. Die junge Helene mußte noch einmal nachfragen.
»Ich weiß nicht«, sagte Harry.
Die junge Helene, bis jetzt auch völlig präzise und dienstbereit, war sprachlos. Harry sah von der Weltkarte an der Wand in ihr Gesicht und lächelte: »Würden Sie mich begleiten?«
»So was von krasser Anmache ist mir noch nie passiert«, sagte sie, von einem zum anderen Augenblick völlig respektlos geworden.
»Umso besser«, sagte Harry, »daß es endlich so weit ist. Einer Frau wie Ihnen müßte das doch täglich passieren!«
Dann schimpfte er auf die Männer. Haben die keine Augen im Kopf? Er kann sich keinen Mann vorstellen,

der nicht diesen Wunsch hat. »Was müssen das für Idioten sein, die nicht mit Ihnen verreisen wollen.«
Die junge Helene fand langsam Gefallen an Harrys Ausbruch. Sie lehnte sich in ihrem Drehstuhl zurück.
»Aber nein«, sagte Harry, »Sie begleiten mich nicht. Sie denken sich: Der alte schmierige Geschäftsbock soll sich eine andere suchen.«
Jetzt lachte die junge Helene laut auf. Seltsamerweise erinnerte auch das an Helenes Auflachen von früher.
»Buchen sie die Reise für zwei«, sagt er. »Wenn ich keine andere Begleitung finde, werde ich Sie noch einmal mit meinem Angebot belästigen.«
Zu Hause fand Harry Post von Ines. Er erschrak und hielt das Kuvert einen Augenblick unschlüssig in der Hand. Es enthielt eine Karte. Schönes Motiv. Mann und Frau auf Sommerwiese. Gepflegter Expressionismus. Sie schrieb: »Ich habe Dich mit meinen blöden Sprüchen verletzt. Das wollte ich nicht. Es tut mir leid. Ich bin sehr unglücklich.«
So war auch ihr letzter Blick gewesen, genau so. Er nahm eine Karte aus seinen indonesischen Beständen. Reproduktion eines Hinterglasbildes aus Bali oder Ostjava, zwanziger Jahre: Ansicht eines seltsamen Paares. Eine niedlich harmlose Indonesierin mit hübschem Sonnenschirm geht mit einem geckig angezogenen Mann spazieren, der die Fratzenmaske eines Fabelwesens aus den indonesischen Schattenspielen trägt. Lange Narrennase. Fast hätte Harry vor ein paar Tagen die Karte an Valeska geschickt. Weil die auch so unschuldig trippelte und ihn an der Nase herumführte. Sie hätte die Karte auch verdient. Jetzt schrieb er sie an Ines: »Sie hält ihn zum Narren. Okay? Alles Gute.«
Keinen Sinn, diese Karte abzuschicken. Ines würde ihn

nur wieder anfauchen, die verletzte Katze. »Laß mich in Ruhe!« So legte er die Karte zu den gut drei Dutzend unabgeschickten Grüßen an Ines. Wenn er Kinder hätte, würden die sich nach seinem Hinscheiden wundern über das traurige Häufchen mit den Botschaften, die Papa nicht abgeschickt hatte. Welcher seltsamen Frau mochten sie gegolten haben, würden sich die Nachkommen fragen, ehe sie das Zeug in den großen Müllcontainer warfen.

Harry rief Roberta einen Tag nach ihrer Rückkehr an. Zu seiner Überraschung stimmte sie zu, als er vorschlug, sich am Abend mit ihr zu treffen. Sie trug wieder die verdammte Helenehose, die ihm den Verstand raubte, und erklärte, als sie seinen Blick bemerkte: »Es ist kühl heute, deswegen.«
»Ich kann nicht mehr«, sagte Harry bald. Seine Bitterkeit war sanft und echt. Echt wie Porzellan aus China, echt wie javanesische Sandsteinbuddhas. Er konnte nicht länger hier im Café neben ihr sitzen, als sei nichts, wo doch etwas war. »Entweder gehen wir jetzt zu mir oder zu dir«, sagte er und genoß den knappen gewöhnlichen Satz.
Roberta mustert ihn: »Und wenn nicht?«
Wenn nicht, würde er jetzt nach Hause gehen und sich nicht mehr bei ihr melden. Nie mehr. Er könne nicht ständig vor einer verbarrikadierten Höhle hocken und sie für alle Ewigkeit mit musikalischen Lockrufen amüsieren.
Roberta lachte. Er mußte einen Schritt weiter gehen.
»Wenn schon dauernd nur reden, dann bitte horizontal«, sagte er.
Der Vorschlag gefiel ihr nicht. »Etwas überraschend«, sag-

te sie. Es ist eine Rüge. Und dann: »Wir ziehen uns aber nicht aus! Versprochen?«

Es waren nur zehn Minuten zu Robertas Wohnung. Harry hatte das Gefühl, daß sie nicht einverstanden war. Wie ein Leuchtturm ging sie neben ihm und sah woanders hin. An ihrer Haustür sagte sie: »Man hat mir eine Regiearbeit angeboten. Es gibt einen Vertrag. Du bist doch Jurist. Du könntest dir den Vertrag ansehen.« Harry nickte. Er wußte nicht: Brauchte sie für sich noch einen Vorwand, um ihn in ihre Höhle zu lassen? Oder spielte sie eine Frau, die einen Vorwand braucht?

Roberta hatte keinen Wein im Haus. Sie hätten beide dringend einen Wein gebraucht. Er hätte alles vereinfacht. Roberta kochte in der Küche Tee, und Harry saß auf dem Sofa, akzeptierte die Einrichtung bedingungslos und fragte sich, ob sein Vorstoß ein Fehler war.

»Ich will keinen Fehler mehr machen«, sagte er, als Roberta mit dem Tee kam. Er sah ziemlich tragisch dabei aus, und das belustigte sie.

»Wo ist der Vertrag, den du mir zeigen wolltest?« rief er Roberta hinterher, die im Nebenzimmer verschwunden war. Was sonst hätte er jetzt sagen sollen. »Hier!« rief Roberta. Harry ging ihr nach. Sie lag auf dem Bett. »Du wolltest doch liegen«, sagte sie.

Er legte sich neben sie. Dann rutschte er an sie heran, bis seine Schulter ihre Schulter und seine Beine ihre Beine berührten. Sie zog sich nicht zurück.

»Es war kein Fehler«, sagte sie und stieß ihn an: »He, horizontales Weiterreden war angesagt.«

Harry ließ seine Hand von ihrem Hintern zu dem endlosen Schenkel wandern. »Und«, sagte Roberta, »wie fühlt es sich an? Wie bei Ines oder wie bei Helene?« Der schnippische Ton war gut. »Arsch wie bei Ines, Schenkel wie bei Helene«, sagte Harry. Dann richtete er sich auf, kniete sich über ihre Beine und fuhr mit den Fingernägeln an der Außennaht ihrer Hose entlang. Roberta kam mit ihrem Oberkörper etwas hoch, stützte sich mit den Ellenbogen ab und sah Harry ins Gesicht, als wolle sie prüfen, ob er es wert sei.

Er hielt ihrem prüfenden Blick stand. Sie ließ sich zurückfallen und sagte mit einem Anflug von Resignation: »Okay, zieh mich aus!« Auch sie sagte okay. Viele Leute sagten es. Okay, zieh mich aus, hatte Ines nie gesagt.

»Komm rein«, sagte Roberta. Was war mit den Frauen los? Wollten sie kein gepflegtes Vorspiel mehr? Harry wollte noch nicht rein. Es war ihm zu riskant. Seine Lust war groß und schwer und leider nah. Er würde sich jetzt lieber erst mit einem kleinen Verhör über Berlin und Lausanne, mit Auskünften über Ines, Helene und Valeska ein wenig abkühlen.

Doch für eine derartige Lustverzögerungspause kannte er Roberta nicht gut genug. Da liegt sie, aus ihrer Schale gepellt. Es wäre ein Verstoß gegen die guten Sitten, ihrer Aufforderung nicht nachzukommen.

Kurz und heftig wogten beide Körper und – schon war es geschehen. »O Gott!« fluchte Harry. Er könnte versinken vor Scham.

»Reg dich nicht auf«, sagte Roberta, »so wahnsinnig schlimm ist es auch wieder nicht.«

Das war alles andere als ein Trost. Denn »nicht so wahnsinnig schlimm« war nur eine Vorstufe zu »wahnsinnig schlimm«. Nur wer etwas eigentlich wahnsinnig schlimm findet, sagt, es sei nicht so wahnsinnig schlimm.

Er hatte in seinem Leben neben beziehungsweise nach Rita, Ines und Helene immer wieder mal mit verheirateten Frauen geschlafen, und kannte deren abfällige Bemerkungen über ihre Karnickelmänner. Und es hatte ihn stets mit primitivem Stolz erfüllt, dieser Gattung nicht anzugehören. Jetzt war auch er ein gottverdammter Dreiminutenficker, eine Liebhabernull.

Ein Verdacht keimte in Harrys erniedrigtem Bewußtsein: Roberta hatte es mit Absicht rasch hinter sich bringen wollen. Sie konnte ihn leichter fallen lassen, wenn er eine miese Nummer lieferte. Hätte er die Qualitäten des Lovers aus Lausanne mit denen des Lovers aus Berlin vereint oder gar noch überboten, wäre Roberta, die Pendlerin in Liebesdingen, in Konflikte geraten.

Er dachte an seine Nacht mit Susanne. Da war es genau anders herum gewesen: Eine Hochleistungsvögelei, auf die Susanne aber gar nicht aus gewesen war. Das kriegte sie ja schon von ihrem oberscharfen Typ aus Ludwigshafen. Und für die zarten Intermezzi war der nette Mann aus Mannheim zuständig. Von ihm wollte sie nicht Sex, sondern das, was sie von ihren Augenarztlovern nicht bekam: witzige Postkarten, schnelle Antwort auf ihre Briefe, lässige Fachsimpeleien über die Liebe. So war nach jener scheinbar triumphalen Nacht sein Verhältnis mit Susanne bald verkümmert. Wenn sie seine körperlichen Wundertaten aus dem Konzept brachten, dann wollte er in diesem Arztroman nicht länger mitspielen. Er war gern der witzige Verbalerotiker, doch dabei durfte es nicht bleiben. Sollte sich Susanne einen anderen Postkartenschreiber suchen, hatte er damals gedacht, und doch schrieben sie sich heute immer noch.

Roberta bemerkte, daß Harry woanders war. »Ines?« Sie fragte so teilnahmsvoll, daß Harry all seine dummen Bedenken vergaß. Alles Gespenster. Er lag auf dem Rücken, in der Position des Besiegten. Nun zog er sie über sich und ihre Kastanienhaarflut nahm ihm wie ein Vor-

hang die Sicht. Noch nie hatte er mit einer Frau mit solchen Haaren so auf einem Bett gelegen. Er genoß das Gewicht der schlanken Einmetervierundachzig, auch das war neu und aufregend, und er spürte, daß er demnächst wieder zu Kräften kommen würde. Behindert von Robertas kleinen Küssen schüttelte er den Kopf und antwortete auf die Frage, die sie schon vergessen hatte: »Du denkst mehr an sie als ich!«
»Tee?« Roberta hielt ihm die Tasse hin. Der Tee war inzwischen kalt. Sie deckten sich zu. Das Bettzeug roch gut nach Roberta. Harry opferte sein Hemd zum Auffangen des Spermas. War ja schließlich auch von ihm, was da jetzt aus ihr herausfloß. Natürlich dachten beide in diesem Augenblick an Aids. Harry sprach es an. Für ihn sei es riskant gewesen, für Roberta nicht. Er habe garantiert kein Aids. Seit Monaten keine Frau. Aidstest negativ nach fick-fick in Java mit Wanita Malu. Und jetzt dieser Leichtsinn! Ohne Gummi mit einer Frau zu vögeln, die zwei Lover hat! Wenn er nur an Berlin und Lausanne denke, sterbe er vor Schreck.
»Die sind mir treu!« Roberta lachte zuverlässig.
»Na?« sagt Harry zweifelnd, aber er war sicher, daß sie recht hatte.
Vom Thema Kurzficktrauma wollte Roberta nichts mehr hören, aber Harry kam davon nicht los.
»Onanierst du denn nicht?« wollte sie wissen.
Er dachte nach. Durfte ein Frauenheld ohne Frauen onanieren? Oder mußte er auf diese einsame Erleichterung verzichten und tapfer seine Nachstellungen fortsetzen? Durfte er zugeben, daß er onanierte, oder machte er sich damit noch unglaubwürdiger? Oder machte ihn umgekehrt das Eingeständnis dieser angenehmen Schwäche glaubwürdiger? Eine rettende Bemerkung fiel ihm ein:

Mit einunddreißig Jahren hätte er sich nicht getraut, irgend jemanden zu fragen, ob er onaniert. Aber er sagte es nicht. Er wollte es mit der Wahrheit probieren. Natürlich onaniert er, und wie! Aber davon geht die Lust auf Frauen nicht weg. Im Gegenteil: Sie sammelt sich erst so richtig an.
»Das höre ich gern«, sagte Roberta.
»Wenn ich mir so eine Schülernummer wie eben bei Ines geleistet hätte«, sagte er, »wäre das eine Katastrophe gewesen. Er erzählte, wie Ines am Anfang ihrer Affäre mißlaunig wurde, wenn sie nicht auf ihre Kosten kam. Man mußte sein Äußerstes geben. Es war jedes Mal eine neue Eroberung, eine neue Jagd nach ihrem Orgasmus. »Mit der Kraft, die man bei ihr verbrauchte, hätte man drei normale Frauen befriedigen können«, sagte er.
Das klang ein bißchen angeberisch, aber Roberta überhörte es und rutschte näher an Harry heran und fummelte ein bißchen an seinem schlappen Schwanz herum. »Ich glaube, ich mag die Frau nicht mehr. Sie war ein Prinzeßchen. Sie hat dir jedesmal eine Aufgabe gestellt.« Roberta schlürfte ihren kalten Tee.
Jetzt nahm er Ines in Schutz: »Es ist reizvoll, Aufgaben zu lösen. Je schwieriger, um so größer das Vergnügen. Sie wollte es, ich wollte es. Sie war die Prinzessin, ja, aber ich war ihr Retter.«
»Du warst ihr Depp!« sagte Roberta. »Sie hat dich verarscht.« Und nach einer Pause sagte Roberta, die große Frauenfreundin, etwas Erstaunliches: »Solche Frauen mußt du prügeln. Sie sind so unausstehlich, weil sie geprügelt werden wollen. Statt dich bei der Jagd nach ihrem Orgasmus abzumühen, hättet du sie bestrafen und sagen müssen: Hol dir deinen Scheißorgasmus selber! Dann hättest du sie nicht verloren.«

Harry war irritiert. »Woher weißt du das?« fragte er.
Roberta lachte: »Ich arbeite fürs Theater, da braucht man Phantasie.«
Harry erinnert sich plötzlich an einen nächtlichen See mit aufgegangenem Mond, und wie er mit Ines auf einer Wiese steht. Übernachtung in den Bergen auf dem Weg nach Duino. Eigentlich wollen sie den Mond länger betrachten, aber sie gehen dann doch in das schöne alte Hotel, in das schöne große alte Zimmer. Das alles hatte es wirklich gegeben. Es war keine Phantasie.
Als die Kräfte wieder erwachten, ließ sich Roberta eine Anspielung auf die sexuelle Gefräßigkeit nicht entgehen: »Ich werde mein Bestes tun«, sagte sie, ehe der sanfte Spott aus ihrem Gesicht langsam verschwand und dem schönen geistlosen Ausdruck von Wollust Platz machte. »Dein Ruf ist gerettet«, sagte sie am Schluß, und Harry erfand den Ausdruck »Rehabilitationsfick«.
Er erzählte von seiner bevorstehenden Reise nach Java. Daß er eine Begleiterin brauche. »Knallharte Geschäftsinteressen«, sagte er fröhlich. »Mein chinesischer Geschäftspartner verliert den Glauben an mich, wenn ich ohne schöne Frau anreise. Die Geschäftsbeziehungen würden Schaden nehmen.« Schon glaubte er, sie wäre überzeugt, und sah sich mit ihr exotische Früchte löffeln, die es gar nicht gab. Seltsam, auch wenn man dutzendmal in den Tropen war, die trostlose Wirklichkeit konnte dem Bild nichts anhaben, daß man sich als Kind gemacht hatte.
Roberta schüttelte den Kopf. Ihre Regiearbeit! Er hätte es sich denken können. »Frag doch Valeska!« sagte sie freundlich, und Harry tat, als habe er den Hinweis nicht gehört.

17 Harry wird in Java von seinem Freund Wai Feng um eine ungewöhnliche Frau beneidet und ist froh, nicht Botschafter in Washington zu sein. Aufenthalt in Bali und Erinnerungen an Rita. Harry bittet das Goethe-Institut in Jakarta nicht um Hilfe, telefoniert mit Helene und lernt beim Rückflug einen Urwaldbacchus aus Prag kennen. In Hamburg beeindruckt Harry auf einem Empfang mit einem Wort zum sechsten Jahr der deutschen Einheit und frischt seine Bekanntschaft mit Reporter Paul auf. Er versucht mit Helenes Mutter zurechtzukommen und befaßt sich auf Sylt mit Hamlet und der Melancholie. Wahrheiten über den Baron von Surabaya und ein Besuch von Helene, der allerlei geschäftliche Folgen hat.

Die Frauen waren schon zu Bett gegangen, die Männer tranken langsam ihre Gläser leer. Sie tippten Wai Feng kurz auf die Schulter. Ein nachlässiges Zeichen, daß sie gingen, ein Dank für den Abend. Wai Feng nickte ohne aufzusehen. Worte waren nicht nötig, denn alle Abende ähnelten sich. Morgen schon würde man wieder hier zusammensitzen, Whisky aus Gallonenflaschen trinken und ungesalzene Erdnüsse essen.
Wai Feng stand auf, ging zum Plattenspieler und drehte zum hundertsten Mal die alte Bob-Dylan-Platte um, von der im Mai 1996, dreißig Jahre nach ihrem Erscheinen, hier in Java noch immer rätselhafte Kräfte ausgingen. Schweigend griff er zu den schweren indonesischen, mit Nelken parfümierten Zigaretten, die köstlich rochen und fürchterlich schmeckten, inhalierte selbstmörderisch und sagte nach einer Pause zu Harry, was er am Abend schon mehrmals gesagt hatte: »Beautiful woman. Beautiful woman. You must be a happy man.« Nun verstehe er, warum Harry beim letzten Mal seine Geschäfte so jäh

abgebrochen hatte. Für diese Frau hätte er das auch getan.
Harry widersprach nicht. Er beneidete Wai Feng um seine Lebensführung, um sein gastfreundliches, offenes Haus mit den undurchschaubaren Frauen, um seine gebildeten Eltern. Da war es nur gerecht, wenn er auch etwas beneidet wurde, selbst wenn Wai Fengs Neid grotesk unberechtigt war.
Letzte Woche in Hamburg war Harry schon kurz vor der Wahnsinnstat gewesen, der jungen Helene im Reisebüro sein zweites Ticket tatsächlich anzubieten oder, noch wahnsinniger, der Sachbearbeiterin Grünberg im Finanzamt. War auch schon egal. Verrücktheiten konnten rettende neue Ausgangspositionen schaffen.
Es war nicht dazu gekommen. Unerwartet hatte Rita angerufen. Sie wollte etwas mit Harry besprechen und obendrein ihre Verwandten in Indien besuchen. Er erzählte von dem überzähligen Ticket. Ein Mitarbeiter sei krank geworden, sagte er, weil er Rita mit seinem Gespinn nicht verwirren wollte.
Und nun begleitete ihn seine eigene Ehefrau. Die ironische Wendung war ganz in Harrys Sinn. Rita würde eine Woche mit ihm in Java verbringen und dann nach Indien fliegen. So unerwartet kam ihre Begleitung, daß ihn ihr lesbisches oder nichtlesbisches Schloßgespenst namens Eleanor nicht interessierte. Die Unternehmung war ein zufällig gelungener Streich, der ihn in beste Laune versetzte. Rita gefiel ihm plötzlich wie früher, und als sie im Flugzeug nebeneinander saßen, war er sicher, daß sie schöne Nächte miteinander verbringen würden.
»Wie geht es deinem Zitterorgasmus?« fragte er.
Vor vier Jahren etwa war Rita nach Amerika gegangen, ihr Deutsch war porös geworden. Sie hatte das Wort ver-

gessen. Dann fiel es ihr ein: »You mean this trembling, or rather quivering orgasm?« Sie schüttelte halb streng, halb verlegen den Kopf. »O Harry!« sagte sie so, als sei er hundert und sie neunzig.
Dann rückte sie zögernd mit der Sprache heraus. Sie fragte ihn, ob er schon einmal über eine Scheidung nachgedacht habe.
»Scheidung?« fragte Harry verwundert. Sofort machte sich dieses alberne Besitzergefühl bemerkbar. Man hat im Keller einen silbernen Leuchter von Tante Frieda stehen, niemals wird man dafür Verwendung haben. Die Zeit der Leuchter ist vorbei. Kaum aber meldet jemand Interesse an, beginnt einem das viel zu elegante Ding zu gefallen. Man will es nicht hergeben. Den Reflex des Behaltenwollens kannte Harry, er verabscheute und bekämpfte ihn. »Scheidung wäre vermutlich vernünftig«, sagte er deshalb.
Dann wurde er sentimental. Es war manchmal ganz praktisch gewesen, mit einer Frau verheiratet zu sein, die man wahrheitsgemäß mal als Inderin, mal als Koreanerin beschreiben konnte, als Pianistin und Motorradfahrerin. Verwegene Mischung. Die schicken Hamburgerinnen ließen sich zum Schweigen bringen, wenn man im richtigen Augenblick einen geheimnisvollen Hinweis auf Rita gab. Harry hatte kein Haus auf Sylt, aber eine exotische Ehefrau in Amerika. Auch das hatte Gewicht.
»Du wirst mir fehlen«, sagte Harry und versuchte Rita zu erklären, daß er sie in den letzten Jahren wie eine Trumpfkarte bei sich getragen hatte, die man gelegentlich ausspielt.
Das gefiel ihr. Sie legte ihre Hand auf seinen Arm und sagte: »Schön ehrlich bist du!«
»Apropos ehrlich«, sagte Harry und erzählte von dem

Plan, sie mit Helene in New York zu besuchen, um herauszufinden, ob sie mit Eleanor ein lesbisches Verhältnis habe.
Rita lachte, als sei sie an solche Bemerkungen gewöhnt. »Ich bin auf euer Ergebnis gespannt«, sagte sie souverän.
Dann faßten sie die Scheidung für Anfang des nächsten Jahres ins Auge. Erstens, weil es nicht eilte und zweitens wegen Ritas Konzertterminen und drittens, damit Harry auch sein 1997er Einkommen noch als Verheirateter versteuern konnte.
Nun waren Rita und Harry seit zwei Tagen bei Wai Feng zu Gast. Heute am frühen Abend hatte Rita Klavier gespielt. Alle waren begeistert von ihr gewesen. Und jetzt, da Harry, vom Whisky selig betäubt, mit dem selig von Rita schwärmenden Wai Feng allein zusammensaß, brachte er es nicht fertig, den Freund mit der Wahrheit zu ernüchtern. Es wäre unnötig und grausam gewesen. Harry kannte von sich selbst den Glauben an das große Glück der anderen. Er wollte Wai Fengs Glauben nicht zerstören. Ein andermal würde er ihm die wahre Geschichte erzählen.
Was er nicht Wai Feng, sondern dem psychologisierenden Ron mitteilen würde, war die Beobachtung, daß schon der Gedanke, nicht mehr mit Rita verheiratet zu sein, genügte, um ihn die Attraktivität der künftigen Geschiedenen wieder schlagartig spüren zu lassen. Auch jetzt, nachts, in Wai Fengs luftigem Haus ohne Außenwände, schlief Rita in einem der vielen offenen Zimmer und zog ihn an.
Vorgestern, nach ihrem Scheidungsbesprechungsflug, waren sie spät abends in Singapur angekommen und hatten ein Hotel genommen. Die halbe Nacht hatte er die nackt und unzugedeckt schlafende Rita bewundert. Ihre

hübschen Füße und glänzenden Schienbeine waren ihm nie zuvor aufgefallen, und er fragte sich, was geworden wäre, wenn er eine ganz normale Ehe mit ihr geführt hätte: Einfach sein Leben lang stolz auf diese wunderbare Frau sein und keines anderen Weib begehren, das hätte nicht nur Gott, sondern auch der katholischen Rita gefallen. Seine Karriere wäre geradlinig nach oben verlaufen. Er wäre heute Botschafter in Washington, mit der entzückendsten Gattin, die je ein Botschafter hatte. Er wäre ein Mann mit vernünftigen Ansichten und kein windiger Händler, der sein Herz an verrückte junge Frauen wie Valeska verliert.
Obwohl Botschafter in Washington ja eigentlich das letzte war. Was machte der die ganze Zeit? Den Amis sagen: He, Europa ist auch noch da! He, greift uns mal mit ein paar Soldaten unter die Arme, wir kommen im Balkan nicht klar! He, Deutschland ist auch ohne Berliner Mauer noch eine Reise wert! He, wollt ihr nicht ein bißchen investieren, empfehle Computerindustrie in Thüringen und Sachsen-Anhalt! Und dann passiert es: Rita, die bezaubernde Gattin des Botschafters Harry von Duckwitz, entdeckt spät, aber umso heftiger ihren Hang zum eigenen Geschlecht. Exzellenz leidet Qualen, die Ehe ist im Nu ein Trümmerfeld. Rita brennt mit Eleanor durch. Flitterwochen nennen sie es. Tolerant windet sich Exzellenz im Bett. Daß der makellose braune Körper seiner abgöttisch geliebten Frau von den furchtbaren Leichenfingern dieser durch und durch grauenhaften Eleanor nicht etwa nur flüchtig gestreichelt, sondern womöglich herrschsüchtig liebkost wird, bringt ihn um den Verstand. Exzellenz vernachlässigt seine Arbeit, soweit es die gibt, Gerüchte gehen um. Ein Basketballspieler gerät als Liebhaber in Verdacht. Wenn es doch so wäre, denkt der

unglückliche Herr von Duckwitz. Einen schönen großen schwarzen Mann würde er Rita schon gönnen. Rita muß willenlos gemacht worden sein. Eleanor spritzt ihr mit bösem Nazilächeln Heroin in die Venen. In seiner Not engagiert Exzellenz Privatdetektive, es gibt aber keine Hinweise auf Freiheitsberaubung und Drogenfolter, nur einen Haufen Fotos, mit einem Riesenteleobjektiv gemacht. Die Gruselgouvernante küßt ekstatisch die Füße der lächelnd im Bett liegenden Rita. Mit jeder Frau der Welt soll Rita glücklich werden, schluchzt Exzellenz ins Kissen, nichts gegen lesbische Liebe, es lebe die Homosexualität, aber doch bitte nicht Liebe mit diesem Schloßgespenst. Die schönsten bisexuellen Callgirls setzt Exzellenz auf Rita an, das würde ihm, wie jedem Mann, gefallen. Doch schön ist Rita selbst, sie bleibt der liebestollen Eleanor verfallen. Wenn Exzellenz diese Frau ermordet, wird ihm das Rita nicht zurückbringen, das weiß er. Also schreibt er einen Abschiedsbrief, großzügig, wie es seine Art ist: Es war der Himmel. Nun hat mich mein brauner Engel verlassen. Dann nimmt sich der Botschafter der Bundesrepublik Deutschland in Washington das Leben. Tabletten sind nicht wirkungsvoll genug. Erschießen muß schon sein.
Harry war bei dieser läuternden Vorstellung immer heiterer geworden. Er saß auf dem Singapurer Hotelbett neben der schlafenden Rita und wurde schließlich von einem stillen Lachkrampf geschüttelt. Rita wachte auf, er erzählte ihr seine Vision, sie lächelte müde, nahm seine Hand, schlief wieder ein, und er war mit dem weniger dramatischen Verlauf seines wirklichen Lebens einverstanden.
Nichts wären die Jahre mit Rita ohne Helene und Ines gewesen. Julia Freudenhofer, die sich von der Kranken-

schwester zur Generalvertreterin des exklusiven Duckwitzschen Glasregalvertriebs entwickelt hatte, war ein erotischer Bestandteil seines Lebens geworden, ohne den es ärmer wäre. Auch Barbara, dieses nicht zu fassende Quecksilber, wollte er nicht vermissen. Die unkonzentrierte Philosophin mit den Moccatassenaugen hatte eine hübsche Rolle gespielt, und eine kleine spielte sie noch immer. Sie ab und zu auf literarische Veranstaltungen in Hamburg zu begleiten und dann mit ihr wegzugehen, wenn es langweilig wurde, war nach wie vor ein Genuß und ein Sieg über das Geschwätz der Kultur, ohne das Barbara nicht leben konnte.

Susanne aus Heidelberg war in Form gelegentlich aufwallender Grußbotschaften noch immer beruhigend präsent, wie ein Sparbuch für die größte Not. Vielleicht würde sie ihm in dreißig Jahren den Star operieren. Das Herz von Roberta der Riesin hatte er trotz Rehabilitationssvögelei nicht erobern können, aber sie war weder abweisend noch verschwunden. Sie hatte wenig Zeit für ihn, blieb aber warm und freundlich in seiner Nähe, nach wie vor bereit zu stundenlangen Gesprächen über die Leidenschaft und manchmal auch zu einem Sprung ins Bett. Nach wie vor hielt sie zu Ines. Harry war eifersüchtig auf Robertas Liebhaber in Lausanne und ärgerte sich, daß er sie mit seinem Schwärmen von Valeska nicht eifersüchtig machen konnte.

Valeska schließlich, die lang bewimperte Bambusfrau, hielt ihre Behauptung aufrecht, Harry sei unkündbar in ihr Herz geschlossen, und er glaubte ihr. Ihre kleinen Lügen waren nicht der Rede wert. Seitdem er sich vorgenommen hatte, seine Annäherungserfolge nicht mehr in Millimetern zu messen, war er nicht mehr böse auf sie, wenn sie wieder einmal untertauchte. »Du bist mein

Wertpapier«, hatte er ihr neulich geschrieben, »irgendwann bist Du fällig.« Ein paar Tage später ihr Anruf. »Hi«, hauchte sie, »hier ist deine Dividende.« Von dem Moment an waren Harry all ihre Professoren schlagartig einerlei. Seinetwegen sollte Valeska in ihrer Montmartre-Mansardenwohnung das Leben einer Edelkurtisane führen. Sollten alle Professoren von Paris bei ihr ein- und ausgehen, von ihr verstoßen oder erhört werden. Sollte es gar keine Professoren geben, sollte sie tatsächlich tablettensüchtig sein oder magersüchtig, drogensüchtig oder entzugstherapiesüchtig oder erdnußriegelknabbersüchtig oder mond- oder schlafsüchtig oder einfach nur vergnügungssüchtig und stinkfaul, alles einerlei. Harry besaß etwas von ihr, sie hatte Gewicht bekommen, sie hatte sich von einem Traum in ein Stück Gold verwandelt, er hatte Anteile von ihr gewonnen und irgendwann, das wußte er, würden ihm diese Anteile zustehen.

Das scheinbar so glückliche Ehepaar Duckwitz wurde von Wai Feng bedrängt, noch für ein paar Tage mit ihm nach Bali zu reisen. Bali war lieblicher und touristischer als Java. Die Balinesen waren hauptsächlich Hindus, das hatte den Vorteil, daß man nicht von dem blechernen Gekreisch der Minarett-Lautsprecher belästigt wurde und nicht dauernd über betende Muselmanen stolperte, die noch in den Flughafentoiletten ihren ekstatischen Verrichtungen nachgingen. Tatsächlich war Harry einmal in einem düsteren Möbellager in Jakarta zwischen Schränken und Tischen an etwas Weiches gestoßen und heftig erschrocken. Aber es war keine Riesenechse, auch keine Leiche, sondern ein auf seinem Teppich kauernder, lautlos zu Allah flehender Schreiner, der ihn entsetzt anstarrte.

Wai Feng hatte ein Haus am Meer. Sicher war er ein guter Wellenreiter und würde Rita seine Künste vorführen. Harry wunderte sich, daß Rita zustimmte. Seine Lust hielt sich in Grenzen. Von einem unwissenden Freund für einen Glücksgatten gehalten zu werden, war etwas strapaziös.

Das Haus gehörte Wai Fengs weltgereisten Eltern. Es gab alte Bücher in allen Sprachen. Harry nahm sich zwei. In beiden konnte man nur herumlesen. Eins war zu entsetzlich, das andere zu unbedarft. Das unbedarfte war ein deutscher Reisebericht aus den zwanziger Jahren: »Heitere Tage mit braunen Menschen.« Der Autor schwärmte von der grenzenlosen Freundlichkeit der Indonesier. Die war in der Tat auch heute noch auffallend. 1965 waren sie allerdings nicht so freundlich gewesen. Da hatten Militär und radikale Moslems aus Angst vor kommunistischer Unterwanderung auf Java und Bali in nur vier Monaten fast fünfhunderttausend Landsleute abgeschlachtet. Nach dem Balkankrieg traute man jedem Serben und Kroaten Genickschüsse, Vergewaltigungen und das Abschlachten von Kindern zu. Jeder harmlose Ex-Jugoslawe sah erstmal aus wie ein Hobbyheckenschütze. Die heiteren, zierlichen Indonesier konnte man sich als Menschenschlächter kaum vorstellen.

Das andere, das schreckliche Buch stammte aus dem England des vorigen Jahrhunderts. Es war die Anleitung zur Disziplinierung störrischer einheimischer Tagelöhner mit dem Titel »The Taming Of The Coolie-Beast« und enthielt Tips für den weißen Mann, wie er die unwilligen Südostasiaten mit Prügeln zu guten Arbeitern machen kann und wann man einen von ihnen aufhängen sollte, um ein Exempel zu statuieren. Harry hätte das Buch lieber nicht in die Finger gekriegt.

Rita flog von Bali aus direkt zu ihrer Sippschaft nach Indien. Wai Feng beschwor sie, bald wiederzukommen. Harry hatte noch ein paar Tage in Jakarta zu tun. Er kaufte dort schnell und routiniert seine Möbel und langweilte sich abends. Valeska nicht anzurufen, fiel ihm schwer. Er hatte es sich vorgenommen. Er wollte sich nicht mehr mit zarten Ferngesprächen ihre falsche Nähe vorgaukeln. Er hatte lange genug an sie hingeliebt. Jetzt war sie an der Reihe. Er rief Ron in Antwerpen an und sagte: »Ich glaube, es ist das erste Mal, daß ich einen Mann anrufe, um ihm zu sagen, daß ich ihn vermisse.« »Werd' mir nicht schwul auf deine alten Tage«, sagte Ron.
Harry langweilte sich so sehr, daß er plötzlich die ihm ganz fremd gewordene Lust verspürte, einen Roman zu lesen. Nichts Englisches, Muttersprache sollte es sein. So wie früher wollte er die Beschreibung fremder Schicksale verschlingen. Er würde von nun an nicht mehr ohne Bücher reisen. Mit einem Buch dabei wäre ihm nicht diese fürchterliche Gebrauchsanweisung über das bestialische Zähmen der Kulis in die Hände gefallen, die seinen Haß auf den weißen Mann, der so oft an allem schuld war, wieder aufgerührt hatte.
So groß war sein Lesehunger noch nicht, daß er zum Goethe-Institut ging. Obwohl ihn die Vorstellung amüsierte, dort anzupochen und im phlegmatischen Jammerton eines um eine Mark bettelnden Obdachlosen nach einem Roman zu verlangen: Haste ma' 'n Buch für mich? Das dürfte denen nicht allzu oft passieren. Dann hatten sie gleich ein Argument, wenn ihre Außenstelle mal wieder von der Schließung bedroht wurde, weil zu viel Geld für das Einfliegenlassen von doofen deutschen Dichtern ausgegeben worden war: Bei uns stehen immer wieder

auch deutsche Geschäftsleute vor der Tür, die um Lektüre nachsuchen. Auch das gehört zu unseren Aufgaben. Wo sollen all diese Leute hingehen, wenn es uns nicht mehr gibt?
Abends fiel Harry ein, er könnte auch einmal bei Helene anrufen. Daß Hugo sie verlassen hatte, wußte er nur von Valeska, es konnte nicht schaden, sich Nachrichten von der Quelle zu besorgen. Nachts um halb zwölf war es in Paris halb sechs am Nachmittag. Sie ist in der Stadt unterwegs, verkündete Helenes Stimme vom Band. Um eins wurde Harry müde. Helene war immer noch nicht da. Er sehnte sich nach Valeska und den idealen Telefonzeiten mit ihr. Helene kann er mitten in ihrer Pariser Nacht nicht aufschrecken. Doch war sein Ehrgeiz geweckt. Ausschlafen, durchschlafen, langschlafen, tiefschlafen hatte ihn noch nie interessiert. Um vier in der Früh war es zehn in Paris, und Helene war nach Hause gekommen. »Hoppla!« sagte sie. Erst nach zehn Minuten verrät er ihr, daß er aus Jakarta anruft. Sofort kriegte sie ein schlechtes Gewissen und wollte auflegen. Aber Harry erinnerte sie daran, daß er wie ein Schwein Geld verdiente. Er war gerührt von Helenes normaler Reaktion. Seine dreißigjährigen Flammen kamen ihm plötzlich wie mondäne Miezen vor, die sich seine Überseegespräche wie Selbstverständlichkeiten gnädig gefallen ließen. Überhebliche Generation!
Von Hugo sagte Helene nichts. Vorsichtig fragte Harry nach. »Es wurde Zeit, das war sowieso nichts mehr«, sagte Helene nur. Keine wütenden Flüche. Alles Mitleid umsonst. »Valeska hat das sicher zum Drama hochstilisiert«, sagte Helene.
Ein größeres Problem als Hugos Abgang schien ihre Mutter zu sein. Harry wurde ungeduldig. Gespräche

über Mütter hatten ihn noch nie interessiert. Dafür war ihm das Geld zu schade. Er erzählte von Rita und der geplanten Scheidung. »Das 's ja 'n Ding!« sagte Helene. Den Tantenspruch hatte sie übernommen. Das brachte sie Harry nah. Dann kam sie leider wieder auf ihre Mutter zu sprechen. Sie hatte doch früher nie von ihrer Mutter geredet. »Früher war die Mutter auch kein Problem«, sagte sie. Jetzt ist sie dreiundneunzig und soll in ein Altersheim. Ihre Wohnung muß sie bis Ende Mai verlassen. Harry fand, jetzt könnte Helene langsam wieder daran denken, daß dies ein Überseegespräch war. Das künftige Zimmer der Mutter im Heim war erst ab Mitte Juni frei. Endlich verstand er: Geld für vierzehn Tage Hotel mußte her! Erleichtert beschwor er Helene, sich in solchen Nöten immer an ihn zu wenden. Was bei ihm an Geld auf den Konten herumliege, sei sowieso obszön. »Wieviel brauchst du für die Alte?«
»Geld hat die Alte selbst genug«, sagte Helene. Das Problem liege woanders: Die Alte geht nicht in Hotels. Sie ist topfit und klar im Kopf, sie hat nur diesen einen Tick. Sie hat zu viele schlechte Krimis im Fernsehen gesehen, wo in Hotels Leute ermordet werden. Im Hotel wird sie umgebracht. In ein Hotel geht sie nicht.
Harry fand die Macke ganz originell. Helene weniger, denn sie war im Endspurt mit einer Übersetzung. Arbeitete zwanzig Stunden am Tag. Abgabetermin Mitte Juni. Das Buch muß zur Messe im Oktober vorliegen. Unvorstellbar der Streß. Katastrophe total, wenn sie es nicht schafft. Sie konnte in der Situation die Mutter in Paris nicht brauchen. Sie schwieg.
Das ging zu weit, fand Harry. Helene erwartete offenbar, daß er sich der Mutter annahm. Er schimpfte, sie könne sich die Zeit nicht einteilen, immer schon hätte sie dieses

Theater mit den Abgabeterminen gemacht. Er empfahl, die Mutter trotz ihres Widerstands in ein Hotel zu verfrachten und fertig. Solche Ticks seien witzig, aber nicht dazu da, daß man ihnen folge. Helene war ungewöhnlich kleinlaut. »Du kennst die Alte nicht!« sagte sie.
Nach einer Stunde, in der die doch sonst realistische Helene ihn allen Ernstes fragte, ob er nicht jemanden wisse, der diese seltsame Mutter für vierzehn Tage bei sich wohnen lasse, sie käme mit den fremdesten Leuten zurecht, sie könne sehr charmant sein, begriff er, daß Helenes Not echt war. Er hatte plötzlich Lust, dieses Muttermonster in Augenschein zu nehmen, dessen idiotische Makken von ihrer erwachsenen Tochter ängstlich respektiert wurden. Er wollte auch Helene einen Gefallen tun. Auch sich selbst. Nach dieser guten Tat würde er sich weniger schofel vorkommen, wenn endlich der langersehnte Roman mit Helenes Busenfreundin Valeska begänne. Er würde sich diesen Roman mit der guten Tat verdienen. Rein wie ein Engel kam er sich bei seinen dunklen Gedanken vor. In diesem Augenblick liebte er Helene und Valeska auf die gleiche Weise und konnte sich plötzlich vorstellen, mit beiden Frauen zusammenzuleben. Mit Rita und Helene war es immerhin eine paar Jahre gut gegangen. Vielleicht wäre die Konstellation mit Valeska die ideale und haltbare Lösung? Seine Laune wurde euphorisch.
Harry muß also am 1. Juni die Mutter vom Bahnhof abholen, am 15. Juni kommt Helene nach Hamburg, gibt höchstselbst das Manuskript der Übersetzung im Verlag ab und befreit Harry von der Mutter. »Ich könnte dich abknutschen!« sagte sie.
»Über eins haben wir noch nicht geredet«, sagte Harry. Helene wußte sofort Bescheid und sprach es selbst aus:

»Klar, du nimmst meine Mutter nur, wenn ich in Hamburg nicht mit Schlauch-, Woll- oder Flatterröcken, Blazern oder Kostümen erscheine.« Selbstverständlich würde sie in der einst von Harry spendierten Lederhose mit dem gottlob zeitlosen Schnitt aufkreuzen, als seine gute alte Rockerbraut. Gebongt. Er sollte sich allerdings im Gegenzug einmal fragen, wieviele Frauen er kenne, denen mit Ende vierzig noch die engen Hosen von Mitte dreißig paßten.

Auf dem Rückflug von Singapur nach Frankfurt fragte sich Harry, wieso er noch immer nicht in der Busineß class reiste, obwohl er nicht wußte, wohin mit seinem Geld. Er fragte es sich vor allem, weil neben ihm ein stämmiger junger Mensch mit kurzen Hosen und weißen Beinen saß, der nur ein Australier sein konnte. Sein Lockenkopf kippte beim Schlafen ständig zu Harry hinüber, das war ein Problem. Um die unerwünschte Annäherung des Schläfers zu verhindern, fing Harry ein Gespräch mit ihm an.
Er war kein Australier. Er sprach Deutsch mit einem leichten und eleganten französischen Akzent. Jetzt, wo er wach und guter Laune war, erinnerte er an einen jungen Bacchus auf einem Barockgemälde. Die sahen nie versoffen aus, sondern wie fröhliche Milchshaketrinker. Bacchus war Tscheche. Harry glaubte ihm nicht und mußte den Paß begutachten. Tatsächlich, Prag. Bacchus hatte allerdings keinen festen Wohnsitz. Er war als Schlafwagenschaffner in Nachtzügen zwischen Hamburg und Rom oder Ancona unterwegs. In Italien ging er tagsüber baden oder spazieren, am Abend hieß es, im Zug die Betten zu präparieren und höflich zu den Reisenden sein. Nach einem halben Jahr reichte es jeweils für eine

Reise nach Irian Jaya. Dieser indonesische Teil von Neu Guinea hatte es ihm angetan. Dort stiefelte er wochenlang allein durch den Urwald, bereits zum dritten Mal. Harry glaubte es nicht. Überlebenskämpfer waren doch immer gegerbt und sehnig und sahen nicht aus wie milchhäutige Griechengötter. »Am Boden des Urwalds scheint keine Sonne«, sagte Bacchus und zeigte Harry ein paar Fotos, die seinen Aufenthalt in einem Steinzeitdorf bewiesen.

»Sieht ungemütlich aus«, fand Harry. Das fand Bacchus auch. »Aber das Leben ist nicht gemütlich!« Er strahlte begeistert. Mittlerweile konnte er die Begrüßungslaute der verschiedenen Stämme auseinanderhalten. Er fing an, laut zu bellen. Es klang nach großen Hunden, die sich nicht mögen. Die Passagiere in der Umgebung erwachten, und Harry wußte wieder, warum er nicht in der Busineß class reiste, wo man solchen Leuten nicht begegnete. Bacchus suchte und fand am Arsch der Welt nicht das Glück, sondern die Krätze und den Dreck und die Bestätigung, daß das Leben nicht schön ist. Das brauchte er.

»Liebeskummer?« fragte Harry.

»Der vergeht einem im Urwald«, sagte Bacchus und erzählte plötzlich von einem verlassenen Haus in der Nähe des Hafens von Ancona, wo ihn sein Schlafwagenjob demnächst wieder hinführen würde. Ein häßliches, kaputtes Gebäude, auf dessen abweisende Frontseite ein liebeskranker Italiener mit weißer Kalkfarbe einen genialen Spruch geschrieben hatte: »Bella ma non hai l'anima« – Schöne! Aber du hast keine Seele!

Harry sah das Haus vor sich. Er sah Ines, Valeska und Roberta. Wo waren die Seelen der schönen Frauen. »Sie fotografieren doch«, sagte er. »Tun Sie mir einen Gefallen

und machen Sie eine schöne Aufnahme von dem Haus mit diesem Spruch!«
Bacchus brauchte Geld und wußte, was ein gutes Foto wert war. Sie machten einen Handel. Für einen Tausender liefere er ein gestochen scharfes Bild. Übermorgen werde er wieder in Ancona sein. In vier Tagen könne er ihm das Foto in Hamburg vorbeibringen.

In seiner Wohnung fand Harry weder Post von Valeska noch von Roberta vor. Nicht einmal eine Karte von Susanne war dabei. Er fühlte sich sofort verlassen und verraten und freute sich auf Helene, die in fünf Wochen ihre komische Mutter abholen würde.
Es gab eine Einladung, die ihn reizte, weil sie absurd war. Auf einem schweren übergroßen Büttenpapierbogen wurde zu einem Essen zu Ehren von Miss Jennifer Waterman gebeten. Dunkler Anzug. In kitschiger Zierschrift war der Name eingetragen: Vortragender Legationsrat 1. Klasse Dr. Harry Freiherr von Duckwitz.
Offenbar ein Scherz. Harry rief Barbara an, die sich mit Hamburger Einladungen auskannte. Es war kein Scherz. Sie hatte von der Gastgeberin gehört. Die war eben noch nicht informiert, daß Harry seit sechs Jahren suspendiert ist. »Die Creme trifft sich dort«, sagte sie, »ich komme gerne mit. Wenn es langweilig wird, verschwinden wir und gehen in die Haifischbar.« Dort kann er sich nach ihrer Seele erkundigen. »Abgemacht«, sagte Barbara.
»Komm mit zerzausten Haaren«, bat Harry.
Harry ohne Schlips und Anzug fiel nicht weiter auf. Selbst im steifen Hamburg gab es mittlerweile ein paar Leute, die sich nicht mehr an solche Hinweise hielten. Der Intendant eines Fernsehsenders stand in Bluejeans in der Empfangshalle der Winterhuder Villa herum. Barba-

ra ließ ihre Moccatassenaugen über die Gäste wandern, schoß dann jauchzend auf einen Feuilletonchef zu, und Harry wußte, daß er sie für diesen Abend wieder verloren hatte.

Miss Jennifer Waterman war eine Redakteurin der »Washington Post«. Sie sollte eine Reportageserie über Deutschland sechs Jahre nach der Wiedervereinigung schreiben. Die Gastgeberin organisierte professionell Empfänge, um in solchen Fällen ausländischen Journalisten oder auch Geschäftsleuten die Möglichkeit zu den nötigen Kontakten zu geben. Harry machte einen Witz: Wenn er nicht als Gast hier sei, sondern als potentielle Kontaktperson, dann müsse er ihr eigentlich eine Rechnung schicken. Die Gastgeberin lächelte matt, deutete auf einige Gestalten und sagte: »Sie wären nicht der erste. Es gibt Damen und Herren, die sich an meinem Buffet den Bauch mit Hummerstücken vollschlagen und mir nachher Taxirechnungen schicken.« – »Wenn Sie so hochstaplerische Einladungen herausschicken, ist das kein Wunder«, sagte Harry.

Die Journalistin war eine winzige farblose Person. Sie saß die ganze Zeit an derselben Stelle. Ständig traten Bankiers, Industrielle, Politiker, Galeristen, Zeitungs- und Fernsehleute, Verleger, Theaterdirektoren, die in ihrer Reportage vorkommen wollten, an sie heran und redeten auf sie ein, während sie wie abwesend in den mit Prominenten gefüllten Raum blickte.

»Erinnern Sie sich?« wurde Harry von einem Mann gefragt, der ihm von früher bekannt vorkam. Er rauchte Zigarillos und sah ihn über den Brillenrand an. Es war ein Reporter. Als Harrys diplomatische Laufbahn vor sechs Jahren mit der Versetzung in den vorzeitigen Ruhestand jäh beendet wurde, hatte er den Fall Duckwitz

recherchiert, aber nie etwas darüber geschrieben. »Jennifer ist eine ganz Liebe«, sagte er. »Kommen Sie, ich mache Sie miteinander bekannt.«
Jennifer, die gerade unter einem Berliner Senator litt, der sie über die Hauptstadt im Jahr 2000 informierte, sprang auf und kam auf Harrys Reporter zu: »Paul, welche Freude, du glaubst nicht, wie ich hier eingesülzt werde!« Such a lot of fucking shit habe sie schon lange nicht mehr gehört.
»Apropos ›shit‹«, sagte Reporter Paul, »darf ich dir Herrn von Duckwitz vorstellen, der sich mit einem schwarzrotgelben Lumpen nicht mal den Arsch ausputzen würde, und den sie aus dem diplomatischen Dienst gefeuert haben, als er das öffentlich verlauten ließ.«
»Die Heldentat ist verjährt«, sagte Harry, »vergessen Sie es.«
»Er ist der undeutscheste Deutsche, den wir zur Zeit bieten können«, sagte Reporter Paul. »Er hat einmal gesagt, mit Ausnahme der Juden und der Aristokraten seien alle Deutschen unerträglich.«
Harry wehrte ab: »Habe ich nur zitiert, weiß gar nicht, von wem der flotte Spruch ist.«
»Sagen Sie bloß, Sie stehen nicht mehr dahinter«, sagte Reporter Paul.
Harry deutete auf ihn und sagte zu Jennifer: »Das ist einer von den Leuten, denen ich früher zu unvernünftig war, jetzt, wo ich weniger Feuer speie, sind sie enttäuscht von mir.«
Reporter Paul kniff die Augen zusammen, überlegte und sagte: »Da könnte was dran sein.« Zu Jennifer sagte er: »Herr von Duckwitz hatte damals als Pressemann im Auswärtigen Amt schöne Zoten über die Wiedervereinigung auf Lager. Leider nur off records. ›Ejakulationsfi-

xiertes Hochgeschwindigkeitsgerammel‹ hat er die Vereinigungsbestrebungen des Kanzlers genannt, das vergißt man nicht.«
Jennifer bat Harry um einen Spruch über Deutschland heute. »Germany – six years after unification« werde ihre Artikelserie heißen. Harry dachte an seinen Handel und daran, daß ihn Deutschland nichts mehr anging. Standort Deutschland nicht für Duckwitz. Der Handel mit Indonesien war ihm in den Schoß gefallen. Andere mußten um ihre Erfolge kämpfen und bildeten sich auf den Sieg etwas ein. Soweit er es beurteilen konnte, hatte ihn der Erfolg nicht zum Großmaul gemacht. 1990 hatten er und viele andere befürchtet, Deutschland werde ein Großmaul werden. Deutschland war relativ normal geblieben. Die Amis fuchtelten mit ihren nationalen Werten weit mehr herum. Die Wiedervereinigung war den Deutschen in den Schoß gefallen. »Was einem in den Schoß fällt, steigt einem nicht zu Kopf«, sagte Harry.
»Hey, schreib dir das auf«, sagte Reporter Paul zu Jennifer, »der Baron ist erwachsen geworden.« Barbara lehnte an einem großen Dichter. Reporter Paul verabschiedete sich. Harry hatte auch genug. Er ging mit. »Was machen Sie jetzt beruflich, Herr von Duckwitz?« Harry erzählte von seinem Möbelhandel. Nein, nix Regenwaldvernichtung. Surabayahafenholzrecycling. »Hey«, sagte Reporter Paul, »das wäre eine Geschichte für unser Sommerloch. Ich schicke Ihnen jemanden vorbei.« Er war Chefreporter geworden und brauchte nicht mehr alles selbst zu schreiben. »Schicken Sie, wenn es geht, eine Frau«, sagte Harry.
Reporter Paul mußte zum Bahnhof. Nachtzug nach München. Harry begleitete ihn. Sie waren zu früh da und redeten am Bahnsteig über die Linken und die

Rechten und die Politik und darüber, wie lässig oder nicht lässig man das Treiben der Politiker beobachten sollte. Harry sagte, Reporter Paul möge auf den Schlafwagenschaffner achtgeben und erzählte von seinem tschechischen Urwaldbacchus. Reporter Paul sagte, er müsse morgen früh in München sein, weil er die dritte und letzte Folge einer Schulfunksendung nicht versäumen dürfe. Andere fahren nach Bayreuth oder Salzburg zu den Festspielen. Er fährt zum Schulfunkhören nach Hause. Keine Festspielaufführung sei so gut wie diese Sendung über Shakespeares Hamlet. Es lebe der öffentlich rechtliche Rundfunk, der nicht unentwegt nach Einschaltquoten schielen müsse. Harry wurde ganz gierig. In Javas Hotelzimmern nicht chinesische Schlägerfilme im Fernsehen anzuglotzen, sondern mit dem Walkman Schulfunksendungen des Bayerischen Rundfunks zu hören, war ein Lichtblick, und er bat den nun in den eingefahrenen Nachtzug steigenden Reporter Paul, die Sendung für ihn aufzunehmen und eine Kassette zu schicken. »Sie werden es sicher vergessen!« Reporter Paul sah ihn über den Brillenrand an: »Ich vergesse es nicht.«
Zwei Tage später stand Bacchus, der Schlafwagenschaffner, vor der Tür und hielt lächelnd ein Kuvert in der Hand. »Zeigen Sie!« rief Harry. Das Foto übertraf sämtliche Erwartungen. »Bella ma non hai l'anima.« Eine weiße Flammenschrift auf einer düsteren Hausfassade. Ruinengrundstück, abblätternder Putz, Ginsterbüsche und Gestrüpp. Es war einen Tausender wert. Was ist mit dem Negativ? Harry brauchte ein paar Abzüge. Er brauchte dieses Foto als Verwünschungswaffe. Wenn sich die Bellas wieder einmal seelenlos von ihm abwenden, als sei nichts geschehen, nachdem sie ihn vorher leichthinredend oder auch leichthinvögelnd zum Glühen ge-

bracht haben, wird er ihnen dieses Bild hinterherschikken. Valeska und Roberta sollen vor Augen gehalten bekommen, wie sie einen Mann ruinieren mit ihrem Getändel. Barbara und Susanne kann es auch nicht schaden. Und wenn er jemals Ines noch eine Zeile schreiben wird, dann auf der Rückseite dieses Fotos.
Das Negativ? Bacchus druckste herum. Es gab doch heute diese vielen Postkarten mit witzigen Fotos oder mit witzigen Unterschriften für Leute, die sich Witzigkeit kaufen müssen. Ein Berg schmutzigen Geschirrs in der Küche und dazu der Spruch: »Du mußt jetzt ganz stark sein, Kleines!« Bacchus hatte das Foto mit der seelenlosen Bella inzwischen einem Postkartenverlag gezeigt. Der machte eine Serie für Liebeskranke und wollte das Bild haben. Harry wurde flau. Die Kommerzialisierung des Liebeskummers war schon immer ein gutes Geschäft. Die Vorstellung, Hunderte Männer von Zürich bis Wien, von Kopenhagen bis Neapel könnten in den Drehständern der Schnickschnackläden ohne echten Liebeskummer zu dieser echten Verwünschungsformel greifen und sie entweihen, war nicht erhebend.
»Was hat man Ihnen für die Bildrechte geboten?« fragte er. Auf so viel Präzision war Bacchus nicht vorbereitet. Er stammelte: »Zweitausend.« – »Nie«, sagte Harry, »kriegen Sie nie! Nur von mir!« Er gab ihm dreitausend für alles, erhielt den kompletten Negativfilm und das tschechische Ehrenwort, daß Bacchus das Motiv nicht noch einmal knipst. »Mit dem Geld können Sie zehn Jahre lang durch ihr geliebtes Irian Jaya latschen«, sagte Harry. »Sprechen Sie Bahasa oder können Sie nur das Irian-Jaya-Gebell?« Bacchus bellte ein paarmal und sagte: »Das heißt im Maoke-Gebirgsdialekt: Ja, fasse Vertrauen zu mir, Fremder, ich spreche die indonesische Basissprache Bahasa.«

»Wo erreiche ich einen Mann ohne festen Wohnsitz, wenn ich ihn vielleicht einmal fragen will, ob er mir in Java und Sumatra ein paar Einkäufe abnimmt«, fragte Harry.
»Sie finden mich im Busch von Irian Jaya, wenn Sie vier Wochen von Wamena Richtung Hitegima laufen – oder unter dieser Adresse.« Er hielt Harry die Visitenkarte einer großen Hamburger Anwaltskanzlei hin und sagte: »Meine europäische Absteige, die ich zweimal pro Woche anlaufe. Ich gieße die Blumen in den Büroräumen. Dort weiß man, wo ich bin.«
Reporter Paul hatte Harry nicht vergessen. Keine Woche nach ihrer Begegnung beim Jennifer-Empfang, kam ein Mann von seiner Zeitung. »Ich weiß, sie hätten lieber eine Kollegin gehabt«, sagte er. Bedauerlicherweise habe er keinen Termin mehr für eine Geschlechtsumwandlung bekommen. Er ließ sich zwei Stunden lang Harrys Handel mit alten Möbeln und vor allem das Recyceln aus dem Hafenholz von Surabya erklären und stöhnte, weil das seiner Ansicht nach ein ideales Thema für eine lange Fotoreportage wäre, was die verstockten Kollegen vom Magazin aber nicht eingesehen hätten. Harry verriet ein paar Korruptionsanekdoten und verschwieg seinen Handel über Rotterdam. Dann kam ein Fotograf, und Harry nahm Platz in seinem Wippklappstuhl, mit dem vor nunmehr zwei Jahren sein blühender Handel mit indonesischen Möbeln begonnen hatte. Der Reporter klappte sein Heft zu und sagte: »Ich weiß mehr als genug. Hübsches Glasregal haben Sie da!« Als er ging, holte er drei Kassetten aus seiner Tasche: »Viele Grüße von Paul. Alles Hamlet.«

Der 1. Juni näherte sich, und Harry fand, er habe sich mit Helenes Mutter doch etwas viel aufgehalst. Als er sich vor drei Jahren um seine sterbenden Tanten kümmerte, war das sein Beitrag zur Altenpflege gewesen. Er wollte nicht schon wieder an den nahenden Tod erinnert werden. Vor allem war er schlechter Laune, weil er Roberta nicht erreichten konnte und Valeska nicht anrief. Von dem Bella-non-anima-Foto hatte er sich in der Zwischenzeit zwei Dutzend Postkarten machen lassen. Er verwahrte sie in der Schublade eines seiner schönen alten Teakholztische. Manchmal holte er die Karten hervor und betrachtete sie wie ein Anwalt, der auf einen günstigen Moment wartet, die gut vorbereitete Zivilklage abzuschicken.

Er liebte die Bellas, aber sie unterhöhlten seine Liebe zu ihnen, und zwar vorsätzlich und fahrlässig. Er wünschte ihnen allen immer langweiliger, dümmer und fetter werdende Männer, einfallslose und erfolgreiche Idioten, die ihnen mit ihrer Treue auf die Nerven gingen. Die Frauen sollten nachts neben diesen schnarchenden Pyjamas liegen und sich die Haare raufen, daß sie zu engherzig, feige und konditionsschwach gewesen waren, sich Harry als Liebhaber bei Laune zu halten. Selbst der langmütigste und geduldigste Liebhaber hat irgendwann die Nase voll, wenn er zu wenig zurückbekommt.

Lieben war eine Frage der Kondition. Einer Kondition der Seele natürlich. Vielleicht wuchsen die Seelen der Frauen erst ab vierzig. Was Barbara, Susanne, Valeska und Roberta bisher an Gegenliebe geboten hatten, war jedenfalls kümmerlich. Sie hatten nichts gegen Polygamie, waren aber nicht in der Lage dazu. Susanne und Roberta waren von ihren zwei Lovern schon ausgefüllt. Wer aber nicht drei Menschen gleichzeitig lieben kann, der kann gar nicht lieben. So war es. Keine Diskussion. Barbara verzettelte sich, und Valeska drückte sich koket-

tierend um jede Entscheidung. Wer lange schläft, der liebt nicht. Man sollte alle Frauen meiden, denen der Schlaf heilig ist und die morgens um neun noch im Bett liegen.
Ines würde er die Anklagekarte nicht schicken. Ines hatte eine Seele. Und was für eine. Ein paar Jahre lang hatte sie die Kraft gehabt, drei Männer in dieser Seele zu beherbergen. Er sollte ihr schreiben und sich bedanken und ihr beteuern, daß sie ein Prachtexemplar sei, daß keine der dreißigjährigen Pennerinnen ihr das Wasser reichen könne.
Ende Mai rief Helene an und nannte den Zug, mit dem ihre Mutter ankommen würde.
»Wie erkenne ich die Alte?« fragte Harry.
»Sie ist eine Kugel. Eine Kugel mit einem Hütchen drauf. Verwechslungen ausgeschlossen. Es wird kaum noch eine derart kugelrunde Neunzigjährige aus dem Zug steigen.« Helene wünschte viel Spaß mit ihr. »Schönen Gruß übrigens von Valeska«, fiel ihr noch ein. »Sie bat mich etwas auszurichten.« Helene suchte nach einem Zettel und entzifferte eine Notiz: »Sie denkt an den Gekko – kann das stimmen?«
»Ja«, sagte Harry, »das gibt einen Sinn.«
»Ihr habt ja Geheimnisse!« lachte Helene.
»Wie geht es ihr?« Die Frage fiel Harry nicht leicht.
»Schlecht«, sagte Helene, »sehr schlecht.« Sie ist wieder auf Tauchstation. Entzug. Behandlung. Weiß der Geier. Es ist ganz schön anstrengend mit ihr. Immerhin gibt sie Lebenszeichen von sich. Zum Beispiel das mit dem Gekko. Überlegt sich übrigens, ob sie an der Universität Oldenburg eine Stelle annehmen solle. »Will dich dann in Hamburg besuchen kommen.« Helene sagte es leichthin, und Harry hatte das Gefühl, sie sagte es nur, um ihn

wegen der Mutter milde zu stimmen. »Auf den Besuch wirst du lange warten können, meiner Ansicht nach«, fügte sie hinzu.
»Immerhin will sie es«, sagte Harry trotzig und ohne große Hoffnung.

Helenes kugelrunde Mutter war mit dem Zimmer, das Harry ihr eingerichtet hatte, zufrieden. Sie bedauerte höflich, ihm Umstände zu machen. Er stritt alle Umstände höflich ab. Ihre Art, ihn zu loben, ging ihm ein bißchen auf die Nerven. Müde von der Reise ging sie früh ins Bett. Sie schlief bis zehn. Harry hatte um sieben ein Frühstück hingestellt, das etwas welk geworden war. »Macht gar nichts«, sagte die Mutter. Er kochte frischen Kaffee. Sie lobte ihn und den Kaffee. Er zog sich rasch in ein anderes Zimmer zurück und bedauerte, daß es keine Arbeit gab, in die er sich stürzen konnte. Keine Listen mit einzelnen Möbelstücken, nichts zum Prüfen und Abzählen. Er hatte seinen Handel derart rationalisiert, daß außer den Einkaufsreisen und dem Fingieren von Ausgaben für die Steuer fast nichts zu tun war. Er verdiente viel und arbeitete wenig.
Die Kugelmutter aß gern Brötchen und Schinken und nahm lieber Sahne statt Milch in den Kaffee. Harry besorgte das Gewünschte und verließ am nächsten Morgen, als die Alte zum Frühstück heranrückte, vorsichtshalber die Wohnung.
Tagsüber schlief sie viel und oder saß vor dem dröhnenden Fernseher. Harry erklärte ihr, daß immer genug zum Essen im Kühlschrank sei. Wenn sie etwas Warmes haben wolle, müsse sie es leider selber kochen oder bestellen oder um die Ecke zum Italiener gehen. Außer harten Eiern koche er nichts.

»Sollten Sie aber«, sagte die Alte und musterte ihn. Ihr Ratschlag hatte einen anmaßenden Ton, und Harry bestrafte sie sofort: »Ich koche nicht, aber ich morde auch nicht. Sie können nicht alles haben.« Sie verstand mit ihren dreiundneunzig Jahren sofort den Hieb und trollte sich schweigend aus der Küche.
Offenbar bekam sie kurz nach dem Frühstück wieder Appetit, denn wenig später machte sie einen Versuch, Harry zum Essen einzuladen. Er sagte ihr, daß er tagsüber nur essen gehe, wenn es sich aus Geschäftsgründen nicht vermeiden lasse. Sie müsse ihm schon eine Ladung Möbel abkaufen. Er werde ihr jetzt das italienische Lokal um die Ecke zeigen. Auch dort werde nicht gemordet. Den Vorschlag lehnte sie ab. Sie habe noch keinen Hunger. Bald darauf hörte er sie im Kühlschrank nach Schinken suchen.
Am nächsten Morgen kam es zum ersten offenen Konflikt. Alles hatte er der Kugelmutter hingestellt, aber sie wackelte in der Küche herum und suchte so demonstrativ nach irgend etwas, daß er sie fragen mußte. Von sich aus bat sie um nichts mehr. Sie suchte eine Vorlegegabel.
»Eine was?«
»Eine Vorlegegabel. Haben Sie keine Vorlegegabel?« Harry, der nach dem Tod der Tanten viel unsinniges Silber, darunter auch etliche Vorlegegabeln, verkauft hatte, schüttelte ungnädig den Kopf. Die Kugelmutter sagte, daß früher bei ihr zu Hause der Schinken nie ohne Vorlegegabel auf den Tisch gekommen sei. Das war eine Verkündigung. In Ermangelung einer Vorlegegabel suchte sie nach einer normalen Gabel. Die legte sie dann auf den Schinkenteller. Jetzt war alles in Ordnung.
Am anderen Tag lag wieder keine Gabel auf dem gedeckten Frühstückstisch. Harry fand, wer sich zu fein

war, den Schinken mit den Fingern zu essen, der sollte sich selbst bemühen. Überraschenderweise nahm sie den Schinken mit der Hand, und Harry fragte sich, ob das Kapitulation war oder Einsicht oder Anpassung oder ob sie heute einfach nur zu schwach auf den Beinen war.
Am dritten Tag belohnte er die Alte, indem er eine Gabel zum Schinken legte. Sie hielt das sofort für ein Ergebnis ihrer Erziehung. Entsprechend fürchterlich fiel ihr Lob aus: »Ich wußte doch, daß Sie aus einer anständigen Familie kommen«, sagte sie befriedigt in die Schinkenplatte hinein. Der vermeintliche Sieg über die proletarischen Tischsitten machte ihr gute Laune. Sie strahlte ihn zum erstenmal an. Wenn sie nicht eine so berserkerhafte Tonne gewesen wäre, hätte ihr Triumph vielleicht etwas Rührendes gehabt. So aber entzog sich Harry entsetzt ihrer Annäherung.
Einmal verließ sie die Wohnung und ging zum Friseur, obwohl ihre Haare ständig so aussahen als käme sie gerade von einem. Als sie wiederkam, brachte sie Harry eine Schachtel Konfekt mit. Gute Sorte. Harry hatte schon lange keine Pralinen mehr gegessen. Er bedankte sich höflich. Sie wartete neugierig, wann er die Schachtel öffnen würde. Sicher hatte sie auch Lust auf ein süßes Stückchen, vor allem aber Lust auf einen Triumph: Wenn dieser Mann schon keinen Schinken aß, sollte er wenigstens Pralinen essen. Sie wollte ihn so weit kriegen. Sie wollte siegen. Den Gefallen konnte ihr Harry nicht tun.
Den Kaffee konnte sie nur ungeschickt selbst eingießen, und Harry erbarmte sich. Es fiel ihm schwer, ihr nahe zu kommen. Auch die Art, wie sie »Dankeschön« sagte, hielt er schlecht aus, weil auch das ein Triumph war: Seht alle her, mir wird Kaffee eingegossen! Sie war schlau und

mußte Harrys Aversionen gegen ihre Präsenz bemerkt haben, denn sie rächte sich vital, in dem sie bei jeder Scheibe Schinken und jeder Tasse Kaffee ihren guten Appetit und ihre Gesundheit pries. Beides war in der Tat beachtlich.

Täglich wurden ihre Bemerkungen über Harrys Äußeres unverschämter. In der Zeit mit Rita, Ines und Helene war seine Figur kein Thema gewesen. Alle hatten sie ganz gute Figuren, man sprach nicht darüber. Den jungen Frauen heute waren Männerkörper wichtiger. Daher hatten Susanne, Roberta und Valeska mit Lob nicht gespart, und Harry war ziemlich sicher, eine passable Figur zu haben. Der alten fetten Hexe war er natürlich zu dürr. Das ist die Rache der Fetten, daß sie die Schlanken verachten, denen umgekehrt ihr Fett ja auch zuwider ist. Nachdem sie an einem Morgen fünf riesige Brötchen mit dick Butter, deftigem Käse und ihrem geliebten Schinken verzehrt und alle Cholesterinspiegelbeachter als Schwächlinge verhöhnt hatte, sah sie Harry, der in zehn Meter Abstand Zeitung las und rauchte, ein paar Sekunden prüfend an. Und dann sagte sie tatsächlich, was ihr seit Tagen auf der Zunge lag: »Einen richtigen Mann stelle ich mir irgendwie anders vor, stattlicher!« Sie schob den Unterkiefer vor und wartete auf die Wirkung des Treffers. Harry war begeistert. Er hatte sie mit seiner Askese in die Falle gelockt, jetzt hatte sie die Sau herausgelassen.

Die Strafe sollte furchtbar sein. Da half nur noch Jazz. Als die Alte vorige Woche gekommen war, Harry ihre Unarten noch nicht kannte und freundlich zu ihr sein wollte, hatte er ihr ein paar süße Jazzstückchen vorgespielt. »Musik aus Ihrer Jugend«, hatte er gesagt, »da waren Sie zwanzig!« Sie saß auf dem Sofa und anstatt zu lächeln und »ach ja« zu sagen, stierte sie eine Weile vor sich hin und sagte dann nur unglaublich verächtlich: »Nä! Nä, das mochte ich nie!« Das war kein guter Start.

Jetzt mußte sie büßen. Jetzt gab es keinen harmlosen Swing aus den dreißiger Jahren, der ihr schon zu schräg war, jetzt fauchte aus allen fünf Lautsprechern der Wohnung der entfesselte Swing der vierziger Jahre, und atemlos quietschte der Bepop. Ob Küche, ob Bad, ob Flure – es gab kein Entrinnen. Big Sid Catlett und Max Roach droschen auf ihre Trommeln, Ben Webster, Coleman Hawkins, Charlie Parker oder Fats Navarro bliesen sich die Seele aus dem Leib. So hatte Harry die Musik schon lange nicht mehr gefallen, endlich hatte sie einen Gegner, auch wenn es nur eine neunzigjährige verwöhnte höhere Tochter eines Braunschweiger Bürgermeisters war.

Harry mußte laut aufdrehen, denn sie hörte schwer. Es war eine Qual für die arme Alte, doch Harry fand, das hatte sie verdient. Nie gebremst, war sie immer frecher geworden und mochte ihr Leben lang zu Leuten, die sich nicht wehren konnten, gemein gewesen sein. Jetzt sollte sie dafür ihre Hölle haben. Und es war auch eine historische Nachhilfestunde. Man mußte sich doch einmal im Leben die Musik anhören, die einem von den Nazis aus gutem Grund vorenthalten worden war.

Mit der polnischen Putzfrau verstand sich die Kugelmutter gut und lebte wieder auf, wenn sie kam. Die Putzfrau war begeistert von der feinen, rüstigen Dame und erinnerte sich an eine Plastiktüte auf dem Speicher, in der sie eine Vorlegegabel vermutete. Von nun an wurde es besser. Harry konnte die Putzfrau überreden, drei Tage hier mit der Alten zu wohnen. Er müsse dringend wichtige Geschäfte erledigen.

Obwohl er das Getue der Hamburger mit ihrem Sylt nicht ausstehen konnte, floh er auf die Insel. In den Tropen mied man die Sonne, wenn man kein verrückter Urlauber war. Man blieb ein scheußlicher weißer Mann zwischen den heiteren braunen Menschen. Das ästhetische Defizit ließ sich auf ein erträgliches Maß reduzieren, wenn man vor der Reise ein Bad in der europäischen Sommersonne nahm.

Harry legte großen Wert auf dieses Ritual. Es war albern, aber es war auch wichtig. Unauffällig gebräunt fühlte er sich in Indonesien weniger fremd und machte bessere Geschäfte. Er hatte dann eine feinere Nase für neue Möbelquellen, konnte charmanter feilschen und die Blicke der Mandelaugen ungenierter erwidern. Früher hatte er mit Rita auch lieber im Sommer und Herbst geschlafen, wenn er ihrem schönen Beige keine weiße Winterhaut zumuten mußte. Der ganze Körper mußte eine Tönung haben, kein heller Arsch durfte wie ein Signal auf die zentraleuropäische Herkunft hinweisen.

So lag Harry am Nacktstrand von Sylt, die Augen geschlossen, um nicht die anderen Nackten zu sehen, und etwas nervös bei dem Gedanken, er könnte von einem oder einer Bekannten aus Hamburg in dieser ungeschützten Positur entdeckt werden. Er hatte Stöpsel im Ohr und diesmal keine Jazzkassetten im Walkman, sondern Shakespeareschulfunk.

Reporter Paul hatte nicht zu viel versprochen. Das Drama des Prinzen von Dänemark war in der Sendung so geschickt aufbereitet, daß es noch den abweisendsten Schüler erreichen mußte, und es verfehlte auch auf den nackten Harry seine Wirkung nicht.

In Hamlets wütender Schwermut erblickte er sofort seine eigene. Und wäre bei Hamlet auch Liebeskummer

der Grund für die Verstimmung gewesen, hätte er sich noch mehr mit dieser Figur identifiziert. Elternlos aufgewachsen, konnte Harry mit Hamlets für den Verlauf des Stücks so entscheidenden mörderischen Vater- und Mutterproblemen wenig anfangen, um so mehr mit den Anfällen seiner Melancholie. Nur darauf kam es Harry an. Er labte sich an der Mischung von Lebenslust und Weltekel, in der die Erde einerseits als »treffliches Bauwerk« und die Gestalt des Menschen als bewundernswert bezeichnet wurden, und wo es doch andererseits hieß: »Ich habe seit kurzem all meine Munterkeit eingebüßt, und es steht in der Tat übel um mein Gemüt.«
Die altertümlichen Ausdrücke, die sich die Sprecher des Hörbilds genüßlich auf der Zuge zergehen ließen, drangen durch kleine Drähte in Harrys Ohr und dann in den Kopf und verbreiteten dort ihr wohltuend würziges Aroma. Von den »Heimsuchungen des Trübsinns« war die Rede, von den »Stichen der Schwermut«, aber auch vom »Toben der Zunge«, mit dem der Mensch die Plagen des Daseins wenigstens verhöhnen kann.
Die wenigen melancholischen Anwandlungen seines Lebens genügten Harry, um sich sofort im Spiegel des Shakespeare-Stücks zu erkennen und sich von der Melancholie-Definition eines Seelenforschers aus dem 17. Jahrhundert verstanden und exakt beschrieben zu fühlen. Er sah sich am Kühlschrank stehen, wie er achtlos in Käse biß und »einen wenig einnehmenden Anblick« abgab, wie er ruhelos zwischen Indonesien und Europa hin und her pendelte, mit »vorzüglicher Auffassungsgabe«, und wie er »mit hellem Kopf und freudloser Miene« an der Geschäftigkeit der Welt teilnahm und sie verachtete. Weil ihm Hamlet nicht verliebt genug war, schlüpfte Harry in die Sehnsucht Ophelias, sie paßte ihm auch,

diese »wahre Schwärmerei der Liebe, die, ungestüm von Art, sich selbst zerstört«.

»Ich weigert ihm den Zutritt«, sagte Ophelia über Hamlet, und Polonius antwortete: »Das hat ihn verrückt gemacht.« Obwohl Hamlet aus anderen Gründen den Verrückten spielte, war Harry entschlossen, auch an dieser Stelle sein eigenes Drama wiederzuerkennen. Das war es, was ihm eines Tages den Rest geben würde: diese honigsüßen Frauentöne und diese Türen, die die Frauen ständig schlossen, und nicht aus freien Stücken, wie man bei Shakespeare sah, sondern auf Geheiß abscheulicher Intriganten.

Harry wälzte sich auf den Bauch, ließ sich die Junisonne auf den Hintern brennen und knipste den Walkman aus, denn jetzt kamen Sigmund Freud und seine Schüler an die Reihe und fingen an, die Hamlet-Story mit ihrem Ödipuskomplex zu deuten, und das interessierte Harry einen Scheißdreck.

Er dachte an Ines, die ihn mit ihrem Tritt gallebitter gemacht hatte. Valeska hingegen versetzte ihn nach wie vor mit ihrem Zwitschern in eine pflaumenweiche Schwermut. Kein Mensch wußte, ob sie nun selbst melancholisch war, oder ob sie die Melancholikerin spielte, um sich ihn und den Rest der Welt vom dünnen Hals zu halten. Ihr täte etwas Sonne gut, er läge gern mit ihr im Sand und würde seine Zunge etwas toben lassen. Sein Trübsinn rührte zum Teil von ihr, doch nichts in ihrem Trübsinn rührte von ihm.

Nach drei Tagen kam Harry gebräunt und gestärkt nach Hamburg zurück. Ein paar dreihundert Jahre alte Formulierungen hatten ihn aufgerichtet wie sonst nur die Zeilen und Rhythmen des Blues. Er löste die Putzfrau ab, die von der Kugelmutter begeistert war und sie vermutlich beerben würde, weil die treulose Tochter Helene die Mutter im Stich gelassen und in der Wohnung des bestialischen Harry einquartiert hatte.

Die Alte, von der Putzfrau nicht nur mit einer Vorlegegabel, sondern auch noch einer Serviette ausgestattet, war nun völlig zufrieden. Fünf rahmschnitzelartige Portionen hatte die Putzfrau vorgekocht, Harry würde sich, bis Helene kam, um nichts mehr zu kümmern brauchen. Wenn die Mutter bald nach dem Frühstück ihr Essen aufwärmte, roch es so gut, daß er sich vornahm, sein Melancholikergemampfe am Kühlschrank demnächst abzustellen und dem Alltag eine etwas gepflegtere Gestalt zu geben.

Zu Harry war die Kugelmutter äußerst liebenswürdig und hielt sich mit Lob so weit zurück, daß er ihr Kaffee eingießen konnte, ohne aggressiv zu werden. In der Zwischenzeit war in der Münchener Zeitung der Bericht über seinen Möbelhandel erschienen. Ein großes Foto zeigte Harry in passabler Haltung lässig rauchend in seinem Wippklappstuhl. Der Text war wohlwollend witzig und völlig korrekt. Harry hatte vorher Warnungen bekommen: Die Zeitung würde ihn aufs Kreuz legen und als Ausbeuter der Dritten Welt darstellen, der im Schutz korrupter Regime seine finsteren Geschäfte macht. Nichts davon. Die Recyclinggeschichte war sauber, und sie war sauber beschrieben worden.

Der Titel des Berichts war allerdings grotesk: »Der Baron von Surabaya.« Das war Harry peinlich. Die Zeitung war sehr verbreitet. Die angenehmste Folge war ein Haufen Post. Valeska, noch immer in Paris und nicht in Oldenburg, schlug vor, aus dem »Baron von Surabaya« eine Operette zu machen und skizzierte gleich ein Libretto. Sich selbst ließ sie nur am Rande vorkommen. Harrys

Melancholie verwandelte sich sofort in Schmelz, und er schrieb zurück: »Eigene Rolle stärker ausbauen, sonst kein Stoffbearbeitungsrecht!«
Roberta schrieb, demnächst sei sie wieder für ein paar Tage in Hamburg, sie werde dann, wie sie in ihrem Spezial-Bahasa hinzufügte, orang laki baron anrufen, und Harry spürte schon seine Hände an ihren Endlosbeinen entlanggleiten. Susanne und Julia schrieben. Julia war sauer, weil Harry das Glasregal nicht erwähnt hatte. Post von Ines gab es auch, wie immer kryptisch: »Alle Achtung! Bald mehr.« Ron bedankte sich, weil Harry darauf bestanden hatte, daß folgender Satz über ihn abgedruckt werden müsse: »Das alles verdanke ich dem Hexenschuß meines Handelslehrmeisters Ron van Instetten aus Antwerpen und Aachen, der nun rückgratfreundlichere Geschäfte mit nordafrikanischen Stoffen betreibt.« Helene schrieb: »Bis gleich. Da wird die Alte aber stolz sein.«
Stolz war die Alte in der Tat. Immer wieder nahm sie mit verklärtem Schwiegermuttergesicht die Zeitung zur Hand und las erneut den Bericht.
Pünktlich Mitte Juni kam Helene, um die Mutter ins Heim zu bringen. »War es schlimm?« fragte sie. »Nein!« sagte die Alte mit fester Stimme. Die Auskunft fand Harry beachtlich. Helene konnte die Mutter in Harrys Gegenwart schlecht ertragen. Zu zweit waren die beiden fast schlimmer als die Alte allein, fand Harry und kam in die Lage, die Mutter vor der Tochter zu verteidigen. Helene regte sich auf, weil die Mutter nicht mitgehen wollte, um Sachen fürs Altersheim zu kaufen. Weil es regnete. Bei Regen geht die Kugelmutter nicht vor die Tür. Das hat sie schon als Mädchen nicht gemacht. Keiner konnte sie je zwingen. Natürlich wegen der Frisur. Helene war kurz davor, zu platzen.

Diesmal war Harry auf Seiten der störrischen Totalverweigerin. Von der ungeduldigen Helene in die Enge getrieben, sagte sie: »Ich gehe nicht!« – »Warum denn?« – »Ich empfinde Regen als eine persönliche Beleidigung!« – »Bravo«, sagte Harry. Das war richtig gut, eine Kinderkönigin hat eine Verlautbarung erlassen. Das hatte Größe, fand er.
»Ich ahnte, daß ihr euch versteht«, sagte Helene, »ihr seid euch ähnlich in eurer Sturheit.«
Helene hatte wie versprochen die Lederhose angezogen, ließ aber durchblicken, daß sie das Beinkleid nur trug, um Harry versöhnlich zu stimmen. Harry fand die Hose noch immer todschick. Es ging um Mode und um die Garderobe ihrer Tochter, also hatte die scheinbar taube Mutter den kleinen Streit mit großem Interesse verfolgt, holte nun tief Luft und verkündete dröhnend ihr Urteil: »Todschick, Helene, dein Harry hat völlig recht!«
Als die Mutter ins Heim gebracht war, saßen Harry und Helene in der Wohnung herum wie auf einer leeren Bühne. Helene wollte die Zeit in Hamburg ausnützen, um hier Kontakte mit ihren Verlagen aufzufrischen. »Bitte«, sagte Harry, »bleib, solange du willst.« – »Es kann drei Wochen dauern«, sagte Helene. »Ist doch schön«, sagte Harry, »ich freue mich auf die Zeit.« Helene machte eine Grimasse. »Schönen Gruß von meiner Alten, sie bedankt sich und mag dich.« – »Das 's ja 'n Ding!« sagte Harry.
Helene und Harry waren nicht mehr aneinander gewöhnt. Die Fremdheit hatte auch ihre Reize. Seit fast vier Jahren wohnten sie nicht mehr zusammen. Davor hatten sie jahrelang mit Rita zu dritt gelebt. Harry, der sich in letzter Zeit oft nach dem Bambuskörper von Valeska gesehnt hatte, wünschte sich jetzt die rätselhafte

Freundin auch als Mittlerin herbei. Zu dritt war der Alltag leichter.
Sie gingen abends oft essen und tranken viel, damit beim Nachhausekommen keine Verlegenheit aufkam. Helene war ab und zu unterwegs, arbeitete aber auch zu Hause. Sie saß mit ihren Manuskripten an einem der großen alten Teakholztische und schwärmte: »Diese Platte! Dieser Duft!« Begeistert zog sie eine Schublade auf. »Was ist das?« fragte sie und holte Harrys Anklagepostkarten hervor: »Bella ma non ai l'anima!« Harry erklärte ihr das Nötigste. Er beschrieb sich als einen unbelehrbaren Phantasten, der nicht kapieren will, daß er keine Chance hat, als einen Esel, der den Frauen auf Postkarten Seelenlosigkeit vorwirft, wenn sie ihn abblitzen lassen. Während er in wenigen Sätzen möglichst lässig und selbstironisch sein Liebesleben der letzten vier Jahre wiedergab, erschrak er, zu welchem Kleingeld sich große Gefühle herunterinterpretieren ließen.
Valeska schrieb ihm und beschwerte sich munter über seine Beschimpfungen ihres Seelenwirrwarrs. Was ihren Hals betreffe, so sei der nicht dünn, wie Harry in seinem letzten Brief geschrieben habe, sondern lang. Sie fragte, ob er wisse, wo Helene steckt und unterschrieb: »Dein Bambus, fest und schwankend.« Harry drückte den Brief ans Herz und verbarg ihn vor Helene, weil er ihm zu intim und innig erschien. Als Helene sich drei Tage später wegen der verdächtig schweigenden Valeska Sorgen machte, sagte er: »Heute hat sie geschrieben!« und zeigte Helene den Brief. Sie las ihn ungerührt, sagte »typisch Valeska«, und wieder wußte er nicht, woran er war. Er fragte sie nach Hugo, und sie sagte: »Der rüttelt jetzt von Marseille aus am Gewissen der französischen Nation.«
Mit der nächsten Einkaufsreise hatte sich Harry Zeit las-

sen wollen, aber er kam sich komisch vor, wenn er untätig und sprungbereit in seinem Wippklappstuhl saß und Helene nebenan ihre Korrekturfahnen durcharbeitete. Deshalb telefonierte er mit den Händlern in Java und freute sich, daß er damit auf Helene Eindruck machte. Aus den Telefongesprächen ergab sich, daß ein Einkauf gleich nächste Woche günstig wäre. Er wurde so aktiv, daß er Helene vergaß. Sie staunte, wie Harry, den sie nach seiner Suspendierung oft genug als »Frührentner« verspottet hatte, konzentriert mit Möbelmenschen in London und Paris, New York und Zürich sprach, in Rotterdam und am Hamburger Hafen anrief, Terminangaben machte und Containervolumen nannte. »Fährst du mit?« rief er Helene am Ende seiner zweitägigen Telefonexzesse zu, den Hörer noch in der Hand.
Sie war so überrascht, daß sie fragte »Wer? Ich?«
»Nur eine Woche, ganz konzentriert, nur Java«, sagte Harry, »Anfang Juli sind wir wieder da.«
Zwei Tage später, auf dem Weg zum Flughafen, ließ Harry das Taxi an einem Lebensmittelgeschäft halten. Mit drei Büchsen Sauerkraut in der Hand kam er aus dem Laden. Helene bat um Aufklärung.
Er legte ein Verdauungsgeständnis ab: Er habe anfangs in den verdammten Tropen nie scheißen können. Mit den unreifsten Früchten habe er es probiert – nichts. Er sei sich schon ganz aufgeschwemmt vorgekommen und habe einen richtigen Haß auf die Tropen mit ihren Freßorgien entwickelt.
»Du hast mir gesagt, ich soll Kohletabletten mitnehmen«, sagte Helene.
»Weil der normale Europäer eher Durchfall bekommt«, sagte Harry. An seiner Verstopfung könne man erkennen, daß er nicht vom Dutzend sei. Seitdem er mit Sauerkraut

in die Tropen reise, sei das Verdauungsproblem gelöst. Zunächst sei es demütigend gewesen, als deutscher Krautjunker daherzukommen, mit dem deutschesten Artikel aus der dumpfdeutschen Speisekarte. Er habe daher anfangs klammheimlich zu seinen Büchsen gegriffen. »Mittlerweile nehme ich die teutonische Medizin ungeniert ein«, sagte er.

Nach zwei Tagen in Jakarta war Harry klar, daß sich sein Leben wieder einmal verändern würde. Helene war wie verwandelt. Sie war begeistert vom indonesischen Essen, Jakarta fand sie nicht halb so schlimm wie Harry es ihr geschildert hatte, und die allerorten betenden Muselmanen waren putzig und nicht zum Kotzen. Sie flirtete mit Risal, der ganz verrückt nach ihr war, wie sie vor zwanzig Jahren mit Fritz, dem Dichterbruder, geflirtet hatte. In den Möbellagern, in denen Harry bisher schweigsam, rasch und routiniert die Stücke geordert hatte, herrschte ausgelassenes Gelächter. Dutzende von heiteren braunen Arbeitern kamen mit Sandpapier und Politurlappen in den Händen zwischen den Schränken und Tischen hervor und lachten mit.
»Hey Helen, look here!« rief Risal aus einer dunklen Ecke. Helene sah nach und kreischte, weil Risal sie ins Bein zwickte und sagte, er sei eine Echse. Dann zeigte er ihr ein besonders hübsches Spieltischchen und machte ihr ein Zeichen, Harry zu überreden, das Stück zu nehmen. Es war schon das Hundertste Einzelstück, das er kaufen mußte und das seine durchrationalisierte New-York-Paris-London-Container-Strategie durcheinanderbrachte.
»Hey Helen, look here!« Harry konnte der gutgelaunten Helene keinen Wunsch ausschlagen. Sie hängte sich bei ihm ein und sagte: »Nur das noch!«

So ging es nicht weiter. Am Abend luden sie Risal zum Essen ins Hotel ein. Während Helene sich vergnügt seine Witze anhörte, ging Harry aufs Zimmer. In Mitteleuropa war es zwei Uhr nachmittags. Er rief in Zürich an und erkundigte sich nach seinem Geld. Wieviel kann rasch flüssig gemacht werden? Der Berater lobte noch einmal Harrys Mut, Rubel und Pesos gekauft zu haben, die Rendite sei zum Niederknien, jetzt aber riete er zum Verkaufen. Dann rief Harry bei Ron in Antwerpen an und schließlich bei seinem Steuerberater in Hamburg. Als er sich wieder an den Tisch setzte, fragte Helene, ob er vom Sauerkrautessen komme. Er bestellte eine Flasche Wein. Längst war Harry im Hotel bekannt, immer stand genügend von dem italienischen Weißwein bereit, den er liebte. Delikatessen kriegte man überall. Eine Kunst war es, die guten, einfachen, billigen Sachen herbeizuschaffen.
Als Risal gegangen war, drückte Harry seinen Fuß unter dem Tisch gegen Helenes Schoß und sagte: »Weißt du noch?« Dann eröffnete er ihr, daß sie in den nächsten Tagen noch zwanzig bis dreißig Möbellager durchkämmen würden. In Malang gäbe es noch sehr viel schönere Sachen als hier in Jakarta. Helene könnte dort gern weiter so haltlos kaufen, ihr Blick für die einzelnen Stücke gefiele ihm, aber sie müßte dann auch die Konsequenzen tragen.
»Die Konsequenzen tragen? Bist du verrückt? Wie redest du mit mir!« Helene schüttelte den Kopf.
Harry erklärte ihr sein Einkaufs- und Verkaufssystem. Es funktioniere phantastisch. Aber nur im großen Stil. Nicht hier ein Tischchen, da ein Stühlchen. Wenn man so kauft, muß man anders verkaufen. Er erzählte ihr von Ron. Der hatte einen Laden. Wenn man einen Laden hat, kann man mehr mit ausgesuchten Einzelteilen handeln.

Ein Laden sei allerdings das letzte, was er am Bein haben wolle. Er habe nicht die geringste Lust, irgendwelche Leute zu beschäftigen und sich Gedanken zum Ladenschlußgesetz zu machen.

»Schon gut, ich kaufe nichts mehr«, sagte Helene und legte einen Fuß auf Harrys Knie.

»Hängt dir dieses ewige Übersetzen von Büchern nicht zum Hals heraus?« fragte Harry.

»Manchmal schon.« Helene sah kurz auf ihren Teller und lächelte dann: »Es gibt wirklich blödere Jobs.«

Harry sagte, er habe vorhin kein Sauerkraut gegessen, sondern herumtelefoniert. Es gäbe folgende Möglichkeit: Helene kauft hier in Java, was sie will und so viel sie will. Das Zeug kommt in einen extra Container. Den Helene-Container. Es können auch zwei oder drei Container werden. Die gehen nach Hamburg. Zu Hause gründet Helene eine Firma. Eine Formalität. Das Kapital kommt von ihm. Sie mietet ein Lager und einen Laden in Hamburg und stellt drei Leute ein. Hamburg ist ein ideales Pflaster für diese indonesischen Teakmöbel. Für den Tisch, der hier achthundert kostet, kriegt er von seinen Möbelhändlern das Doppelte. Im Laden kann Helene das Vierfache verlangen. Einen Teil zahlt sie an ihn zurück, wenn der Tisch verkauft ist. Kommissionsbasis also. Von dem, was bleibt, schmeißt sie den Laden und lebt, und zwar nicht schlecht.

Helene hörte zu, ohne etwas zu erwidern. Als sie auf ihrem Zimmer waren, fingen sie an sich zu küssen, wie vor zwanzig Jahren. Dann schliefen sie miteinander, wie vor zehn Jahren. Die ganze Zeit fiel kein Wort. Als sie sich voneinander lösten, sagte Harry: »Unzucht mit Abhängigen war schon immer mein Traum.«

»Der Laden braucht einen Namen«, sagte Helene.

Ein Name war Harry schon vorhin beim Essen eingefallen. »Ein bißchen schnulzig«, sagte er, »was aber nicht schaden kann. Was hältst du von ›Teak for Two‹?«

18 *Harry hilft Helene eine Firma zu gründen und einen Laden aufzubauen. Er kommt dadurch mit den Geschäften der Liebe in Verzug, erfreut aber das Herz seines Steuerberaters. Die Weltpolitik im Sommer 1996 kann Harry und Helene ebenso wenig erschüttern wie das nicht funktionierende Internet. Harry sammelt in einer Fernsehtalkshow Pluspunkte und soll eine Auszeichnung erhalten. Wichtiger ist ihm, daß er spät, aber nicht zu spät, das Lösungswort seines Liebeslebens entdeckt.*

Es gab viel zu tun im Sommer 1996, und oft genug verfluchte Harry den Entschluß von Jakarta, Helene eine Einbindung in seine Geschäfte vorzuschlagen. Er tröstete sich mit dem Gedanken, daß er damit nur ihrer Anregung zuvorgekommen war. Angesichts der indonesischen Möbelschätze wäre sie wenig später auch auf die Idee gekommen. Sie hätte sich gefragt, ob all die prächtigen Tische und Stühle und Schränke nicht zu schade für Harrys Art des Handels waren, ob sich das containerweise Ein- und Verkaufen nicht eher für Viehfutter und Steinkohle eignete als für die guten Stücke aus altem massivem Teakholz, denen man ihre individuelle Geschichte ansah und einen liebvolleren, weniger anonymen Weiterverkauf wünschte.

Wäre der Vorschlag der Gründung eines Ladens von Helene gekommen, hätte ihn Harry wahrscheinlich entsetzt abgewehrt mit dem Hinweis darauf, daß ein Laden zwar lieb und nett sei, aber zu viel Arbeit und Ärger bringe. Indem er Helene aus freien Stücken das Kommissionsgeschäft angeboten und übertragen hatte, befreite er sich von dem Makel, nichts als ein cooler Dealer zu sein, der wie ein Devisenhändler mit dem Telefon in der Hand seine An- und Verkäufe tätigt und dabei Hunderttausende scheffelt.

»Ein bißchen herzlos« hatte Ron diese Art des Handelns einmal genannt, Harry dann aber wieder aufgerichtet: »Dein Herz hängt eben an den Frauen, da bleibt für schöne Möbel nicht viel übrig.«

Der Handel mit den Frauen war in den letzten Jahren tatsächlich Harrys Hauptbeschäftigung gewesen. Das Ergatternwollen von Herzen, das Stöbern nach der Seele im schönen Frauenkörper waren ihm wichtiger als Fundstücke unter indonesischen Wellblechdächern. Und das Einheimsen kleiner weiblicher Zuneigungsbeweise zählte mehr als satte Gewinne beim Verkauf ganzer Container.

Helene wußte nichts von kaufmännischen Dingen. Sie war mutig ins kalte Wasser gesprungen, nun wurde es ernst, und Harry, der sie zu diesem Sprung ermuntert hatte, mußte ihr helfen. Er bat Ron, sie eine Woche zu sich zu nehmen und ihr die Grundlagen des Einzelhandels beizubringen, von denen Harry auch keine Ahnung hatte. »Immer her mit Helene«, sagte Ron, und Helene fuhr nach Antwerpen. Noch am selben Abend rief Ron an, und Harry wußte genau, was er sagen würde: »Mann, ist das eine tolle Frau! Und du schwärmst deinen Valeskas und Robertas hinterher und quatscht mir mit deiner Ines die Ohren voll!« Harry sagte: »Von einem Typen, der das vierte Mal verheiratet ist, muß ich mir das nicht sagen lassen!«

Roberta war in Hamburg, schlug ein Treffen vor, und diesmal war es Harry, der absagen mußte, weil er sich noch um Lager und Laden für Helene zu kümmern hatte. Es war bereits Mitte Juli. Ende August würden die vier Container in Hamburg eintreffen, die Helene in ihrem hemmungslosen Kaufrausch gefüllt hatte. Harry besichtigte Räumlichkeiten und verhandelte Mietpreise. Er eilte kreuz und quer durch Hamburg, besuchte Ämter und Banken, hantierte mit Urkunden, Bürgschaften, Vollmachten, rief den Steuerberater an, sagte, er werde wahnsinnig, und mußte sich anhören, daß es die reinste Vernunft war, was er tat, jedenfalls steuerlich gesehen und solange der neue Laden nicht Pleite machte.

Als Helene nach zehn Tagen aus Antwerpen zurückkam, war alles unterschriftsreif. Auf einem ehemaligen Industriegelände, wo sich jetzt eine alternative Szene tummelte, hatte er einen Laden gemietet, der ihm zumindest für den Anfang günstig erschien. Helene war erschöpft von ihrem Schnellkurs. Ihr brummte der Kopf. Sie habe sich überschätzt, sagte sie. Harry nahm sie in den Arm, kniff sie in den Hintern, nannte sie »meine Filialleiterin«, sagte, Anfang September könnte sie loslegen. Das Wichtigste sei ihr sicherer Geschmack, alles andere könne man seinen Mitarbeitern überlassen, es komme vor allem darauf an, was man kauft und wie man es präsentiert. Das Entscheidende sei die Atmosphäre, und die werde Helene schaffen, sagte er und verschwieg, daß es in der ersten Zeit hart werden könnte, wenn nämlich die Kunden ausblieben, wenn kein Mensch auf die Anzeigen reagierte.

Das Allerschlimmste sei, fand Helene, daß es nicht ohne Computer ging. Ron, der Computerfeind, hatte sie beschworen, sich nicht zu sperren. Er schickte einen seiner Mitarbeiter zur Beratung. Computer-Willi besah sich Laden und Lagerfläche und riet zu Geräten, die hundertfünfzigtausend Mark kosteten, und Harry nickte mutig, obwohl es ihm langsam unheimlich wurde. Helene gab Anzeigen auf, suchte Mitarbeiter, flehte Harry an, bei

den Vorstellungsgesprächen dabei zu sein, doch er schüttelte den Kopf und sagte, er gehe bei Frauen ausschließlich nach der erotischen Ausstrahlung und nicht nach der geforderten Qualifikation und würde Helene daher schlecht beraten.
Er ließ sich statt dessen von Computer-Willi in die Geheimnisse der Lagerverwaltung und Buchhaltung einweisen. Einen Internet-Anschluß lehnte er ab. Die Hysterie, mit der in letzter Zeit über das sagenhafte Internet geredet werde, zeige ihm, daß es nichts als eine Modekrankheit sei, er habe mit den Neuen Medien seine Erfahrungen gemacht. Doch Computer-Willi hatte längst für einen Internet-Anschluß gesorgt, und während Harry noch schimpfte und schäumte, tupfte und klickte er, es erschien die Zeile »Wai/Feng/Malang/Java/Indonesia«. Noch ein kurzer Befehl in die Tasten und der Bildschirm füllte sich mit lauter kleinen, bunten Möbeln. Man konnte sie vergrößern und betrachten, es waren gestochen scharfe Aufnahmen, die Zustand und Charakter des Möbels besser wiedergaben als jede Fotografie. Alle Stücke hatten eine Nummer, man konnte sie von jedem Ort der Welt bestellen oder reservieren.
Harry wurde angst und bange. Warum wußte er nichts davon? Computer-Willi lachte und sagte, Wai Feng habe sich vor vierzehn Tagen bei einem Shopping-Ausflug nach Singapur eine dieser neuen, kleinen, digitalen Kameras gekauft und die Prunkstücke seines Lagers damit aufgenommen. Wenn die Bilder erst digitalisiert sind, können sie auch ins Netz gelegt werden.
Helene kam, sah und sagte, jetzt steige sie endgültig aus, sie habe sich auf den Laden eingelassen, weil sie mit Materie, mit altem Holz Umgang haben wollte und nicht schon wieder mit virtuellem Krempel und Imagi-

nation. Da hätte sie gleich beim Übersetzen von französischen Modephilosophen bleiben können. Computer-Willi beruhigte sie: Auf die Möbel komme es schließlich an, die hier in drei Wochen stehen würden, an virtuellen Tischen könne man nicht sitzen und essen, das Internet biete nichts anderes als einen elektronischen Bestellkatalog, vielleicht eine Erleichterung, vielleicht auch nur Spielerei. Harry wurden die Tropen, die er noch immer nicht mochte, plötzlich richtig lieb bei der Vorstellung, das Ordern über das Internet könnte Einkaufsreisen überflüssig machen. Daß Jean-Pierre in Paris und Rebecca in New York demnächst an ihm vorbei in indonesische Möbellager Einblick nehmen konnten, war sehr irritierend. Er war Computer-Willi dankbar für die Aufklärung. Er würde wachsam sein.

In den Wochen der Firmengründung und der Einrichtung des Ladens und Lagers gab es so viel zu tun, daß Harry und Helene zu privaten Überlegungen keine Gelegenheit hatten. Die große Frage, ob Helene in Zukunft mit Harry leben oder eine eigene Wohnung beziehen sollte, wurde nicht etwa erleichtert verschoben, sie stellte sich aus lauter Zeitmangel gar nicht erst. Es gab keine Zeit für alte oder neue Konflikte. Sie gingen unverfroren miteinander um. Sie lasen kaum Zeitung, sahen kaum fern und stritten daher auch nicht. Früher, als sie zusammenlebten, hatte es Helene gehaßt, wenn er beim Frühstück maulfaul Zeitung las. Jeder Mann lese beim Frühstück Zeitung, er sei ein Depp vom Dutzend. Schon hatte es gekracht. Beim Anschauen der Fernsehnachrichten am Abend, die seit Jahrzehnten aus Kriegsberichterstattung und entsprechenden Leichen- oder Granatenabschußbildern bestanden, hatte Helene jedesmal gerufen, daß man doch da nicht zusehen könne und Harry rasend gemacht, weil sie nichts anderes taten und tun konnten als zuzusehen.

Vor vier, fünf Jahren im Eifelhaus waren es erst die Spukbilder vom Golfkrieg gewesen, dann die blutenden Leichen im sich vernichtenden Jugoslawien. Jetzt gruben sie bereits die Knochen dieser Leichen aus der Erde, um Beweismaterial gegen die allerschlimmsten Kriegsverbrecher zu haben, während der fastgenausoschlimme Präsident Serbiens mit seinem Schweinchengesicht unbehelligt durch die Welt flog und Leuten die Hand schüttelte, die eben noch seine Ächtung verlangt hatten. Jede Menge frischer Leichen gab es jetzt im Kaukasus zu sehen, wo die Russen auf das Unabhängigkeitsverlangen der Tschetschenen mit Bomben und Granaten reagierten. Der Präsident der Russen, debil oder ein Trinker, tauchte unter, sein Berater war dadurch im Nu zu großer Macht gekommen. Auch er ein ungehobelter Patron, auf dem plötzlich alle Hoffnung lag. Die Kameras der Welt waren auf ihn gerichtet, und er rauchte seine Zigaretten mit Spitze, wenn er zur Verhandlung mit Rebellenführern schritt, um einen besseren Eindruck zu machen. Als Operettenstoff wegen der vielen Toten vorläufig nicht verwendbar.

Mitte August erhielt Harry einen Anruf aus Köln. Einladung zu einer Fernsehtalkshow. Thema: Außenhandel als Instrument der Politik. Durch den Zeitungsbericht, in dem er als »Baron von Surabaya« beschrieben wurde, sei man auf ihn aufmerksam geworden. »O Gott!« sagte Harry. »Ich kann es nicht ändern«, sagte der Redakteur. Harry sagte ab. Der Redakteur hatte Verständnis. Er könne das Geschwafel auch nicht mehr hören. Andererseits frage er sich, ob der Herr Baron von Duckwitz sich eine

Absage leisten könne. Eine Absage leisten? Harry verstand den Witz nicht. Es war kein Witz. Der Redakteur hatte recherchiert. Er wußte, daß Duckwitz hinter dem Laden stand, der in Kürze in Hamburg seine Pforten öffnen würde. »Teak for Two.« Toller Name. Muß aber auch erst mal publik werden. »Sie können in der Sendung zweimal deutlich auf diesen Laden hinweisen. Bei der Vorstellung der Teilnehmer und nach dem Werbeblock.« Das garantiert er. Eine bessere Reklame gibt es nicht. Ob der Baron von Surabaya es sich leisten kann, auf diese Reklame zu verzichten, muß er selbst entscheiden. »Auf die Tour kriegt ihr also eure Gäste zusammen«, sagte Harry.
Der Redakteur hielt Wort. Der Moderator stellte Herrn von Duckwitz als Inhaber der indonesische Möbel verkaufenden Ladenkette mit dem schönen einprägsamen Namen »Teak for Two« mit Stammhaus in Hamburg vor und meinte launig, er werde den Laden auch bald besuchen und seinem Sohn zur Hochzeit einen alten Teakholztisch mit sechs Bataviastühlen schenken. Das las er von einem Kärtchen ab. Der Redakteur hatte gute Arbeit geleistet.
Im Verlauf der Diskussion wurde Harry erwartungsgemäß von einem unorientierten Grünen angegriffen, der es erst mit dem Regenwaldvernichtungsargument probierte. Nachdem das wegen der Möbel aus recyceltem Holz nicht klappte, warf er Harry vor, mit seinen Käufen den Einheimischen ihre Identität zu rauben. »Ich kaufe nur Kolonialmöbel, die doch den Stil der Indonesier verfälschten, das heißt mit jedem Möbel, das ich kaufe, gebe ich ihnen ihre Identität zurück.« Die Logik war zweifelhaft, aber das Argument war elegant. Es gab Beifall, und Harry tat der Grüne leid, zu dem er doch halten wollte.

Leider ließ der nicht locker und tischte auch noch die unnötige Vielfliegerei auf, mit der die Geschäftsleute das Ozonloch vergrößerten. Früher hatte Helene auch so argumentiert. Harry war versiert und geduldig. »Da hilft nur das Internet, aber das wird Ihnen auch nicht recht sein«, sagte er.
Schwieriger war es, einem kartoffelkeimartigen Widerling aus dem Kanzleramt recht geben zu müssen, weil der erstaunlicherweise verlangte, auf die Menschenrechtsverletzungen der Chinesen zu reagieren und notfalls auch Handelsverluste in Kauf zu nehmen. »Richtig«, sagte Harry, der die Chinesen wegen ihrer Entenzungen und Schweinetransporte noch immer haßte.
Nach dem Werbeblock kam das Gespräch auf Unruhen und Repressalien, die es neuerdings in Jakarta gegeben hatte, und eine deutsche Dogge, die an China Elektromotoren lieferte, fragte Harry süffisant, ob er jetzt seinen Handel mit Indonesien einschränken werde. Harry blieb nur die altbewährte Flucht in die Wahrheit des Witzes: Streng genommen dürfe man gar nicht handeln. Wer handelte, mache sich bekanntlich immer schuldig. Das zu sagen sei aber antisemitisch. Schließlich sei der Handel eine alte jüdische Kunst.
Am Ende der Sendung drückte der Redakteur den Teilnehmern Kuverts mit fünfhundert Mark Honorar plus Fahrtkosten in die Hand. Zu Harry sagte er: »Spitze! Echt unverbraucht!« Auf dem Weg zurück nach Hamburg dachte Harry an den Blödsinn mit der Ladenkette. Weil die Gäste möglichst prominent und bedeutend sein sollten, wurden sie mit solchen Übertreibungen noch aufgewertet.
Harry gab sich der Vorstellung hin, tatsächlich eine Teak-for-Two-Ladenkette zu gründen und alle seine Frauen zu

Filialleiterinnen zu machen. Und dann reihum Unzucht mit Abhängigen treiben. Ines kriegt einen Laden bei München. See in der Nähe, um nachher zu baden. Vorher zeigt sie ihm das Lager, und er zahlt ihr den Tort von Palermo auf einer Holzpritsche aus Sumatra heim. Immer, wenn er in ihrem Laden nach dem rechten sieht, muß er ihr die Geschichte von den chinesischen Schlössern erzählen, ehe sie es miteinander treiben. Ein Ritual. Ines hat er eine Menge zu verdanken. Ohne Ines kein Desaster von Palermo, ohne Palermo keine Reise nach Antwerpen, ohne Antwerpen kein Anblick des Vorhängeschlosses am chinesischen Hochzeitsschrank, ohne Schloß kein Ron van Instetten, ohne Ron kein Möbelhandel mit Indonesien und keine Roberta, ohne Möbel keine Millionen, ohne Millionen keinen Laden, ohne Laden keine Rückkehr von Helene. Das sollte er Ines mal bei Gelegenheit schreiben. Sie war ganz schön bestimmend für sein Leben.
Valeska hatte er nicht Ines zu verdanken. Ohne Helene keine Valeska. Susanne soll ihren Augenarztjob aufgeben und die Filiale in Heidelberg übernehmen. Wenn er sie besucht, vögeln sie immer in einem balinesischen Baldachinbett. Unverkäuflich, leider. Roberta kriegt die Filiale in Berlin. Immer, wenn Harry anrückt, wird der Lover beiseite geschafft. Valeska kommt nach Hamburg. Keine eigene Filiale. Macht den Laden mit Helene zusammen. Kennt sich mit Internet aus. Und im Magnetfeld dieser beiden Frauen wird er glücklich hin- und hergeworfen. Das war das tragfähigste Polygamiemodell, das er bisher entwickelt hatte. Auf gesunder, geschäftlicher Basis.

In einer Woche würden die Container kommen. Dann könnte Helene loslegen. Sie war aufgeregt, Harry war

angeregt, und sie machten wieder Unzucht mit Abhängigen. »Es ist meine Firma«, sagte Helene und erinnerte ihn daran, daß sie nicht seine Filialleiterin sei und nicht von ihm abhängig.
»Du kannst mich ruinieren«, sagte Harry. »Wenn du pleite machst oder mit dem Geld verschwindest, muß ich wieder von vorn anfangen.«
»Ich weiß«, sagte sie gutgelaunt, »das gefällt mir.« Und nach einer Pause: »Ines würde eine gute Filialleiterin abgeben. Vielleicht solltest du in München eine Zweigniederlassung aufmachen.«
»Werd nicht frech!« sagte er.
Helene hatte eine Mitarbeiterin eingestellt, bei der Harry nicht an Unzucht dachte, die sich aber mit dem Computer auskannte. Sie saß schon seit Tagen im noch leeren Laden am Telefon, das seit Harrys Talkshow-Auftritt nicht ruhte. Achthunderttausend Leute hatten den Blödsinn angeblich gesehen und ein paar Dutzend wollten bereits für ihre heiratenden Söhne und Töchter ökologisch unbedenkliche Teakholztische haben.
Zu einem Eröffnungsfest, das Helene sich vorgestellt hatte, war keine Zeit mehr. Ron tröstete sie: »Eröffnungsfeste bringen gar nichts. Geh es schön langsam an, und im Dezember, wenn der Laden richtig läuft, machst du ein Fest. Dann bist du im Weihnachtsgeschäft. Was glaubst du, wie das dann brummt!« – »Völlig richtig«, sagte Harry, »wir laden Risal und Wai Feng dazu ein und tanzen. Ich mach den Diskjockey und spiele all meine Versionen von ›Tea For Two‹.« Er fing an zu schwärmen: »Lester Young, Charlie Ventura, Coleman Hawkins, Roy Eldridge, Charlie Parker ... « – »Stop,« rief Helene, »sei nicht so manisch!«
Da wußte Harry, daß sie auf Dauer um zwei Wohnun-

gen nicht herumkommen würden. Das war jetzt kein Thema. Ab Herbst aber, wenn Ruhe eingekehrt war, würde er ab und zu ein ungestörtes Terrain brauchen, wo er exzessiv zwanzigmal laut dasselbe Jazzstück hören und von wo aus er beharrlich seine wenig einträglichen, aber lebensnotwendigen Geschäfte der Liebe vorantreiben konnte, die er wegen Helenes Laden in den letzten Wochen schwer vernachlässigt hatte.

Ende August wurden die Container im Hamburger Hafen gelöscht, auf Lastwagen gehievt, zum angemieteten Lager gefahren und von einer Schar Studenten ausgeräumt. Ein Teil der Sachen ließ Helene gleich in den Laden bringen. Sie wußte sofort, was wohin gehörte. Harry wußte sofort, daß schleunigst Nachschub kommen mußte. Die Anfragen und Reservierungen waren reichlich, wenn es so weiter ging, wäre in zwölf Wochen das Lager leer.

Harry probierte zusammen mit der Mitarbeiterin, die ihn nicht an Unzucht mit Abhängigen denken ließ, aber eine wirkliche Computerfüchsin war, über das Internet eine Bestellung bei Wai Feng aufzugeben. Es hatte keinen Sinn. Es funktionierte nicht. Harry in Hamburg und Wai Feng in Java saßen vor ihren Bildschirmen und Tastaturen und telefonierten miteinander, welche Befehle sie dem Computer gerade gaben. »It's cheaper to take a plane«, sagte Wai Feng, nachdem sie sich drei Stunden vergeblich abgemüht hatten.

Harry war froh, daß die affigen Neuen Medien wieder einmal ihren Dienst versagten, bestellte sofort ein Ticket und schon am Abend des 3. September landete er in Jakarta. »Hey, where is Helen?« rief Risal, der ihn abholte. Zwanzig Stunden zuvor hatte Helene Harry zum Hamburger Flughafen gefahren. »Du kannst mich mit

meinem Laden jetzt nicht allein lassen!« hatte sie gejammert. Sie hatte täglich hundert Fragen, aber es wurden weniger.
Harry kaufte in Java bis zur Erschöpfung. Er nahm weniger denn je Rücksicht auf die Mittagspausen der chinesischen und die Betstunden der moslemischen Händler. Jetzt war er der Taifun. Das nächstemal sollte sich Helene selbst wieder liebevoll und lachend ihre Sachen zusammensuchen, er hatte im Augenblick die Nerven nicht und die Nase voll. In der letzten Zeit war es hektisch gewesen, er konnte keine Möbel mehr sehen, wollte endlich wieder in Ruhe Jazz hören und sich den Luxus erlauben, zwei Tage lang darüber nachzudenken, ob er Valeska eine Botschaft zukommen lassen sollte oder nicht. Um diese Ruhe zu haben, mußte er Helenes Lager mit guten Stücken füllen. Und auch Jean-Pierre und Rebecca mußten mit Nachschub bedient werden. Das große und schnelle Geld mußte weiter fließen.
Nach einer knappen Woche war er mit seinem Pensum durch. Mitte November würde der Stoff in den Häfen der Nordsee gelöscht werden, das Weihnachtsgeschäft war gesichert, die Geldberge, von denen einiges in Helenes Laden abgeflossen war, würden wieder etwas markantere Formen annehmen. Am Morgen des Rückflugs wachte er früh auf, blieb bis sechs im Bett, durchbrach seinen Vorsatz, Valeska nicht mehr anzurufen, sondern auf ein Zeichen von ihr zu warten, und wählte die vertraute Nummer.
»Ich bin in dem alten Hotel in Ostjava mit den tennisplatzgroßen Zimmern, wo nachts der Gecko ruft und wo du dich noch immer nicht an mich geklammert hast«, sagte er.
Valeska hatte eine Zigarette im Mund und klang dadurch

überlegen. »Du lügst«, sagte sie, »du bist in Jakarta in deinem verhaßten ›Eldorado‹, ich höre das am Ton der Klimaanlage.«
Sie hatte recht. Was für ein Ohr! Harry gestand seine Lüge, riet ihr, Geheimagentin zu werden, wechselte dann den Ton und sagte leise: »Hast du vergessen, daß du meine Dividende bist?«
»Nein«, sagte Valeska. Ein knappes »Nein«, dem kein zärtlich galantes Zwitschern folgte wie sonst. Es blieb zwischen ihnen stehen, blockierte das weitere Gespräch und wuchs in Sekundenschnelle zu einem universalen Nein, das auch heißen konnte: Ich will nichts mehr von dir wissen.
Harry versuchte, seine Bedenken für Hirngespinste zu halten. Er ignorierte, daß Valeska heute nicht hauchte und trotz der Erwähnung des Geckos, mit dem doch zärtliche Phantasien verbunden waren, nicht wie sonst bei ihren Überseegesprächen weich wurde und näher rückte.
»Ich will dir meinen Traum erzählen«, sagte er.
»O Gott!« Valeskas Schreck war echt. »Dauert es lange?«
»Nur ein Satz«, sagte Harry.
»Bitte.«
Das war ihm zu kühl. Er schwieg, und Valeska sagte: »Sag's mir ein andermal, es paßt auch schlecht, ich habe Besuch.« Als sei dies ein Signal für den Besuch, war prompt im Hintergrund eine tiefe französische Männerstimme zu hören. »Où est le feu?«
Bis Singapur gab es keinen Alkohol an Bord der Muselmanenlinie. Aber dann füllte sich Harry rasch und gründlich ab. Als sie über Indien waren, konnte er wieder über sich lachen.
Mittags kam er in seiner Wohnung an. Helene war im Laden und hatte einen Willkommenszettel hingelegt. Es

gab einiges an Post. Von den Frauen hatte als einzige Susanne geschrieben: »Wenn Du auf diesen Brief wieder nicht antwortest, komme ich höchstpersönlich nach Hamburg und mache Dir eine Szene. PS: Bin wieder lieb.«
Dringend sollte Harry eine Nummer in Berlin anrufen. »Mensch, gut daß Sie sich melden«, sagte eine flotte Stimme. Von sauberer Umwelt war die Rede. Harry glaubte, er solle etwas spenden und ging auf Distanz. »Von wegen, Herr von Duckwitz! Sie sollen den Umweltpreis bekommen!« Harry fühlte sich auf den Arm genommen. Der Mann hatte einen Ton wie die Typen, die in den Fußgängerzonen neue Gurkenhobel anpreisen. Der Möbelhandel mit dem recycelten Hafenholz aus Surabaya sei vor-bild-lich, betonte die Stimme. So gehe es eben auch. Das müsse honoriert werden. Der Preis sei mit fünfzigtausend Mark dotiert, die Preisverleihung am 5. Oktober in Berlin. »Nehmen Sie an?«
Eigenartig, wie der seinen Preis an den Mann zu bringen versuchte. Es stellte sich heraus, daß Harry mit seinem Möbelhandel zweite Wahl war. Deswegen Not und Eile. Erste Wahl war ein Mann gewesen, der einen neuen Filter für Kläranlagen erfunden hatte. Der hatte plötzlich den Preis nicht mehr haben wollen, weil ihm zu Ohren gekommen war, daß ein schottischer Whiskyhersteller die Preissumme stellte. Schließlich auch ein naturreines Produkt. Aber der Erfinder war strikter Antialkoholiker. »Umso besser«, sagte Harry, »von mir aus kann der Preis ›Volle Pulle‹ heißen.«
Nein, der Preis heiße ganz seriös »Berliner Umweltpreis 1996«. Der Whisky halte sich diskret im Hintergrund. Die Preisverleihung finde in der Kulturbrauerei im Ostteil Berlins in Zusammenarbeit mit dem Berliner Um-

weltsenat statt. »Der Senat bezahlt den Empfang mit Buffet. An ein kleines musikalisches Rahmenprogramm ist gedacht. In dem Fall wäre wohl javanesische Gamelanmusik angebracht.« – »O Gott!« sagte Harry. »Der Umweltsenator hält die Laudatio und, ob Sie es glauben oder nicht, der Bundespräsident läßt es sich nicht nehmen, den Preis zu überreichen.«

»Das ist noch um einiges peinlicher als der Whisky«, sagte Harry.

Die Gurkenhobelstimme wollte wissen, ob Harry in Begleitung kommt. Harry dachte nach und sagte: »Es gibt ein paar potentielle Begleiterinnen. Ich schicke Ihnen eine Liste. Die Personen laden Sie bitte alle ein.«

Helene würde sicher kommen, Roberta vielleicht auch. Bei den anderen war es fraglich. Auch wenn der Bundespräsident anwesend sein würde, wären diesmal keine Provokationen von Harry zu erwarten. Er würde die Nachspeise nicht auf den Teller zurückspucken, wie damals als diplomatischer Provokateur in Afrika. Er schrieb eine Liste.

1. Helene Grünberg
2. Valeska Friedberg
3. Roberta Kleist
4. Ines Miller
5. Susanne Hoffmeister
6. Barbara Wehner
7. Rita Noorani-Kim-Duckwitz
8. Julia Freudenhofer

Das war die Frauenliga in der Reihenfolge der augenblicklichen Bedeutung. Die Reihenfolge konnte sich täglich ändern, die Liste konnte ergänzt werden. Sie sollte ergänzt oder reduziert und intensiviert werden. Alles war möglich. Es waren die Frauen, mit denen er gern im Bett

gewesen war oder im Bett liegen würde, für die er Liebe übrig hatte. Die Menge der Liebe war veränderbar. Mit jeder von ihnen könnte er zusammenleben. Natürlich nicht unentwegt. Man mußte auch allein sein. Mit Barbara und Susanne konnte er sich zum Beispiel vorstellen, alle acht Wochen zwei Tage zusammenzuleben. Mit Helene lebte er zusammen, da mußte zur Zeit die Vorstellungskraft nicht bemüht werden. Gegen drei Tage Ines alle sechs Wochen wäre nichts einzuwenden. Valeska war Favoritin. Zehn Tage im Monat mit ihrem Bambuskörper zu verbringen, das war das Minimum der Wünsche. Warum sollten bei ihr keine Männerstimmen im Hintergrund zu hören sein. Harry hatte die Eifersucht zurückgepfiffen.
Am Fuß der Einladungsliste nannte er noch Elizabeth Peach, Bruder Fritz, Helenes Kugelmutter als Wiedergutmachungsakt und schließlich den Paten seiner Handelsgeschäfte, Ron van Instetten.
Der September verlief ganz nach seinem Geschmack. Helene schien den Laden in den Griff bekommen zu haben. Sie hatte nur noch zehn und nicht mehr hundert Fragen am Tag.
Angeregt von seinem nackten Hamlet-Hör-Erlebnis im Frühsommer am Strand von Sylt hatte sich Harry ein Buch besorgt, das im 17. Jahrhundert ein Bestseller gewesen war: »The Anatomy Of Melancholy, What Is.« Der Titel der deutschen Übersetzung war süßlich, aber auch nicht schlecht: »Schwermut der Liebe.« Helene schüttelte den Kopf, als sie es herumliegen sah und Harry dachte sofort an getrennte Wohnungen.
Er hatte endlich Zeit und stellte Überlegungen zur Ähnlichkeit von Geld und Liebe an. Ob Handelsware oder Liebeshändel: Es war ein einziges Einzahlen, Auszahlen,

Zurückzahlen, Draufzahlen, ein Spekulieren, Riskieren, Investieren. Kaum legte man an, konnte man auf den Bauch fallen. Es gab Dividenden, die zurückgehalten wurden. Siehe Valeska. Es gab Konkurse und frei werdende Konkursmasse. Siehe Ines. Und dann gab es verschiedene Währungen, manche waren kaum kompatibel, und beim Wechseln verlor man fast alles.
Früher hatten die Frauen ihn umkreist, fand er, jetzt war er es, der sie umkreiste. Um sich selbst auf die Schliche zu kommen, skizzierte er Modelle und verwarf sie wieder. Er sollte kein Modell für sein Leben suchen, sondern einen Modus. Die Art zu leben war gefragt. »Modus vivendi«, sagte man früher, und die Übersetzung war schon die Antwort: Erträgliche Übereinkunft. Mehr würde an Glück aus dem Liebesleben nicht herauszuholen sein.

Der Zug von Hamburg nach Berlin fuhr um drei Uhr am Nachmittag. Harry sah der Verleihung des »Berliner Umweltpreises 1996« mit mäßigem Interesse entgegen. Es gab Erfreulicheres als vom Bundespräsidenten eine Urkunde in die Hand gedrückt zu bekommen.
Er hatte sich anfangs wieder einmal den kindischen Phantasien hingegeben, daß die meisten der eingeladenen Frauen kommen und seinem Leben eine unverhoffte Wendung geben würden. Diese Hoffnungen hatten sich verflüchtigt. Keine hatte reagiert. Helene war auf der Buchmesse. Mit Möbeln hatte sie nun täglich genug zu tun. Sie wollte den Kontakt zu ihrer alten Branche nicht verlieren.
Zu Hause fand Harry kein frisches Hemd mehr. Solange er allein gelebt hatte, war das nicht vorgekommen. Er machte sich früh auf den Weg, um vor der Fahrt nach

Berlin noch ein neues Hemd zu kaufen, blieb dann aber in einem Musikladen hängen. Unglaublich, was seit seiner letzten Plattenjagd an Neuerscheinungen alter Aufnahmen herausgekommen war. Er vergaß die Uhrzeit, kramte hin und her, hatte sich bald schon einen Stapel verheißungsvollster CDs gegriffen und ging zur Kasse, als sein Blick auf ein übersehenes Exemplar fiel: Aufnahmen eines seiner Lieblings-Tenorsaxophonisten, Don Byas, aus der Mitte der vierziger Jahre. Er nahm auch diese CD, glücklich, sie noch entdeckt zu haben, und überflog die auf der Rückseite verzeichneten Titel. Die Hälfte war ihm unbekannt, und Schauer der Vorfreude glitten ihm über den Rücken bei dem Gedanken, diese Stücke zum ersten Mal zu hören. Dann fiel ihm der Wortlaut eines Titels ins Auge, der ihn elektrisierte und mit einem Schlag in eine begeisterte und übermütige Laune versetzte.

»You Call It Madness, But I Call It Love.« Das war ein Wink des Himmels, das Lösungswort seines Lebens. Es klärte die Frauenfrage, ohne die ewigen Anschuldigungen, ohne den Verdacht auf Seelenlosigkeit, ohne das würdelose Hoffen auf Rückkehr. Nur diese knappe souveräne Feststellung: »You call it madness, but I call it love.« Diese unbeirrbare Sicherheit würde ihm in Zukunft ein Beispiel sein. Die ganzen Diskussionen, wer wen wirklich, wer wen voll und ganz oder nur halb liebt oder nicht liebt, wer wen mehr und wer wen weniger liebt, wer wen echt und wer wen unecht liebt, wer wen noch liebt oder nicht mehr liebt oder schon wieder liebt, oder wer wen nie wirklich geliebt hat, wer einzahlt und wer draufzahlt – all diese hysterischen Fragen erübrigten sich angesichts dieser monumental unwiderlegbaren Aussage: »You call it madness, but I call it love.«

Harry mußte auf der Stelle wissen, wie das Stück klang. Doch alle Geräte im Laden waren mit apathischen Kopfhörermenschen besetzt. Er kaufte einen kleinen tragbaren CD-Spieler, wie man ein Päckchen Streichhölzer kauft. In zehn Minuten ging der Zug vom nahen Bahnhof ab. An ein neues Hemd war nicht mehr zu denken. Er mußte rennen, kam ins Schwitzen und hätte es um so nötiger gebraucht.

Wie immer hatte er keine Fahrkarte. Das war ein Prinzip. Er wollte sich Platz und Klasse je nach Laune aussuchen. Das war der Vorteil des Zugfahrens gegenüber dem Fliegen. Ein Diplomatenkollege hatte früher einmal die Nase gerümpft und gesagt, wer sich nicht entscheiden könne, in welche Klasse er gehört, sei nicht erwachsen. Dieser Idiot. Wer wußte, wo er hingehörte, war schon verloren.

An erster Stelle der Kriterien beim Suchen nach einem Platz im Zug standen die Reize der mitreisenden Frauen. Dann erst kamen Klasse und Bequemlichkeit. Saß etwa eine schöne Unbemannte in einem mit unangenehmen Leuten angefüllten Abteil, nahm Harry ohne zu zögern den engen freien Sitz, um ihr beim gemeinsamen Leiden an der Häßlichkeit der Menschen beizustehen und näher zu kommen. Heute hätte diese Frau unbeschreiblich schön sein müssen, denn mit der Musikbeute im Sack und danach fiebernd, sie zu hören, wurde er auch von anderen Interessen gelenkt.

Er entschied sich für Komfort und gepflegte Sympathie und wählte ein Abteil in der ersten Klasse, in dem eine in drei Bücher vertiefte Frau am Fenster saß, die ihn mit einer freundlich flüchtigen Geste in ihrem Gehäuse willkommen hieß. Helene und Valeska schwärmten für solche Frauen: elegante Handgelenke, dezent angezogen,

schöne Perlenkette. Sicherer Geschmack, sicheres Auftreten. Auch im Blättern ihrer Bücher und Notizenmachen war sie sicher.
Sie konnte Ärztin sein oder ein Museum leiten, etwas in der Art. Ideale Reisebegleitung, wenn man sich anderen Dingen hingeben und nur gelegentlich aufblicken wollte. Sie gehörte nicht zu der Sorte, die einen in den Wahnsinn treibt.
Harry packte seinen neuen kleinen CD-Player aus. Höchste Zeit, daß er so etwas besaß. »You Call It Madness, But I Call It Love« begann mit einem warm strömenden Ton aus dem Tenorsaxophon. Es war zu seiner Überraschung eine erlesene Ballade. Er hatte sich unter dem Titel eine aberwitzig hingefetzte Nummer vorgestellt, die Raserei eines Mannes, die von einer Frau nicht als Liebe erkannt, sondern für eine Verrücktheit gehalten wird.
Dies hier aber klang weder nach pironettenhaftem Balzen noch nach trotzigem Schmachten. Es war auch kein verdächtiger Liebeschwur, kein unglaubwürdiges Versprechen, kein Hochzeitsritual. Der volle Ton des Saxophons war eine mächtige, großzügige und zärtliche Berührung von Körper und Seele. Dieses Stück wollte nichts beweisen. Kein: Hört, auch Männer sind zu großen Gefühlen fähig! Es war keine spezifisch männliche oder weibliche Musik, sondern der musikalische Ausdruck von purer Liebe. Es erzeugte keine Jazzclubatmosphäre, hatte nichts nachmitternächtlich Hingesunkenes, war eher von vormittäglicher Vitalität. Und wenn jemand verrückt war, dann alle Männer und Frauen, die diese Töne für eine Verrücktheit hielten.
Harry hörte die schnörkellose Tenorsaxophonballade ein paarmal durch. Ein Instrumentalstück hatte Vorteile.

Kein Singsang lenkte einen ab, keine Worte brachten schon wieder Berechnung ins Spiel. Beim Hören dieser knapp drei Musikminuten überprüfte Harry die Echtheit seiner Gefühle zu den Frauen und stellte begeistert fest: Er liebte sie noch alle. Jede auf andere Art. Ob sie ihm glaubten, ihn zum Narren hielten, sich von ihm abkehrten oder auf Distanz gingen. Sollten sie sich von anderen Männern einseifen oder lieben oder vögeln lassen, sollten sie störrisch werden wie Ines oder lesbisch wie Rita, sollten sie ihn abspeisen wie Roberta, unkonzentriert sein wie Barbara oder ihn als Briefschreiber mißbrauchen wie Susanne, sollten sie zu wenig von ihm wollen wie Valeska oder zu viel wie Helene – er liebte sie. Alle. Und zwar echt. I guarantee. Six hundred years old. Und würde diese Frau, die sich ihm gegenüber so hingebungsvoll mit ihren Büchern beschäftigte, etwas weniger Gepflegtheit ausstrahlen, wäre nur ein Schuß von Ines' Gier und Valeskas ungenierter erotischer Imaginationsbereitschaft in diesem Gesicht zu erkennen, so würde er auch sie noch lieben, sie bitten, ihn zu der Preisverleihung zu begleiten und ab heute abend seine Nummer neun zu sein. Er würde ihr von den acht eingeladenen Frauen erzählen und vom gemeinsamen Aufwachen am Morgen, das wichtiger sei als alles Vögeln, denn nur wenn beim Aufwachen die Liebe noch da ist, ist sie echt.
Auf der CD waren neben der sanften Ballade jede Menge rasante Titel. Harry preßte die Augen zusammen und ließ einen Fuß im Rhythmus wippen und die Finger schnippen und lachte in sich hinein, weil er sich mit allen Frauen auf einmal tanzen sah. Plötzlich war es ihm egal, ob und was er von ihnen zurückkriegte. Eltern geben ihren Kindern auch immer Liebe im Überfluß und bekommen nur Bruchteile zurück.

Heute morgen hatte er in der Zeitung die Notiz über einen Schweizer Immobilienhändler gelesen. Der hatte einer linksalternativen Zeitung hunderttausend Franken geschenkt, um sie vom Untergang zu bewahren. »Ich habe genug Geld, und ich gebe es gern aus«, sagte er nur. Er wollte damit keinen Einfluß nehmen. Er gab es einer Zeitung, die er mochte, obwohl sie nicht gerade seinen Geschäftsinteressen entgegenkam. Valeska kam ihm auch nicht gerade entgegen. Kaum anzunehmen, daß sie seinem Lockruf nach Berlin gefolgt war. Er würde das nicht gegen sie verwenden. Er würde ihr weiter nachstellen. Frauen, die heute nicht kamen, flogen nicht aus dem Rennen, entschied Harry, berauscht von den Rhythmen. Valeskas Schultern paßten so gut in seine Hände. Wenn nicht heute, dann würde er sie ein andermal an diesen zierlichen Schultern nehmen und sie schütteln, wie man einen Bambus schüttelt, und ihr sagen, was er beim letzten gestörten Telefonat aus Jakarta nicht mehr losgeworden war: Ich will mit dir und Helene zusammen Geld und Liebe machen. Mit euch beiden. Er wußte, was sie sagen würde: Und ich dachte immer, du bist ein Romantiker. Wenn sie aber statt dessen sagen sollte: Mist, ich habe gerade einem Heiratsantrag meines Doktorvaters zugestimmt, wäre das auch kein Untergang. Er würde ihr erst die Zunge lang genug in den Mund stecken und dann sagen: Na und, dann betrügen wir ihn! Und wenn Ines in einer Aufwallung von Einsicht und Versöhnungslust nach Berlin gekommen sein sollte, würde er sie so fest an sich drücken wie noch nie und ihr ins Ohr flüstern: Ich will dich nach wie vor, ab und zu, voll und ganz. Erwarte dein Billet mit Terminvorschlägen heute abend. Er würde so viel Liebe über die Frauen ausgießen, daß sie sich nicht mehr zu helfen wüßten, und wenn sie alle

acht endgültig entfliehen sollten, würde er sich acht neue suchen.
Harry gab sich der Musik hin, die so alt war wie er selbst. Was für einen Fang hatte er heute gemacht! Auf einer anderen neuen Silberscheibe wurde der »Empty Bed Blues«, sonst nur von Frauen interpretiert, endlich einmal von einem Mann vorgetragen. Weiß Gott, auch Männer wurden verlassen! Was Harry heute aus den Jammertexten des Blues herauszog, war die Erkenntnis, daß fast immer das fehlende Geld verantwortlich war für das Nichtzustandekommen oder Scheitern von Liebe.
Er nahm die Stöpsel aus den Ohren wie nach einer Unterrichtsstunde und war obenauf. Genug geseufzt, genug gelitten, er wußte, wie man Geld und Liebe macht. Er würde ab heute obenauf bleiben. Sollte Helene durchbrennen, weil sie seine Valeskaschwärmerei nicht mehr ertrug, würde ihn das ebenso wenig versenken wie die Nachricht, daß Valeska mit Rita lesbisch zusammenlebte oder einen weiteren Professor heiratete. Wenn er in absehbarer Zeit wirklich nie mehr mit Ines schlafen und erwachen sollte, würde er ein paar Verwünschungen herausfluchen, aber deswegen keinen Zentimeter untergehen.
Die elegante Dame am Fensterplatz schräg gegenüber hatte Harry während seines Musikhörens gelegentlich zugelächelt, um ihm zu zeigen, daß sie sich durch seine Ekstasen eher amüsiert als gestört fühlte. Als der Zug in Ludwigslust hielt und Rentnerpaare mit großen Augen in das nur von zwei Personen besetzte Abteil blickten, verteilte Harry rasch seine CD-Hüllen und die Dame ihre Bücher auf den Sitzen, um den Eindruck zu erwekken, die Plätze seien alle besetzt.
Als die Gefahr vorüber war, wandte sich die Dame an

Harry, der gutgelaunt vor sich hinstrahlte. »Darf ich Sie etwas fragen?« Ihre Stimme war so fest, sicher und dezent wie alles an ihr, der österreichische Akzent gepflegt wie ihre Fingernägel. Harry glaubte, sie interessiere sich dafür, welche Musik ihn so in Begeisterung versetzt hatte, und war bereit zu einem Stegreifvortrag über die heilsamen Einflüsse des Bepop auf den Swing und den Blues. Aber sie wollte etwas anderes wissen. Sie war Dramaturgin und bearbeitete das Programmheft zu einer Inszenierung von Händels Oper »Xerxes«. Dazu hätte sie ein paar Fragen, da er sich ja offenbar für Musik interessiere. »Für Jazz«, sagte er und gestand, daß er vor fünfundzwanzig Jahren das letztemal mit mäßigem Vergnügen in einer Oper gewesen sei und keine Ahnung habe.
»Umso besser«, sagte die Dame, »dann sind Sie die ideale unvoreingenommene Testperson.« Sie erklärte ihr Problem: Der Regisseur wünscht sich, daß das Libretto der Oper im Programmheft abgedruckt wird. Ihrer Ansicht nach interessiert das heute keinen Menschen. Kostet nur Geld und wird nicht gelesen. Sie hat die Arbeit. Sie redigiert gerade die Übersetzung. Katastrophal. »Stellen Sie sich vor«, sagte sie, »es verschlägt Sie doch noch einmal in die Oper, die Frau Ihres Herzens hat sie dazu gebracht, es ist Pause, Ihre Begleiterin zieht sich auf der Toilette schon seit zehn Minuten die Lippen nach, und Sie warten mit dem Programmheft in der Hand. Würden Sie in der Zeit im Libretto lesen wollen?«
»Kaum«, sagte Harry, »um was geht es darin? Vermutlich um Feldzüge, Siege und Niederlagen. Dazu Soldatenchöre. Keine Frau der Welt brächte mich in so eine Oper.«
»Das nicht«, sagte die Dame, »es geht ausschließlich um Liebe. Es ist das Drama eines liebestollen Königs.«

»Liebestoll ist immer gut«, sagte Harry.
»Aber nicht, wenn es sich so anhört«, sagte die Dame und las aus dem Manuskript: »Xerxes: Ihr werdet ihn lieben? Romilda: Ich werde ihn lieben. Xerxes: Und selbst, wenn er Euch verraten hat? Romilda: Das grausame Schicksal will es so. Xerxes: Aber wenn er Euch doch betrogen hat! Romilda: Ich werde ihn lieben.« Die Dame setzte die Brille ab und schüttelte den Kopf: »Auf italienisch geht das vielleicht noch, aber solche Albernheiten müssen nicht auch noch übersetzt und abgedruckt werden.«
»Ich finde es nicht albern«, sagte Harry und streckte die Hand nach dem Manuskript aus, »zeigen Sie mal!« Er fing an zu blättern und rief: »Das ist doch gut, was haben Sie denn!« Dann las er vor: »Schöner Betrug, wenn er nützt.« Er klatschte in die Hände. »Das kann nicht oft genug gesagt und schwarz auf weiß gedruckt werden«, sagte er und las weiter. »Xerxes: Ich will Euch verschmähen, aber ich weiß nicht wie. Jeder Schmerz würde leicht, wenn man eine Geliebte lieben und aufhören könnte, sie zu lieben, stets so, wie man will.« Harry war beim Zitieren aufgesprungen: »Das sind doch gültige Weisheiten«, sagte er, »ich würde das Programmheft mit dem Libretto zu meinen Lieblingsbüchern stellen.«
Die Dame hatte zunächst gedacht, Harrys Lob des Librettos sei ironisch gemeint. Langsam merkte sie, daß es ihm ernst war. Sie entriß ihm das Manuskript und las vor: »Xerxes: Große Qual bereitet die Eifersucht.« Die Dame blickte auf: »Nur über meine Leiche kommt solcher Blödsinn ins Programmheft.«
Jetzt griff Harry erneut nach dem Manuskript. »Hier«, sagte er und las triumphierend: »Xerxes wendet sich von Amastris ab, weil er Romilda kommen sieht: Aber da kommt meine Geliebte, los, entferne dich, Amastris! Wir

werden uns später sprechen, mich rufen wichtigere Angelegenheiten.« Die Dame wollte Harry das Manuskript wegnehmen, aber er drückte es an sich: »Großartig«, sagte er, »die Liebste hat Vorrang, alles andere wird verscheucht, wenn sie auftaucht. Volle Identifikation mit Xerxes. Äußerst sympathischer Mann.«
Am Bahnhof von Wittenberge konnten sie das Eindringen zweier ostdeutscher Emporkömmlinge nicht verhindern. In der verbleibenden Stunde bis Berlin gab Harry der Dame eine Kurzfassung seiner Liebesverwicklungen bis hin zu seinem soeben entdeckten Lösungswort und riet ihr, die Liebe von Xerxes nicht von vornherein für eine Tollheit zu halten, sonst könne man sich die Inszenierung schenken: »You call it madness, but I call it love.«
In Berlin notierte die Dame Harrys Telefonnummer und sagte, die Regieassistentin werde ihn vermutlich anrufen, um sich von ihm einen Rat geben lassen, wenn sie wieder mal Zweifel an der Echtheit von Xerxes' Gefühlen habe.
Das Taxi von Bahnhof Zoo kam auf dem Weg in den Ostteil der Stadt in einen Stoßverkehr, der fast Jakarta-Ausmaße hatte. Als Harry endlich am Ort der Preisverleihung angekommen war, hatte der Festakt schon begonnen. Aus dem Saal war bereits ein temperamentloses javanesisches Gamalanorchester zu hören, das zu Ehren des mit Surabaya so sauberen Handel treibenden Preisträgers aufspielte. Im Foyer ging eine nervöse Gestalt auf und ab. Es war der Mann mit der Gurkenhobelstimme. »Mir fällt ein Stein vom Herzen«, sagte er und machte sich Vorwürfe: Er hätte Herrn von Duckwitz den Rat geben sollen, mit der S-Bahn zu fahren. Geht viel schneller.
»Wäre auch viel umweltpreiswürdiger gewesen«, sagte Harry und fragte dann: »Wie sieht es mit den Zusagen aus?«

»Ganz schlecht«, sagte der Gurkenhobel, und Harry merkte, daß er jetzt stark sein mußte, um nicht allen Frauen den Teufel an den Hals zu wünschen. Seine Siegerlaune war nicht unerschütterlich. »Ganz schlecht« konnte nur heißen, daß keine von ihnen gekommen war. Der Gurkenhobel meinte aber die Offiziellen. Der Bundespräsident habe abgesagt, er sei auf der Buchmesse, und der Umweltsenator habe einen Stellvertreter geschickt. Sei wieder mal typisch, welcher Stellenwert der Umwelt von den Herrschaften eingeräumt werde. Ohne Prominente keine Presse. Wenn Herr von Duckwitz jetzt nicht gekommen wäre, hätte der Preis auch noch in Abwesenheit des Preisträgers überreicht werden müssen.
Harry bedauerte ihn und fragte: »Haben Sie eine Ahnung, wie viele von den acht Frauen zugesagt haben und ob welche gekommen sind?«
»Sie können sich nicht beklagen«, sagte der Gurkenhobel, »fünf Zusagen kamen, und vier der Damen sind schon da. Sitzen alle in der ersten Reihe. Eine hübscher als die andere.«
In dem Augenblick kam Ron durch die Eingangstür ins Foyer gehastet. Auch er war im Stau steckengeblieben. »Was hört mein Ohr für süße Klänge«, sagte er, deutete in Richtung Festsaal und umarmte Harry. »Dein großer Tag, gratuliere«, sagte er. »Was glaubst du, wie nach dem Preis der Umsatz brummt.«
»Vier Frauen sind da, und ich weiß nicht welche«, sagte Harry.
Ron schnalzte mit der Zunge: »Da mußt du ganz stark sein«, sagte er, »und vor allem ein frisches Hemd anziehen, du stinkst wie ein Wolf.« Er öffnete seine Reisetasche und reichte Harry ein riesiges rotes Hemd, ein nordafrikanisches Prachtstück. Es war Harry zu gewagt.

Sonst hatte Ron nur noch ein T-Shirt zu bieten. Leider kein neutrales. »Where the hell is Lombok?« stand auf dem Hemd. Die Aufschrift machte sich über den ungewöhnlichen Namen der kleinen indonesischen Insel lustig. »Paßt doch gut zu deinem Preis«, sagte Ron, als Harry etwas unglücklich an sich heruntersah. Im Festsaal hörte die Musik zu spielen auf, zögernd kam dünner Beifall. Der Gurkenhobel öffnete die Tür einen Spalt und sagte zu Harry: »Kommen Sie, es geht los!«

Joseph von Westphalen im dtv

»Westphalen schreckt vor nichts zurück.«
Prinz

Im diplomatischen Dienst
Roman · dtv 11614
Frauenliebhaber Harry von Duckwitz ist unangepaßt, zynisch, unpolitisch – und ausgerechnet Diplomat geworden...
Ein scharfzüngiger Schelmenroman.

Das schöne Leben
Roman · dtv 12078
Harry von Duckwitz versucht den Zusammenbruch seines Vielfrauenimperiums zu verhindern und eine neue Weltordnung zu schaffen.

Das Drama des gewissen Etwas
Über den Geschmack und andere Vorschläge zur Verbesserung der Welt
dtv 11784
Elementare Bereiche des Daseins – von Westphalen lästerlich kommentiert.

Dreiunddreißig weiße Baumwollunterhosen
Glanz und Elend der Reizwäsche nebst sonstigen Wahrheiten zur Beförderung der Erotik
dtv 11865

Das Leben ist hart
Über das Saufen und weitere Nachdenklichkeiten zur Erziehung der Menschheit
dtv 11972
Über Ärzte, Broker, Photomodelle und andere Helden unserer Zeit.

Die Geschäfte der Liebe
dtv 12024
Bissige, boshafte und brillante Geschichten.

High Noon
Ein Western zur Lage der Nation
dtv 12195
Joe West reitet wieder. Ein Roman zur Entkrampfung der Nation.

Die Liebeskopie
und andere Herzensergießungen eines sehnsüchtigen Schreibwarenhändlers
dtv 12316
Nachrichten über die Liebe und übers Internet.

T. C. Boyle im dtv

»Aus dem Leben gegriffen und trotzdem unglaublich.«
Barbara Sichtermann

World's End
Roman · dtv 11666
Ein fulminanter Generationenroman um den jungen Amerikaner Walter Van Brunt, seine Freunde und seine holländischen Vorfahren, die sich im 17. Jahrhundert im Tal des Hudson niederließen.

Greasy Lake und andere Geschichten
dtv 11771
Von bösen Buben und politisch nicht einwandfreien Liebesaffären, von Walen und Leihmüttern…

Grün ist die Hoffnung
Roman · dtv 11826
Drei schräge Typen wollen in den Bergen nördlich von San Francisco Marihuana anbauen, um endlich ans große Geld zu kommen.

Wenn der Fluß voll Whisky wär
Erzählungen · dtv 11903
Vom Kochen und von Alarmanlagen, von Fliegenmenschen, mörderischen Adoptivkindern, dem Teufel und der heiligen Jungfrau.

Willkommen in Wellville
Roman
dtv 11998
1907, Battle Creek, Michigan. Im Sanatorium des Dr. Kellogg läßt sich die Oberschicht der USA mit vegetarischer Kost von ihren Zipperlein heilen. Unter ihnen Will Lightbody. Sein einziger Trost: die liebevolle Schwester Irene. Doch Sex hält Dr. Kellogg für die schlimmste Geißel der Menschheit…
Eine Komödie des Herzens und anderer Organe.

Der Samurai von Savannah
Roman
dtv 12009
Ein japanischer Matrose springt vor der Küste Georgias von Bord seines Frachters. Er ahnt nicht, was ihm in Amerika blüht…

Tod durch Ertrinken
Erzählungen
dtv 12329
Wilde, absurde Geschichten mit schwarzem Humor. Geschichten, die das Leben schrieb.